OS LANÇA-CHAMAS

ROBERTO ARLT

OS LANÇA-CHAMAS

TRADUÇÃO, APRESENTAÇÃO E CRONOLOGIA
MARIA PAULA GURGEL RIBEIRO
POSFÁCIO **LUIS GUSMÁN**

ILUMINURAS

Copyright © 2020 desta tradução e edição
Editora Iluminuras Ltda.

Título Original
Los lanzallamas

Capa
Eder Cardoso / Iluminuras
sobre fragmentos de *San Danza*, de Xul Solar.
Aquarela e guache sobre papel, [23x51cm], Buenos Aires, 1925.
Cortesia Museo Nacional de Bellas Artes, Argentina

Revisão
Jane Pessoa

CIP-BRASIL. CATALOGAÇÃO NA PUBLICAÇÃO
SINDICATO NACIONAL DOS EDITORES DE LIVROS, RJ

A752s
2. ed.

Arlt, Roberto, 1900-1942
　　Os lança-chamas / Roberto Arlt ; tradução, apresentação e cronologia Maria Paula Gurgel Ribeiro ; posfácio Luis Gusmán. - 2. ed. - São Paulo : Iluminuras, 2020.
　　262 p. ; 22 cm.

　　Tradução de: Los lanzallhamas
　　Sequência de: Os sete loucos
　　Posfácio
　　ISBN 978-6-555-19006-9

　　1. Romance argentino. I. Ribeiro, Maria Paula Gurgel. II. Gusmán, Luis. III. Título.

20-63520
　　　　　　　　CDD: 868.99323
　　　　　　　　CDU: 82-31(82)

2020
EDITORA ILUMINURAS LTDA.
Rua Inácio Pereira da Rocha, 389 - 05432-011 - São Paulo - SP - Brasil
Tel./Fax: 55 11 3031-6161
iluminuras@iluminuras.com.br
www.iluminuras.com.br

SUMÁRIO

CONSIDERAÇÕES SOBRE ESTA EDIÇÃO, 7

Maria Paula Gurgel Ribeiro

OS LANÇA-CHAMAS

PALAVRAS DO AUTOR, 11

Roberto Arlt

TARDE E NOITE DE SEXTA-FEIRA, 13

O homem neutro, 13
Os amores de Erdosain, 28
O sentido religioso da vida, 41
A cortina de angústia, 47
Haffner cai, 56
Barsut e o Astrólogo, 62
O Advogado e o Astrólogo, 72
Hipólita sozinha, 88

TARDE E NOITE DE SÁBADO, 93

A agonia do Rufião Melancólico, 93
O poder das trevas, 101
Os anarquistas, 128
O projeto de Eustaquio Espila, 138
Sob a cúpula de cimento, 143

DOMINGO, 153

O enigmático visitante, 153
O pecado que não se pode nomear, 164
As fórmulas diabólicas, 171
O passeio, 176
Onde se comprova que o Homem que viu a Parteira
não era flor que se cheirasse, 182
Trabalhando no projeto, 190

SEXTA-FEIRA, 197

Os dois patifes, 197
Ergueta em Temperley, 203
Uma alma a nu, 211
"A boa notícia", 219
A fábrica de fosgênio, 224
"Perece a casa da iniquidade", 233
O homicídio, 236
Uma hora e meia depois, 245
Epílogo, 247

Posfácio

O DEUS VIVO, 251
Luis Gusmán

CRONOLOGIA, 259

CONSIDERAÇÕES SOBRE ESTA EDIÇÃO

Maria Paula Gurgel Ribeiro

Aproveitando esta nova edição, decidi fazer uma ampla revisão da minha tradução anterior, de 2000, já que entre uma e outra se passou muito tempo, durante o qual acumulei experiência no ofício. Pude me valer também do fato de ao longo desses anos terem surgido novas edições em espanhol dos dois romances, cotejadas com as primeiras de ambas as obras. Assim, foi possível corrigir omissões de alguns parágrafos e divergências entre alguns termos.

Algumas opções de tradução, no entanto, foram mantidas. Tanto em Os sete loucos como em Os lança-chamas, há um personagem que, por estar extraordinariamente desdentado, cicia. Muito bem: Roberto Arlt altera a grafia de algumas palavras, a fim de reproduzir o som da fala desse personagem. Assim, quando Emilio Espila diz "rosa" ou "limosna", Arlt escreve; "roza" e "limozna". Com o intuito de preservar esse efeito presente no original, para o qual o português não apresenta uma forma consagrada, optei pela duplicação da letra "s". Portanto, "roza" passou a ser "rossa", e "limozna", "essmola".

Tratando de ser fiel ao estilo arltiano, mantive a coloquialidade, os neologismos, alguns equívocos na conjugação verbal, os arcaísmos, a inconstância no uso de aspas em palavras estrangeiras, bem como naquelas de uso popular e pouco usuais em romances da época, além das gírias; num texto, uma mesma palavra ora pode estar entre aspas, ora não. Esse uso particular das aspas é uma importante característica dos textos de Roberto Arlt e me parece uma atitude deliberada dele tanto para enfatizar o caráter irônico que quer dar a determinada palavra ou expressão, como salientar um sentido especial no seu uso, marcar o espaço ao qual o personagem pertence, e não apenas para sinalizar uma gíria ou vocábulo estrangeiro. Justamente por ser uma marca tão importante do seu estilo, já amplamente aceito pela crítica, é que mantive o mesmo procedimento embora, muitas vezes, tais aspas possam parecer excessivas em palavras já incorporadas à fala cotidiana do brasileiro.

Outra importante marca da escrita arltiana são as repetições, principalmente dos advérbios terminados em -mente, que podem aparecer até quatro ou cinco vezes num mesmo parágrafo; substituí-los por algum sinônimo significaria "melhorar" e "embelezar" o estilo do autor, o que seria inadequado.

No que se refere às gírias, como venho fazendo ao longo da tradução da obra de Roberto Arlt, procurei utilizar termos não muito atuais, na tentativa de criar ecos de uma linguagem não contemporânea, uma vez que estes são textos do final da década de 1920 e início da seguinte.

Para a atual tradução, utilizei como referência a edição Losada (Buenos Aires, 1997, vol. 1), edição e prólogo de David Viñas, que apresenta a obra como foi publicada nas primeiras edições e revisada pelo próprio Arlt. Depois a cotejei com as seguintes edições: Altamira (La Plata, 1995), Cátedra (Madri, 1997) e, por fim, com ALLCA XX/Scipione Cultural, Colección Archivos (2000), edição crítica coordenada por Mario Goloboff. Para Os lança-chamas *pude contar também com a primeira edição: Claridad (Buenos Aires, 1931).*

***

A próxima obra de Roberto Arlt a ser publicada por esta editora será o romance O amor Bruxo.

OS LANÇA-CHAMAS

PALAVRAS DO AUTOR

Roberto Arlt

Com Os lança-chamas, *finaliza o romance* Os sete loucos.

Estou contente de ter tido a vontade de trabalhar, em condições bastante desfavoráveis, para dar fim a uma obra que exigia solidão e recolhimento. Sempre escrevi em redações estrepitosas, acossado pela obrigação da coluna cotidiana.

Digo isso para estimular os principiantes na vocação, a quem sempre interessa o procedimento técnico do romancista. Quando se tem algo para dizer, escreve-se em qualquer lugar. Sobre uma bobina de papel ou num quarto infernal. Deus ou o Diabo estão junto da pessoa ditando-lhe inefáveis palavras.

Orgulhosamente afirmo que escrever, para mim, constitui um luxo. Não disponho, como outros escritores, de rendas, tempo ou sedativos empregos públicos. Ganhar a vida escrevendo é penoso e duro. Ainda mais se quando se trabalha se pensa que existe gente a quem a preocupação de procurar distrações lhes produz surmenage.

Passando a outra coisa: diz-se de mim que escrevo mal. É possível. De qualquer maneira, eu não teria dificuldade em citar numerosas pessoas que escrevem bem e que são lidas unicamente pelos corretos membros de suas famílias.

Para fazer estilo são necessárias comodidades, rendas, vida folgada. Mas, em geral, as pessoas que desfrutam de tais benefícios evitam sempre o incômodo da literatura. Ou a encaram como um excelente procedimento para singularizar-se nos salões da sociedade.

A beleza me atrai ardentemente. Quantas vezes desejei trabalhar um romance que, como os de Flaubert, fosse composto de panorâmicos painéis...! Mas hoje, entre os ruídos de um edifício social que desmorona inevitavelmente, não é possível pensar em bordados. O estilo requer tempo e, se eu escutasse os conselhos de meus camaradas, ocorreria comigo o que acontece a alguns deles: escreveria um livro a cada 10 anos, para depois tirar umas férias de dez anos por ter demorado dez anos em escrever cem razoáveis páginas discretas.

Mudando de assunto, outras pessoas se escandalizam pela brutalidade com que expresso certas situações perfeitamente naturais às relações entre ambos os sexos. Depois, esses mesmos pilares da sociedade me falaram de James Joyce arregalando os olhos. Isso provinha do deleite espiritual que lhes ocasionava certo personagem de Ulisses, um senhor que toma café da manhã mais ou menos aromaticamente aspirando com o nariz, numa privada, o fedor dos excrementos que defecou um minuto antes.

Mas James Joyce é inglês. James Joyce não foi traduzido para o castelhano, e é de bom gosto encher a boca falando dele. No dia que James Joyce estiver ao alcance de todos os bolsos, os pilares da sociedade inventarão para si um novo ídolo que só será lido por meia dúzia de iniciados.

Na realidade a gente não sabe o que pensar das pessoas. Se são idiotas de verdade ou se levam a sério a grosseira comédia que representam em todas as horas de seus dias e suas noites.

De qualquer maneira, como primeira providência, resolvi não mandar nenhuma obra minha para a seção de crítica literária dos jornais. Com que objetivo? Para que um senhor enfático, entre o estorvo de duas chamadas telefônicas, escreva para satisfação das pessoas honoráveis:

"O senhor Roberto Arlt persiste aferrado a um realismo de péssimo gosto etc. etc."

Não, não e não.

Esses tempos já se foram. O futuro é nosso, por prepotência de trabalho. Criaremos nossa literatura não conversando continuamente de literatura, mas escrevendo em orgulhosa solidão livros que contenham a violência de um "cross" na mandíbula. Sim, um livro atrás do outro, e "que os eunucos bufem".

O porvir é triunfalmente nosso.

Nós o ganhamos com suor de tinta e ranger de dentes, diante da Underwood, que batemos com mãos fatigadas, hora após hora, hora após hora. Às vezes a cabeça da gente caía de fadiga, mas... enquanto escrevo estas linhas penso em meu próximo romance. Ele se intitulará O amor bruxo e aparecerá em agosto do ano 1932.

E que o futuro diga.

TARDE E NOITE DE SEXTA-FEIRA

O homem neutro

O Astrólogo olhou Erdosain se afastar, esperou que ele dobrasse a esquina e entrou na chácara, murmurando:

— Sim... mas Lênin sabia aonde ia.

Involuntariamente deteve-se diante da mancha verde do limoeiro em flor. Brancas nuvens triangulares recortavam a perpendicular azul do céu. Um rodamoinho de insetos pretos arqueava-se junto à trepadeira do caramanchão.

Com a ponta da sua grosseira botina o Astrólogo riscou pensativamente a terra. Mantinha as mãos submersas em seu blusão cinza de carpinteiro, e a testa se avultava sobre o cenho, em árduo trabalho de cavilação.

Inexpressivamente, levantou o olhar para as nuvens. Remurmurou:

— O diabo sabe aonde vamos. Lênin, sim, que sabia...

Soou o sino que, suspenso por um elástico, servia de campainha na porta. O Astrólogo encaminhou-se para a entrada. Recortada pelas tábuas da portinhola, distinguiu a silhueta de uma mulher ruiva. Envolvia-se num casaco cor de serragem de madeira. O Astrólogo lembrou o que Erdosain lhe contara com referência à Coxa, dias atrás, e avançou, austero.

Quando se deteve na portinhola, Hipólita examinou-o, sorrindo. "No entanto seus olhos não sorriem" — pensou o Astrólogo, e ao mesmo tempo em que abria o cadeado, ela, por cima das tábuas da portinhola, exclamou:

— Boa tarde. O senhor é o Astrólogo?

"Erdosain cometeu uma imprudência", pensou. Em seguida inclinou a cabeça para continuar escutando a mulher, que, sem esperar uma resposta, prosseguiu:

— Podiam colocar números nessas ruas endiabradas. Eu me cansei de tanto perguntar e caminhar. — Efetivamente, tinha os sapatos enlameados, embora o barro já estivesse secando sobre o verniz. — Mas que linda chácara o senhor tem. Deve viver muito bem aqui.

O Astrólogo sem se mostrar surpreendido, olhou-a tranquilamente. Soliloquiou: "Quer se fazer de cínica e desinibida para dominar".

Hipólita continuou:

— Muito bem... muito bem... O senhor deve estar surpreso com a minha visita, não?

O Astrólogo, embutido em seu blusão, não lhe respondeu uma palavra. Hipólita, desinteressando-se dele, examinou de uma olhada a casa térrea, a roda do moinho, bamba de uma pá, e os vidros azuis e vermelhos do biombo. Acabou exclamando:

— Que incrível! Quem torceu a cauda do galo do cata-vento? O vento não pode ser. — Baixou imediatamente o tom de voz e perguntou:

— Erdosain?

"Não me enganei", pensou o Astrólogo. "É a Coxa."

— Então a senhora é amiga do Erdosain? A esposa do Ergueta? O Erdosain não está. Deve fazer dez minutos que saiu. É realmente um milagre que não tenham se encontrado.

— Também para que bairro o senhor vem se mudar. A chácara me agrada. Não posso dizer que não me agrade. Tem mulheres aqui?

O Astrólogo não tirou as mãos dos bolsos de seu blusão. Cabeça erguida, escutava Hipólita, escrutando-a com um piscar que lhe entrecerrava as pálpebras, como se filtrasse através de seus olhos as possíveis intenções de sua visitante.

— Então a senhora é amiga do Erdosain?

— É a terceira vez que me pergunta. Sim, sou amiga do Erdosain... mas, meu Deus, que homem desatento o senhor é. Faz três horas que estou parada, falando, e ainda não me disse: "Entre, a casa é sua, sente-se, sirva-se de uma tacinha de conhaque, tire o chapéu".

O Astrólogo fechou uma pálpebra. Em seu rosto romboidal ficou aberto um olho zombeteiro. Não lhe irritava a estranha volubilidade de Hipólita. Compreendia que ela pretendia dominá-lo. Além disso, poderia jurar que no bolso do casaco da mulher esse relevo cilíndrico como o de um carretel de linha era o tambor de um revólver. Replicou azedamente:

— E por que diabos eu vou fazê-la entrar na minha casa? Quem é a senhora? Além disso, reservo meu conhaque para os amigos, não para os desconhecidos.

Hipólita levou a mão ao bolso do seu casaco. "Ali está o revólver", pensou o Astrólogo. E insistiu.

— Se a senhora fosse minha amiga... ou uma pessoa que me interessasse...

— Por exemplo, como o Barsut, não?

— Exatamente; se a senhora fosse uma pessoa conhecida como o Barsut, eu a fazia entrar, e não só lhe ofereceria conhaque como também algo mais... Além disso, é ridículo que a senhora esteja falando comigo com a mão sobre o cabo de um revólver. Aqui não há operadores cinematográficos, e nem a senhora nem eu representamos nenhum drama...

— Sabe que o senhor é um cínico...?

— E a senhora uma charlatã. Pode-se saber o que quer?

Sob a viseira do chapéu verde, o rosto de Hipólita, banhado pelo resplendor solar, apareceu mais fino e enérgico do que uma máscara de cobre. Seus olhos examinavam ironicamente o rosto romboidal do Astrólogo, embora se sentisse dominada por ele.

Aquele homem não "era tão fácil" como supusera a princípio. E o olhar dele, fixo, gozador, duramente imóvel sobre seus olhos, conferia suas intenções, "mas com indiferença". O Astrólogo, sentando-se na beirada de um canteiro, disse:

— Se quiser me acompanhar...

Afastando da grama um galho seco, Hipólita se sentou. O Astrólogo continuou:

— Ia dizer que possivelmente, o que é um erro... a senhora vem me extorquir, não é assim? A senhora é a esposa do Ergueta. Precisa de dinheiro e pensou em mim, como antes pensou em Erdosain e depois pensará no diabo. Muito bem.

Hipólita sentiu-se tomada por uma pequena vergonha. Surpreendiam-na com a mão na massa. O Astrólogo cortou uma margarida silvestre e, lentamente, começou a soltar as pétalas, ao mesmo tempo que dizia:

— Sim, não, sim, não, sim, não, sim, não, sim, não, sim, não... como vê, até a margarida diz que não... — e sem afastar os olhos do pistilo amarelo, continuou: — Pensou em mim porque precisava de dinheiro. Ei, não é assim?

— Olhou-a às furtadelas e, arrancando outra margarida, continuou: — Tudo na vida é assim.

Hipólita olhava curiosa aquele rosto romboidal e citrino pensando ao mesmo tempo: "Sem dúvida alguma minhas pernas são bem-feitas". Efetivamente, era curioso o contraste que suas panturrilhas ofereciam modeladas por meias cinza, com a terra preta e a verde borda da grama. Uma súbita simpatia aproximou Hipólita da alma, da vida desse homem. Disse para si mesma: "Este não é um 'otário', apesar de suas ideias", e com as unhas arrancou uma escama negrusca do tronco da árvore, cuja casca parecia uma blindagem de cortiça fendida.

— Na realidade — continuou o Astrólogo —, nós somos camaradas. Não notou que incrível? Antes a senhora falava sozinha, agora eu. Nos alternamos como num coro de tragédia grega: mas como ia lhe dizendo... somos camaradas. Se não me engano, a senhora, antes de se casar, exerceu voluntariamente a prostituição, e eu acredito que voluntariamente sou um homem antissocial. Me agradam muito essas realidades... e o contato com ladrões, cafifas, assassinos, loucos e prostitutas. Não quero lhe dizer que toda essa gente tenha um sentido verdadeiro da vida... não... estão muito longe da verdade, mas me encanta neles o selvagem impulso inicial que os lança para a aventura.

Hipólita, com as sobrancelhas arqueadas, escutava-o sem responder. Atraía sua atenção o desacostumado espetáculo do tumulto vegetal da chácara. Inúmeros troncos baixos apareciam envoltos numa chuva verde, que o sol chapava de ouro, em seus flancos voltados para o poente.

Vastas nuvens imobilizavam enseadas de mármore. Um maciço de pinheiros curvados, com pontas dentadas como punhais javaneses, perfurava o quieto mar cerúleo. Mais adiante, alguns troncos suportavam em sua massa de lousa cinza um escuro planeta de ramagens ocultas. O Astrólogo continuou:

— Nós estamos sentados aqui entre os gramados e, neste mesmo momento, em todas as usinas do mundo fundem-se canhões e couraças, armam-se "dreadnoughts", milhões de locomotivas manobram nos trilhos que rodeiam o planeta, não há uma prisão na qual não se trabalhe, existem milhões de mulheres que neste mesmo minuto preparam um ensopado na cozinha, milhões de homens que arfam na cama de um hospital, milhões de crianças que escrevem sobre um caderno sua lição. E não lhe parece curioso esse fenômeno? Esses trabalhos: fundir canhões, guiar trens, purgar penas carcerárias, preparar alimentos, gemer num hospital, traçar letras com dificuldade, todos estes trabalhos são feitos sem nenhuma esperança, nenhuma ilusão, nenhum fim superior. O que lhe parece, amiga Hipólita? Pense que há centenas de homens que se movem neste mesmo minuto em que lhe falo, ao redor das correntes, que sustentam um canhão, candente... o fazem com tanta indiferença como se, em vez de ser um canhão fosse um pedaço de couraça para uma fortaleza subterrânea. — Arrancou outra margarida e, espalhando as pétalas brancas, continuou: — Ponha em fila esses homens com seu martelo, as mulheres com sua caçarola, os presidiários com suas ferramentas, os doentes com suas camas, as crianças com seus cadernos, faça uma fila que pode dar várias vezes a volta no planeta, imagine a senhora percorrendo-a, inspecionando-a, e chega ao final da fila perguntando-se: Pode-se saber que sentido tem a vida?

— Por que o senhor diz isto? O que tem a ver com minha visita? — e os olhos de Hipólita faiscaram maliciosamente.

O Astrólogo arrancou um punhado de grama do lugar onde apoiava a mão, mostrou a Hipólita, e disse:

— O que estou dizendo tem uma semelhança com este gramado. Outra coisa são as ervas daninhas da alma. As levamos por dentro... é preciso arrancá-las para dar de comer às bestas que se aproximam de nós e envenenar-lhes a vida. As pessoas, indiretamente, procuram verdades. Por que não lhes dar? Diga-me Hipólita, a senhora já viajou?

— Morei no interior um tempo... com um amante...

— Não, eu me refiro se esteve na Europa.

— Não.

— Pois eu sim. Viajei, e de luxo. Em vagões construídos com chapas de aço esmaltadas de azul. Em transatlânticos que eram como palácios. — Olhou rapidamente de soslaio para a mulher. — E os construirão mais luxuosos ainda. Barcos mais fantásticos ainda. Aviões mais velozes. Veja, apertarão com um dedo um botão e escutarão simultaneamente as músicas das terras distantes e verão sob a água e dentro da terra, e nem por isso serão um ápice mais felizes do que são hoje... A senhora percebe?

Hipólita assentiu, presa de mal-estar, tudo aquilo era inegável, mas com que objetivo lhe comunicavam tais verdades? Não se entra com prazer num areal ardente. O Astrólogo encolheu os ombros:

— Hum!... Já sei que isto não é agradável. Dá um frio na espinha, não?... Oh! Há anos que me digo isso. Fecho os olhos e deixo minha alma cair de qualquer canto. Às vezes pego os periódicos. Olhe o jornal de hoje.— Tirou uma página de telegramas do bolso e leu: —"Dois barcos afundaram no Tâmisa. Em Bello Horizonte, aconteceu um tiroteio entre duas facções políticas. Executaram em massa os partidários de Sacha Bakao. A execução foi levada a cabo amarrando os réus à boca dos canhões de uma fortaleza em Cabul. Perto de Mons, Bélgica, houve uma explosão de gás grisu numa mina. Nas costas de Lebu, Chile, um baleeiro naufragou. Em Frankfort, Kentucky, travar-se-ão demandas contra os cachorros que firam o gado. Em Dakota, uma ponte desabou. Houve trinta vítimas. Al Capone e George Moran, bandidos de Chicago, fizeram uma aliança." O que a senhora me diz?... Todos os dias assim. Nosso coração já não se emociona diante de mais nada. Quando um periódico aparece sem catástrofes sensacionais, encolhemos o ombro e o jogamos num canto. O que a senhora me diz? Estamos em 1929.

Hipólita fechou os olhos, pensando: "Na verdade, o que eu posso dizer a este homem? Ele tem razão, mas por acaso eu tenho culpa?" Além disso, sentia frio nos pés.

— O que acontece que ficou tão calada? Entende o que lhe digo?

— Sim, entendo e penso que, na vida, cada um tem que conhecer muitas tristezas. O incrível é que cada tristeza é diferente da outra, porque cada uma delas se refere a uma alegria que não podemos ter. O senhor me fala de catástrofes presentes, e eu me lembro de sofrimentos passados; tenho a sensação de que me arrancaram a alma com uma tenaz, colocaram-na sobre uma bigorna e descarregaram tantas marteladas, até a deixarem completamente esmagada.

O Astrólogo sorriu imperceptivelmente e retrucou:

— E a alma fica ao rés do chão como se tratasse de escapar de um bombardeio invisível.

Hipólita apertou as pálpebras. Sem poder se explicar por quê, lembra a época vivida com seu amante num vilarejo de planície. O vilarejo consistia numa rua reta. Não tem que fazer o menor esforço para distinguir a fachada do armazém, o hotel e o boteco; o armazém era de secos e molhados. A loja do turco, a marcenaria, mais adiante uma oficina mecânica, cercas de quintais, vista para o campo obstaculizada por uns muros de tijolos, galpões imensos, galinhas ciscando restos de caseína na frente de um curral, um automóvel que parava perto da usina de gás pobre, uma mulher com a cabeça coberta por uma toalha desaparecia atrás de uma cerca. Esse era o interior. As mulheres valorizavam-se ali pelo formal de partilha herdado. Os homens, apeando do Ford, entravam no hotel. Falavam de trigo e jogavam uma partida de bilhar.

Os *criollos* famintos não iam ao hotel; amarravam os esquálidos cavalos nos postes tortos que havia na frente do boteco, como à beira-mar.

O Astrólogo a examinava em silêncio. Compreende que Hipólita desmoronou no passado, tomada por antigas ligações de sofrimento. Hipólita corre velozmente em direção a uma visão renovada: no interior dela desenvolve-se vertiginosamente a estação de trem, o desvio com um para-choque num montículo verde; linhas de galpões de zinco ressuscitam diante de seus olhos, abandona-se a essa evocação e uma voz dulcíssima murmura nela, como se estivesse narrando sua lembrança: "O vento movia o letreiro de um cabeleireiro, e o sol reverberava nos telhados inclinados e estourava as tábuas de todas as portas. Cada avermelhada porta fechada cobria um saguão pintado imitando pedra, com lajotas de três cores. Em cada uma dessas casas, pintadas também imitando papel, havia uma sala com um piano e móveis cuidadosamente estofados".

— A senhora ainda está pensando?

Hipólita o envolveu num de seus rápidos olhares, e em seguida:

— Não sei por quê. Quando o senhor falou daquelas cidades distantes, eu me lembrei do interior onde tinha vivido um tempo, triste e sozinha. Por que motivo a gente não pode se esquivar de certas lembranças? Revia tudo como numa fotografia...

— A senhora sofreu muito ali?...

— Sim... a vida dos outros me fazia sofrer.

— Por quê?

— Era uma vida bestial a dessa gente. Veja... do interior, eu me lembro do amanhecer, das três primeiras horas depois de almoçar e do anoitecer. São três terríveis momentos desse nosso interior, que tem uma linha de trem que o cruza, homens de bombachas parados na frente de um armazém de tijolos avermelhados e automóveis Ford fazendo fila ao longo da fachada de uma Cooperativa.

O Astrólogo assente com a cabeça, sorrindo da precisão com que a moça vermelha evoca a planície habitada por homens cobiçosos.

— Eu me lembro... em todos os lugares e em todas as casas se falava de dinheiro. Esse interior era um pedaço da província de Buenos Aires, mas... o que importa! Ali, aqueles homens e aquelas mulheres, filhos de italianos, de alemães, de espanhóis, de russos ou de turcos, falavam de dinheiro. Parecia que desde crianças estavam acostumados a ouvir falar de dinheiro. A julgar pelos homens e suas paixões, todos seus sentimentos eram controlados por uma sede de dinheiro. Jamais falavam da paixão sem associá-la ao dinheiro. Julgavam os casamentos e os noivados pelo número de hectares que tais casamentos somavam, pelas arrobas de trigo que esses matrimônios duplicavam, e eu, perdida entre eles, sentia que a minha vida agonizava precocemente, pior do que quando vivia no mais incerto dos presentes na cidade. Oh! E era inútil querer escapar da fatalidade do dinheiro.

Crepita o uik-uik de um pássaro invisível na grama. Uma formiga preta sobe pelo sapato de Hipólita. O Astrólogo sorri sem afastar os olhos do semblante de Hipólita e reflete:

— O dinheiro e a política são a única verdade para a gente do nosso interior.

— Mas aquilo já era incrível. Na mesa, na hora do chá, jantando e depois de jantar, até antes de se deitar, a palavra dinheiro vinha separar as almas. Falava-se de dinheiro a toda hora, a todo minuto; o dinheiro estava ligado aos atos mais insignificantes da vida cotidiana; no dinheiro pensavam as mães cujos filhos desejavam que elas morressem de uma vez para herdar delas, as moças antes de aceitar um noivo pensavam no dinheiro, os homens, antes de escolher uma mulher, investigavam seu formal de partilha, e nesse vilarejo horroroso, com sua rua comprida, eu me movi um tempo como que hipnotizada pela angústia.

— Continue... é interessante...

— Homens e mulheres me olhavam como forasteira, homens e mulheres pensavam com piedade no meu suposto marido. Por que não teria ele se casado com uma moça de dinheiro ou com a filha do tesoureiro da X e Cia., em vez de fazê-lo com uma mulher magrinha que não tinha dinheiro e, sim, pobreza?

O Astrólogo acendeu um cigarro e observou Hipólita, curioso, enquanto a chama do fósforo brilhava entre seus dedos.

— É notável... a senhora nunca falou com outra pessoa sobre o que está contando para mim?

— Não, por quê?

— Tive a sensação de que a senhora estava esvaziando uma velha angústia diante de mim. — O Astrólogo se pôs de pé. — Veja, é melhor que se levante... se não vai se "resfriar".

— Sim... estou com os pés congelados.

Caminhavam agora entre tumultuados maciços enegrecidos pelo crepúsculo. Às vezes, entre um cruzamento de galhos, escutava-se o rebuliço de uma ninhada de pássaros. Na direção do noroeste, o céu cor de azeitona estava riscado por imensos lençóis de cobre.

Hipólita apoiou uma mão no braço do Astrólogo e disse:

— O senhor acredita? Faz muito tempo que não olho o céu do crepúsculo.

O Astrólogo dirigiu um despreocupado olhar para o horizonte e retrucou:

— Os homens perderam o costume de olhar para as estrelas. Inclusive, se se examinam suas vidas, chega-se à conclusão de que vivem de duas maneiras: uns falseando o conhecimento da verdade e outros esmagando a verdade. O primeiro grupo é composto por artistas, intelectuais. O grupo dos que esmagam a verdade é formado pelos comerciantes, industriais, militares e políticos. A senhora me dirá: o que é a verdade? A Verdade é o Homem. O Homem com seu corpo. Os intelectuais, desprezando o corpo, disseram: busquemos a verdade, e chamam de verdade o especular sobre abstrações. Escreveram-se livros sobre todas as coisas. Inclusive sobre a psicologia daquele que olha um mosquito voar. Não ria, que é assim.

Hipólita olhava com curiosidade os troncos de eucaliptos sarapintados como a pele de um leopardo, e outros dos quais se soltavam tiras cárdeas como pelagem de leão. Pequenas palmeiras solitárias entreabriam palmípedes cones verdes. Folhagens cor de tabaco punham no ar seus braços, de uma tersa soltura, semelhantes à jiboia ereta em salto de ataque. Projetavam no chão encruzilhadas de sombra, que ela pisava cuidadosamente.

Quando o ar se movia, as folhas giravam obliquamente em sua queda. O Astrólogo continuou:

— Por sua vez, comerciantes, militares, industriais e políticos esmagam a Verdade, ou seja, o Corpo. Em cumplicidade com engenheiros e médicos, disseram: o homem dorme oito horas. Para respirar, necessita de tantos metros cúbicos de ar. Para não apodrecer e nos apodrecer, o que seria grave, são indispensáveis tantos metros quadrados de sol, e com esse critério fabricaram as cidades. Enquanto isso, o corpo sofre. Não sei se a senhora percebe o que é o corpo. A senhora tem um dente na boca, mas esse dente na realidade não existe para a senhora. A senhora sabe que tem um dente, não por olhá-lo; olhar não é compreender a existência. A senhora compreende que na sua boca existe um dente porque o dente lhe proporciona dor. Bom, os intelectuais esquivam essa dor do nervo do corpo, que a civilização pôs em evidência. Os artistas dizem: este nervo não é a vida, a vida é um rosto encantador, um belo crepúsculo, uma frase engenhosa. Mas de nenhum modo se aproximam da dor.

Por sua vez, os engenheiros e os políticos dizem: para que o nervo não doa são necessários tantos estritos metros quadrados de sol e tantos gramas de mentiras poéticas, de mentiras sociais, de narcóticos psicológicos, de mentiras romanceadas, de esperanças para daqui a um século... e o Corpo, o Homem, a Verdade, sofrem... sofrem porque mediante o tédio têm a sensação de que existem como o dente podre existe para nossa sensibilidade quando o ar toca o nervo.

Para não sofrer seria preciso esquecer o corpo; e o homem se esquece do corpo quando seu espírito vive intensamente, quando sua sensibilidade, trabalhando fortemente, faz com que veja em seu corpo a verdade inferior que pode servir à verdade superior.

Aparentemente, estaria em contradição com o que eu dizia antes, mas não é assim.

Nossa civilização se particularizou em fazer do corpo o fim, em vez do meio, e tanto o fizeram fim que o homem sente seu corpo e a dor de seu corpo, que é o tédio.

O remédio que os intelectuais oferecem, o Conhecimento, é estúpido. Se a senhora conhecesse agora todos os segredos da mecânica ou da engenharia e da química, não seria um tiquinho mais feliz do que é agora. Porque essas ciências não são as verdades do nosso corpo. Nosso corpo tem outras verdades. É em si uma verdade. E a verdade, a verdade é o rio que corre, a pedra que cai... O postulado de Newton... é a mentira. Ainda que fosse verdade; suponha que o postulado de Newton seja verdade, o postulado não é a pedra. Essa diferença entre o objeto e a definição é que torna inútil para a nossa vida as verdades ou as mentiras da ciência. A senhora me compreende?

— Sim... compreendo perfeitamente. O que o senhor quer é ir rumo à revolução. O senhor, indiretamente, está me dizendo: quer me ajudar a fazer a revolução? E para evitar entrar de cheio na matéria, subdivide seu assunto...

O Astrólogo começou a rir:

— A senhora tem razão. É uma grande mulher.

Hipólita levantou a mão até a face do homem e disse:

— Gostaria de ser sua. Subitamente, eu o desejo muito.

O Astrólogo recuou.

— Seria muito feliz em ser infiel ao meu marido.

Ele a mediu com um olhar e, sorrindo friamente, respondeu-lhe:

— É notável o que minhas reflexões lhe sugerem.

— O desejo é minha verdade neste momento. Eu compreendi perfeitamente tudo o que o senhor disse. E meu entusiasmo pelo senhor é desejo. O senhor disse a verdade. Meu corpo é minha verdade. Por que não presenteá-lo?

Uma ruga terrível riscou a testa do Astrólogo. Durante um minuto Hipólita teve a sensação de que ele ia estrangulá-la; em seguida mexeu a cabeça, olhou ao longe, a uma distância que na abaulada claridade de suas pupilas devia ser infinita, e disse secamente:

— Sim... seu corpo neste momento é sua verdade. Mas eu não desejo a senhora. Além disso, não posso possuir nenhuma mulher. Sou castrado.

Então as palavras que ela disse a Erdosain esta noite novamente explodiram em sua boca:

— Como, você também?... uma grande dor... Então somos iguais... Eu tampouco senti nada, nunca, junto a nenhum homem...e você é... o único homem. Que vida!

Calou, contemplando, pensativa, os elevadíssimos leques dos eucaliptos. Abriam cones diamantinos, chapados de sol, sobre a arqueada crista de vegetação menos alta, escurecida pela sombra e mais triste do que uma caverna marítima.

O Astrólogo inclinou a testa como um touro que vai investir contra uma barreira. Em seguida, olhando na altura das árvores, coçou a cabeça e disse:

— Na realidade eu, ele, você, todos nós estamos do outro lado da vida. Ladrões, loucos, assassinos, prostitutas. Somos todos iguais. Eu, Erdosain, o Buscador de Ouro, o Rufião Melancólico, Barsut, somos todos iguais. Conhecemos as mesmas verdades; é uma lei; os homens que sofrem chegam a conhecer verdades idênticas. Até podem dizê-las quase que com as mesmas palavras, como os que têm uma mesma doença física, podem, saibam ler ou escrever ou não, descrevê-la com as mesmas palavras quando esta se manifesta em determinado grau.

— Mas o senhor acredita em algo... tem algum deus.

— Não sei... há um momento atrás senti que a doçura de Cristo estava em mim. Quando a senhora se ofereceu a mim tive desejos de lhe dizer: e virá Jesus. — Começou a rir. Hipólita teve medo, mas ele a tranquilizou, colocando a mão no ombro dela, ao mesmo tempo que dizia: — O Erdosain tem razão quando diz que os homens se martirizam entre si até o cansaço, se Jesus não vier outra vez até nós.

— Como... e o senhor, tão inteligente, acredita no Erdosain?...

— E além do mais, eu o respeito muito. Acredito na sensibilidade do Erdosain. Acredito que o Erdosain vive por muitos homens simultaneamente. Por que a senhora não se dedica a gostar dele?

Hipólita começou a rir.

— Não... me dá a sensação de ser uma pobre coisa que se pode manusear como se quiser...

O Astrólogo moveu a cabeça.

— Está enganada de ponta a ponta. O Erdosain é um infeliz que goza com a humilhação. Não sei até que ponto ainda será capaz de descer, mas é capaz de tudo.

— O senhor sabe do caso da criança numa praça... — e deteve-se, temerosa de ser indiscreta.

Haviam chegado quase ao final da chácara. Para além dos alambrados distinguiam-se vãos velados por movediças neblinas de alumínio. Num montículo, isolado, apareceu uma árvore cuja cúpula de nanquim estava sarapintada de trêmulos desfiladeiros verdes, e o Astrólogo, girando sobre os calcanhares e coçando a orelha, murmurou:

— Sei de tudo. Possivelmente os santos cometeram pecados muito mais graves do que os que o Erdosain cometeu. Quando um homem que leva o demônio no corpo procura por Deus mediante pecados terríveis, assim seu remorso será mais intenso e espantoso... mas falando de outra coisa... seu marido continua no Hospício?

— Continua...

— A senhora vinha me extorquir, não?

— Sim...

— E agora, o que pensa em fazer?

— Nada, ir embora. — Disse essas palavras com tristeza. Sua vontade estava alquebrada. Subitamente, a luz escureceu um grau, com uma descida mais rápida do que a de um aeroplano que despenca num poço de ar. O azul-claro do céu degradou em acinzentado de vidro. Nuvens vermelhas enegreceram ainda mais o seco perfil dos álamos na curva do caminho. Uma claridade submarina entornava sobre as coisas. Hipólita tinha os pés gelados e, embora perto daquele homem, sua misteriosa castração interpunha entre ela e ele uma distância polar, era como se tivessem se encontrado caminhando em direção oposta, na curvada superfície do polo e, no simples gesto de uma mão, tivesse consistido todo o cumprimento, naquelas latitudes sem esperança.

O Astrólogo, adivinhando seu pensamento, disse a título de reflexão:

— Coloquei o pé sobre uma claraboia, os vidros quebraram, caí sobre o corrimão de uma escada...

Hipólita tampou os ouvidos, horrorizada.

— ... e meus testículos explodiram como granadas...

Coçou nervosamente a garganta, tragou um cigarro, e disse:

— Minha amiga, isso não tem nada de grave. Na Venezuela penduram os comunistas pelos testículos. São amarrados por uma corda e alçados até o teto. Lá, chamam esse tormento de *tortol*. Aqui, às vezes nas nossas prisões, os interrogatórios são feitos na base de pancadas nos testículos. Estive moribundo... sei o que é estar à beira da morte. De maneira que a senhora não deve se envergonhar de ter me oferecido a felicidade. O Barsut beijou as minhas mãos quando soube da minha desgraça. E chorava de remorsos. Bom, ele ainda tem muito que chorar na vida. Por isso se salvou. A senhora quer vê-lo?

— Como! Não o mataram?

— Não. Quer que eu o chame para apresentá-lo?

— Não, acredito no senhor... juro que acredito...

— Sei. Também sei que o amor salvará os homens; mas não esses nossos homens. Agora é preciso pregar o ódio e o extermínio, a dissolução e a violência. O que fala de amor e respeito virá depois. Nós conhecemos o segredo, mas devemos agir como se o ignorássemos. E Ele contemplará nossa obra e dirá: os que fizeram tal coisa eram monstros. Os que pregaram tal coisa eram monstros... mas Ele não saberá que nós quisemos nos condenar como monstros, para que Ele... pudesse fazer explodir suas angélicas verdades.

— Como o senhor é admirável!... Diga-me... O senhor acredita na Astrologia?

— Não, é tudo mentira. Ah! Veja só que enquanto conversava com a senhora me ocorreu este projeto: oferecer-lhe cinco mil pesos por seu silêncio, fazê-la assinar um recibo no qual a senhora, Hipólita, reconhecia ter recebido essa soma para não denunciar meu crime, apresentar-lhe em seguida a Barsut, com esse documento inofensivo para mim, mas perigosíssimo para a senhora, já que com ele eu podia mandar prendê-la, transformá-la em minha escrava; mas a senhora me deu a sensação de que é minha amiga... diga-me, quer me ajudar?

Ela, que caminhava olhando a grama, levantou a cabeça:

— E o senhor acreditará em mim?

— Os únicos em quem acredito são aqueles que não têm nada a perder.

Haviam chegado agora na frente da escadaria guarnecida de palmeiras. O Astrólogo disse:

— Quer entrar?

Hipólita subiu a escada. Quando o Astrólogo, no quarto escuro, acendeu a luz, ela ficou observando com curiosidade o armário antigo, o mapa dos Estados Unidos com as bandeiras cravadas nos territórios onde dominava a Ku Klux Klan, a poltrona forrada de veludo verde, a escrivaninha coberta de compassos, as teias de aranha pendendo no altíssimo teto. Fazia muito tempo que o madeiramento do piso não tinha sido encerado. O Astrólogo abriu o armário antigo, tirou de uma prateleira uma garrafa de rum e dois copos, serviu a bebida e disse:

— Beba... é rum... Não gosta de rum?... Eu bebo sempre. Me lembra uma canção que não sei de quem será, e que diz assim:

> *São treze os que querem o cofre daquele morto.*
> *São treze, oh, viva o rum...*
> *O diabo e a bebida fizeram todo o resto...*
> *O diabo, oh, oh, viva o rum...*

Hipólita o observou, receosa. O rosto do Astrólogo pôs-se grave e:

— Para a senhora esta canção deve parecer extemporânea, não é verdade? — perguntou. — Eu a aprendi escutando de um menino que a cantava o dia todo. Morava no sótão de uma casa cuja parede-meia dava na frente do meu quarto. O menino cantava todas as tardes, eu estava convalescente da terrível desgraça...; uma tarde o menino não a cantou mais...; soube por um homem que me trazia comida que a criança tinha se suicidado por ir mal nos exames. Era um filho de alemães e, seu pai, um homem severo. Nunca vi o semblante desse menino, mas não sei por que me lembro quase todos os dias daquela pobre alma.

Impaciente, Hipólita explodiu:

— Sim, a vida não é nada mais do que recordações...

— Eu quero que seja futuro. Futuro em campo verde, não em cidade de tijolo. Que todos os homens tenham um retângulo de campo verde, que adorem com alegria um deus criador do céu e da terra. — Fechou os olhos; Hipólita o viu empalidecer; em seguida se levantou e, levando a mão ao cinto, disse com voz rouca: — Veja.

Havia soltado bruscamente a calça. Hipólita, retraindo o pescoço entre os ombros, olhou de soslaio o baixo-ventre daquele homem: era uma tremenda cicatriz vermelha. Ele se cobriu com delicadeza e disse:

— Pensei em me matar; muitos monstros trabalharam no meu cérebro dias e noites; depois as trevas passaram e entrei no caminho que não tem fim.

— É desumano — murmurou Hipólita.

— Sim, já sei. A senhora tem a sensação de que entrou no inferno... pense na rua durante um minuto. Olhe, aqui é o interior; pense nas cidades, quilômetros de fachadas de casas; eu a desafio a que a senhora se vá daqui sem prometer que me ajudará. Quando um homem ou uma mulher compreendem que devem destinar sua vida ao cumprimento de uma nova verdade, é inútil que tentem resistir a eles mesmos. Só é preciso ter forças para se sacrificar. Ou a senhora acredita que os santos pertencem ao passado? Não... não. Há muitos santos ocultos hoje. E talvez maiores, mais espirituais do que os terríveis santos antigos. Aqueles esperavam um prêmio divino... e estes nem no céu de Deus podem acreditar.

— E o senhor?

— Eu acredito num único dever: lutar para destruir esta sociedade implacável. O regime capitalista em cumplicidade com os ateus transformou o homem num monstro cético, verdugo de seus semelhantes pelo prazer de um charuto, de uma comida ou de um copo de vinho. Covarde, astuto, mesquinho, lascivo, cético, avaro e glutão, do homem atual nada devemos esperar. É preciso dirigir-se às mulheres; criar células de mulheres com espírito revolucionário; introduzir-se nos lares, nas escolas normais, nos liceus, nos escritórios, nas academias e oficinas. Só as mulheres podem impulsionar esses covardes a se rebelar.

— E o senhor acredita na mulher?

— Acredito.

— Firmemente?

— Acredito.

— E por quê?

— Porque ela é princípio e fim da verdade. Os intelectuais a desprezam porque não se interessa pelas divagações que eles constroem para esquivar a Verdade... e é lógico... a verdade é o Corpo, e o que eles tratam não tem nada a ver com o corpo que seu ventre fabrica.

— Sim, mas até agora não fizeram nada mais do que ter filhos.

— E lhe parece pouco? Amanhã farão a revolução. Deixe que comecem a despertar. A ser individualidades.

Hipólita se levantou.

— O senhor é o homem mais interessante que eu conheci. Não sei se voltarei a vê-lo...

— Acho que a senhora voltará a me ver. E será então para me dizer: "Sim, quero ajudá-lo...".

— Pode ser... não sei... vou pensar esta noite...

— Vai voltar para a casa do Erdosain?

— Não. Quero ficar sozinha e pensar. Preciso pensar.

De repente, Hipólita começou a rir.

— Do que a senhora está rindo?

— Estou rindo porque toquei o revólver que eu trouxe para me defender do senhor.

— Realmente, faz bem em rir. Bom, agora vá e pense... Ah! Não precisa de dinheiro?

— Pode me dar cem pesos?

— Pois não.

— Bom, então vamos saindo. Acompanhe-me até a porta desta chácara endiabrada.

— Sim.

Ao sair, o Astrólogo apagou a luz. Hipólita ia ligeiramente encurvada. Murmurou:

— Estou cansada.

Os amores de Erdosain

Erdosain se deteve espantado diante do novo edifício em que se encontrava o apartamento para o qual havia se mudado.

Não conseguia explicar o acontecimento. Em que circunstâncias deixou sua casa pela pensão, na qual, até alguns dias atrás, morava Barsut?

Preocupadíssimo, olhou ao redor. Ele morava ali. Tinha alugado o mesmo quarto que Barsut ocupara! Por quê? Quando executou esse ato? Fechou os olhos para atrair à superfície de sua memória os detalhes que constituíam a determinação para executar aquele fato absurdo, mas aquela faixa de vida estava por demais coberta de acontecimentos recentes e confusos. Na realidade, está ali com a mesma estranheza com que poderia encontrar-se num calabouço do Departamento de Polícia. Ou em qualquer lugar. Além do mais, de onde tirou o dinheiro? Ah, sim! O Rufião Melancólico... Quando arrumou suas malas? Passa a mão pela testa, para dissipar a neblina que cobre a franja mental, e a única coisa que sabe é que ocupa o mesmo quarto do homem que o ofendeu cruelmente, e a quem mandou sequestrar, roubar e matar. Mas Hipólita, como averiguou seu endereço? Inutilmente Erdosain rumina esses enigmas, do mesmo modo que o homem que acorda depois de um acesso de sonambulismo encontra-se, perplexo, em paragens desconhecidas daquelas em que havia dormido.[1]

— Oh! Tudo isso!... Tudo isso!...

Que penúria mental armazena para esquecer-se do mundo?

Enojado, avança pelo corredor do edifício, um túnel abobadado, de cujos lados abrem-se retângulos gradeados de elevadores e portas que vomitam fedores de esgotos e pós de arroz.

No umbral de um apartamento, uma prostituta negrusca, com os braços nus e um penhoar de listas vermelhas e brancas, faz uma criança adormecer. Outra morena, excepcionalmente gorda, com chinelos de madeira, chupa uma laranja, e Erdosain se detém diante da porta do elevador, sujo como uma cozinha, do qual saem um pedreiro com um balde carregado de cimento, e um corcundinha com uma cesta carregada de sifões e garrafas vazias.

Os apartamentos estão separados por tabiques de chapas de ferro. Nas janelinhas das cozinhas da frente, estendidas pelos pátios, veem-se cordas arqueadas sob o peso de roupas úmidas. Diante de todas as portas, trilhas de cinzas e cascas de bananas. Dos interiores escapam injúrias, risos abafados, canções próprias de mulheres e discussões de homens.

Erdosain reflete um instante antes de chamar. Como diabos lhe ocorreu ir viver nesta latrina, no mesmo quarto que antes era ocupado por Barsut?

Detido junto ao vão da escada e olhando um patiozinho na profundidade, perguntou-se o que é que procurava naquela casa terrível, sem sol, sem luz, sem ar, silenciosa ao amanhecer e retumbante de ruídos de fêmeas à noite. Ao entardecer, homens de fuças empoadas e braços brancos tomavam mate, sentados em cadeirinhas baixas, no centro dos pátios.

[1] NOTA DO COMENTADOR: *Erdosain mudou-se para a pensão na qual Barsut morava mais ou menos dois dias depois do sequestro deste. Investigações posteriores permitiram comprovar à polícia que Erdosain nem por um momento tomou o cuidado de esconder seu endereço, pois escreveu uma carta à dona da casa que ocupava anteriormente, suplicando-lhe que desse sua mudança de domicílio a qualquer pessoa que perguntasse por ele.*

A escada em caracol descia mais suja do que um chiqueiro. Então abriu a porta do apartamento e entrou. Nem bem se encontrou no pátio, teve o pressentimento de que Hipólita não estava ali; dirigiu-se para seu quarto e ninguém saiu ao seu encontro. Sem necessidade de que lhe dissessem nada, compreendeu que a Coxa não voltaria mais. Tapou a cara com a palma das mãos, permaneceu assim um breve espaço de tempo e, em seguida, jogou-se em cima da cama.

Fechou os olhos. Trevas esbranquiçadas se imobilizavam diante de suas pálpebras e o repouso que recebia da cama em seu corpo horizontal circulava como uma injeção de morfina por suas veias. Tentou sentir dor pensando em sua esposa. Foi inútil. Uma imagem desbotada tocou, com três pontos de relevo, sua sensibilidade relaxada. Olhos, nariz e queixo.

Era a única coisa que sobrevivia de Elsa. Dirigiu então sua lembrança para o corpo dela; fechou os olhos e somente entreviu um fantasma cinza se vestindo diante do espelho, mas, repugnado, abandonou a imagem. Era tarde demais. Nenhuma fotografia da existência dela podia eriçar seus nervos esgotados. Numa espécie de diário em que Erdosain anotava seus dissabores (e que o cronista desta história utiliza frequentemente no que se refere à vida íntima do personagem) encontrou anotado:

"É como se no interior da gente o decalque de uma pessoa estivesse fixado numa matéria semelhante ao gesso, que, com o toque, perde o relevo. Eu havia repassado muitas vezes essa vida querida, para que pudesse manter-se íntegra em mim, e ela, que no começo estava estampada em meu espírito com suas unhas e seus cabelos, seus membros e seus seios, foi se mutilando devagar."

Na realidade, Elsa era para Erdosain o que aquelas fotografias amareladas pelo tempo e que nada, absolutamente nada, nos dizem do original do qual são a exata reprodução.

Então Erdosain tentou lembrar de Barsut e um bocejo de fastio dilatou-lhe as mandíbulas. Os mortos não lhe interessavam. No entanto, entre resplendores solares sobre uma curva de trilhos, soltou-se por um instante da superfície de seu espírito a ovalada carinha pálida da jovenzinha de olhos esverdeados e cachos negros enrolados na garganta pelo vento, e pensou:

"Estou monstruosamente só. A que grau de insensibilidade eu cheguei para ter a alma tão vazia de remorsos?" E disse em voz tão baixa que o quarto se encheu de um surdo cochicho de caracol marinho:

— Não me importa nada. Deus se entedia do mesmo jeito que o Diabo.

Causou-lhe alegria o pensamento: Deus se entendia do mesmo jeito que o Diabo. Um em cima e outro embaixo bocejam lugubremente da mesma maneira. Erdosain, estirado na cama, com as mãos cruzadas sob a nuca, entreabriu ligeiramente os olhos, sem deixar de sorrir infantilmente. Estava contente com sua ideia. Olhando um vértice do teto, franziu o cenho. Em seguida, vertiginosa, uma chapa de amargura, perpendicular ao seu coração, partiu-lhe a alegria, fez força tangencialmente em suas costelas e, como a proa que desloca oceano, expulsou para além de sua nuca a pequena felicidade e, então, contemplou tristemente o crepúsculo que entrava pelos vidros da porta.

E sem perceber que repetia as mesmas palavras de Víctor Antía quando recebeu o tiro no peito diante do sobrado de Emborg, Erdosain murmurou ferozmente:

— Me ferraram. Nunca serei feliz. E aquela cadela também se foi. Que ideia a minha de falar para uma prostituta da rosa de cobre!

E apertou os dentes ao lembrar o semblante da sardenta, cujo cabelo vermelho, repartido no meio, cobria a ponta de suas orelhas.

Tratou de enganar-se a si próprio e disse:

— Bom, farei sete ternos.

Foi inútil que com essas palavras tentasse deter o desmoronamento de seu espírito.

— E comprarei para mim cinquenta gravatas e dez pares de sapatos, embora tivesse sido melhor que a matasse naquela noite. Sim, devia tê-la matado naquela noite.

E como o pacote de dinheiro o incomodava, pôs-se a contá-lo. Em seguida, percebeu que não havia tomado nem a precaução de fechar a porta.

Por ali entrava uma cinzenta claridade crepuscular, semelhante às luzes do aquário em que flutuam, com torpes mergulhos, peixes de vista curta. Erdosain, sentado na beira da cama, apoiou a face na palma da mão. Ao levantar as pálpebras, deteve os olhos no cromo de um almanaque que o seduzia com sua titânica policromia.

Uma ciclópea viga de aço duplo T, suspensa por uma corrente negra entre o céu e a terra. Atrás, um crepúsculo roxo, caído numa profundidade de fábricas, entre obeliscos de chaminés e angulares braços de guindastes. A vida novamente geme em Erdosain. Por momentos revira os olhos com sonolência, sente-se tão sensível que, como se tivesse se desdobrado, percebe seu corpo sentado, recortando a solidão do quarto, cujos cantos vão escurecendo cinza tons de água.

Quer pensar na manhã do crime e não pode. Quando chegou, o desaparecimento de Hipólita o surpreendeu um pouco. Agora também Hipólita está afastada de sua consciência. Sua percepção serve-lhe unicamente para compreender que as energias de seu corpo se esgotaram a ponto de esmagá-lo, com a face tristemente apoiada numa mão, na funerária solidão do quarto. Até lhe parece ter saído fora de si mesmo, ser o espião invisível que esquadrinha a angústia daquele homem ali derrotado, com os olhos perdidos numa gráfica mancha escarlate, fendida obliquamente por uma viga de aço suspensa entre o céu e a terra.

Por momentos, um suspiro estufa seu peito. Vive simultaneamente duas existências: uma, espectral, que se detive para olhar com tristeza para um homem esmagado pela desgraça e, depois, outra, a de si próprio, na qual se sente explorador subterrâneo, uma espécie de mergulhador que com as mãos estendidas vai apalpando tremulamente a horrível profundidade na qual se encontra submerso.

O tique-taque do relógio soa muito distante. Erdosain fecha os olhos. Isolam-no do mundo sucessivas envolturas perpendiculares de silêncio, que caem fora dele, uma atrás da outra, com tênue toque de suspiro. Silêncio e solidão. Ele permanece ali dentro, petrificado. Sabe que ainda não morreu porque a ossatura de seu peito se levanta sob a pressão do sofrimento. Quer pensar, ordenar suas ideias, recuperar seu "eu", e isso é impossível. Se tivesse ficado paralítico não lhe seria mais difícil mover um braço do que colocar agora seu espírito em movimento. Nem sequer percebe a batida de seu coração. Tanto mais, no núcleo daquela escuridão que pesa sobre sua testa, distingue um buraquinho aberto em direção aos mastros de um porto distantíssimo. É única calçada de sol de uma cidade negra e distante, com celeiros cilíndricos de cimento armado, vitrines de vidros grossos, e embora quisesse parar, não pode. Desmorona vertiginosamente rumo a uma super-civilização espantosa: cidades tremendas em cujas varandas cai a poeira das estrelas, e em cujos subsolos, tríplices redes de estradas de ferro subterrâneas sobrepostas arrastam uma humanidade pálida rumo a um infinito progresso de mecanismos inúteis.

Erdosain geme e retorce as mãos. De cada grau de que se compõe o círculo do horizonte (agora ele é o centro do mundo) lhe chega uma certificação de sua infinita pequenez: molécula, átomo, elétron, e ele, para os trezentos e sessenta graus de que se compõe cada círculo do horizonte, envia seu chamado angustiado. Que alma lhe responderá? Segura a testa que queima, e olha ao redor. Depois fecha os olhos e, em silêncio, repete seu chamado, aguarda um instante esperando resposta e, em seguida, desalentado, apoia a face no travesseiro. Está absolutamente só entre três milhões de homens e no coração de uma cidade. Como se de repente um declive crescente tivesse precipitado sua alma rumo a um abismo, pensa que não estaria mais só na branca planície do polo. Como fogos fátuos na tempestade, tímidas vozes com palavras iguais repetem o timbre de queixa desde cada centímetro cúbico de sua carne atormentada. O que fazer? O que se deve fazer?

Levanta-se, e aparecendo na porta do quarto, olha o pátio entenebrecido, levanta a cabeça e mais acima, reptando as paredes, descobre um paralelogramo de porcelana azul-clara encravado no cimento sujo das paredes.

— Esta é a vida das pessoas — diz para si mesmo. — O que se deve fazer para terminar com semelhante inferno?...

Cada pergunta que se faz ressoa simultaneamente em suas meninges; cada pensamento se transforma numa dor física, como se a sensibilidade de seu espírito tivesse contagiado seus tecidos mais profundos.

Erdosain escuta o estrépito dessas dores repercutir nas falanges de seus dedos, nos cotos de seus braços, nos ombros, nos nós de seus músculos, nos mornos recantos de seus intestinos, em cada escuridão de sua entranha estoura uma bolha de fogo-fátuo que tremelica a espectral pergunta:

— O que se deve fazer?

Aperta as têmporas, prensa-as com os punhos; está localizado no negro centro do mundo; é o eixo dolente carnal de uma dor que tem trezentos e sessenta graus, e pensa:

— É melhor acabar?

Lentamente, retira o revólver da gaveta da mesa. A arma ensebada pesa na palma de sua mão. Erdosain examina o tambor, gira-o, observando as cápsulas amarelas de bronze com os cárdeos fulminantes de cobre. Endireita o revólver e olha o canhão com o negro vazio interior. Erdosain apoia o cano sobre o coração e sente na pele a pressão circular do tecido de sua roupa.

Blocos de escuridão desmoronam-se diante de seus olhos. Lembra-se de Elsa, distingue-a naquele terrível quarto empapelado de azul. Da superfície da escuridão desprende-se sua boca entreaberta para receber os beijos de outro. Erdosain quer berrar seu desespero, quer tapar essa boca com a palma de sua mão para que os outros lábios invisíveis não a beijem, arranha a mesa devagar e continua apertando o revólver sobre o peito.

Está gemendo por inteiro, não quer morrer, é preciso que sofra mais, que se despedace mais. Com a culatra do revólver dá uma martelada sobre a mesa, em seguida outra; uma energia impiedosa arqueia seus braços como se fossem os de um orangotango que quer apertar o tronco de uma árvore. E lentamente arqueia-se sobre o assento, agacha-se, quer apequenar-se e, como as grandes feras carnívoras, dá um grande salto no vazio, cai sobre o tapete e acorda de cócoras, surpreendido.

O chão está coberto de dinheiro; ao bater os pacotes de dinheiro com a culatra do revólver, as notas se esparramaram. Erdosain olha estupidamente esse dinheiro e seu coração permanece calado. Apertando os dentes, levanta-se, caminha de um canto a outro do quarto. Não o preocupa pisotear o dinheiro. Seus lábios se torcem num esgar, caminha devagar, de uma parede a outra, como se estivesse trancado numa jaula. De vez em quando se detém, respira devagar, olha com estranheza a escuridão que enche o quarto, ou aperta o coração com as duas mãos. Uma força quer escapar dele; por um momento apoia o antebraço na parede e sobre ele, a testa. Nele respiram os pulmões de sua angústia. Aguça o ouvido para recolher vozes distantes, mas nada chega até ele; está sozinho e perpendicular na superfície de um inferno redondo. Novamente caminha. Assim como se formam as crostas de óxido nas superfícies dos ferros, assim também, lentamente, vão se formando as imagens na superfície de sua alma. Erdosain tenta interpretar esses relevos meio apagados de ideias, desejos tristes, choros abortados; em seguida gira bruscamente sobre si mesmo e pensa:

— É necessário que eu me salve? Que nos salvemos todos?

Essa palavra, como a tempestade de Deus, joga contra seus olhos visões de casarios povoados de um vermelho acobreado, janelinhas nas quais se enquadram rostos de condenados, mulheres ajoelhadas junto a um berço, punhos que ameaçam o céu de Deus, e Erdosain sacode a cabeça, semelhante a um homem que tivesse as têmporas perfuradas por uma flecha. É tão terrível tudo o que adivinha que abre a boca para sorver um grande gole de ar. Senta-se outra vez junto à mesa... Já não está nele, nem é ele. Dirige ao redor olhares oblíquos, pensa que é preciso descobrir a verdade, que aquele é o problema mais urgente porque senão enlouquecerá, e quando retorna seu pensamento ao crime, seu crime não é crime. Trata de evocar o fantasma de Hipólita, mas uma experiência misteriosa parece lhe dizer que Hipólita nunca esteve ali, e sente tentações de gritar.

Depois seu pensamento se interrompeu. Teve a sensação de que alguém o estava observando; levantou a cabeça com lentidão precavida, e no umbral da porta observou parada dona Ignacia, a dona da pensão.

Mais tarde, referindo-se a tal circunstância, Erdosain me dizia:

— Quando vi aquela mulher ali, imóvel, me espiando, experimentei uma alegria enorme. Não sabia o que poderia esperar dela, mas o instinto me dizia que ambos desejávamos nos utilizar reciprocamente.

Silenciosamente, entrou dona Ignacia. Era uma mulher alta, gorda, de cara redonda e papadas. Seu negro cabelo encaracolado, unido à prolongada queda do vértice dos lábios, e os olhos mortos como os de um peixe, davam-lhe um aspecto de mulher cruel e suja. Em volta do pescoço, usava uma fita de veludo preto. Umas sapatilhas rasgadas desapareciam sob a barra de seu roupão quadriculado de preto e branco, avolumado extraordinariamente sobre os peitos. Olhou o dinheiro de soslaio e, passando a língua avidamente[2] pela borda de seus lábios lustrosos, disse:

— Sr. Erdosain...

Erdosain sem tomar o cuidado de guardar o dinheiro, virou-se.

— Ah, é a senhora?

— A senhora que dormiu aqui esta noite disse que não a esperasse.

— Quando foi embora?

— Esta tarde. Deve fazer umas três horas.

— Está bem. — E virando a cabeça, continuou contando o dinheiro.

Dona Ignacia, hipnotizada pelo espetáculo, ficou ali, imóvel. Havia cruzado os braços, umedecia os lábios avidamente.

— Jesus, Maria, sr. Erdosain, tirou a sorte grande?

— Não senhora... é que eu fiz um invento.

E antes que a marafona tivesse tempo de se assustar, ele, a quem se minutos antes tivessem lhe perguntado a origem desse dinheiro não teria sabido o que responder, tirou do bolso a rosa de cobre e mostrando-a à mulher, disse:

— Vê?... Esta era uma rosa natural e, mediante meu invento, em poucas horas se transforma numa flor de metal. A Electric Company comprou de mim a patente de invenção. Ficarei rico...

A marafona examinou surpresa a acobreada flor metálica. Fez girar entre os dedos o caule de arame e contemplou, extasiada, as finas pétalas metalizadas.

---

[2] As repetições, principalmente dos advérbios terminados em -mente, são uma importante marca da escrita arltiana, podendo aparecer até quatro ou cinco vezes num mesmo parágrafo; substituí-los por algum sinônimo significaria "melhorar" e "embelezar" o estilo do autor, o que seria inadequado. (N.T.)

— Mas é possível que o senhor...! Quem diria!... Que bonita flor!... Mas, como teve essa ideia?

— Faz muito tempo que estudo o invento. Eu sou inventor, assim como a senhora me vê. Possivelmente ninguém me supere em gênio neste país. Estou predestinado a ser inventor, senhora. E algum dia, quando eu já estiver morto, virão ver a senhora e lhe dirão: "Mas, diga-nos senhora, como era esse moço?". A senhora não estranhe se de repente sair um retrato meu nos jornais. Mas sente-se, senhora. Estou muito contente.

— Bendito seja Deus! Como não vai estar? O coração já me dizia quando vi o senhor pela primeira vez que o senhor era um homem estranho.

— E se a senhora soubesse os inventos que eu estou estudando agora, cairia de costas. Este dinheiro que tenho aqui não é tudo, mas uma parte que me deram por conta... Quando a rosa de cobre vender em Buenos Aires, me pagarão mais cinco mil pesos. A Electric Company, senhora. Esses norte-a-mericanos são dinheiro na mão... Mas falando de tudo um pouco, senhora, o que lhe parece se eu me casasse, agora que tenho dinheiro?... Eu, senhora, preciso de uma mulherzinha jovem... briosa... Estou farto de dormir sozinho. O que lhe parece?

Expressava-se assim, com deliberada grosseria, experimentando um prazer agudo, beirando o paroxismo. Mais tarde, o comentador dessas vidas supôs que a atitude de Erdosain provinha do desejo inconsciente de se vingar de tudo o que antes havia sofrido.

Os olhinhos da mulher se acinzentaram em brilhos de podridão. Girou lentamente a cabeça na direção de Erdosain e, espiando-o por entre a repugnante fenda de suas pálpebras, murmurou com tom de devota que evita as licenças do século:

— Não se precipite, Erdosain. Veja que nesta cidade as meninas são muito espertas. Vá para as províncias. Ali encontrará mocinhas recatadas, todo respeito, comportadas... de estirpe...

— Estou me lixando para a estirpe. O que acontece é que pensei na sua filha, senhora.

— Não diga, Erdosain!

— Sim, senhora... Gosto dela... Gosto muito... É mocinha...

— Mas jovem demais para se casar. Mal acabou de fazer catorze anos!...

— A melhor idade, senhora... Além do mais, a Maria precisa se casar, porque eu já a encontrei outro dia no saguão, com a mão na braguilha de um homem.

— O que o senhor está dizendo?

— Eu não dou grande importância a isso, porque sempre temos as mãos em algum lugar... A senhora não vai negar que sou compreensivo...

Com espalhafato de desmaio, a bruaca reiterou:

— Será possível, sr. Erdosain!... A minha filha com as mãos na braguilha de um homem!... Nós somos de estirpe, Erdosain... Da aristocracia de Tucumán... não é possível... O senhor se confundiu!... — disse e, artificialmente abatida, começou a passear pelo quarto, ao mesmo tempo que juntava as mãos sobre o peito em atitude de reza. Erdosain a contemplava imensamente divertido. Mordeu os lábios para não soltar uma gargalhada. Inúmeras obscenidades se amontoavam em sua imaginação. Arguiu, implacável:

— Porque a senhora há de compreender que a braguilha de um homem não é o lugar mais adequado para as mãos de uma mocinha...

— Não me estremeça...

Erdosain continuou implacável:

— E a menina que é surpreendida com as mãos na braguilha de um homem, dá o que pensar mal de sua honestidade. Não lhe parece, senhora?... Pode alegar que foi ali para procurar rosas ou jasmins? Não, não pode.

— Meus Deus!... Na minha idade passar esta vergonha...!

— Acalme-se, senhora...

— Não posso conceber isso, Erdosain, não posso. Virgem, eu me casei virgem, Erdosain.

Grave como um bufão, Erdosain retrucou:

— Nada impede que ela o seja... Meu Deus... Eu não sei até agora de nenhuma mulher que tenha perdido sua virgindade por somente pôr as mãos nas partes pudentas de um homem.

— E para o lar de meu esposo levei minha estirpe e meu recato. Eu sou da nata tucumana, Erdosain... Meus padrinhos de casamento foram o deputado Néstor e o ministro Vallejo. Minha inocência era tanta que meu esposo, que descanse em paz, me chamava de Virgenzinha. Eu era de fortuna, Erdosain. Não confunda porque nos vê nesta situação. A morte de um filho nos deixou na indigência. Eu dizia, e esta língua nunca foi manchada por uma mentira, eu dizia: "O hospital é para os pobres. Não é preciso tirar o lugar dos pobres". E meu filho foi para um sanatório particular.

Erdosain interrompeu-a:

— Mas, senhora, o que isso tudo tem a ver com a virgindade da sua menina?

— Espere.

Três minutos depois entrava dona Ignacia no quarto com a menina.

Era esta uma criança ligeiramente vesga, precocemente desenvolvida. Erdosain examinou-a como a uma égua; enquanto isso, a mulher revirava a vesga com furor pirotécnico:

— Mas, me diz, como você pode renegar sua estirpe?

— Senhora, a estirpe não tem nada a ver com a virgindade... Observe a senhora como sou compreensivo...

A vesga contemplou espavorida com um olho sua mãe e com outro, Erdosain.

— Não me deixe sem graça, Erdosain, pelo amor de Deus.

E outra vez, dirigindo-se à moça, reiterou:

— O que diria o seu pai, que quase era advogado, o que diria o seu padrinho, o ministro, o que diria a sociedade de Tucumán se soubessem que você, minha filha, a filha de Ismael Pintos, andava com as mãos na braguilha de um homem?

Deixou-se cair espantada numa cadeira.

— Virgem, sr. Erdosain, eu fui virgem para o casamento, com minha virtude intacta, com minha virtude intacta... Eu era pura inocência, Erdosain... Eu era como um lírio dos vales e, em compensação, você... você mergulha a família na desonra... na vergonha...

A piranha desvanecia-se no êxtase que lhe proporcionava a lembrança de seu hímen intacto. Remo jamais se divertiu tanto como naquela ocasião. Sorria na semiescuridão, dissolvida sua amargura num regozijo estupendo. Aquela cena não poderia ser mais grotesca. Ele, um homem de reflexão, discutindo com uma repugnante rufiã a hipotética virgindade de uma moça que não lhe importava nem pouco nem muito. Arguiu, sério:

— O grave é que nessas balbúrdias braguilheiras as meninas às vezes perdem a virgindade, e que homem vai arcar com uma menina, por mais decente que seja, que tem a vagina deteriorada?... Nenhum.

Clamorosa, a marafona, entornando a podridão de seus olhinhos, soltou:

— Virgem, sr. Erdosain... Eu fui virgem, com minha virtude intacta, ao leito nupcial...

— Assim dá gosto, senhora. O lamentável é que sua filha talvez não possa dizer o mesmo...

A vesga, que permanecia com a cabeça inclinada, explodiu, chorosa:

— Eu também sou virgem, mãezinha... eu também...

Enternecida, a bruaca se ergueu:

— Você não está mentindo, minha filhinha?

— Não, mamãe; sou virgem... Era a primeira vez que punha a mão ali...

— Se é a primeira vez, não vale — epilogou sério Erdosain, acrescentando em seguida: — Além disso, não há por que se afligir. Em algum lugar as meninas têm que aprender o que farão quando casadas.

A cena era francamente repugnante, mas ele parecia não se dar conta disso.

A marofona, voz melosa e uma mão no peito, disse lentamente:

— Sr. Erdosain, os Pintos não mentem jamais. Saio na garantia da virgindade desta inocente como se fosse a minha.

Erdosain coçou conscienciosamente a ponta do nariz e disse:

— Castíssima sra. Ignacia: acredito na senhora, porque a garantia é boa.

A moçoila enxugou as lágrimas, e Erdosain, olhando-a, acrescentou:

— Ei, Maria, quero me casar com você. Agora tenho dinheiro. Está vendo este dinheiro?... Você pode comprar lindos vestidos... pérolas...

Dona Ignacia interveio vertiginosamente:

— Como não vai querer se casar, e com um cavalheiro de respeito como o senhor!

Os mortiços olhos da menor iluminaram-se fulvamente.

— O que você acha?... Você quer se casar?...

— Hã... mamãe que diga.

— Muito bem... Eu te autorizo a se relacionar com o sr. Erdosain e... cuidado para não faltar com o respeito!

— Você está de acordo, Maria?

A criança sorriu libidinosamente e balbuciou um "sim" de encomenda.

Erdosain pegou trezentos pesos da cama.

— Pegue, para que você se vista.

— Sr. Erdosain!

— Não se fala mais nisso; dona Ignacia... a senhora não precisa de nada?... Não precisa ter vergonha, senhora...

— Se eu me atrevesse... Tenho um vencimento de duzentos pesos... Eu te pagaria no final do mês...

— Como não, mamãe!... Sirva-se... Não precisa de mais nada?...

— Por enquanto não... Mais adiante...

— Com confiança, mamãe... Vou chamá-la de mamãe, se a senhora me permite...

— Sim, filho... Mas o que você está fazendo?... Dê um beijo no seu noivo, criatura — exclamou a bruaca, apertando as notas contra o peito ao mesmo tempo que empurrava a menor para os braços do cínico.

Maria avançou timidamente e Erdosain, segurando-a pela cintura, a fez sentar sobre sua perna. Então a mãe sorriu convulsivamente e, antes de sair do quarto, recomendou:

— Confio ela a você, Erdosain.

— Não vá embora, senhora... mamãe, queria lhe dizer.

— Queria algo?

— Sente-se. Se soubesse como estou contente de ter dado este passo. — Deu lugar na cama para a Vesga, dizendo-lhe: — Sente-se aqui do meu lado — e prosseguiu: — Este é um grande dia para mim. Finalmente encontrei um lar... uma mãe.

— O senhor não tem mãe, sr. Erdosain?

— Não... morreu quando eu era muito pequeno...

— Ah... uma mãe... uma mãe — suspirou a rufiã. — O homem é inútil, eu sempre digo isso. Para ser algo na vida deve ter a companhia de uma mulherzinha boa e que o ajude.

— É o que eu penso...

— Por isso, e não porque a minha menina esteja aqui presente...

— Mamãe...

— O que nós temos que fazer — insinuou Erdosain — é procurar uma casa perto do rio. Se a senhora soubesse como eu gostaria de morar de frente para o rio. Trabalharia nos meus inventos...

Timidamente, bateram na porta com os dedos e apareceu a empregada, uma mulher ocre e manca. A empregada sorriu puerilmente e anunciou:

— Está à sua procura um sr. "Haner".

— Que entre.

As três mulheres se retiraram.

Enfático, farejando dissimulação, entrou o Rufião Melancólico. Estendeu a mão a Erdosain e disse:

— Eu estava entediado... por isso vim vê-lo.

O sentido religioso da vida

Erdosain acendeu a lâmpada elétrica. Haffner, sem cumprimento, jogou seu chapéu na ponta da cama, recostando-se nela. Uma onda de cabelo preto, com gomalina, arqueava-se sobre sua testa. Esfregando a face empoada com a palma da mão, olhou azedamente ao redor e, ao mesmo tempo em que puxava a calça sobre a perna, resmungou:

— O senhor não está mal aqui.

Erdosain, sentado na beirada de uma cadeira, junto da mesa, examinava o Rufião com curiosidade. Este tirou cigarros e, sem oferecer a Erdosain, resmungou:

— Nesta cidade todo mundo se entedia. Ontem eu vi o Astrólogo. Ele me disse que fazia tempo que não via o senhor.

— Viu ele... disse que...[3]

— Não sei... estava um pouco preocupado. Esse homem vai acabar mal.

— O senhor acha?

— Acho... pensa coisas demais ao mesmo tempo. É verdade que é capaz de outro tanto... eu tratei de me interessar pelo que ele planeja... no fundo, serei sincero com o senhor, nada me interessa. Eu me entedio. Eu me entedio horrivelmente. Estou "cheio" de "jogatina", de putas e de filósofos de café. Aqui não há absolutamente nada para fazer.

— O senhor não era professor de matemática?

— Sim... mas o que tem a ver o professorado com o tédio? Ou o senhor acredita que posso me divertir extraindo raízes? O senhor sabe por que o "cafetão" joga todo o dinheiro que a mulher trabalha? Porque se entedia. Sim, de entediado. Não há homem mais "cheio" que o "cafiola". Vive para o jogo, do mesmo jeito que a mulher trabalha para sustentá-lo. Temos isso no sangue. O senhor não leu a *Conquista de la Nueva España*, de Bernal Díaz del Castillo? Encontraria coisas curiosas. Tão viciados no carteado eram os conquistadores que fabricavam cartas com o couro de tambores que não serviam mais. E com essas cartas jogavam o ouro que arrancavam dos indígenas. Trazemos isso no sangue. É do meio...

— É a falta de sentido religioso — objetou seriamente Erdosain. — Se os homens tivessem um sentido religioso da vida, não jogariam.

---

[3] NOTA DO COMENTADOR: *Isso nos demonstra que o Astrólogo ocultava cuidadosamente do Rufião Melancólico os bastidores de sua vida, pois na tarde anterior, quando Haffner perguntou por Erdosain, este se encontrava dormindo na chácara.*

Haffner soltou uma sonora gargalhada.

— O senhor é uma figura deliciosa. Como quer que um "cafetão" tenha sentido religioso da vida! Os espanhóis da conquista eram religiossíssimos. Não entravam numa batalha sem antes ouvir uma missa. Encomendavam-se a Deus e à Virgem. Isso não os impedia de arriscar tudo no jogo e queimar vivos os indígenas.

— Eram fórmulas. O sentido religioso da vida significa uma posição dentro do mundo. Uma posição mental e espiritual...

— Como se consegue?

— Não sei.

— E como então o senhor fala do que não sabe?...

— Porque o problema me preocupa tanto quanto ao senhor.

— E por isso trata de resolvê-lo com frases.

— Não, aí que está, não são frases... eu conjecturo algo. Em que consiste o algo... por momentos parece que agarro a solução; em outros momentos se derrete nas minhas mãos. Por exemplo... o meu problema. Encaremos o meu problema... não o seu. Meu problema consiste em me afundar. Em me afundar dentro de um chiqueiro. Por quê? Não sei. Mas a sujeira me atrai. Acredite. Gostaria de viver uma existência sórdida, suja, até dizer chega. Gostaria de "bancar" o noivo... não me interrompa. Bancar o noivo em alguma casa católica, cheia de moças. Casar com uma delas, a mais despótica; ser um corno, e que essa família asquerosa me obrigasse a trabalhar, me largando na rua com os indispensáveis vinte centavos para o bonde. Não me interrompa. Gostaria de trabalhar num escritório, cujo chefe fosse o amante da minha mulher. Que todos meus companheiros soubessem que eu era um corno. O chefe gritaria comigo e eu o escutaria. Depois, à noite, viria fazer uma visita na minha casa, e a minha mulher e a minha sogra e suas irmãs estariam jogando na loteria com o chefe, enquanto eu me deitaria cedo, porque pela manhã teria que ir voando para o escritório.

— O senhor está louco.

— Não há dúvida.

— É que você está louco de verdade.

— Existem loucos de brincadeira, por acaso?

— Sim; às vezes há loucos de brincadeira. O senhor é a sério.

— Bom... Existe em mim uma ansiedade de esgotar experiências humilhantíssimas. Por quê? Não sei. Outros, tampouco se duvida disso, afastam tudo o que pode humilhá-los. Eu sinto uma angústia especial, quase dulcíssima, em me imaginar nessa casa católica, com um avental amarrado na cintura com um barbante, esfregando pratos, enquanto a minha mulher, no dormitório, se diverte com o meu chefe.

— É inexplicável... me faz pensar...

— Primeiro disse que eu estava louco... agora diz que eu o faço pensar...

— Sim, antes disse que o senhor era um louco... espere um momento — e o Rufião, levantando-se, começou a caminhar pelo quarto, em seguida parou diante de Erdosain, e aqui ocorreu um episódio curioso. O Rufião aproximou-se de Erdosain, olho-o inquisitivamente nos olhos e disse:

— Enquanto o senhor falava, eu pensava, e me deu um frio na espinha. Me ocorreu um pensamento quase descabelado, mas que deve ser verdadeiro...

— Vamos ver...

— O senhor leva no seu íntimo um remorso...

— Epa! Epa! O que está dizendo?

— Sim... O senhor cometeu, sabe-se lá quando... não posso adivinhar... um crime terrível.

— Epa! Epa! O que está dizendo?

— O senhor não confessou esse crime para ninguém... ninguém o conhece...

— Eu não assassinei ninguém...

— Não sei... Não é necessário assassinar para cometer um crime terrível. Quando eu digo um crime terrível, é um crime que ninguém na face da Terra pode perdoar.

— Eu não cometi nenhum crime...

— Não lhe peço que me conte nada. Isso é assunto seu. Mas eu pus o dedo na ferida. Embora o senhor diga que não com a boca, o senhor sabe no seu íntimo que eu tenho razão... Só assim se explicaria essa "ânsia de humilhação" que há no senhor. Não fique pálido...

— Não estou pálido...

— E agora o senhor... possivelmente esteja à beira de outro crime. Não sei que instinto me diz isso. O senhor pertence a esse tipo de gente que necessita acumular dívidas sobre dívidas para se esquecer da primeira dívida...

— É notável...

O Rufião, parado diante de Erdosain, com as mãos nos bolsos de seu terno cinza, o peito arqueado porque inclinava a cabeça na direção de Erdosain, insistiu, os olhos tenazmente fixos no outro:

— Vou lhe dizer outra coisa. Eu, com toda minha cancha de malandro, me achava um gigante a seu lado; agora me dou conta de que todos nós somos crianças perto do senhor. Não ria. Se existe um criminoso entre nós, um homem que sabe-se lá que horrores cometeu na sua vida, é o senhor, Erdosain. E o senhor sabe disso. Sabe que eu não estou enganado. Sabe-se lá que crime cometeu. Deve ser algo extremamente gravíssimo, para que o remoa tanto por dentro. Já na primeira vez que vi o senhor, eu disse: "que estranho esse homem". Depois o Astrólogo me contou algo sobre o senhor; isso me fez pensar mais. E quando o senhor falava me deu um frio na espinha. Foi o pressentimento; e tive uma impressão nítida: este homem cometeu algum crime terrível. Essa necessidade de humilhação de que fala não é nada mais que remorso, necessidade de fazer-se perdoar pela consciência de algum ato espantoso do qual não pode se esquecer. De outro modo não se explica...

— Que crime pode ter cometido um sujeito que é um idiota como eu sou?

— O senhor não é nenhum idiota.

— O senhor sabe que me deixei ser esbofeteado pelo primo de...

— Sei de tudo... Isso não tem importância... Ao contrário... Confirma meu ponto de vista. O senhor vive isolado do resto dos homens. Essa "ânsia de humilhação" que há no senhor é a seguinte sensação: o senhor compreendeu que não tem direito de se aproximar de ninguém, por causa do horrível crime que cometeu.

— Que notável!... Não lhe basta que seja crime, mas tem, além disso, que anexar a história de horrível...

— Eu sei que estou com a razão. O senhor sabe que se o mundo conhecesse seu delito, talvez o rechaçaria horrorizado. Então, quando o senhor se aproxima de alguém, inconscientemente sabe que se esse alguém o recebe afetuosamente, o senhor o ludibriou, porque, ao conhecer seu crime, o rechaçaria espantado.

— Mas como o senhor é fantástico, Haffner!... Que crime eu posso ter cometido?

— Erdosain, vamos jogar limpo. O senhor, faz muito tempo... sabe-se lá há quantos anos... cometeu um crime que ficou impune. Ninguém o conhece. Nenhum dos que conhecem o senhor suspeita de nada. O senhor sabe que ninguém pode acusá-lo... Possivelmente os protagonistas de seu crime tenham morrido, mas o senhor não se esqueceu.

— Ficou louco, Haffner...

— Erdosain, permita-me... Algo conheço dos homens. O senhor, desde hoje, está mudando de cor. Tem a boca ressecada, de vez em quando seus lábios tremem... Se a conversa o incomoda, mudemos de tema.

— É que eu não posso permitir que o senhor fique com essa convicção.

— Veja, se o senhor me dissesse que para me provar sua inocência se dava um tiro, e efetivamente se matasse, eu me diria: "Erdosain fingiu. Apesar de ter morrido, era culpado por um crime que não pôde confessar... É tão espantoso...".[4]

— Dessa maneira não há discussão possível...

— Naturalmente.

— Agora também explicaria sua angústia... Essa angústia da qual o senhor falava...

— Perfeitamente... Mudemos de assunto.

Ficaram silenciosos durante alguns minutos. Erdosain, de pernas cruzadas, as mãos sobre o peito, olhava para o chão, depois disse:

— Sabe de uma coisa, Haffner? Por momentos me ocorre que o sentido religioso da vida consistiria em adorar-se infinitamente a si próprio, respeitar-se como algo sagrado...

— Epa!... Epa!...

— Não se entregar a não ser à mulher que se ama, com o mesmo exclusivo sentido com que a mulher faz ao se entregar ao homem.

— Hum!...

— Observe o senhor... Passa uma prostituta que lhe agrada, e a compra. Esse fato é, em si, uma simples masturbação composta. Bom, para o homem que tem um sentido religioso da vida, possuir uma mulher sem amá-la é receber desse ato a sensação degradante que o senhor receberia se, em vez de comprar a prostituta, se masturbasse. Igual sentimento com relação à cópula tem a mulher normal, para quem a mulher que se entrega a um homem sem amá-lo é uma depravada. O senhor mesmo me contou que as prostitutas chamam de "louca" aquela que troca de "cafetão".

O Rufião levantou uma sobrancelha. Escutava.

— O senhor acredita no que me disse?

— Firmemente.

— E o que aconteceria, segundo o senhor, amando-se e respeitando-se a si mesmo desse modo?

— Epa!... É perguntar demais... Veja, a personalidade se duplicaria... A castidade seria guardada até que se desejasse ter outro filho...

---

[4] NOTA DO COMENTADOR: *O comentador destas confissões acredita que a hipótese de Haffner a respeito do incofessado crime de Erdosain é exata. De outra forma é incompreensível sua sistemática busca de semelhantes estados degradantes.*

— Isso não é possível...

— Não é possível enquanto se pensar que não é possível. Assim que se acreditar que é possível, será a coisa mais fácil. O senhor imagina que sensação de segurança, de potência, de alegria, de respeito, terá uma mulher no momento em que saiba que seu companheiro vive uma vida tão pura e perfeita como a sua? Em que ele é como ela, exatamente igual... Do que você está rindo?

— Estou rindo pensando que não há nenhum dos meus companheiros que me ache capaz de suportar uma conversa assim. Não lhe parece ridícula?

— Não, porque... O grave seria pensar essas coisas e não dizê-las...

— Mas o homem não pode... fisiologicamente...

— É mentira... Pode... Tudo o que quiser pode. O senhor também sabe que pode...

— E a vida?

— Então a vida tomaria outra direção. Apareceriam novas forças espirituais. Novos caminhos.

— E se ele gostasse de outra?

— Como não vai gostar de outra se antes de possuir a última gostou de outras e a última possuída se transforma numa das outras?

— E para que amar-se e respeitar-se a si próprio?

— Isso é assunto seu. Para que o senhor quer mais dinheiro? Para que os outros querem mais poder? Para que o senhor quer mais prazer? Tudo isso está fora do senhor, e como está fora do seu corpo, nunca será seu. Só o amor a si próprio e o respeito por si estão no senhor e são seus...

— E ela?

— Ela diante do senhor se sentiria infinitamente grande. Amará a si mesma para ser mais amada pelo senhor. É como uma concorrência de aperfeiçoamento, me entende? As duas almas saem do corpo... mais para cima... cada um pelo outro, mais para cima... O negócio é interessante, hein?... Mais para cima. Os corpos se aproximarão, claro... algumas vezes, quando eles se necessitem imperiosamente... mas as duas almas sorrirão olhando a loucura de seus corpos terrestres...

— Quem lhe ensinou essas coisas?...

— Ninguém... A gente pensa essas coisas sozinho... Procura, sabe. Por que se é desgraçado? Porque a felicidade não está em nós. Estamos construídos para sermos felizes, perceba isso. Mediante a vontade, podemos conseguir tudo... e no entanto não somos felizes... Porque... Era o Astrólogo que dizia...

Sim, o Astrólogo dizia que a ciência havia crescido desmesuradamente enquanto a nossa moral era anã. A mesma coisa aconteceu com nosso sexo. Deixamos crescer o desejo infinitamente, e para quê?... Pode me dizer para que desejamos as mulheres? Não somos homens e sim sexos que arrastam um pedaço de homem. O senhor explora três mulheres para não trabalhar. Outros exploram um regimento de operários para andar de automóvel, ter muitos empregados ou beber um vinho cujo mérito é o de ter sido engarrafado há cem anos. Nem eles nem o senhor são felizes...

— Sabe que sinto vontade de matá-lo com um tiro nas tripas, para que tenha uma agonia ruim?

— Já sei... Mas nem metendo um tiro na barriga de todos os homens do planeta se solucionará esse negócio. Não é "um assunto que se arranja com conversa", como dizem vocês... Além disso, o senhor sabe que eu estou dizendo a verdade. Senão não sentiria vontade de me meter um tiro na barriga. O senhor sabe que agora não poderá viver como antes; é inútil. Dentro lhe ficou um verme e, queira ou não, terá que ser perfeito... ou estourar.

Haffner entrefechou os olhos, pensando: "Maldito seja o dia em que conheci este imbecil".

Levantou-se e, olhando ferozmente para Erdosain, disse:

— Saúde!...

— Não vai levar o dinheiro?...

Haffner entrefechou os olhos, em seguida olhou seu relógio de pulso e, sem estender a mão a Erdosain, disse:

— Vou indo... Saúde!...

— Não vai levar o dinheiro que me emprestou?

— Não. Para quê?... O senhor precisa mais. Até logo... — E saiu sem esperar resposta de Erdosain.

A cortina de angústia

Dez da noite. Erdosain não pode conciliar o sono...

Os nervos, sob a pele de sua testa, são a dolente continuidade de seus pensamentos, por momentos misturados como a água e o óleo, sacudidos pela tempestade, e em outros separados em densas camadas, como se tivessem passado pelo tambor de uma centrífuga. Agora compreende que bailem nele diferentes feixes de pensamentos, agrupados e soldados na ardente fundição de um sonho infernal. O passado aparenta uma alucinação que toca, com seu fio perpendicular, a borda de sua retina. Ele espia, sem se atrever a olhar demais. Está preso ao passado como por um cordão umbilical. Diz para si mesmo: "pode ser que amanhã minha vida mude", mas é difícil, pois ainda que o sonho acabe por se dissolver, sempre restará ali no seu interior um sedimento pálido: Barsut estrangulado. Elsa retorcendo-se entre os braços de um homem nu. Mas de repente se sacode: Barsut não existe, não existe nem como um pálido sedimento, e essa certeza não alivia nem rompe o nó que liga a franja de seus pensamentos e, sim, introduz um vazio angustiado em seu peito. Este se assemelha a um triângulo cujo vértice lhe chega até o pescoço, cuja base está em seu ventre e que, por seus catetos gelados, deixa escapar em direção a seu cérebro o vazio redondo da incerteza. E Erdosain se diz: "Poderiam me desenhar. Fizeram-se mapas da distribuição muscular e do sistema arterial. Quando se farão os mapas da dor que se esparrama por nosso pobre corpo?". Erdosain compreende que as palavras humanas são insuficientes para expressar as curvas de tantos nós de catástrofe.

Além disso, um enigma abre seu parêntese quente em suas entranhas; esse enigma é a razão de viver. Se lhe tivessem cravado um prego na massa do crânio, mais obstinada não poderia ser sua necessidade de conhecer a razão de viver. O horrível é que seus pensamentos não mantêm a ordem a não ser em escassos momentos, impedindo-o de raciocinar. No resto do tempo, rodeiam largas barras como as pás de um moinho. Até tornam visível seu corpo, cravado pelos pés no centro de uma planície castigada por inumeráveis ventos. Perdeu a cabeça, mas em seu pescoço, que ainda sangra, está embutida uma engrenagem. Essa engrenagem sustenta uma roda de moinho, cujo pistão enche e esvazia os ventrículos de seu coração.

Erdosain revira-se impaciente em seu leito. Não lhe restam forças nem para respirar violentamente e bramir sua dor. Uma sensação de lâmina metálica cinge suas munhecas. Nervosamente, fricciona os pulsos, parece que os elos de uma corrente acabam de lhe aprisionar as mãos. Revira-se devagar na cama, muda a posição do travesseiro, entrelaça as mãos pelos dedos e segura a nuca. A roda de moinho bombeia inexorável, nos ventrículos de seu coração, a terrível pergunta que bamboleia como um badalo no triângulo de vazio de seu peito e se evapora em gás venenoso na bolha de seus miolos.

A cama lhe é insuportável. Levanta-se, esfrega os olhos com os punhos; o vazio está nele, embora ele prefira o sofrimento ao vazio.

É inútil que tente se interessar por algo, sofrer pelo desaparecimento de Hipólita, desgostar-se pelo destino de Elsa, arrepender-se da morte de Barsut, preocupar-se com a família dos Espila. É inútil. O vazio autêntico, como uma blindagem, encouraça sua vida. Detém-se junto de uma cadeira, pega-a pelo espaldar e faz barulho com ela, batendo as pernas contra o chão, mas esse barulho é insuficiente para destingir o vazio tingido de cinza. Deliberadamente, faz passar ante seus olhos paisagens anteriores, lembranças, acontecimentos, mas seu desejo não pode enganchar neles, resvala como os dedos de um homem extenuado pelos golpes de água, na superfície de uma bola de pedra. Os braços caem ao longo do corpo, a mandíbula relaxa. É inútil o quanto faça para sentir remorso ou para encontrar paz. Igual às feras enjauladas, vai e vem por seu covil ante a indestrutível grade de sua incoerência. Necessita agir, mas não sabe em que direção. Pensa que se tivesse a sorte de encontrar-se no centro de uma roda formada por homens infelizes, na pastagem de uma planície ou no sombrio declive de uma montanha, ele lhes contaria sua tragédia. O vento sopraria dobrando os espinheiros, mas ele falaria sem reparar nas estrelas que começavam a ser visíveis na escuridão. Está certo de que aquele círculo de vagabundos compreenderia sua desgraça, mas ali, no coração da cidade, num quarto perfeitamente cúbico e submetido a disposições do digesto municipal, é absurdo pensar numa confissão. E se visse um sacerdote e se confiasse a ele? Mas o que pode dizer-lhe um senhor barbeado, com batina e um tédio imenso embutido na cachola? Está perdido, essa é a verdade, perdido para si mesmo.

Um vislumbre da verdade assoma sua crista nele. Com ou sem crime, agora padeceria do mesmo modo... Para e diz, movendo a cabeça:

— Claro, seria a mesma coisa.

Sentado na beira da cama, observa as veias apagadas na superfície das vigas de madeira e repete: "Evidentemente, estaria no mesmo estado". A realidade é que há em sua entranha, escondido, um acontecimento mais grave; não sabe em que consiste, mas percebe-o como um ignóbil embrião que com os dias se transformará num monstruoso feto. "É um acontecimento", mas desse acontecimento incognoscível e negro emana tal frieza que de repente se diz:

— É preciso que aprenda a atirar. Algo vai acontecer.

Verifica o revólver, estica o braço na escuridão como se apontasse para um inimigo invisível. Em seguida guarda o revólver sob o travesseiro e, de um salto, encarapita-se, sentando-se à beira da mesa. Bamboleia as pernas, quer ir a algum lugar, ir embora, esquecer-se de quem é ele, Remo Augusto

Erdosain, esquecer-se de quem teve mulher, foi esbofeteado, esquecer-se em absoluto de si mesmo e, com desalento, deixa cair a cabeça. Dez centímetros quadrados de uma gravura em madeira passaram diante de seus olhos. É a lembrança da vinheta que ilustrava seu livro de leitura quando ia à escola. Faz tantos anos! Um artesão colocando telhas de chumbo num país que se chamava França e que tinha um rio que se chamava Sena. Isso e, além do mais, a pergunta do professor: "Mas o senhor é um imbecil?", é tudo o que a escola deixou nele. Erdosain pula da mesa. Uma indignação terrível sacode seus membros, faz tremer seus lábios, queima seus olhos. Parece-lhe que o ultraje acaba de se repetir, e grita:

— Ah, seus canalhas, seus canalhas!... A minha vida arruinada, seus canalhas!...

Por que não existirá na noite um caminho aberto pelo qual se possa correr uma eternidade afastando-se da terra...

— A minha vida, seus canalhas, arruinada!...

Alguém chora nele misericordiosamente por sua desgraça. Uma piedade terrível reflui de sua alma para sua carne. Por momentos toca seus braços, apalpa suas pernas, acaricia a testa, parece que acaba de sair da batida ocorrida entre duas locomotivas. A porca civilização o magoou, destruiu-o internamente, e o ódio sopra por suas fossas nasais. Aspira profundamente, suas ideias se aclaram, suas sobrancelhas se crispam, parece que avista uma distante carnificina da qual ele é o único responsável. Vai recobrando sua personalidade terrestre. A mandíbula apoiada na mão, olha torpemente para um canto. Sua vida já carece de valor; essa sensação é evidente em seu entendimento, mas há outras vidas, milhões de vidas que dão pequenos gritinhos acordando o sol, e diz para si mesmo que essas pequenas vidas são as que devem ser salvas. Agora seus pensamentos se iluminam, como o desastre de um naufrágio noturno revelado na noite pelo cone azulado de um refletor, e diz para si mesmo:

"É preciso ajudar o Astrólogo. Mas que o nosso movimento seja vermelho. Não é só o homem que é preciso salvar. E as crianças?" O problema fervilha em seu interior. As faces ardem e os ouvidos zumbem. Erdosain compreende que o que extingue sua força é a terrível impotência de estar sozinho, de não ter junto dele uma alma que recolha seu desesperado S.O.S.

E coloca a mão sobre as sobrancelhas como uma viseira. Parece que quer se proteger de um sol invisível. Vislumbra distâncias que aprofundam uma ferocidade em seu coração. Por lá, ao longe, caminha sua multidão.

Sua poética multidão. Homens cruéis e grandes que clamam por um céu de piedade. E Erdosain repete para si:

"É necessário que o céu nos seja dado. Concedido para sempre. É preciso agarrar o terrível céu." O sol invisível gira cataratas de luz diante dos seus olhos, nas trevas. Erdosain sente que o furor atenaza suas carnes, pega-as como pinças e retorce os dentes nos alvéolos. É necessário odiar alguém. Odiar alguém fervorosamente, e esse alguém não pode ser a vida. Acaricia as têmporas como se não lhe pertencessem. A carinha da criança que um dia beijou no trem desnivela com seu decalque a ternura que ele armazena. O relevo de amor exaspera seus nervos, inclina a cabeça e se diz: "Pensemos".

O que é o homem? Essa pergunta surge como um terrível S.O.S. (Salvai nossas almas.) Ali está o equivalente. Quando ele se pergunta o que é o homem, outro grito clama nele, abocanhando o universo invisível: "Salvai nossas almas". Grito de suas entranhas. E se diz:

"Eu estou mais além da Terra. Eu, com minha carne masturbada e meus olhos remelentos e minha face esbofeteada. Eu, eu, sempre eu." Afunda a cabeça no travesseiro. Assim se escondiam os soldados sob os sacos de terra quando silvavam as granadas. Quer entrincheirar-se contra o sol invisível que joga em seu espírito ondas de luz. Céu, terra. O que é que ele sabe? Está perdido. A verdade é essa. Perdido entre os homens como uma formiga na selva remexida por um cataclismo. E se diz devagarinho:

"É preciso que eu leve essa selva sobre as minhas costas. Que me encarregue do grande bosque e da montanha, e de Deus e dos homens. Que eu leve tudo." O semblante da criança amanhece em seu coração. Não quer fazer este milagre: levar a mão ao peito e tirar como de dentro de um estojo o coração, coberto por essa película de sangue pálido que conserva o decalque de seu amor. Erdosain revira-se como uma fera no quartinho. É necessário fazer algo. Cravar um acontecimento no meio da civilização, que seja como uma torre de aço. A multidão e a humanidade se amontoarão em torno. Com o que é preciso castigar o homem? Com ódio ou com amor? Lembra-se da moça que lhe falava do alto-forno, das muflas e da fundição de cobre. Rapidamente alinha diante de seus olhos os bonecos de carne e osso. Em seguida se diz: "O Astrólogo faz a mesma coisa. O Buscador de Ouro faz a mesma coisa. O Rufião Melancólico faz a mesma coisa". Quem será então o demônio, o grande demônio que retorça a todos? Quem trará a grande verdade, a verdade que enobreça os homens e as mulheres, que endireite as costas e deixe todos sangrando de alegria? Esta vida não pode ser assim. Como um bloco de aço que pesasse toneladas, como uma cúpula de fortaleza subterrânea, a palavra pesa nele: "Esta vida não pode ser assim. É preciso modificá-la. Mesmo que se tenha que queimar vivos a todos". Inadvertidamente, voltou os olhos para seus magros braços nus e as veias inchadas eriçam o pelo da epiderme. Gostaria de ser lançado no espaço por uma catapulta, pulverizar o crânio contra uma parede para deixar de pensar. A vida, num rápido corte, descobriu nele a força que exige uma Verdade. Força nua como um nervo, força que sangra, força que ele não pode vendar com palavras. Ele não pode ir à montanha para rezar. Isso é impossível. Necessita agir. É preciso criar então a Academia Revolucionária, filtrar essa necessidade de céu nos homens que estudarão o procedimento de criar sobre a terra um inferno transitório, até que os homens enlouquecidos clamem por Deus, atirem-se ao chão e implorem pela chegada de um Deus para se salvar. Agora Erdosain sorri friamente. Vê o interior das casas humanas. Cada casa. Com sua alcova dormitório, sua sala, sua sala de jantar e seu "water-closet". Os cantos: o canto dos homens e das mulheres atravessa esse quadrilátero que tem uma aresta dourada, uma aresta de espasmo, outra de gordura e outra de excremento. Esse é o lar ou a pocilga do homem. Acima do teto de zinco, dois milímetros de espessura de chapa galvanizada, os espaços se movem com suas sementes de criações futuras, e os ouvidos surdos e os olhos cegos não veem nada disso. Só alguma vez a música. Só alguma vez uma carinha. Doçura definitiva, porque é a primeira e a última. O homem que provou seu sabor azedo não poderá amar nunca. Por qual tangente escapar em direção às estrelas? E Erdosain insiste em repetir esse pensamento que pesa sobre sua alma com a tonelada da cúpula de uma fortaleza subterrânea.

— É necessário mudar a vida. Destruir o passado. Queimar todos os livros que empestearam a alma do homem. Mas será que esse tempo nunca vai acabar de passar? — grita.

Milhares de acontecimentos se entrechocam em sua mente, os ângulos reverberam luzes de fantasmagoria, sua alma desviada numa direção vive num minuto longas existências, de modo que quando regressa dessa longa viagem causa-lhe terror encontrar-se ainda dentro da hora em que partiu. "Meu dia não era um dia", disse mais tarde. "Vivi horas que equivaliam a anos, tão longas em acontecimentos que era jovem na partida e regressava envelhecido com a experiência dos acontecimentos ocorridos num minuto--século de relógio. Com meu pensamento se poderia escrever uma história tão longa como a da humanidade", dizia outra vez. "Mais longa ainda. Não sei se existo ou não", escreveu em sua caderneta. "Sei que vivo mergulhado no fundo de um desespero que não tem pôr do sol, e que é como se me encontrasse sob uma abóbada, sobre a qual o oceano se apoia."

De vez em quando, Erdosain pensa na fuga. Ir embora. Mas à medida que as horas passam, como um fogo que flutua sobre a decomposição do pântano que o alimenta, o sofrimento de Erdosain interroga:

— Ir embora... Mas para onde?...

— Mais longe ainda.

Uma piedade enorme surge em Erdosain por sua carne. Se ele pudesse convencer essa forma física que constitui seu corpo de que não há mais "longe" na terra nem nos céus; mas é inútil, é sua carne a que clama devagar: Mais longe ainda. Aonde? Fecha os olhos e repete: "Aonde poderia te levar? Aonde quer que vá o desespero irá com você. Você sofrerá e dirá como agora: 'Mais longe ainda', e não há mais longe sobre a terra. O mais longe não existe. Nunca existiu. Você verá tristeza aonde for".

As mãos de Erdosain caem sobre suas virilhas. O rosto se enrijece; as costas endurecem; permanece assim, com as pálpebras caídas e pesadas como se sua angústia o petrificasse. Um "eu" maligno lhe diz:

— Ainda que as mais belas mulheres da terra dançassem à sua volta, ainda que todos os homens se ajoelhassem a seus pés, e os bufões e aduladores pulassem, virando cambalhotas na sua frente, você estaria tão triste como está agora, pobre carne. Mesmo que você fosse Imperador. O Imperador Erdosain! Você teria carruagens, automóveis, criados perfeitos que beijariam, a um sinal seu, o urinol onde você se senta, exércitos de homens uniformizados de vermelho, verde, azul, cáqui, preto e ouro. Mulheres e homens lamberiam felizes as suas mãos, contanto que lhes prostituíssem as esposas ou as filhas. Você teria tudo isso, Imperador Erdosain, e sua carne endemoniada e satânica se encontraria tão sozinha e triste como está agora.

Erdosain sente que as pálpebras lhe pesam enormemente. Nem um só músculo de seu rosto se move. No seu interior o ódio desenrosca seu elástico. Assim que esse ódio explodir, "a minha cabeça voará para as estrelas", pensa Erdosain.

— Estariam ajoelhados aos seus pés, Imperador Erdosain. Trariam suas filhas núbeis os anciãos camerlengos que se orgulhariam de sustentar seu urinol, e você permaneceria imensamente triste. Reis de outros países te visitariam; chegariam até seu palácio rodeados de esquadrões volantes de homens com casacas de pele branca presa num ombro e morriões pretos com penas verdes e amarelas. E você filtraria através das pálpebras um olhar estúpido, enquanto os Diplomatas se espremeriam em volta de seu trono com todos os nervos do rosto contraídos para deixar explodir o sorriso assim que você olhasse para eles de soslaio. Mas você continuaria triste, grande canalha. Você entraria no seu quarto, sentaria em qualquer canto, rangeria os dentes de fastio e se sentiria mais órfão e sozinho do que se vivesse na última mansarda do último casarão de um bairro de desocupados. Percebe, Imperador Erdosain?

Erdosain sente que as espirais de seu ódio armazenam flexibilidade e potência. Esse ódio é como a mola de um tensor. Assim que o reforço se partir, "a minha cabeça voará para as estrelas. Ficarei com o corpo sem cabeça, a garganta derramando, como um cano, jorros de sangue".

— O que está dizendo, Imperador Erdosain? É o Imperador. Chegou ao que desejava ser. E então? Agora mesmo um general pode entrar aqui e dizer: Majestade, o povo pede pão, e você pode lhe responder: que o metralhem. E o que resolveu com isso? Pode entrar o Ministro da potência X e te dizer: Majestade, dividamos o mundo entre Vossa Graça e meu patrão. E o que resolveu com isso? Sua mandíbula fica pendurada como a de um idiota, Imperador Erdosain. Você está triste, grande canalha. Tão triste que nem a sua carne se salva.

Erdosain aperta os dentes.

— Você sempre estará angustiado. Pode matar seus semelhantes, esquartejar uma criança se quiser, humilhar-se, transformar-se em criado, deixar que te esbofeteiem, procurar uma mulher que leve seus amantes a sua casa. Ainda que lhes dê a bacia com a água com que lavarão os órgãos genitais (enquanto elas permaneçam recostadas e nuas acariciando-os), e você, humildemente, procurasse as toalhas em que hão de se enxugar; ainda que você chegue a se humilhar a esse extremo, nem na máxima humilhação encontrará consolo, demônio. Você está perdido. Seus olhos sempre permanecerão limpos de toda mancha e tristes. Poderão te cuspir no rosto, e se secará lentamente com o dorso da mão, ou os homens e sua mulher podem fazer um círculo em torno de você, debochar de você, fazendo com que se arraste apoiado nas mãos para beijar os pés do último dos seus criados, e você não encontrará, nem suportando aquele ultraje, a felicidade. Estará triste; ainda que grite, ainda que chore, ainda que abra o peito e com o coração sangrando na palma das mãos caminhe pelos caminhos mais empoeirados procurando quem te risque o rosto com a ponta de um punhal ou com os ganchos das unhas.

Erdosain sente que o coração cresce, aquecendo-lhe as costelas. Respira com dificuldade. Quer ajoelhar-se. Seu terror é brando, como a concêntrica dor que dilata os testículos quando levaram uma pancada. "Por favor", geme. Um suor frio enverniza-lhe a testa. "Estou ficando louco; cale-se, por favor."

— Aonde você for, onde estiver, é inútil...

— Cale-se por favor... Sim...

A voz se cala. Erdosain empalideceu como se o tivessem surpreendido cometendo um crime. Sua dor explode num poliedro irregular, os vértices de sofrimento tocam sua medula, a lateral de sua nuca, uma inserção de seus joelhos, um pedaço de pleura. Aspira profundamente o ar com os dentes apertados. Seu olhar está desvanecido. Fecha os olhos e deixa-se cair com precaução na beira da cama. Tapa a cabeça com o travesseiro. As pupilas queimam como se as tivessem raspado com nitrato de prata.

— Longe, longe — sussurra a outra voz.

— Aonde?

— Procuremos por Deus.

Erdosain entreabre os olhos. Deus. O Infinito. Deus. Fecha os olhos. Deus. Uma escuridão espessa desprende-se de suas pálpebras. Cai como cortina. Isola-o e o centraliza no mundo. O cilíndrico calabouço negro poderá girar como um vertiginoso pião sobre si mesmo: é inútil. Ele, com seus olhos dilatados, estará sempre olhando um ponto magnético projetado mais além da linha horizontal. — Mais além das cidades — grita sua voz. — Mais além das cidades com campanários. — Não se desespere — replica Erdosain.

— Mais além — ulula a voz.

— Aonde?... Diga aonde, por favor!...

A voz se dobra e encolhe. Erdosain sente que a voz procura um recanto em sua carne, onde refugiar-se de seu horror. Enche-lhe o ventre como se quisesse fazê-lo estourar. E o corpo de Erdosain trepida do mesmo modo como se estivesse colocado sobre a base de um motor que trabalha com sobrecarga.

— O que fazer nessa "sétima solidão"? Eu olho em volta e não encontro. Olho, acredite. Olho para todos os lados.

Mal é perceptível o suspiro dessa voz que geme:

— Longe, longe... Do outro lado das cidades e das curvas dos rios e das chaminés das fábricas.

— Estou perdido — pensa Erdosain. — É melhor que me mate. Que faça esse favor à minha alma.

— Você vai estar enterrado e não vai querer estar dentro do caixão. Seu corpo não vai querer estar.

Erdosain olha com o rabo dos olhos o ângulo de seu quarto. No entanto é impossível escapar da Terra. E não há nenhum trampolim para se jogar de cabeça no infinito. Entregar-se, então. Mas entregar-se a quem? A alguém que beije e acaricie o pelo que brota da mísera carne? Oh, não! E então? A Deus? Mas se Deus vale menos que o último homem que jaz destroçado sobre um mármore branco de uma morgue.

— Deus teria que ser torturado — pensa Erdosain. — Entregar-se humildemente a quem?

Move a cabeça.

— Entregar-se ao fogo. Deixar-se queimar vivo. Ir para a montanha. Tomar a alma triste das cidades. Matar-se. Cuidar primorosamente de algum animal doente. Chorar. É o grande salto, mas como dá-lo? Em que direção? E acontece que perdi a alma. Será que se rompeu o único fio?... E, no entanto, eu necessito amar alguém, entregar-me forçosamente a alguém.

— Você estará enterrado e não vai querer estar dentro do caixão. Seu corpo não vai querer estar.

Erdosain se põe de pé. Uma suspeita nasce nele:

— Estou morto e quero viver. Essa é a verdade.

Haffner cai

Às onze da noite o Rufião Melancólico seguia, com passo lento, ao longo da diagonal Sáenz Peña.

Involuntariamente, lembrava da conversa mantida com Erdosain. Um ligeiro mal-estar acompanhava essa lembrança; fazia muito tempo que não experimentava uma sensação de ligeira repugnância como a que o acompanhou depois de se afastar de Erdosain.

Na esquina da Maipú com a diagonal, parou. Longas fileiras de automóveis obstruíam o tráfego, e observou com curiosidade as fachadas dos arranha-céus em construção. Perpendiculares à rua asfaltada, cortavam a altura com majestoso avance de transatlânticos de cimento e de ferro vermelho. As torres dos edifícios enfocadas , por projetores, desde as cristas dos oitavos andares recortam a noite com uma claridade azulada de blindagem de alumínio.

Os automóveis impregnam a atmosfera de cheiro de borracha queimada e gasolina vaporizada.

O Rufião olha de soslaio o perfil de uma datilógrafa, e continua seu solilóquio.

— Tenho cento e trinta mil pesos. Poderia ir para o Brasil. Ou poderia me transformar num Al Capone. Por que não? A única coisa que "fode" é o galego Julio, mas o galego vai bater as botas logo. Qualquer dia "dão" nele. Além disso, falta-lhe talento. Tem o El Malek... Santiago. Aqui o único que "tunga" é ele. Seria preciso industrializar o contrabando de cocaína. Depois tem a Migdal... esse grande centro de rufiões teria que ser exterminado por completo. Mas aqui tem gente disposta a trabalhar com metralhadora? Quem se atreve? E se eu fosse para o Brasil? É terra virgem. Um malandro inteligente pode fazer negócios extraordinários lá. Instalar-se em Petrópolis ou Niterói. Levar a Ceguinha comigo. Pelas outras três mulheres pagariam dez mil pesos na hora. E eu levaria a Ceguinha comigo. Ela tocaria seu violino e eu levaria a vida de um grande burguês. Compraríamos um sobrado de frente para uma praia... Niterói é precioso. Por que ia arcar com a Ceguinha? Quando caminha, parece um pato. No entanto, isso é o que o Erdosain tratou de me sugerir indiretamente. Arcar com a Ceguinha. O Erdosain está louco com a sua teoria da castidade. Embora não tenha lido nada, é um intelectual que sintoniza mal. Pelas três mulheres me dariam, voando, três mil pesos. Tudo isso é sem pé nem cabeça. Ilógico. E eu sou um homem lógico, positivo. Grana na mão e cu na terra. Isso. Bom. Examinemos o problema de acordo com a teoria do Erdosain. Eu me entedio. Erdosain arcaria com a Ceguinha? A Ceguinha está grávida. Toca violino. Eu gosto de violino. Há sábios que se casaram com sua cozinheira porque sabia fazer um guisado impecável. A Ceguinha nunca me botaria chifres. Poderia desejar outro homem? Para desejá-lo terá que vê-lo mas, como é cega, não pode vê-lo; consequentemente, gostaria incondicionalmente de mim. Por amor, por desejo, por gratidão. Quem se casaria com uma cega? Um pobrezinho; não um rico, muito menos. É "legal" esse Erdosain. As asneiras que faz a gente pensar. Bom, vamos por partes.

Com o cigarro soltando fumaça entre os lábios e as mãos nos bolsos, Haffner detém-se diante da escavação dos alicerces de um arranha-céu. O trabalho é efetuado entre duas cortinas antigas de muralhas de paredes-meias que guardam em suas perpendiculares rastros de flores de papéis de parede e sujas marcas de latrinas desaparecidas. Suspensas por cabos pretos, centenas de lâmpadas elétricas projetam claridade de água incandescente sobre empoeirados tchecoslovacos, ágeis entre as correias lubrificadas dos guindastes que elevam latas de argila amarela.

O vento frio varre a poeira da diagonal. O Rufião Melancólico cospe por entre os caninos e, submergindo mais ainda as mãos nos bolsos, avança com lento passo ginástico mastigando sua ruminação.

— Ninguém pode negar que sou um homem positivo. Grana na mão e cu na terra. A Ceguinha me adoraria. Não me incomodaria de jeito algum. Ela se entupiria de doces, tiraria meus piolhos e tocaria violino. Além disso, como é cega, pensa cem vezes mais do que o resto das mulheres, e isso me entreteria. Em vez de ter um cachorro feroz, como alguns, teria uma ceguinha que, feito uma flor, andaria pela casa dando duro no violino, e eu seria absolutamente feliz. Isso não é bacana? Eu, um "cafiola", homem de três mulheres, filho da puta por todos os lados, me permitiria o luxo de cuidar de uma açucena. Eu a vestiria. Compraria para ela lindas sedas, e ela, tocando meu semblante com os dedos, me diria: "Você é um santo; te adoro".

Raciocinemos. É preciso ser positivo. Outra mulher pode me fazer feliz? Não. São todas umas vacas. Com qualquer uma delas teria que fazer o 'michê'. E acabaria quebrando-lhe alguma costela com uma paulada. Em compensação, eu seria o Deus da Ceguinha. Viveríamos à beira-mar, e no dia que me enchesse eu a jogaria no mar para que se afogasse. Embora eu não ache que isso aconteça. Por outro lado, gosto de música. É verdade que eu poderia substituir a Ceguinha por uma vitrola, mas uma coleção de bons discos é caríssima e, além disso, eu não poderia me deitar com a vitrola.

Claro que casar com uma cega não deixa de constituir um disparate. Não serei tão obcecado a ponto de negá-lo. Mas casar com uma mulher que tem os olhos habilitados para ver o que não lhe interessa é mais disparate ainda. Em compensação, a Ceguinha, com sua cara pálida e os braços de fora, não me incomodaria de jeito nenhum, e quem sabe se não mudaria minha vida. O Erdosain deve estar louco, mas tem razão. A vida não pode ser vivida sem um objetivo. Além disso, me ocorre que o Erdosain não tem esta sensação, que é importantíssima: a vida pode se transformar de maneira que uma ameixa tenha a sensação de ter sido sempre cereja? Quando penso na Ceguinha tenho essa mesma sensação. Deixarei de ser o que sou para me transformar em outro. Possivelmente nisso influa o magnetismo com que a Ceguinha está carregada. Como viveu nas trevas, cada vez que a gente olha para ela dá graças a Deus ou ao Diabo por ter os olhos bem abertos.

O Rufião Melancólico entrou agora numa zona tão intensamente iluminada que, visto a cinquenta metros de distância, parece um fantoche preto parado na beira de um crisol. Os letreiros de gases de ar líquido reptam as colunatas dos edifícios. Tubulações de gases amarelos fixadas entre armações de aço vermelho. Anúncios de azul de metileno, faixas verdes de sulfato de cobre. Gruas em alturas prodigiosas, correntes pretas de guindastes que giram sobre polias, lubrificadas com pedaços de graxa amarela. Mais acima, a noite revestida do vapor humano. Haffner gira lentamente a cabeça, como um fantoche hipnotizado pela reverberação de um crisol.

Nas entranhas da terra, cor de mostarda, encurvados corpos humanos suam. As rebitadoras elétricas martelam com velocidade de metralhadoras nas elevadas vigas de aço. Faíscas azuis, esquinas detonantes de sóis artificiais. Chrysler, Dunlop, Goodyear. Homens de borracha, vertiginoso consumo de milhares de quilowatts riscando o asfalto de auroras boreais. Os subsolos dos edifícios de concreto armado derramam na rua uma úmida frescura de frigoríficos.

O Rufião cospe e caminha. Chupa a bituca de seu cigarro e enche de ar os pulmões. A cidade entra em seu coração e se derrama por suas artérias como força de negação:

— Por outro lado, o que faço aqui, nesta cidade? Estou entediado. Minha vida não tem objetivo. Qualquer dia me matam. Não é só o garoto Repollo que "me tem jurado de morte". E o Marselhês? "Cafetear" a uma desgraçada não pode ser considerado um objetivo na vida. Nada tem objetivo na vida, já sei, sou um homem positivo... mas a luz... Onde está essa luz? A luz existe ou é uma invenção dos mortos de fome? Acreditam na luz os que falam dela, por exemplo, o Astrólogo? Em que pode acreditar o Astrólogo? Em nada. Em compensação, a Ceguinha acredita em mim. Quando diz que gosta de mim me dá vontade de rir, mas assim que toca o violino e serra o céu com sua música, a minha porca vida se divide entre estes dois termos: se é feliz ou não se é feliz. E a verdade é que não sou feliz. Poderia organizar a "malandragem", ser um segundo Al Capone, pernoitar num carro blindado e ajudar as células comunistas do mundo todo, e continuaria tão entediado como uma ostra. Mulheres honradas não existem. A Cega de nascimento é a única mulher absolutamente honrada, pura. Ela é pura embora tenha se entregado a mim. É maravilhoso descobrir semelhante singularidade depois do asqueroso espetáculo que homens e mulheres oferecem. Ela é absolutamente pura, quimicamente pura. A porcaria do mundo não a contaminou, porque o mundo é uma noite sem alternativas para ela. As trevas completas. Vamos ver? Dentro dessas trevas caminha com a sensação da batida de seu coração. Eu existo para ela como um relevo que tem um especial timbre de voz. Pobre Ceguinha! E eu que pensava em prostituí-la! Que animal!

À medida que caminha, Haffner se empapa da potencialidade surda e glacial que emana desses edifícios, frescos como uma refrigeradora elétrica. Às vezes seus olhos tropeçam com um elevador preto que cai, vertiginoso, acesas suas luzes verdes e vermelhas. Junto às gaiolas hexagonais de ferro e cimento que perfuram o céu com uma claridade pálida e vertical, estendem-se em terrenos baldios, como num faroeste, sobre pisos de tábuas, planas casas de campo de madeira pintada de cinza. Fruteiros napolitanos vendem melancias e maçãs a "cocottes", com gestos de grandes senhores que oferecem um ramo de flores a uma primeira atriz.

— Não, não, a vida tem que ser outra. O evidente é sua crueldade. Uns comem aos outros. Isso é evidente. O real. Os únicos que escapam a essa lei de ferocidade são os cegos e os loucos. Eles não devoram ninguém. Pode-se matá-los, martirizá-los. Não veem nada os coitadinhos. Ouvem os barulhos da vida como um encarcerado a tormenta que passa.

O que é que se opõe, por outro lado, a que me case com a Ceguinha? Seria o dia mais feliz, mais brutalmente extraordinário de sua vida. Suponhamos que eu pudesse me transformar em Deus. O que eu faria? A quem condenaria? Ao que fez mal porque sua lei era fazer mal? Não. A quem condenaria então? Quem, tendo podido se transformar num Deus para um ser humano, negou-se a ser Deus. A esse eu diria: Como? Você pôde enlouquecer de felicidade uma alma, e se negou? Vá para o inferno, filho da puta.

Haffner se detém e observa.

Por entre a brancura sujeira de paredes antigas e que conservam retangulares rastros de quartos de inquilinato eliminados pela demolição, trabalham nas gruas homens loiros com roupas azuis. Os caminhões vão e vêm, carregados de argila. Na via, carros aos quais só falta o banheiro para serem perfeitos, com choferes tão sérios como embaixadores de uma potência número 2, conduzem em seus interiores mulherzinhas preciosas, perfil de cachorro e colares de contas gordas como as indígenas do Sudão Negro.

— Eu posso me transformar num Deus para a Ceguinha. Posso ou não posso. Claro que posso. "Cafiola" com todos os agravantes, posso me transformar num Deus para a Ceguinha. Ao me transformar num Deus, deixo de ser o marido da Basca, da Juana e da Luciana. Além do mais, a

Ceguinha não precisa saber nada dessas coisas. Nem eu dizer para essas vagabundas que estou me "dando no pé". Posso passá-las adiante com uma simples documentação. Mosió Yoryet compraria a Luciana imediatamente. A Basca poderia ser endossada ao Três-Dedos. A roupa que a Juana tem vale mil pesos. Quem não paga dois mil pesos pela Juana? Teria que estar louco para não fechar o negócio a galope. Em última instância, que se virem. Não vou ser mais rico nem mais pobre com dez mil pesos. Poderíamos ir para o Brasil, embora o Brasil me deixe triste. Iríamos para Paris. Compraríamos alguma casinha no subúrbio, e eu leria Victor Hugo e as bobagens de Clemenceau. Bom, o indispensável agora é casar com a Ceguinha. Sinto na alma; é como um fervor, não de sacrifício, eu sou um homem positivo, e sim de felicidade, de vida limpa. Aqui todos nós vivemos como porcos. O Erdosain tem razão. Homens, mulheres, ricos, pobres, não há uma alma que não esteja cheia de merda. Tampouco iria para o interior. Para um vilarejo do interior, não. Para o interior, sim. Poderia ter uma chácara, me distrair... como a Ceguinha vai gostar do projeto da chácara! Vou prestar atenção nos anúncios do *La Prensa*. Uma chácara que tenha muitas árvores frutíferas, vacas com chocalho e um engenho d'água. O engenho d'água é indispensável. Minha alma se limparia perto de uma árvore em flor. Uma estrela vista entre os galhos de um pessegueiro parece uma promessa de outra vida. A chácara não impediria que a Ceguinha tocasse o violino. Viveríamos sozinhos, tranquilos... Por acaso a vida é outra coisa senão a aceitação tranquila da morte que se vem calando?

Agora o Rufião vai ao longo de vitrines imensas, exposições de dormitórios fantásticos de madeiras extravagantes; dormitórios que fazem os rapazes das lojas sonharem com amores impossíveis, que levam pelo braço uma aprendiz sardenta cujo ideal, como o título de um foxtrote, poderia ser: "Te amaria numa *voiturette* de 80 H.P.".

Os letreiros tubulares se acendem e se apagam. Os terrenos baldios enegrecem de automóveis custodiados por guardiões mancos ou manetas.

Dois homens corretamente vestidos caminham atrás de Haffner, mantendo sempre uma distância de cinquenta metros. Quando o Rufião se detém, eles dão uma parada para acender um cigarro ou cruzam a calçada.

As ruas são agora sucessões de jardins sombrios, com pinheiros funerários que o vento dobra, como nas soledades do Chubut. Criados com paletó preto e colarinho engomado fazem a guarda diante das negras e marmóreas guaritas de seus patrões. Automóveis rodam silenciosamente. Os dois desconhecidos caminham mudos atrás de Haffner, que, por sua vez, persegue a Cega em sua imaginação.

— Quem deve ter uma sensação precisa da morte devem ser os cegos. Suponhamos que eu quisesse afogar a Ceguinha. Ela perceberia. Pressentiria.

O Rufião passa pela calçada da frente sem distinguir os dois indivíduos que, atravessando a rua, seguem-no rapidamente. De repente, três estampidos enchem a rua de fumaça. Haffner gira vertiginosamente sobre seus calcanhares, divisa dois braços esgrimindo pistolas. Instantaneamente, adivinha o nada. Quer xingar. Novamente fora de hora, dois estampidos perfuram a escuridão com manchas acobreadas. Uma queimadura no peito e uma batida no ombro. Mais próxima, outra explosão retumba em seu ouvido, e cai com esta certeza:

— Me ferraram!

Barsut e o Astrólogo

Na mesma hora em que entre um tumulto de transeuntes dois vigilantes carregavam o Rufião Melancólico numa maca da Assistência Pública, o Astrólogo e Barsut conversavam em Temperley.

O Astrólogo, afundado em sua poltrona forrada de veludo verde, termina de contar a visita que Hipólita lhe fizera esta tarde, enquanto Barsut, embutido numa saída de banho, recostado numa rede, escuta-o, com o cotovelo apoiado na palma da mão direita. A esquerda sustenta sua face cheia de barba.

O jovem presta atenção, pensativo. Sob suas sobrancelhas alongadas até as têmporas, os olhos verdes cruzam perguntas, em movimentos imperceptíveis.

O Astrólogo, fazendo girar com os dedos da mão esquerda o anel com a pedra violeta, termina seu relato, interrogativo:

— O que o senhor acha?

— Ela acredita na possibilidade das células femininas?

— Acredita tanto como o senhor...

— Ou seja, acredita e não acredita...

O Astrólogo começou a rir ruidosamente, e exclama:

— Ela também acabará por acreditar. Ela também...

— O senhor tem tanta fé assim?

— Imensa...

— E se falhar?

— Então vocês é que vão pagar, não eu — e novamente o Astrólogo ri tão ruidosamente que Barsut, incomodado, acaba por lhe perguntar:

— Que diabos o senhor tem esta noite que está tão contente?

— Me causa alegria pensar que uma meia dúzia de vontades associadas possa pôr de pernas para o ar a sociedade mais bem constituída. Olhe só, se não: leu os jornais hoje?

— Não...

— Continha um telegrama muito interessante da United Press. Os bandos de Al Capone e George Moran, aliás o Chinche, se aliaram para explorar o vício.[5] O que significa que em Chicago ficaram suprimidos por algum tempo os combates com fuzis-metralhadoras entre os rufiões de ambas as quadrilhas. Não sei se o senhor sabe que Al Capone é dono de um palácio de mármore na orla de Miami que se avista a dez quilômetros de distância. Os jornais se ocupam da aliança de Al Capone e do Chinche como se ocupariam de um tratado ofensivo e defensivo entre o Paraguai e a Bolívia ou a Bolívia e o Uruguai. Não lhe parece notável? As agências telegráficas fazem a notícia correr por toda a redondeza do planeta. Estamos no século vinte, amigo, e a esta hora todos os imbecis honestos que decoram o planeta estão sabendo da aliança de dois exímios bandidos que as leis norte-americanas respeitam e que dividem em toda a costa do Atlântico o contrabando de álcool, a exploração da prostituição e do jogo. Mais ainda: nesse momento, centenas de repórteres visitarão a casa de Aiello, o secretário de Al Capone, solicitando-lhe informes com relação ao pacto ofensivo e defensivo tramitado entre os dois bandidos protegidos pelos políticos, pela polícia e pelos bebedores de todos os Estados Unidos.

O riso havia se apagado agora do semblante do Astrólogo. Levantou-se pálido e, fixando um duro olhar em Barsut, prosseguiu, caminhando ao mesmo tempo de um ponto a outro do quarto.

— Estou faminto de revolução social. Sabe o que é ter fome de revolução? Gostaria de atear fogo aos quatro cantos do mundo. Não descansarei até que tenha montado uma fábrica de gases. Quero me permitir o luxo de ver as pessoas caírem pelas ruas, como caem os gafanhotos. Só respiro tranquilo

---

[5] NOTA DO AUTOR: *A aliança entre Al Capone e George Moran, rigorosamente histórica, foi breve. Pouco tempo depois dos acontecimentos que deixamos narrados, Al Capone fez vários de seus cúmplices se disfarçarem de "policemen". Estes, na manhã de 16 de novembro de 1929, detiveram cinco ajudantes de Moran na rua Clark, na altura do número 2100, os irmãos Frank e Pete Gusenberg, John May Albert Weinshank e o dr. Schwimmer, também bandido. Esses sujeitos foram enfileirados contra uma parede, no fundo da garagem da Cartage Company, e executados com fuzis-metralhadoras.*

quando imagino que não passará muito tempo até aquele dia em que uns cinquenta homens a meu serviço estendam uma cortina de gás de dez quilômetros de frente.

Barsut olhou surpreendido para o Astrólogo. Este falava sozinho. Não se dirigia a ele. Ia e vinha no reduzido quarto, que se enchia do volume de seu vozeirão e do eco de seus ressoantes passos. O cabelo crespo sobre sua sólida cabeça transparecia, ao passar debaixo da lâmpada elétrica, fios brancos brilhantes como tiras de prata.

Olhou Barsut incoerentemente e prosseguiu:

— Percebe o que significa uma cortina de gás de dez quilômetros de comprimento por cinco metros de altura?... — de repente, sacudiu a cabeça, coçou a testa, e como se acabasse de acordar: — Estou dizendo disparates. A verdade é que me indigna o funcionamento desse maquinário capitalista, que tolera todas as organizações mais criminais desde que essas organizações reportem um benefício aos diretores da atual sociedade.

— Essas coisas só podem acontecer nos Estados Unidos.

— E por que não aqui?

— Porque nós não nos sentimos com forças para ser tão bandidos.

— Você disse uma verdade. Somos honrados por fraqueza. Colocamos nessa fraqueza qualquer etiqueta com um adjetivo de virtuosidade, e... mas eu me sinto forte. E unicamente triunfam os que estão certos de triunfar. Muitas vezes penso em Napoleão; me ocorre que não há ninguém que durante sua vida, no prazo de um minuto, não haja querido ser Napoleão... mas todo mundo só quis ser Napoleão ou Lênin durante um minuto de vontade... calcule o senhor, a média de vida humana é de sessenta anos... só aos vinte e cinco se começa a viver... restariam trinta e cinco anos pela frente... cada ano tem quatrocentos e dezoito mil e quatrocentos minutos... calcule o senhor um desejo golpeando em todas as possibilidades durante quatrocentos e dezoito mil e quatrocentos minutos, multiplicados por trinta ou trinta e cinco anos.

— Deveria descontar as horas de sono.

— Quando há um grande desejo, mesmo dormindo se deseja. O que eu falei! Mesmo no delírio da febre continua-se desejando... na agonia se deseja... O que eu estou dizendo? Até os condenados à morte desejam. Muitos pedem, como última graça, poder possuir uma mulher. Tão maravilhoso é o instinto criador do homem. Apenas os homens insignificantes fazem filosofia de sua castração mental. Quando o senhor se chocar com um imbecil que disserte sobre sua inércia, pode estar certo de que se encontra diante de um monstro da inveja e da impotência.

— O senhor é formidável. Desejou na agonia?...

O Astrólogo se detém e fecha automaticamente a porta do antigo armário, girando a chave esquecida na fechadura...

— Sim. Estava morrendo, me puseram a máscara de oxigênio no nariz... eu pensei: "Estou para morrer"... em seguida a ideia se afastou da morte e ficou fixa na imagem que representava um desejo... Por isso vou triunfar. Daí que eu me indigne quando se diz de um homem que venceu: "Tem sorte". O que aconteceu é que esse homem estava procurando um buraco por onde escapar. O senhor já viu um tigre numa jaula? A mesma coisa é o homem que quer conseguir algo grande. Vai e vem diante das grades. Outros se cansariam. Ele não. Vai e vem como uma fera. Minutos, horas, meses, anos... uma porção de quatrocentos mil e quatrocentos minutos... dormindo e acordado, sadio e doente. É como uma fera, vai e vem. Assim que o destino se descuida, a fera, com um grande salto, transpõe a muralha, e já não a caçam mais...

— Não digo para o bajular... mas o senhor é formidável. É um animal.

— Eu também sei. Veja os músculos que tenho. — Barsut se levanta e apalpa os bíceps do Animal. Os dedos e o tecido da roupa resvalam sobre uma fibrosa elasticidade de aço. — Faço dez "rounds" de corda ainda — continua o Astrólogo. — Sei boxear. Quando o mandei sequestrar, não quis lhe bater porque podia matá-lo de um só golpe.

— Diga-me... e a farsa do assassinato?

O Astrólogo, com o pé, esmaga uma bituca de cigarro que Barsut acaba de jogar, fecha os braços de um compasso de bronze aberto sobre a escrivaninha, e continua:

— O Erdosain acreditava que um crime modificaria sua vida. Eu, em compensação, estava certo de que o crime não modificaria, absolutamente nada, sua natureza psicológica. Era preciso provar, no entanto, e as circunstâncias não podiam apresentar-se melhor.

— E o que o senhor sente pelo Erdosain?

— Um grande afeto. Representa para mim a humanidade que sofre, sonhando com o corpo afundado na lama até os sovacos.

— Eu bati nele.

— Não se preocupe. Terá que pagar esse pecado algum dia...

— E o que eu sou para o senhor?

— Aquele que procura. Não a verdade. O senhor não se interessa pela verdade. O senhor procura algo que o distraia. Mais adiante a verdade lhe interessará. Os homens, como as crianças, sentem necessidade de brinquedos, de aparências. Algumas crianças se enchem imediatamente dos brinquedos, porque os brinquedos carecem de vida. Erdosain pertence a esse grupo; outros, em compensação, prendem-se às aparências.

— Eu.

— Isso mesmo.

— E como se procura a verdade?

— Procurando a si mesmo.

— E o que é preciso fazer para encontrar a si mesmo?

— Obedecer.

— Ao senhor?

— Ao que o senhor sinta... não a mim. Algum dia terá que obedecer a si mesmo.

— É que eu sentiria prazer em obedecer ao senhor.

— Sabe que isso se chama a voluptuosidade da humilhação? Seu excessivo amor-próprio o faz acreditar que é superior a mim, coisa que não me importa...

— Não... além disso, eu o invejo.

— Me deixe... e então obedecer a mim é impor-se uma humilhação tão agradável... quer ver só?... como se o senhor, sendo milionário, se disfarçasse de mendigo e consentisse em que lhe negasse uns cobres aquele que, ao saber quem é o senhor, lhe beijaria os pés.

Barsut observa o Astrólogo.

— É verdade, tem razão... mas me diga... por que eu tenho semelhante sentimento em relação ao senhor? Não devia sentir isso porque o admiro.

— Pelo contrário, é muito bom que guarde tal sentimento. É a força. Quando se tem forças internamente, sempre se reage diante dos outros.

Barsut escuta o Astrólogo, mas com a vista segue uma pequena aranha que cruza velozmente pela avermelhada moldura da janela.

— É que eu também sou perverso.

— Outra manifestação da força.

— Tem uma coisa, no entanto, que não me chama a atenção. É o dinheiro. Sinto um desprezo absoluto pelo dinheiro. Para outro homem, o dinheiro que o senhor me tirou pela violência constituiria uma desgraça irreparável... para mim esse dinheiro nunca existiu...

— É a manifestação mais direta de sua força. O senhor deseja e espera o poder... não sabe de onde virá esse poder... mas o dinheiro não o seduz... isto é... não existe para o senhor...

— E essa força?

— É a vontade de viver. Cada homem traz em si uma quantidade diferente de vontade de viver. Quanto mais força, mais paixões, mais desejos, mais furores de plasmar-se em todas as direções de inteligência que se oferecem à sensibilidade humana. Vai querer ser general, santo, demônio, inventor, poeta...

— São aparências... nenhuma satisfaz.

— A única é querer ser Deus. Confundir-se com Deus. Pode-se contar nos dedos das mãos os homens a quem a necessidade de se realizar os fez sentir a vontade de viver sob a forma de deuses. Lênin foi o último deus terrestre que passou pelo mundo.

— E proporciona grande felicidade?

O Astrólogo pisca os olhos. Sentiu a voz de Barsut tremer na pergunta. Apanha uma varinha de madeira e a esmigalha por entre a ponta dos dedos; em seguida, esticando uma perna para tirar a dormência e, meneando a cabeça, diz:

— Há muitas felicidades terríveis das quais não convém falar. Se o senhor procura sinceramente a verdade, as conhecerá.

— E por que não se comunicam essas verdades aos homens?

— Porque não estão preparados para recebê-las e, por conseguinte, não as entenderiam. Achariam que são frases postas em fileiras para entretê-los; as leriam, e essas verdades tocariam seus entendimentos com menos força do que toscas mentiras. Poderia ocorrer, além disso, algo mais grave. Transformariam essas verdades em monstruosidades.

— De modo que ainda há segredos sobre a terra?

— Não. Preste bem atenção. O que há são avanços interiores da vontade de viver. Quanto mais intensa e pura for a vontade de viver, mais extraordinária será a sensibilidade que capta conhecimento, de maneira que em dado momento o corpo humano chega ao estado do hermafrodita...

— Como?

— É homem e mulher simultaneamente. Mas, está vendo só? O senhor já se assusta grosseiramente. Pensou inúmeras obscenidades em um minuto. Ocorreu-lhe um homem masculino e feminino, simultaneamente. Não há nada disso. Esse hermafroditismo é psíquico; o corpo abriga a mulher e o homem tão perfeitamente com suas duas diferentes sensibilidades que a dupla personalidade absorve as energias sexuais e, então, a resultante é um homem ou uma mulher sem as necessidades sexuais de um ou outro. Ou seja, é perfeito em sua perfeita solidão sem desejos. Está além do homem. É o super-homem.

— E existem atualmente sujeitos assim?

O Astrólogo deteve-se diante do mapa dos Estados Unidos e, endireitando uma bandeira preta fixada sobre o território de Kansas, respondeu:

— Existem.

— O senhor é um deles?

— Não. Minha força ainda é imperfeita, minha vontade de viver exige muitas realizações.

— E então como conhece esses segredos?

— Por intuição. Observe o senhor, a si mesmo, num grande momento de exaltação psíquica e constatará que se esqueceu do sexo. Está além do macho e da fêmea. Despreza a sexualidade.

— É verdade.

— Isso ocorrerá com o homem futuro. Seu ato sexual com a mulher ou vice-versa, terá a finalidade de fecundá-la; ela aceitará o homem nessa única função; depois ambos viverão sua vida perfeita e harmoniosa, mas para o diabo com o homem do amanhã!... Falávamos do homem de hoje, que o senhor é invejoso.

— Além disso, pérfido. Gosto de pensar iniquidades. Veja: para dormir, tenho que imaginar que sou capitão de uma fortaleza de piratas, sitiada... não o entedia?

O Astrólogo levanta uma mão para coçar a cabeça.

A sombra de seu braço, lançada até o alto do teto, desce pela parede e parte-se sobre a mesa cheia de papéis.

— Interessante... conte...

O imperador da Espanha dessa época, aliado por necessidades coloniais com a Inglaterra, envia cem barcos para sitiar minha fortaleza. Primeiro penso que os canhões poderão rechaçar essa frota; noto que a artilharia é insuficiente, e eis aqui que descubro na minha fortaleza uma jazida de petróleo e, por meio de mangueiras, projeto jatos de cem metros de comprimento de petróleo pegando fogo sobre as tropas. Então me detenho encantado com o espetáculo de milhares de homens que correm de um lado para outro, queimando vivos. Vejo as faíscas que pulam da casaca de um soldado e que ateiam fogo às roupas de outro; até uma cabeça raspada com o pescoço entre as chamas que tenta, com o queixo para cima, escapar do pescoço...

— É sempre a força que não tem saída no senhor. Algum dia, lembre-se o senhor, será logo, os psicólogos farão pesquisas para averiguar o que os homens pensam antes de dormir. Seria interessante saber, pois isso permitiria estabelecer qual é a tendência psiquicamente humana desviada de seu caminho pelo regime de escravidão a que os homens estão submetidos.

— E qual é o caminho, para o senhor?

Barsut estremeceu de frio e ajustou a saída de banho sobre suas panturrilhas nuas. O Astrólogo tirou o anel de aço, esfregou a pedra contra a manga de seu blusão cinza e continuou:

— Agora, a organização da Academia Revolucionária.

— E eu chegarei a ser algo?

— Para ser algo... é preciso saber em que consiste esse algo. Me interessa. Demonstre-me que é capaz de ser algo e então conversaremos...

— Perfeitamente, vou lhe obedecer... quero dizer, tratarei de ajudá-lo lealmente. E se me ocorrer fazer-lhe alguma canalhice ou traí-lo, eu lhe direi: pensei isto...

— Me parece muito bom. É a única forma, para o senhor, de livrar-se de cometer horrores inutilmente... Diga sempre o que pense, não por minha segurança mas sim para sua tranquilidade. Não se esqueça disso. Se lhe ocorrer uma monstruosidade, não a esconda, porque se não comunicar a monstruosidade, vai trabalhá-la intermitentemente de tal forma que vai chegar um momento em que não poderá dominar o impulso de cometê-la...

— Sabe que o senhor é um demônio? Sabe tudo... A gente ouve o senhor falar e compreende que diz a verdade, que é sincero, que não mente. Por isso vai triunfar...

— Falo unicamente daquilo de que estou convencido internamente...

— E a coisa dos escravos?...

— Era preciso deslumbrar o senhor e Erdosain. Por isso as minhas palavras soavam a mentiras. Meu verdadeiro plano é organizar a academia revolucionária. Fala-se em revolução, mas na realidade as pessoas ignoram a técnica de uma revolução. Revolução quer dizer interrupção de todos os serviços públicos. Como se abastece de água a cidade? Quem recolhe o lixo? Como se continua fazendo o gado chegar aos matadouros e a farinha às padarias? E as estradas de ferro e a luz? Percebe que um movimento revolucionário é o mecanismo mais complicado que se possa conceber, porque imediatamente ofende os interesses da multidão, que é a que pode fazê-lo fracassar? E os militares. O exército vermelho que é preciso improvisar. E a distribuição de terras. E as ferramentas. Quantas toneladas de ferro são necessárias para fabricar os arados? Quanto tempo para fundi-lo? Quantos fornos, quantos operários? E os bancos? As relações exteriores? A resistência da burguesia? A fome? Os movimentos de resistência? É possível improvisar uma revolução em um ano, mas é impossível mantê-la por sessenta e duas horas. Assim que se terminou o plano e das torneiras não sai uma gota d'água, as pessoas começam a conjecturar que é preferível uma má ditadura capitalista a uma boa revolução proletária.

— E então?

— É preciso preparar técnicos. O Especialista em Revoluções. É uma ideia de Erdosain. Organizar cursos secretos onde se habilitem engenheiros em movimentos sociais bruscos. Assim como durante a guerra se preparavam instrutores militares, enfermeiros, artilheiros etc., nós prepararemos Especialistas em Revoluções. Eles, por sua vez, farão o que nós temos feito, de maneira que uma vez colocado o mecanismo em movimento não é necessário que as células tenham contato com o núcleo central. Em síntese, incrustar na sociedade atual uma quantidade de pequenos cânceres que se multiplicarão. O senhor sabe que um câncer é um tecido que nunca para de crescer. Vi cânceres que abarcavam um corpo inteiro. Algo fantástico.

Barsut deixa o cigarro fumegar entre os dedos. As azuis espirais de fumaça se sobrepõem em anéis concêntricos. As cabeças dos dois homens se refletem no mapa dos Estados Unidos.

— E nós constituiremos o câncer matriz?

— Sim. Se nossos comunistas tivessem tido um pouco de inteligência o teriam feito..., mas nem mesmo nada de mal é possível esperar deles. Passam o tempo escrevendo proclamas com uma sintaxe ridícula e uma ortografia péssima. Dos socialistas é melhor nem falar. Muitos deles são pequenos proprietários. Foram socialistas quando vieram quase nus da Europa para o país, e por sentimentalismo continuam sendo, quando exploram outros desgraçados que chegam mais nus do que eles. São pequenos proprietários, têm filhos na Universidade de Direito, na Escola Militar e na Faculdade de Medicina. É para dar risada... Nós também enviaremos rapazes... nossos filhos... para a Escola Militar... mas antes, desde crianças, nós os criaremos numa atmosfera revolucionária, ouvindo continuamente falar do triunfo da causa social. Quando estiverem perfeitamente imunizados contra o militarismo a serviço do capitalista, nós os faremos ingressar na Escola Militar, na escola de suboficiais, na Marinha, na escola de aviação; em poucos anos, podemos ter cânceres esparramados em todas as instituições...

— Sabe que é magnífico?

— Na colônia também teremos alguns instrutores militares. Formaremos instrutores de artilharia e combate de gases, técnicos metalúrgicos; é preciso fundir muitos arados e bombas... instrutores químicos; é preciso fabricar gases e explosivos, dispor dos instrutores de comunicações, de pontes, instrutores econômicos; compraremos um avião... há aqui, no país, vários oficiais militares alemães que são aviadores e morrem de fome... nós os contrataremos e eles prepararão os pilotos. Inclusive a espionagem e a pena de morte necessitam de técnicos em sua aplicação, porque uma revolução sem condenados à morte é como um ensopado sem molho. É preciso executar os que são perigosos e os que não são também. Exatamente a execução destes últimos é a que mais terror inspira. Em tempos de revolução há indivíduos que tendo sido conservadores se convertem instantaneamente em revolucionários. O negócio para eles é continuar no poder.

— Será preciso criar regras cênicas para executar...

— Isso mesmo. Um bandido executado com o cerimonial estético indispensável vale por cem pilantras mortos de uma forma ruim. Além do mais, sejamos consequentes — o Astrólogo ri esfregando as mãos: — Um X ou XX não pode ser executado como um dono de padaria. Os bandidos graúdos devem ser pendurados... o dono da padaria pode ser fuzilado... mas um X... que diabo! É preciso enforcá-lo com todas as regras do caso. À simples vista poderia parecer que enforcar e fuzilar são a mesma coisa... mas não... para enforcar é preciso preparar o cadafalso, transportar as madeiras à meia-noite e acordar os vizinhos...; isso cria uma atmosfera de interesse digna de todos os latrocínios que cometeu o ilustre pilantra que vai ser pendurado...

A porta do escritório se entreabriu e o judeu Bromberg assomou a cabeça cabeluda, dizendo, ao mesmo tempo que olhava incoerentemente o mapa dos Estados Unidos, com suas bandeiras pretas cravadas nos territórios onde dominava a Ku Klux Klan:

— Tem um senhor aí que diz que é advogado e amigo do sr. Haffner.

O Astrólogo sorriu e, olhando para Barsut, suplicou-lhe:

— Quer me deixar sozinho, meu amigo? Aqui chega outro futuro "câncer".

O Advogado e o Astrólogo

Um minuto depois entrava o "advogado amigo de Haffner".

— Eu o esperava — disse o Astrólogo, indo ao seu encontro. — O senhor se retirou de uma forma estranha na outra manhã, da nossa reunião. Sente-se.

O Advogado ocupou o mesmo lugar em que antes estivera Barsut. Mas uma vez que se sentou, ao olhar o mapa dos Estados Unidos tatuado de bandeiras pretas, levantou-se e, aproximando-se da escrivaninha, examinou detidamente o trabalho do Astrólogo.

— O que é isso?

— Os territórios onde a Ku Klux Klan domina.

— Ah... — disse e, retirando-se, sentou-se novamente.

Era um bonito jovem. Se havia algo de característico nele era uma desenvoltura ágil, certo ar de autoridade, como se estivesse acostumado ao mando. Sob seu terno puído e muito amarrotado adivinhava-se um corpo robusto, extremamente trabalhado pela ginástica.

"Um homem caído em desgraça", pensou o Astrólogo, enquanto passeava pelo quarto com as mãos nas costas. O pensamento trabalhava sob todos os nervos de seu semblante romboidal. De repente, virando meio rosto para o advogado, lançou-lhe a pergunta:

— O senhor hasteou uma bandeira de ouro na Faculdade de Direito, não?

— Sim. Eu queria protestar contra o regime conservador. Ao mesmo tempo, queria chamar a atenção de que sobre o mundo havia advindo a Era de Ouro... Renunciei a tudo. O senhor sabe, renunciei às riquezas e, no entanto, a minha família podia me proporcionar todos os meios para ganhar muito dinheiro com o exercício da minha profissão. Atualmente faço minha comida, lavo minha roupa... e sou um "doutor", como as pessoas dizem admiradamente. Mas não foi para isto que eu vim. Eu preciso conversar seriamente com o senhor.

— Vejamos...

— Desejo saber se o senhor é um comediante, um cínico ou um aventureiro.

— As três coisas expressam o mesmo.

— Em maior ou menor grau... mas deixemos de sutilezas. Diga-me, o que é que há de verdade na intervenção dos militares? Ou melhor: na farsa que o Major pretende que vocês realizem...

— Nada... uma simples ideia...

— A resposta não é essa.

— Tampouco é a pergunta...

— Bom... quero traçar um panorama geral a respeito do senhor. O senhor se prestaria a organizar uma célula comunista para fazer uma farsa que favorecesse os militares?

— Eu, sim.

— Então o senhor é anticomunista.

— Não, sou comunista...

— E sendo comunista, o senhor trairia seus companheiros para favorecer um levante militar, com o pretexto de que o país vai ser vítima do comunismo?

— Sim.

— Não o entendo.

— Eu, sim, me entendo.

— De que maneira?

O Astrólogo se pôs de pé, caminhou por uns instantes no quarto e, em seguida, disse:

— O nível intelectual do país é péssimo. Com isso quero lhe dizer que o nosso povo, em sua maioria, por procedimento de evolução jamais chegará a admitir integramente o comunismo. Opõem-se a isso não só o interesse dos capitalistas como também o dos corpos políticos democráticos, que vivem e se enriquecem representando o povo. Ou seja, que nós nunca poderemos levar o convencimento e a aceitação do comunismo por procedimentos intelectuais ao povo. Um povo se torna comunista por fome ou por excesso de opressão. Nós não temos poderes para provocar a fome... tampouco para provocar a opressão. Os únicos que podem oprimir e tiranizar um Estado são os militares. Então auxiliamos os militares a cravar as unhas no poder...

— É um jogo longo...

— Mais ou menos. O que acontece é que nós somos uma raça avara, acostumada a dizer: é preferível um pássaro na mão a dois voando. Eu, em compensação, prefiro cem pássaros voando do que um na mão. Essa é também a técnica do xadrez. O senhor joga xadrez?

— Não...

— No entanto, o senhor admira Napoleão... É preciso jogar xadrez, querido amigo... O xadrez é o jogo maquiavélico por excelência... Tartakover, um grande jogador, diz que o enxadrista não deve ter só um final de jogo e, sim, muitos; que quanto mais confusa e endiabrada a abertura de uma jogada, mais interessante, ou seja, mais útil, porque assim desconcerta o adversário de cem maneiras. Tartakover, com seu admirável vocabulário de maquiavelista do xadrez, denomina este procedimento: "elasticidade de jogo". Quanto mais "elástica" a jogada, melhor; mas como dizíamos, o advento dos militares ao poder é o *summum* ideal para os que desejamos o quebrantamento da estrutura capitalista. Eles constituem intrinsecamente os elementos que podem despertar a consciência revolucionária do povo.

— Não se manterão no poder.

— Se manterão... e, além do mais, são suficientemente brutos para realizar todos os disparates necessários para despertar a consciência revolucionária do povo...

— Hum...

— Cometerão disparates, não tenha a menor dúvida. Todo militar é um déspota que dá gargalhadas das ideias. É preciso colocá-los no poder, permitir que "acertem os ponteiros" com o povo. E é claro, o povo que não tinha nada de revolucionário e comunista, em contradição com essa minoria, se converterá em bolchevique e antimilitarista. Necessita-se um ditador enérgico, bárbaro; quanto mais bruto e enérgico for, mais intensa será a reação. A pólvora sozinha, queima no ar; trancada num recipiente, forma o que se chama de bomba.

— Sabe que é curioso?

Uma matilha de cães ladra interminavelmente, ao longe. Ouve-se um amortecido e longínquo estampido de escopeta.

— Não tem importância — resmunga o Astrólogo, reparando no semblante de atenção do advogado — Aqui à noite sempre há tiros — e continua: Puro xadrez, querido amigo... Nós não temos que evitar o poder militarista. — Ao contrário, apoiar firmemente suas decisões. Eles precisam do pretexto bolchevique para cercear as liberdades do povo, que ignora qual é a essência do bolchevismo. Perfeitamente. Nós criaremos o comunismo artificial... O senhor deve saber que no organismo humano existem bactérias que não resistem a uma temperatura de quarenta graus. Essas bactérias provocam doenças. Então o sistema é provocar artificialmente no organismo outra doença que, ao suscitar a febre de quarenta graus, extermine os microrganismos realmente nocivos.

— Com seu sistema, chega-se a admitir tudo...

— Naturalmente. Assim que o senhor quer introduzir uma moral na conduta política, a conduta política se transforma no que poderíamos definir como um mecanismo rígido destrutível pela pressão das forças externas e até das internas.

— E se os militares fizerem bem ao país?

— Dentro do regime capitalista, o militarismo é uma instituição a seu serviço. Nenhum sistema de governo capitalista pode resolver os problemas econômicos que a cada ano se agravam. O capitalismo desses países é tão ingênuo que acredita poder fazê-lo... Fracassará. Fracassou com a democracia; agora tem que fracassar com a ditadura. É a mesma coisa que pretender curar a sífilis com injeções de água destilada.

— De modo que se partirmos do seu ponto de vista, o senhor não teria inconveniente em ser sócio de um bandido, de um falsificador de dinheiro, nem de um assassino...

— Todos são úteis se souber utilizá-los; magníficos meios para coadjuvar o triunfo do comunismo. Mais ainda; eu lhe direi: o perfeito comunista não deve vacilar nem um instante em empregar, para o triunfo da causa proletária universal, todos os crimes que a moral capitalista condena... naqueles que não têm um centavo.

O advogado se levantou.

A luz da lâmpada elétrica oscila violentamente. O Astrólogo se interrompe e observa o filamento que de incandescente adquire vermelhume de ferro à calda. Murmura:

— Esses transformadores funcionam como o diabo.

— Tem corrente contínua? — murmurou abstraído o Advogado.

— Não, alternada. Estávamos na democracia? Não é isso? Bom, querido doutor. O senhor ainda acredita na democracia? Escute-me. Quando os norte-americanos provocaram a independência do Panamá para se apoderarem do território onde iam traçar seu canal, anos mais tarde Roosevelt disse, num discurso que pronunciou em Berkeley, Califórnia: "Se eu tivesse submetido meus planos aos métodos conservadores (ou seja, democráticos), teria apresentado ao Congresso um solene documento oficial, provavelmente de duzentas páginas, e o debate ainda não teria terminado. Mas adquiri a zona do canal e deixei para o Congresso discutir os meus procedimentos e, enquanto o debate segue seu curso, o canal também segue". Prezado doutor, se isso não é zombar cinicamente dos procedimentos democráticos e da ingenuidade dos panacas que acreditam no parlamentarismo, que Deus o diga.

— Não se pode generalizar sobre um fato isolado.

— Magnífico. O senhor quer uma coleção de fatos que lhe demonstrem que os Estados Unidos (nos referimos aos Estados Unidos porque estamos na América) é o país mais antidemocrático que existe. Bem... Pode me dizer, querido amigo, que qualificativo merece a conduta ianque ou a dos bandidos capitalistas ianques na América Central? Ria, o senhor dê risada das bandidagens de Pancho Villa. Todos esses malandros são ternos infantes junto às empresas que provocaram a revolução do Panamá. Se passamos do Panamá ao México, encontramos uma série de revoluções provocadas pela pressão do sr. Doheney, representante do grupo capitalista norte-americano no México. O sr. Doheney era apoiado pelo evangélico Wilson. Como os ingleses tinham interesses petrolíferos e apoiavam o Huerta, inimigo dos capitais ianques, o que fez o governo? Obrigou os ingleses a retirarem seu apoio econômico a Huerta. Concedeu aos navios ingleses direito de trânsito sem pagamento de juros pelo canal do Panamá, compraram as ações petrolíferas inglesas e derrotaram Huerta com uma revolução que se fez com a ajuda de Carranza, que recebeu armas e dinheiro norte-americanos. Passemos a Santo Domingo. Santo Domingo cai em poder do imperialismo ianque quando a Sant Domingo Improvement Company compra a dívida de 170 mil libras que uma companhia holandesa havia emprestado ao governo dominicano, com direito a cobrar os impostos aduaneiros que garantiam a operação. Em 1905, os EUA se transformam no síndico da aduana dominicana e, por intermédio da Kuhn, Loeb & Company facilita ao governo, que faz nomear, a seu bel-prazer, a soma de 20 milhões de dólares, o que autoriza os Estados Unidos a receberem os impostos aduaneiros até 1943.

O Advogado segurou um joelho entre as mãos e, com a cabeça tão inclinada que o queixo se apoia em seu peito, escuta atentamente, olhando a deformada ponta de seu sapato quase sem brilho.

— Qual é o sistema, querido doutor? O seguinte: os bancos e as empresas financeiras organizam revoluções nas quais, prima facie, os interesses americanos aparecem prejudicados. Imediatamente se produz uma intervenção armada sob cuja tutela se realizam eleições das quais saem eleitos governos que têm o visto de aprovação da América do Norte; esses governos contraem dívidas com os Estados Unidos, até que o controle integral da pequena república cai nas mãos dos bancos. Esses Bancos, vistorie a contabilidade da América Central, são sempre o City Bank, a Equitable Trust, Brown Brothers Company; no Extremo Oriente nos encontramos sempre com a assinatura de J. P. Morgan e Cia. A Nicarágua foi invadida para defender os interesses da Brown Brothers Company. Quando não é a Standard Oil é a Huasteca Petroleum Co. Veja, aqui, a um passo de nós, temos um Estado de pés e mãos atados pelos Estados Unidos. Eu me refiro à Bolívia. A Bolívia, por um empréstimo efetuado em 1922 de 32 milhões de dólares, encontra-se sob o controle do governo dos Estados Unidos por intermédio das empresas bancárias Stiel and Nicolaus Investiment Co., Spencer Trask and City e a Equitable Trust Co. As garantias desse empréstimo são todas as receitas fiscais que o governo tem, controladas por uma Comissão Fiscal Permanente de três membros, dos quais dois são nomeados pelos bancos e um terceiro pelo governo da Bolívia.

Com os braços cruzados sobre o blusão, o Astrólogo deteve-se diante do Advogado e, movendo a cabeluda cabeça, insiste como se o outro não o pudesse compreender:

— Percebe?... Por trinta e dois milhões de dólares. O que significa isso? Que um Ford ou um Rockefeller, a qualquer momento, poderia contratar um exército mercenário que pulverizaria um Estado como os nossos.

— É terrível o que o senhor diz...

— Mais terrível é a realidade... O povo vive mergulhado na mais absoluta ignorância. Se assusta com os milhares de homens destroçados na última guerra, e não ocorre a ninguém fazer o cálculo dos milhões de operários, de mulheres e de crianças que ano após ano são destruídos pelas fundições, as oficinas, as minas, as profissões anti-higiênicas, as explosões de produtos, as doenças sociais como o câncer, a sífilis, a tuberculose. Se se fizesse uma estatística universal de todos os homens que morrem anualmente a serviço do capitalismo, e o capitalismo é constituído por uma centena de milhares de multimilionários, se se fizesse uma estatística, se comprovaria que sem guerra de canhões morrem nos hospitais, prisões e nas oficinas tantos homens como nas trincheiras, sob as granadas e os gases. O que significa então o perigo de uma ditadura militar se essa ditadura pode provocar o ressurgimento de uma força coletiva destinada a terminar de uma vez por todas com essa criminosa realidade do capitalismo? Pelo contrário; criminoso seria negar-se a ajudar aos militares para que oprimam o povo e lhe desperte, por catálise, a consciência revolucionária. É mais útil um generalzinho déspota e louco do que um revolucionário sentimental e bem-intencionado. O revolucionário fará propaganda limitada; o déspota desperta a indignação de milhares de consciências, precipitando-as a extremos que elas nunca teriam sonhado.

O outro escuta com a testa avultada de atenção. De vez em quando, com a unha de uma mão limpa as da outra.

— Pense o senhor, querido amigo, que nos tempos de inquietude as autoridades dos governos capitalistas, para justificar as iniquidades que cometem em nome do Capital, perseguem todos os elementos de oposição, tachando-os de comunistas e perturbadores. De tal maneira que pode estabelecer-se como lei de sintomatologia social que nos períodos de inquietude econômico e a política os governos desviam a atenção do povo do exame de seus atos, inventando, com auxílio da polícia e demais forças armadas, complôs comunistas. Os jornais, pressionados pelos governos de exceção, devem responder a tal campanha de mentiras enganando a população dos grandes centros e apresentando os acontecimentos de tal maneira desfigurados que o elemento ingênuo da população sinta-se agradecido ao governo por tê-lo livrado do que as forças capitalistas denominam "perigo comunista".

O Astrólogo passeia com as mãos nas costas. O pensamento parece trabalhar sob os nervos de seu semblante romboidal. Acende cigarros que consome rapidamente com poderosas aspirações. De repente, lembra que ainda não ofereceu um cigarro para o Advogado, e estende-lhe a cigarreira metálica:

— Quer fumar?

— Obrigado... não fumo.

— Perdão. Não lhe ofereci nada. Quer rum?

— Não bebo.

— Perfeitamente. Como eu lhe dizia: a tática do capitalismo mundial consiste em corromper a ideologia proletária dos Estados diversos. Os cabeças que não se deixam corromper são perseguidos e castigados. As penas mais leves consistem no desterro para os incriminados e, as mais graves, na prisão, com o corolário dos tormentos policiais mais extraordinários, como a torção de testículos, queimaduras, trancafiamento dos incriminados no inverno em calabouços nos quais se joga água. Nas mulheres de filiação comunista, torcem-se os seios, joga-se pimenta nos órgãos genitais, todos os martírios que a imaginação policial possa inventar são postos a serviço do capitalismo pelos empregados de investigações de todos os países da América do Sul.

Novamente a corrente elétrica oscila, estancando durante alguns segundos numa voltagem tão baixa que o filamento de ósmio fosforeja levemente na escuridão. Não por isso o Astrólogo deixa de falar:

— O sistema do regime capitalista requer, da parte dos simpatizantes do comunismo, uma conduta semelhante, aliada a um sistema de vida hipócrita. Isso lhes permitirá realizar seus atos tendentes à destruição do presente regime, com a mais absoluta das impunidades.

Bruscamente a luz recobra sua intensidade normal.

— O que requer a organização de células que podem ser classificadas em duas categorias: as sentimentais e as enérgicas.

O Astrólogo se aproximou do armário antigo, fez girar a chave, extraiu um caderninho de capa vermelha e, sentando-se junto à escrivaninha, disse:

— Vou ler para o senhor umas instruções que estou preparando para a organização das Células.

Abriu uma página e começou:

"Células sentimentais são aquelas compostas por indivíduos nulos para empreender uma ação enérgica ou execução de gravíssimos delitos sociais. Essas células se caracterizam por desenvolver um labor eminentemente proselitista, e sua eficácia é reduzida, sobretudo, nos tempos pré-revolucionários.

"As células enérgicas requerem a colaboração de homens jovens, de caráter valente, audaz e sem escrúpulos. Células assim compostas devem pôr-se acima de qualquer contemplação de tom sentimental. Os meios que essas células colocarão em prática devem ser enérgicos. Recomenda-se o cometimento de gravíssimos delitos sociais, a saber: execução coletiva e isolada de chefes militares, de políticos de filiação nitidamente antiproletária e de capitalistas conhecidos por seu temperamento endemoniado."

O Advogado escuta com uma mão na face. A calça arregaçada sobre a perna deixa ver uma grosseira meia achocolatada, que ele não toma o cuidado de esconder e que, de vez em quando, observa distraidamente.

"O conhecimento entre chefes de células enérgicas é pouco recomendável. Em tempos de inquietude social é preferível que trabalhem isoladamente. A propaganda jornalística explorando o escândalo para suas obtenções de lucros estimulará as células anônimas e os indivíduos que com elas simpatizam.

"Podem-se recomendar, para unir em cumplicidade os membros de uma célula, os crimes coletivos ou as represálias levadas a cabo contra os mantenedores dos regimes de opressão, como, por exemplo, altos empregados policiais, chefes militares, civis inimigos do triunfo do proletariado etc.

"*Precauções elementares.* Todo componente de uma célula enérgica jamais deve ter atuado em nenhum partido político de oposição ao capitalismo. Será rechaçado se registrar um só antecedente policial. Todo componente de uma célula enérgica não manterá relações de nenhuma espécie com bolcheviques reconhecidos publicamente como tais. Publicamente, aparentará respeitar os regimes dominantes.

"*Vantagens da conduta hipócrita.* Todo idealista sincero, que sistematicamente se vê obrigado a representar uma farsa que contradiz seus sentimentos, transforma-se num eficientíssimo elemento revolucionário ocultando seus sentimentos. O sujeito acumulará em sua psique uma força de ódio tão exasperada que o dia da explosão da revolução será formidável. Em síntese, o indivíduo deve se transformar num maquiavélico organizador.

"*Desconfiança*. Deverá desconfiar de todos; homens, mulheres e crianças. Jamais fará confidências de espécie alguma a uma mulher, e menos ainda com a que mantenha relações amorosas. Particularmente se demonstrará pusilânime e inimigo do uso da força. Falará bem de todos os governos capitalistas, e quando se falar do regime soviético se indignará profundamente contra tal regime."

A corrente elétrica oscila novamente por uma fração de segundos. O Astrólogo continua lendo:

"Se o comunista é estudante, aparentemente deve respeitar os sistemas universitários, por mais retrógrados e anormais que lhe pareçam. Inclusive, convém-lhe bajular seus professores, e tudo o que signifique princípio de autoridade. Ele se inscreverá nos centros chauvinistas que, sob diferentes nomes, funcionarão em todos os países de organização capitalista.

"Se é operário e comunista, repudiará publicamente as greves, mostrando-se sempre um brando defensor da burguesia.

"Se é suboficial do Exército ou da Marinha, desempenhará a mesma farsa, horrorizando-se inteligentemente contra os progressos do comunismo." O que lhe parece tudo isso?

— Extremamente interessante. Leu isso para o Major?

— Proporciono ao Major os conhecimentos que me convém. Nossas relações são outras.

— Ofereceram dinheiro para o senhor para organizar uma célula comunista?

— Homem, se fosse assim eu não diria para o senhor. Voltando ao nosso assunto, vou lhe dizer: temos que organizar um instituto técnico revolucionário. Esse instituto se dividiria em duas seções. Teórica e prática. A parte teórica abrangerá seção política, sociologia e economia. Esses três pontos exclusivamente de acordo com a teoria marxista. A parte teórica compreenderá: estudo e análise do militarismo e técnica. A prática consistirá no manuseio de metralhadoras, artilharia, gases, lança-bombas, comunicações etc.

Um surdo apito de locomotiva de carga chega da estação de trem.

— Instalaremos um laboratório químico. Nesse laboratório, o aluno revolucionário aprenderá a fabricação de gases, especialmente fosgênio, fabricação de bombas de gás e granadas de mão. Aprenderá também fabricação de explosivos, embora estes, pela sua fácil aquisição, não mereçam maior atenção. O importante para nós é formar comunistas com prática positiva em infantaria, artilharia e guerra química. Nós tendemos à eliminação absoluta do revolucionário sentimental. O sentimentalismo não nos interessa. Deixemos isso para os socialistas, que são tão bestas que mesmo depois da experiência da Guerra Europeia continuam acreditando na democracia e na evolução. Isso só pode ser levado a cabo no interior. Por isso gosto do Sul. Nós nos disfarçaremos de chacareiros, instalaremos alguma chácara coletiva, mas nossos trabalhos e nossos alunos se encaminharão para as especializações de guerra. É claro que em tudo o que estou lhe dizendo há lacunas de caráter técnico, mas o senhor aceite que só dando início aos trabalhos chegaremos a algo positivo.

— E o dinheiro?

— Aí está. O dinheiro será proporcionado pelos prostíbulos.

— É uma barbaridade.

— O que se há de fazer... Embora seja menos barbaridade do que o senhor imagina. Entre um cafifa gastar nas corridas os lucros que rendam os prostíbulos, é preferível que os supracitados lucros sejam empregados para formar sujeitos capacitados como revolucionários técnicos que serão úteis à sociedade. Preste bem atenção no que lhe digo: uma célula desconhecida do conjunto dirigirá os prostíbulos. Tais lucros servirão para financiar a manutenção da academia de técnicos revolucionários. Eu ainda não escolhi o ponto do interior... me falta orçamento... O Erdosain tem que me entregar os planos da fábrica de fosgênio.

— O senhor acredita no Erdosain?

— Sim, acredito e tenho muito apreço por ele.

— Continue.

— Se nós chegarmos a montar a Academia Revolucionária, não importa que esteja coalhada de defeitos, teremos dado um grande passo adiante. Procuraremos técnicos, dividiremos nosso tempo de trabalho...

— Eu me pergunto: para quê? O senhor não tem esperanças de que o comunismo se infiltre no nosso Exército?...

— Tenho confiança em tudo. Mas procedo como se não tivesse confiança em nada. A habilidade de um organizador, não de derrotas e sim de triunfos, consiste em pensar que os homens e os sistemas são dez vezes mais inconquistáveis do que na realidade são. Se eu partisse do princípio de que no Exército o comunismo pode se infiltrar positivamente, com a rapidez necessária, não teria sentido que estivesse preparando o que estou lhe explicando. As funções da academia de técnicos revolucionários são mais elevadas. Nós, com os prostíbulos, quero dizer, com as rendas que os prostíbulos nos proporcionem, poderemos mandar alunos para a escola civil de aviação. Custear-lhes a carreira. Fazê-los buscar prosélitos ali. Claro que inteligentemente, prudentemente. Com as fábricas de fosgênio nos armamos do poder prático mais indispensável e enérgico que se conhece atualmente. Nosso Exército não está nem remotamente preparado para enfrentar uma luta com gases.

Involuntariamente, desenvolve-se no Advogado uma sombria paisagem de usina, gasogênios vermelhos e cinza, tubulações forradas de cortiça, homens titânicos que se movem num chão totalmente coberto de pó amarelo de enxofre, e sorri pensando na impossibilidade da empresa.

— Assim que entrarmos em ação simultânea... não ria... com dez mil quilos de fosgênio líquido podemos exterminar todos os regimentos de Buenos Aires. Imagine um carro-pipa derramando, num dia morno, fosgênio líquido ao redor da Casa de Governo, do Departamento de Polícia, dos quartéis. O fosgênio se evapora aos vinte e sete graus de temperatura. Basta respirar uma partícula de gás fosgênio para ficar fora de combate. O senhor me dirá... esse homem fantasia ao estilo de Júlio Verne. Pense que Júlio Verne ficou limitado em relação à imaginação. Eu proponho problemas de caráter positivo tremendo. Só um imbecil pode dar de ombros e dizer que eu fantasio. Basta que meia dúzia de homens com dez mil pesos de capital se reúnam e trabalhem para fabricar fosgênio, para que possam... note bem... com dez mil pesos, destruir integralmente a população da cidade de Buenos Aires. Se o senhor não acredita em mim, dirija-se a um militar e explique a ele meus pontos de vista, e verá o que lhe responde esse homem: o Astrólogo tem razão.

O Advogado refletia.

O Astrólogo continuou:

— O dia em que tivermos preparada uma brigada de técnicos em gases, uma brigada de aviadores, uns especialistas em metralhadoras, uns homens que saibam explicar tranquilamente e claramente ao proletariado em que consiste o comunismo, a divisão da terra, a terra para aquele que a trabalha, as indústrias fiscalizadas pelo Estado; o dia em que tenhamos, não peço muito, cem homens capazes, cada um, de organizar uma célula que seja um reflexo da Academia Revolucionária, com seus procedimentos científicos... nesse dia podemos fazer a revolução...

— Tudo isso é inverossímil à primeira vista...

— Sim... O senhor me lembra... Veja: em 1905, no congresso de Genebra, os comunistas disseram aos delegados reunidos que eles jamais pagariam as dívidas que a Rússia tczarista contraía com os outros Estados. Os delegados riam desses que chamavam "um montão de loucos", e hoje... hoje, querido amigo... os franceses ainda andam correndo para cobrar os bilhões que emprestaram à Rússia em 1905. Sabe por que tudo isso parece inverossímil para o senhor? Porque o senhor está contagiado pela covardia natural, pela inércia natural a quase todos os povoadores desses países sul-americanos. Digo ao senhor que cem homens podem fazer a revolução na República Argentina. Cem homens decididos, com dez mil quilos de fosgênio na vanguarda, destroem o Exército, desmembram o resto, organizam o proletariado, vão às nuvens...

— Cem homens!

— Cem homens... Sim! Cem homens... Qual seria a tática?... Veja, não tenho objeção em explicá-la. Ataque simultâneo com gases às zonas militares. Ataques com gases aos centros de aviação. Os aviadores que sobreviverem ao ataque se encarregarão de desmembrar o resto do Exército. Serão responsabilizados por todo e qualquer acidente. Serão castigados durissimamente. Obedeceriam. Desmembramento do Exército. Degradação da oficialidade. Reorganização da suboficialidade. Armam-se, imediatamente, exércitos proletários. Executa-se, automaticamente, todos os políticos. O poder ao proletariado. Claro... Cem homens preparados como eu quero, conscientes do poder que trazem em suas mãos. Isto é, já não são cem homens, são cem técnicos. Cem técnicos trabalhando quase impunemente. O que impede a ação prática é a falta de impunidade. Mas cem técnicos é diferente. Diabos se não é diferente! Cem técnicos, insisto, podem destruir nosso Exército. O senhor sabe o entusiasmo, o delírio que esse fenômeno provocaria na multidão proletária? Esses cem técnicos do dia para a noite se transformariam em heróis que a multidão não pararia de admirar. Mas são necessários cem técnicos. Esses cem técnicos, é preciso prepará-los, adestrá-los...

Escutam-se passos no quarto que se comunica com o escritório.

— Não é nada.

Os passos se afastam, e ele prossegue:

— Isso só se pode obter com a academia. Na academia terão que aprender a fabricar gases, e com que precauções... qualquer descuido pode ser mortal; terão que treinar para usar máscaras, para trabalhar envoltos em gás. O senhor acha que estamos conversando para nos distrair? Estou lhe falando de realidades terríveis, das quais a mais insignificante provoca instantaneamente a morte por lesões gravíssimas. Literalmente. Cem homens treinados nesse trabalho perigosíssimo, acho que podem dar conta do recado, não?

— Parece.

E o Advogado entrecerra os olhos. No ar dourado pela luz parece distinguir homens envoltos em impermeáveis empapados de óleo, com funis diante do rosto. Anelados canos de borracha penetram pastas penduradas nas costas por triplas correias sobre o peito, tal qual viu nas fotografias do pós-guerra.

— Ninguém resistiria. O senhor acredita que o Exército, a polícia, alguém se atreveria a resistir? Não duvido que as pessoas, em se tratando de canhões metralhadoras, fariam o teste; mas contra o gás, quem se atreve a lutar? Pense o senhor que, à medida que se esparrama, as vítimas caem como moscas... igual. O efeito psicológico... com o qual é preciso contar nessas circunstâncias... é espantoso. Os sobreviventes das cidades fugiriam aterrorizados; simultaneamente, toda atividade paralisaria, os mais exasperados inimigos do comunismo ergueriam os braços para o céu reclamando piedade.

Conseguiremos isso com a Academia Revolucionária. Ali se estudará estratégia, sistemas de ataque, ataque com fosgênio em diferentes temperaturas, com diferente velocidade do vento. Um homem que saiba manusear gases, metralhadoras e obuses é invencível. Se pudermos custear para os alunos um curso de aviação numa escola civil daqui ou dos países fronteiriços, resolvemos o problema. Mas, seja sensato, querido doutor, de onde tiraremos o dinheiro? Nós não podemos pedir ajuda ao governo, suponho... — aqui começou a rir. — Nem fazer coletas públicas. Então é preciso basear o negócio nos prostíbulos.

— E os inocentes que cairiam sob os gases?...

— Meu Deus, já começamos com a palinódia sentimental... os inocentes que morreriam por efeito dos gases, querido doutor...

— Não me chame de doutor.

— Querido doutor, durante a guerra europeia, para satisfazer as ambições de um grupo de capitalistas, bandidos russos, alemães, franceses e ingleses, morreram doze milhões de homens... Suponho que esses doze milhões de homens não eram culpados por nenhum crime... ou seja, eram inocentes...

— Interessa ao senhor a destruição do Exército?

— Partindo do ponto de vista de que o Exército é defensor do regime capitalista, não resta outro remédio a não ser preconizar sua sistemática destruição. Além do mais, nosso Exército, examinado com um critério técnico, não serve absolutamente para nada.

— O senhor teve vida militar?

Um trovão, semelhante ao surdo estampido da passagem de um trem escutado sob uma ponte metálica, estoura lá fora.

— Diabos!... Vai chover!...

— Ainda não... mas à sua pergunta responderei com outra: Nós podemos entabular uma guerra com um país vizinho? Não! Os Estados Unidos não permitiriam. E se com um Estado limítrofe é impossível qualquer guerra, o senhor quer me explicar para que precisamos desse Exército? Além disso, e observe o senhor que é uma objeção de caráter científico, nosso Exército completo pode ser destruído por uma esquadrilha de cinquenta aviões de guerra. Na verdade, a única coisa positiva dos Exércitos sul-americanos são seus corpos de aviação. Do mesmo modo nossa esquadra de guerra. Serve para alguma coisa? Poderia fazer frente à esquadra dos Estados Unidos? Não! E então?... Agora, se nosso estado capitalista mantém esses excelentes rapazes de família é simplesmente porque o Estado capitalista não pode se manter oprimindo o proletariado sem o imediato auxílio da força. Suponhamos um caso contrário... quase impossível de ocorrer. O de que uma democracia sensata, com senso comum, quisesse suprimir estes dois parasitas que absorvem a metade das finanças do Estado: Exército e Marinha. O que ocorreria? O seguinte: não faltaria um general audaz que, em defesa dos interesses econômicos de sua classe, desse um golpe de Estado... o que, do ponto de vista humano, é tão lógico como lógico é meu desejo de propagandista vermelho de que o Exército seja impiedosamente destruído. Como o senhor vê, são duas lógicas um pouco desencontradas... mas que têm a vantagem de colocar o senhor num aperto, doutor em leis.

Um zigue-zague celeste revela, lá fora, um céu mais plano do que muralha de chumbo. O apagado queixume do vento toca as madeiras e os vidros da janela. O Astrólogo prossegue:

— De resto, é ridículo manter um Exército. Os países europeus não o suprimiram porque não convém às classes capitalistas, e às classes militaristas muito menos; mas o senhor se consulte com um técnico e verá o que ele lhe diz: a guerra futura é aérea e química. Os exércitos desempenharão papéis secundários. Os ataques acontecerão nos centros de população civil que abastecem com sua produção de guerra as tropas do front. O que o senhor diz de tudo isso?

— Não sei... A minha cabeça está pesada. Me parece que o senhor divaga excessivamente.

O Astrólogo retrucou, quase violento:

— Vocês querem paz!... Vocês querem evolução!... É absurdo tudo o que vocês pretendem... mistura infusa de socialistas, democratas etc. etc. E o senhor sabe quais são os revolucionários mais tremendos que hoje pisam o solo da humanidade? Os capitalistas. Uma mulher pode fabricar um filho em nove meses; um capitalista pode fabricar mil máquinas em nove meses... Mil máquinas que deixam na rua mil filhos de mulheres que demoraram nove meses para concebê-los. E eu quero a revolução. Mas não uma revolução de opereta. A outra revolução. A revolução que é composta de fuzilamentos, violações de mulheres nas ruas pelas turbas enfurecidas, saques, fome, terror. Uma revolução com uma cadeira elétrica em cada esquina. O extermínio total, completo, absoluto, de todos aqueles indivíduos que defenderam a casta capitalista.

— E depois?...

— Depois virá a paz.

— E o senhor acredita que "isso" chegará?

— Chegará.

O Astrólogo pronunciou a palavra com tanta suavidade que o Advogado olhou-o surpreendido.

— "Isso" chegará, meu amigo; claro que chegará. Estamos distribuídos em todas as terras, sob todos os climas. Somos homens subterrâneos, algo assim como traças de aço. Roemos o cimento da atual sociedade. Roemos devagar, pacientemente. Por cada prisioneiro, por cada homem martirizado nas solidões das celas policiais brotam dez obscuros homens subterrâneos. Em todas as classes, querido amigo. Sim, em todas as classes. Já existem sacerdotes comunistas, militares comunistas, engenheiros comunistas, químicos comunistas, literatos comunistas. Nós nos infiltramos como a lepra em todas as camadas da humanidade. Somos indestrutíveis. Crescemos dia a dia, insensivelmente. Nossa odisseia vermelha atrai até os filhos dos capitalistas. Quando os pais os ouvem falar, sorriem com um covarde sorrisinho de suficiência, mas os filhos empalidecem de entusiasmo na possibilidade da epopeia definitiva. E sabe o que quer dizer esse sorriso de suficiência? Medo da carnificina. No mais sórdido vilarejo da nossa mais ínfima província, encontrará um homem que secretamente esparrama a promessa da destruição. Revestimos mil aspectos. Somos os onipotentes. A juventude se sente atraída pela nossa ameaça. Agora também dirigiremos as mulheres... Lentamente, querido amigo, lentamente... E um dia, lembre-se, não terão se passado dez anos, o edifício social oscilará bruscamente, os que sorriam com tímidos sorrisos covardes olharão ao redor espantados... Então, querido amigo, juro seriamente, cortaremos mais cabeças do que cachos de uva em tempos de colheita. Cortaremos cabeças, e sem ódio. Com serenidade. Ai de quem estiver contra nós! Ai de quem nos perseguir! Amaldiçoarão o dia em que nasceram e o dia em que geraram filhos.

À medida que o Astrólogo falava, o semblante do Advogado se avermelhava. Aquele, sem olhá-lo, continuou:

— Juro. Cortaremos cabeças em cada esquina. Cabeças de homens e de mulheres.

Falando assim, o Astrólogo tinha dado as costas para o Advogado, que se pôs de pé. Quando girou sobre os calcanhares, o Astrólogo encontrou seu visitante de pé, observando-o sombriamente.

— O que é que o senhor tem?

Como resposta, o Advogado descarregou na sua cara uma tremenda bofetada. A boca do castrado abriu-se em absorção de ar. Depois desse soco, o visitante descarregou um cross de esquerda na mandíbula do endemoniado, mas este rapidamente cobriu o rosto com o braço, num ângulo tão violento que quando o soco chegou o Advogado recuou com um terrível gesto de dor; tinha quebrado a mão.

O Astrólogo olhou-o friamente, ligeiramente empalidecido. Sorriu devagar, mostrando os dentes e, ao cruzar os braços, a pele da sua testa cobriu-se de estrias.

Durante um instante os dois homens mediram-se silenciosamente. Uma incrível sensação de nojo descompunha lentamente o semblante do Advogado.

Os olhos do Astrólogo se dilatavam progressivamente. Seus ombros estavam encolhidos como os de uma fera disposta a dar o salto mortal. Depois seu corpo potente se endireitou e, pegando o chapéu do Advogado, disse-lhe:

— Vá embora.

Este não parecia disposto a se retirar. Seu rosto continuava crispando-se com repugnância. Procurava um insulto mais eficaz; seus lábios se encolheram, estalou a língua e, antes que o Astrólogo pudesse evitar, recebeu uma cusparada na face.

— Nunca vi um homem empalidecer desta maneira — diria mais tarde o Advogado. — Achei que o Astrólogo ia me matar, mas levantou o braço, enxugou a saliva do rosto, enfiou a mão no bolso, tirou um relógio e, consultando-o, com voz calmíssima, me disse: "É muito tarde. Falei muito hoje. É melhor que vá embora". E então eu fui.

Hipólita sozinha

Apesar de dispor de dinheiro, Hipólita alugou um mísero quarto mobiliado num hotelzinho de quinta categoria.

Depois de fechar a porta, assegurando-a com a chave, e de estender uma toalha sobre o travesseiro, joga as botinas num canto e, de anáguas, entra na cama. Aperta o interruptor e seu quarto fica às escuras. Entre os resquícios de uma persiana distingue uma claridade esverdeada, proveniente de um cartaz luminoso que há na fachada da frente. Hipólita esfrega as têmporas.

Sobre sua cabeça gira um círculo pesado. São suas ideias. Dentro de sua cabeça um círculo menor roda também com um ligeiro balanço em seus polos. São suas sensações. Sensações e ideias giram em sentido contrário. Às vezes, sobre as gengivas, sente o movimento dos lábios, que franzem com impaciência, fecha os olhos. A cama, que conserva insosso cheiro de sêmen ressecado, e o lento balanço do círculo de suas sensações a submergem num abismo. Quando o círculo de sensações se inclina, entrevê por cima da elíptica o círculo de suas ideias. Gira também uma vertigem de espessura, de lembrança, de futuro. Aperta as têmporas com as mãos e diz devagarzinho:

— Quando poderei dormir?

Há uma fisgada de dor em suas rótulas; as pernas pesam-lhe como se todo o peso de seu corpo tivesse entrado em seus membros. O Astrólogo, à distância de duas horas de conversa, está mais longe do que sua infância. Sofre, e nenhuma imagem adorada toca seu coração. E sofre por esse motivo. Depois, diz para si mesma:

— Quantas verdades cada homem tem? Há uma verdade de seu padecimento, outra de seu desejo, outra de suas ideias. Três verdades. Mas o Astrólogo não tem desejo. Está castrado. "Estouraram meus testículos feito granadas", ressoa a voz em seus ouvidos, e a visão do eunuco passa diante de seus olhos: um baixo-ventre riscado por uma cárdea cicatriz.

Uma sensação de frio roça o ouvido de Hipólita como flecha de aço. Perfura-lhe os miolos. Cada vez é mais lento o balanço de suas sensações.

Acima de sua cabeça quase pode distinguir o círculo de suas ideias. São projeções fixas, pensamentos, com os quais nascem e morrem um homem e uma mulher. Neles se detém o ser humano, como num oásis que o mistério colocou nele para que repouse tristemente.

O que fazer? Fecha novamente os olhos. O esposo, louco. Erdosain, louco. O Astrólogo, castrado. Mas a loucura existe? Procura uma tangente por onde sair. A loucura existe? Ou é que se estabeleceu uma forma convencional de expressar ideias, de modo que estas possam ocultar sempre e sempre o mundo de dentro, que ninguém se atreve a mostrar? Hipólita olha com raiva a fosforescente mancha verde que brilha na escuridão. Gostaria de se vingar de todo o mal que a vida lhe fez. Células revolucionárias. O Homem Tentador aparece diante de seus olhos, sentado na beira do canteiro, despetalando a margarida. Não pode mais. Murmura:

— Onde você está, mamãezinha querida?

O coração se lhe derrete de pena. Ah, se existisse uma mulher que a recebesse entre os braços e a fizesse inclinar a cabeça sobre os joelhos e a acariciasse devagar! Procura com a face um lugar fresco no travesseiro e presta atenção em seu peito, que devagar se levanta e desce, na inspiração e expiração. Ah, se essa oblíqua do travesseiro coincidisse com a ladeira pela qual se pode escorregar para o infinito desconhecido! Ela se deixaria cair. Claro que sim, mil vezes sim. Uma voz interior pronuncia quase ameaçadora: o Homem! E ela repete furiosamente, em pensamento: o Homem. Monstro. Quando nascerá a mulher que vença o monstro e o arrebente? Sobre as gengivas sente o raspão dos lábios que mascam saliva. E novamente uma voz explode: "Estouraram meus testículos feito granadas". Mas para que isso serviu? Deixou de ser um monstro? Claro, estará sempre sozinho, sem uma mulher no leito. Bruscamente, Hipólita vira seu flanco para a direita. No quarto há um terrível fedor de umidade. O tabique deixa passar o barulho do salto das botas de um homem que se despe. Um ponto amarelo brilha no tabique. É a luz do outro quarto. Pensa: aqui espionam. Lembra que o quarto é forrado de vermelho, e se diz: talvez tirem fotografias pornográficas. Morde os lábios. Ali ao lado há um desgraçado. Eu poderia passar, entrar no seu quarto e fazê-lo feliz. E não o faço. Ele arregalaria os olhos quando me visse entrar, se ajoelharia para me beijar o ventre, mas depois que tivesse me possuído a cama lhe pareceria pequena demais para os dois dormirem. Rijamente, Hipólita gira sobre si mesma. Aquele circuito amarelo lhe é intolerável. "Células femininas revolucionárias." Então é verdade. Tudo é verdade na vida. Mas onde se encontra a verdade que pede aos gritos o corpo da gente? E de repente Hipólita exclama:

— Que me importa a felicidade dos outros? Eu quero a minha felicidade. A minha felicidade. Eu. Eu, Hipólita. Com meu corpo, que tem três sardas, uma no braço, outra nas costas, outra sob o seio direito. Que me importam os demais se eu estarei assim, sempre triste e sofrendo! Jesus, Jesus era um homem. — Hipólita sorri; acha engraçada uma ideia. Jesus não tinha pinta de "cafetão". Todas as mulheres o seguiam. Ele poderia ter feito Madalena "trabalhar". Ri devagar, tapando a boca com o travesseiro. — O que diria o sujeito aí do lado? — Depois, temerosa de ter concitado alguma ira misteriosa e alta contra sua cabeça, disse: — A gente não tem culpa de pensar certas coisas. Na realidade, deu risada porque pensou no escândalo que essas palavras teriam provocado se as tivesse lançado numa assembleia de mulheres devotas.

O cansaço prostra-a lentamente na cama. Seu rosto fica outra vez mais rígido. E por que não? Por que não fazer o teste? Sublevar as mulheres. Tem forças para isso. Repete: — Tenho sono e não posso dormir. Mas esse maldito tampouco tem sono. Ainda não apagou a luz. Efetivamente, o disquinho amarelo continua na parede. Quem será? Algum velho ladrão que não encontrou a quem roubar? Algum assassino? Algum pederasta? Algum rapaz que fugiu de casa? Algum marido infeliz? — Hipólita se levanta. A cama está tão gasta que a mola nem range. Na ponta dos pés, avança até a parede. Encolhe o corpo. Põe um olho na altura do buraco.

É um velho que permanece sentado na beira de uma cama. As pontas dos seus pés quase tocam o chão. Tirou uma meia. A outra, rasgada, serve de fundo vermelho ao amarelo pé nu. Hipólita olha a cabeça. Tem sobre o cangote o pomo de adão pontudo, o perfil com a mandíbula caída, a testa desmantelada, um olho imóvel e globuloso, os lábios soltos. Com um pé descalço, o homem, sem pestanejar, olha para sua testa. A luz da lâmpada suspensa no teto cai sobre suas costas encurvadas. As vértebras dorsais marcam anfractuosidades na lustrina do paletó. O pomo de adão, o lábio solto, o olho caidiço. Hipólita olha, fecha os olhos, volta a abri-los e vê o pé descalço, cheio de calos, imóvel sobre o dorso da meia vermelha. Hipólita sente-se aniquilada diante da imobilidade desse corpo, separado dela pela espessura de um tabique de madeira. Deve ter cinquenta anos, sessenta. Vai saber! O homem não se mexe, olha sua testa com a fixidez de um alucinado. Hipólita sente que na superfície de seu cérebro explodem borbulhas de ideias que, ao afundar nela, se afogam. Suas costas doem de tanto ficar inclinada. Mas quando o homem fez esse movimento que ela não viu! No entanto, estava olhando e não viu que o velho apoiava na flanela de sua camiseta o cano de um revólver niquelado.

— Não — sussurra rapidamente um fantasma no ouvido de Hipólita. O olho globuloso e o lábio solto continuam imóveis olhando a parede do quartinho, a mão que sustenta o revólver se separa do peito devagar, cai sobre a perna e o homem entrecerra lentamente as pálpebras, enquanto sua cabeça cai sobre o peito. Hipólita parece compreender o desejo do homem de dormir para sempre, sem morrer, e se ajoelha. Instantaneamente, pensou:

— Sofreria menos por ele se tivesse se matado.

Pronunciou a oração sincera. Pensa: "Se Erdosain estivesse aqui, compreenderia". Agora não quer olhar pelo buraco. Viu tudo. Sua cabeça cai de fadiga. Como se tivesse girado muito sobre si mesma. As trevas dão grandes solavancos no vértice de seus olhos. Com as pupilas ofuscadas e com as mãos estendidas na escuridão, deixa-se cair em sua cama. Uma náusea profunda revolve seu estômago. O velho teve medo de se matar! A testa de Hipólita sua. Uma força misteriosa inclina-a horizontalmente dos pés à cabeça com tão suave vaivém que o suor frio brota agora de todos os poros de seu corpo. Seus braços jazem caídos, vazios de energia. No estômago, viscosidades repugnantes batem-lhe suavemente. E submerge na inconsciência, pensando:

— Amanhã direi "sim" para o Astrólogo.

TARDE E NOITE DE SÁBADO

A agonia do Rufião Melancólico

O sol se filtra pela janela entreaberta da sala do hospital. Um sol oblíquo lhe banha a cara. Inutilmente Haffner tenta levantar um braço para espantar as moscas, cujas antenas formigam em seus lábios, os membros pesam-lhe como se estivessem talhados em bronze e, com a cabeça retorcida sobre o travesseiro e uma faixa de neblina entre as pálpebras entreabertas, agoniza.

De repente, alguém diz a seu lado:

— Quem foi que atirou em você? O Lungo ou o Pibe Miflor?

O Rufião Melancólico quer abrir os olhos, responder, mas não pode. A sede, uma sede terrível, fez um talho na sua língua, enquanto o sol cintila através de suas pálpebras uma espessa neblina vermelha. A neblina, como a reverberação de uma frágua, penetra através de seu crânio e pinça-lhe o bulbo. Avidamente, lembra de uma poça d'água suja que havia ao pé de um poste na serralheria na qual brincava quando tinha poucos anos. Ah, se tivesse essa poça ao alcance de sua boca! E, no entanto, lhe é impossível mover um braço.

Outra vez a misteriosa voz, melíflua e autoritária, insiste em seu ouvido:

— Fala. Quem foi? O Lungo ou o Pibe Miflor?

A sede lhe chega até os intestinos ressecados como cordéis. A poça d'água e urina, onde ferravam os cavalos, a pouca distância da frágua, reaparece diante de seus olhos. Haffner a deseja ansiosamente em pensamento; gostaria de arrastar-se de joelhos até ali, de joelhos sorver aos goles, grudando o nariz na água. O pulmão dói, mas que importância tem isso? Sabe que vai morrer, mas seu abatimento nasce dessa sede que está lhe empergaminhando a carne, curtindo-lhe a boca com secura de salitre.

E seu braço, que era tão potente, e derrubou tantas mulheres a bofetadas, agora não pode se mover nem para espantar as moscas!

Na realidade, em seu corpo flutua a lembrança como o gás dentro de um sino. Compreende que vai morrer mas essa certeza não lhe causa nenhum temor. Em compensação, o sol, que através de suas pálpebras desloca neblinas vermelhas, lhe aturde como se estivesse se balançando na crista de uma nuvem.

A misteriosa voz repete de novo em seus ouvidos:

— Quem foi que atirou em você? O Lungo ou o Pibe Miflor? É verdade que você andou com a mulher do Pibe Miflor?

E outra voz, mais rouca, resmunga:

— Estes filhos da puta deviam ser todos enforcados.

O Rufião Melancólico abre fatigosamente uma pálpebra. O vidro da janela brilha como uma lâmina de planta incandescente. Uma grande sombra negra está parada a seu lado, é como um manequim negro que diz:

— Você não se lembra? Sou o auxiliar Gómez; Gómez, do setor de Investigações. Quem foi que atirou em você? O Lungo ou o Pibe Miflor?

Haffner acaba compreendendo. Está sendo interrogado pelos "tiras". Com um só olho eneblinado o cafifa faz um tremendo esforço e acaba reconhecendo o auxiliar. É Gómez, o tísico Gómez, explorador de ladrões, cúmplice de ladrões, torturador de ladrões, que fez sua carreira prensando as mãos daqueles que interrogava; o verdugo do Departamento de Polícia, pequeno, malandro, violento, melífluo.

A pálpebra do Rufião Melancólico cai outra vez e ele deixa de pensar. A lembrança abre uma comporta em seu passado, e vê a si mesmo num retângulo caiado da divisão de Segurança Pessoal, um quarto que tem uma única janelinha de vidro esmerilhado e no centro uma mesa envernizada. Pode ver o tinteiro sem tinta e a caneta com a pena oxidada que havia ali coberta de pó.

Detiveram-no no interrogatório do assassinato de Lulú, a Marselhesa. E é Gómez que o interroga, é ele mesmo, mas já não pergunta e sim, enquanto dois meganhas o retêm pelas algemas, Gómez descarrega lentamente soco atrás de soco sobre seu rosto. É um trabalho frio e horrível. Gómez está perto dele, descarrega o punho sobre seu nariz e, depois, vagarosamente retira a mão enquanto diz com uma voz muito suave:

— Desembucha, nenê, quem matou a Lulú?

Haffner entreabre novamente a pálpebra. Sim, quem está ali é o auxiliar Gómez; mas agora não lhe bate, mas, inclinando-se sobre a cama, aproximando a boca de sua orelha, repete infatigavelmente:

— Diga, quem atirou em você? O Lungo ou o Pibe Miflor?

O Rufião Melancólico não responde. Por sua carne estende-se um lençol de rancor, mas o auxiliar persiste:

— Me responde, que eu faço te darem água.

Um suor gelado cobre a testa do moribundo. Já não tem sede. Parece-lhe que as gradeadas portas do quinto pavilhão fecharam-se definitivamente atrás das suas costas.

Cai a tarde, a sentinela de plantão passeia com a máuser no ombro diante da caverna retangular e ele se lembra da "cambada" que a essa hora toma o vermute no Terraza ou no Ambos Mundos. Seguramente estão preparando uma "jogatina" para a noite em Belgrano baixo ou no Sul de Boedo ou em Vicente López e, como fantasmas, passam diante de seus olhos os companheiros de tertúlia da ladroagem dos irmãos Trifulca, receptadores e dedos-duros.

— Por que você não fala? — insiste a voz.

Haffner se lembra. O sol cai na pradaria, e sob um chorão com toalha de grama e teto de céu, corre a alegria de um piquenique "mafioso": sete perdulárias com seus sete homens, todos com revólveres na cintura, chapéu inclinado sobre a testa e a cara branca e terna de compressas ao vapor.

Alguém pegou o violão. Uma vidala soa triste e o garrafão de genebra besunta os lábios de fogo e os olhos de coragem. As "milongas" reviram as pálpebras e os quadris rebolam em intenção de dança; em seguida, o moreno Amargura desencapa o bandoneon e na grama verde destrança o tango negro, ritmo carnal sensual e voraz.

Um fogo de genebra corre pela garganta. Diante de seus olhos, detêm-se a poça d'água e a urina.

A pergunta ricocheteia em seus ouvidos:

— Por que não desembucha? Quem foi? O Lungo ou o Pibe Miflor?

A voz melíflua do homem de terrível olhar oleoso perfura continuamente seus ouvidos como uma broca:

— Por que você não fala, nenê? Quem foi que te baleou? O Lungo ou o Pibe Miflor?

Guarda silêncio o Rufião. Sua imaginação despenca numa clareira de um bosque fresco. Sentou-se sob uma árvore descomunal, de cuja cúpula se soltam multicoloridos cipós. Ao redor, enfeitiçados, dançam perfis de gato, de cabra, de cachorros, de galinhas e de gansos. Move a cabeça tentando afastar os olhos do castigo dessa chapa de prata incandescente que, transpassando-lhe as pálpebras, envia-lhe, até o mais recôndito filete nervoso do cérebro, um esporão de fogo. De vez em quando a multidão misteriosa faz tal barulho na sala que parece que seus tímpanos vão estourar sob a pressão de guinchos de contrabaixos, queixas de bandoneon, rufar de tambores.

E a voz misteriosa e melíflua insiste, teimosa:

— Por que você não fala?... se você pode falar!...

Sacodem-no tão brutalmente que sua boca se enche de um coágulo de sangue. A voz melíflua ruge surdamente em suas orelhas:

— Fala, filho da puta.

O Rufião Melancólico entreabre a pálpebra e olha para o auxiliar. Lembra-se dos socos que ele descarregou no seu rosto, dos pontapés que lhe deu no estômago e, com um sopro, arranca de suas entranhas este insulto surdo:

— Canalha...

O auxiliar sorri parcimoniosamente:

— Finalmente você falou, nenê. Você está cabreiro. Não seja assim, meu velho. Não é preciso ser assim com os amigos. Você roubou a mulher do Pibe Miflor, não é? Olha, você vai se arrebentar de um momento para outro. Fale que você vai ganhar o céu, meu velho. Também foi o Pibe Miflor que matou a Lulú?

Uma mulher alta e esquálida detém-se diante da cama de Haffner. Tem grandes manchas de suor nas axilas. O ruge derrete nas suas faces amarelas, revelando rachadas placas sifilíticas. Os olhos cinza, quase podres, sob as pálpebras enegrecidas, lançam ameaçadores olhares para o Rufião. A meretriz coloca uma mão na cintura e, inclinando o magro torso sobre o moribundo, atira-lhe a injúria mais atroz entre as "pessoas do meio".

— *Nom de Dieu, va t'en faire enculer...*

Os dentes de Haffner rangem como os de um chacal. Oh! Se pudesse chutar a fêmea impudica. E o outro que bufa a nauseabunda cantilena:

— Por que você não fala, nenê? Quem te deu a fubecada? O Lungo ou o Pibe Miflor?

Haffner geme dolorosamente. O inferno marcou um encontro na beira de sua cama. Um retângulo preto gira diante de seus olhos, e alguém escreve com um giz:

$$cos. a + i sen. a$$

A lousa se desvanece. A penumbra projeta cones escuros em seus tecidos. De uma altura invisível, chove papel picado. Um refletor gira feixes de luz violeta e amarela. Passam diante de seus olhos costas nuas. Raparigas que "fazem a vida". Sem meias e com sapatos vermelhos. A saiazinha dez centímetros acima dos joelhos. Uma fita na testa e, nos lábios, um coração pintado. O insulto ressoa outra vez, mais próximo:

— *Nom de Dieu, va t'en faire enculer.*

A maldita fêmea deve estar escondida por ali. Fuça com o olhar, mas a sinistra paisagem é ocultada por um negro de vasta carapinha, crânio de melão, que dança com uma loira: 10 bacilos por campo. Haffner gostaria de gritar para o negro:

— Tchau, Amargura — mas a voz lhe fica retida na garganta por um sabor salgado e fedorento que brota de suas entranhas. Sorri levemente, de prazer. Xales negros com papoulas vermelhas cintilam sob o refletor verde, que se transforma em amarelo e em seguida em violáceo. Uma expressão de ausência e fadiga sobre-humana se dissolve no semblante do Rufião Melancólico. Soluça surdamente e enxuga os lábios com a língua.

A voz misteriosa agora lhe promete:

— Olha, assim que você me disser, faço te darem um refresco de orchata. Dá para ver que você está com sede.

Haffner fecha o olho, dolorido de tanta luz. Ao longe, distingue a poça d'água e urina, e o peão manco do ferrador que segurava o nariz dos cavalos com uma braçadeira de couro corrediço num garrote e, depois, retorcia o focinho do animal para que permanecesse quieto e se deixasse ferrar.

O auxiliar é infatigável:

— Por que você não fala, nenê? Quem foi, o Lungo ou o Pibe Miflor?

Como um escorpião num círculo de chamas o "cafifa" se retorce. Tem a sensação de que faz um século que essa voz suave e esse terrível olhar gorduroso estão cutucando sua memória e o arrastando pelo sofrimento e pelos cabelos rumo ao trágico momento da noite escura em que os "outros" lhe esburacaram o peito com um tiro. Algo parecido com um raciocínio oscila uma faísca de lógica em seu entendimento. Se se salvar, vai costurá-lo a punhaladas. E se não, morrerá na sua lei. Para que "desembuchar"? Parece que foi agora que fez o Pibe Miflor lhe beijar os pés. E em sua imaginação o tempo corre, está curado, e de repente vê o Pibe num canto. Passa uma rasteira nele, e sua faca penetra na macia carne do ventre do outro, como uma adaga na polpa de uma banana...

— Levou a mulher? Foi o Pibe Miflor?

Pela primeira vez nos ouvidos do moribundo a palavra mulher encontra eco. Como num filme, em que a máquina faz o filme andar devagar demais, esticando perpendicularmente todas as palavras, dessa vez a palavra "mulher" estica-se em seu tímpano, extraordinariamente.

— Quer dizer então que as "piranhas" eram mulheres?...

Uma força tangencial apodera-se de sua memória, sua alma se desloca em ângulo para fora de seu corpo, e de repente uma fisionomia distante avança em engrandecimentos sucessivos para sua última hora. Uma carinha pálida e alongada, emoldurada por um chapeuzinho de palhinha verde e o nariz talvez um pouco comprido. E pela primeira vez, o "cafifa" se diz:

— Nessa não devo ter batido.

Agora despenca num poço negro. O nada.

O auxiliar de investigações ronda sombrio o leito do moribundo. Crava um penetrante olhar no rosto do moribundo e soliloquia:

— Não passa desta tarde, este filho da puta. Quem será que atirou nele? O Lungo? Não é provável. Mas o Lungo deve saber. Está na cara que o Pibe Miflor "está metido na jogada". Quem deve saber do Pibe Miflor é a mechiflera Julia. O Donizzetti a viu várias vezes com o Pibe Miflor. Se o Pibe Repollo soubesse de alguma coisa já teria telefonado. Que "gangue", minha mãe!

O Rufião Melancólico entreabre uma pálpebra. Vertiginoso, o auxiliar Gómez se inclina sobre ele e sussurra:

— Nenê... mando te trazerem uma orchata se você "der o serviço". Uma orchata geladinha.

Haffner gira a cabeça, penosissimamente.

Uma canção distante chega até seus ouvidos. Conhece. Levanta a pálpebra, mas não distingue ninguém, enquanto a voz sonora canta na sala:

O Mamri, o Mamri,
Cuando sonna agul perse pe tu

Fammi durmi una notte abbraciattu cutté.[1]

O Rufião Melancólico galopa em plena recordação. A canção evoca o carrinho de verdura que um menino vizinho seu arrastava junto ao pai. O pai levava um cravo vermelho atrás da orelha e matou a esposa com um pontapé no ventre, ela que usava, como cigana, flores amarelas por entre o cabelo retinto e que também cantava às vezes na bateia a canção aguda como o canto de um galo num meio-dia de ouro:

Fammi durmi una notte abbraciattu cutté.

Ah! Também cantava essa *canzonetta* a Pascuala, gorda como uma porca e que dirigia a casa do napolitano Carmelo. Carmelo se levanta diante de seus olhos com os cachos de cabelo preto sobre o cangote vermelho, ao mesmo tempo que, apertando o enorme bucho com uma faixa verde, grita no ouvido do Rufião Melancólico:

— *La vitta é denaro, strunsso.*

Como uma víbora de fogo, a sede adentra as entranhas do cafifa. E novamente, sem saber por quê, se diz:

— Nessa não devo ter batido.

Porque castigou a todas. Desafogando nelas a ferocidade de seu tédio, uma raiva persistente e canalha que explodia nele por qualquer insignificância.

Sim, lembra-se, embora esteja para morrer. Não deixou a Coca uma noite inteira de inverno trancada na parte exterior de um terraço? E, no entanto, através dos vidros escutava-se o ulular do vento. Mais tarde diria, comentando esse caso:

— E essa mulher era tão besta que não explodiu de raiva.

E com Juana, a Vesga. Dizia para ela:

— Bato em você por princípio; porque um homem sempre tem que bater na sua mulher.

Como cometeu atrocidades! Domesticou a Basca; a Basca que tinha perfil de cabra e cabelo cacheado e rebelde como a crina de um touro. Tão feroz era a besta que, para que não o mordesse, ele a deixou um mês amarrada a uma cama de bronze, e durante trinta dias a fez desmaiar a bengaladas. E como era sardenta, para lhe retocar o semblante dava-lhe, ao entardecer,

---

[1] Tradução a partir da versão em espanhol encontrada em nota na edição da Coleção Archivos (2000, p.400): Oh Maria, oh Maria / Quantos sonhos perdi por ti / Faça-me dormir esta noite abraçado a ti. (N. T.)

uma ração de óleo de rícino, enfiando-lhe um funil entre os dentes. Depois descobriu que não sabia caminhar, e para impedir que desse passos largos, prendeu seus tornozelos com uma corrente, de modo que a fera se acostumasse a dar passos curtos. Quando a mulher escutava o eco de seus passos, seu rosto ficava sem sangue.

Que atrocidades cometeu com a bestinha que girava a bolsinha! E sancionando sua conduta, as ressonantes palavras de seu companheiro Carmelo, "o dono de casas":

— *La vitta é denaro, strunsso.*

Novamente ressurge diante dele a meretriz taciturna que, sob as enegrecidas pálpebras, gordurosas lhe lança, pelos olhos, relâmpagos de ódio. A proxeneta se inclina sobre ele, e bem perto de sua cabeça, descobrindo uma boca perfurada de cancros endurecidos, cospe fanhosa o insulto atroz:

— *Nom de Dieu, va t'en faire enculer.*

Haffner quer morrer. Diz-se quase lúcido: Por que demora tanto para chegar? Sofre como se estivesse sobre um leito de fogo. Uma areia candente circula por seus pulmões.

No entanto, agora que está agonizando, algo lhe diz dentro do coração que não devia ter batido na Heloísa, a datilógrafa. E castigou esta de forma mais rude do que as outras, e não com cinta e, sim, com relho. Não se esquecerá nem no sepulcro daquela tarde em que disse para a moça:

— Vá para a rua. Traga dinheiro.

Não pode precisar que gesto a moça fez, mas renova-se nele a sensação de salto de tigre que deu quando a mocinha se negou. Também distingue um rosto que se cobre com as mãos, olhando os golpes de soslaio, uns joelhos que se dobram e depois ele, com o relho, descarregando inexoravelmente golpe atrás de golpe sobre o magro corpo inanimado, que ficou marcado de vergões violeta. E aquela tarde, antes de sair, ela, antes de deixar o quarto, deteve-se diante do dintel e, virando a cabeça, perguntou-lhe docemente, olhando-o com uma expressão estranha para ele, que estava recostado no sofá com as botinas calçadas e as mãos cruzadas atrás da nuca:

— Então, vou?

Ele não se dignou a responder. Inclinou a cabeça em sinal de assentimento. Ela saiu.

Três dias depois a recolheram flutuando entre os cães afogados e as balsas de palha e de cortiças na saída do Riachuelo.

— Me diga, quem foi que atirou em você? O Lungo ou o Pibe Miflor?

Um sacudimento estremeceu a carniça do cafifa. A boca se entreabre num afã de engolir ar e o meganha recua, sombrio, penetrantes seus olhos oleosos.

O Rufião Melancólico estremece. Uma figura augusta entrou na sala. É alta e terrível, mas o Rufião não tem medo. A mulher enlutada, com um vestido cuja roda se enrola junto às pernas, avança pela sala, rígido o rosto longo e terrível. Uma careta de dor se imobiliza nesse semblante de mármore. Caminha com os braços estendidos diante dos seios, apalpando o ar. A voz geme, dulcíssima:

— Haffner... meu pobre Haffner querido.

Distante a voz, estremece seu machucado ardente.

— Haffner... meu pobre Haffner.

Uns braços o envolvem. Haffner estende a boca entreaberta para o braço fresco.

Geme.

— Mamãezinha... Minha Ceguinha...

— Haffner...

Sente-se apertado contra a infinita doçura de um peito. Uma mão junta seu cabelo sobre a testa suada.

— Haffner...

Os olhos do moribundo se dilatam. Um frio glacial lhe sobe até a cintura. Uma infinita doçura o adormece sobre o peito da Cega. Sorri incoerentemente, refrescada a face pelo braço frio que o sustenta, e deixa de respirar.

O poder das trevas

Convento das Carmelitas.

No locutório caiado, as duas freiras de bochechas rechonchudas e vermelhas permanecem sentadas no banco, junto à parede, como se estivessem num quartel. Tesa na beira do outro banco, observa a Madre Superiora. Em seu semblante estriado de rugas, os olhos fixos da Superiora assemelham-se a duas placas de prata morta. Com os lábios apertados, mantém as pupilas fixas no rosto da esposa de Erdosain.

Elsa permanece sobressaltada, sem saber o que dizer, com as mãos sobre os joelhos. Um suave terror penetra sua alma em camadas sucessivas quando, ao virar a cabeça, surpreende as duas irmãs, que piscam os olhos para não rir. Envolve-as num olhar alternativamente severo e tímido e, em seguida, dirige os olhos como que implorando para a Superiora. Esta não afasta dela seus olhos brancos. Permanece no centro do locutório, imóvel, como se um arco voltaico a ofuscasse. E sua cara cor de avelã, enrugada como uma passa, é mais inexpressiva e espantosa do que aquelas duas piscadelas que trocaram as freiras de pálida testa e bochechas rechonchudas e vermelhas.

— A senhora é católica? — pergunta finalmente.

— Sim, irmã.

— A senhora abandonou seu esposo.

— Sim, irmã.

— Por que cometeu esse pecado?

— Por tristeza, irmã. Estava muito triste. Me fazia sofrer muito.

Novamente aqueles olhos brancos, imóveis, sondaram-na como um escalpelo. A Madre Superiora fez um sinal para suas duas companheiras e ambas saíram. Elsa ficou sozinha, sentada no banco, diante da velha terrível que parecia hipnotizada em sua firmeza de expectativa. Esta moveu os lábios e sussurrou:

— Justifique-se.

Elsa inclinou a cabeça. Fazia duas horas que havia abandonado o Capitão, e a vida já se precipitava sobre ela mais violenta do que uma enxurrada de lama. Se tivesse cometido um crime seu futuro não se lhe apresentaria mais sombrio. Fechou as pálpebras; ao abri-las, duas lágrimas se soltaram dos cílios e correram por sua face.

A Madre Superiora, imóvel diante dela, deixava estar seus olhos brancos. Elsa fez um esforço e, sobrepondo-se ao seu desejo de despencar sobre uma cama e dormir, falou.

*

Minha família sempre se opôs a que me casasse com o Remo, porque sua pobreza não lhes parecia compatível com a fortuna que eu havia herdado do meu pai, e que era escassa para um homem que não tivesse conhecimentos comerciais para duplicá-la. Nosso noivado foi, consequentemente, duro, breve, e não tivemos tempo de nos conhecermos como é necessário que ocorra entre noivos. No entanto, eu acreditava firmemente nas condições do Remo para deslanchar na vida, e o amava. Eu o amava muito, pois de outra maneira não teria me casado com ele. Uma moça com as minhas condições estava em posição de escolher um partido. No entanto, contra todos os conselhos que me deram e as presunções de que seria extremamente infeliz com ele, eu me casei.[2]

Lembro como se fosse hoje, que no dia que contraímos matrimônio ele começou a me falar da pureza, do ideal, e não lembro de quantas coisas mais. Eu o olhava assustada, percebendo que tinha me casado com uma criança. É verdade que eu o amava... mas havia algo inadmissível nele, estúpido, se se quiser. No dia seguinte da noite de bodas, propus a ele que trabalhasse como empregado numa serralheria; desse modo, com o capital de que eu dispunha, poderíamos instalar mais tarde uma serralheria. Lembro que se indignou como se eu lhe tivesse proposto um negócio vergonhoso. Ele queria ser inventor. Não fazia nada mais do que se assustar e de repente se pôs a rir aos gritos. A senhora percebe? Eu me senti ofendida. Será que ele pretendia viver às custas do meu dinheiro? Não aceitou, e então, apesar de já ter feito vinte e três anos, propus que estudasse no Colégio Nacional. Poderia concluir o segundo grau, e depois ir para a faculdade e cursar farmácia. Os farmacêuticos ganhavam muito dinheiro instalando-se no interior por conta própria. Essa proposta o enfureceu como a anterior. Achava que se podia viver de amor. Um dia eu lhe disse:

"Olha, nós nos amamos e acabou-se. O que você tem que fazer é pensar em trabalhar." E tratei de convencê-lo de que entrasse num armazém. Poderia pegar prática até conhecer bem o preço das mercadorias e depois se instalar por conta própria. Meu pai não tinha feito fortuna dessa mesma maneira? Ele era inteligente e poderia enriquecer mais rapidamente ainda. Quando lhe propus a história do armazém, ficou aborrecido de tal forma que durante quinze dias não me dirigiu a palavra. Então procurei outro trabalho mais em consonância com seus gostos e lhe propus a instalação de uma fábrica de ravióli. Ele pegaria profissionais competentes e seu único trabalho seria ficar no caixa. Como ele ficou sério! Eu vi bem que estava sofrendo. Mas o que é que ele queria? Passar os dias lendo livros de mecânica ou falando dos raios beta. Tinha algo de idiota, do homem que não entende as coisas, que não percebe que a vida não são beijos nas mãos, pois com os beijos nas mãos não se come. Finalmente, resignou-se a se empregar. Eu fiquei contente. Tinha esperanças de transformá-lo,

---

[2] NOTA DO COMENTADOR: *Dada a extensão do relato de Elsa Erdosain, o comentador desta história achou conveniente reduzi-lo aos fatos essenciais, dando, somente nos episódios de importância, o caráter de diálogo entre os mais diversos personagens que intervieram no drama.*

pouco a pouco, num homem que prestasse. Mas tempos depois, observei que o Remo insensivelmente mudava, mudava em alguma coisa. Às vezes o surpreendia me olhando com uma expressão estranha no olhar, mas como se estivesse me estudando ou pesando.

E eu, que nunca fui recebê-lo com um beijo, quando um dia senti necessidade de ir ao seu encontro para abraçá-lo, recebi dele estas palavras frias:

— Para que quero os seus beijos?

Achei estranho, mas não lhe disse nada. Supus que estava aborrecido porque na noite anterior eu lhe dei uma bronca por me trazer dez pesos a menos do salário que tinha recebido. Não porque eu fosse avara, e sim porque não tinha nenhuma necessidade de gastar o dinheiro fora de casa, já que eu lhe dava todos os dias para cigarros e para dois cafés. Em que tinha gastado os dez pesos? Depois observei que todo princípio de mês estava com um quê de irônico e gozador. Acordei assustada. Ele tinha sentado na cama e ria com risadinhas reprimidas e convulsas, as risadinhas de um louco que fez uma travessura. Quando perguntei o que ele tinha, me respondeu:

— O que te interessa? Ou agora você está pensando em administrar também a minha risada?

Então eu lhe disse que não se ofendesse e que gastasse todos os meses dez pesos do seu salário, se era isso que queria; mas isso não o consolou como eu esperava.

Tinha alguma coisa. Alguma coisa que... Por que não falou? Nunca como nessa época andou tão silencioso. Chegava da fábrica ao meio-dia e meia, almoçava com o nariz enfiado em seu livro de física e depois se jogava na cama. Em geral não dormia, porém ficava olhando um canto do teto. Às vezes, uma grossa ruga lhe cortava a testa. Se se falava com ele nessas circunstâncias dava um pulo, como se o tivessem surpreendido cometendo um delito. E eu que o dominava como queria, não sei por que nesses momentos sentia tal respeito por ele que o teria abraçado e apertado fortemente! Mas seu olhar ríspido me paralisava qualquer impulso de amor. Não sei se ele percebia o que se passava em mim, mas tinha a impressão de que embora seu corpo se mexesse, no fundo dele, sua alma ficava imóvel, espreitando-me como um inimigo. Sim, porque me espreitava. Acredito até que durante um tempo, pensou em me matar. Não sei por quê, mas me parece. Conversávamos um dia sobre um crime que tinha tido repercussão; estávamos exatamente na mesa, a empregada tinha saído, e ele respondeu:

— Realmente, o assassino foi um estúpido. Bastava ter preparado um cultivo de bacilos e dá-lo na sopa... (eu estava, exatamente, tomando sopa), no café, quero dizer — acrescentou ele —, a fatura estava liquidada.

— E você seria capaz da fazer tal coisa, de assistir a uma lenta agonia?

Embora risse às gargalhadas, seus olhos estavam sérios. Me respondeu:

— Uma agonia? E a dez... se fosse necessário. Você não me conhece, minha querida. — A voz tremia como se o ódio o estremecesse. Em seguida, acrescentou: — Por que não? Naturalmente, antes de cometer um crime seria preciso se familiarizar com a ideia, pensar nele, de maneira que na consciência da pessoa "isso" deixasse de ser um crime para se converter num assunto comum.

— Mas você seria capaz? — eu insisti.

— Acho que sim.

Disse esse "acho que sim" pensativamente, com tanta tristeza e resignação que de repente me deu uma pena enorme, fiquei pálida e, com lágrimas nos olhos, adorando-o como nunca, me abracei ao seu pescoço e lhe disse:

— Mas o que é que você tem que está assim tão triste? O que é que você tem? Por que você não fala?

Com frieza, separou os braços e, sorrindo cinicamente, me respondeu:

— Você está louca! Eu não tenho nada, minha filha. Como você é engraçada!...

Desde então, adotou para comigo uma conduta reservada, fria. Quantas vezes eu quis me aproximar dele e avançava levemente, me detinha no impulso o choque com a atmosfera gelada que rodeava seu corpo, e que parecia escapar do brilhante olhar dos seus olhos fixos. Era como passar do sol ao porão de um frigorífico.

Da cama onde ele estava estirado deixava cair os olhos em direção a mim, mas com tanta indiferença que, à medida que eu tratava de penetrar em seu silêncio, seu silêncio se tornava cada vez mais denso na profundidade, como a água que no fundo do oceano deve ter a consistência do aço.

E eu compreendia que seus primeiros silêncios eram, comparando com os silêncios que viriam depois, como seu semblante de criança em relação a esta outra, sua cara atual, cortada a partir da maçã do rosto em faces de planos tumultuosos, com a ruga do cenho mais inchada e as pálpebras, o cenho e os vértices da boca crispados em finas rugas de sofrimento.

Pensei, às vezes, que ele devia me odiar profundamente e que só ficava ao meu lado para me martirizar. E, no entanto, ele era o mesmo homem. O mesmo homem que um dia havia me acariciado com mãos tímidas de rubor, o mesmo homem que apoiava a cabeça nos meus joelhos, sentado aos meus pés, e a quem eu então olhava com espanto misturado com gozação, porque, no fim das contas, era uma mulher como outra qualquer para merecer tão exagerada adoração.

Agora, em compensação, quando ele não percebia, eu me entretinha em espiá-lo, procurando nas contrações de seu semblante, e nessas luzes fugidias do perfil da pupila, a natureza dos seus sentimentos; mas era inútil. Eu estava ao lado dele e, no entanto, não me pertencia.

Era meu marido no nome... isso... no nome. Talvez no fundo me quisesse bem. O ódio nele estaria misturado com a estima que se sente pelas pessoas que fazemos sofrer injustamente... nada mais.

E acontece que ele não gostava de mim. Eu observava que não gostava de mim, porque qualquer observação que eu lhe fazia com relação aos nossos interesses, acolhia-a com uma frieza respeitosa, assentindo por completo à minha vontade, nunca se rebelando, colocando uma espécie de atenção aos seus pensamentos e egoísmo. De tal maneira que sua flamejante amabilidade era um vidro entreposto entre a sua alma e a minha. Cada vez que eu queria me aproximar dele, a minha testa se chocava contra esse vidro invisível. E se eu tivesse lhe pedido que se atirasse num poço, possivelmente o teria feito, com aquela mesma indiferença com que no fim do mês me entregava seu salário completo, tal qual o haviam colocado no envelope.

Mais tarde, quando ocorreu um gravíssimo fato entre nós, observei isto: renunciava com uma espécie de indiferença gozadora a tudo o que lhe era mais querido e que lhe havia custado esforços imensos para obtê-lo. Como explicar essa conduta? Ria hoje daquilo que ontem lhe havia custado lágrimas... e que continuaria fazendo-o chorar amanhã. Já buscava o sofrimento. Só Deus sabe o que ocorreria no fundo daquela pobre alma. À medida que passavam os dias, eu o amava mais. Amava-o como uma mulher, amava-o com toda minha feminilidade mais doce, mais complacente, mais humilhada, e eu, que por ele nunca tinha me preocupado com meu penteado, comecei a cuidar do detalhe. Quando ele voltava do escritório, me encontrava vestida como se fosse sair, linda se se quiser, e mal terminava de transpor o umbral quando eu tinha segurado em seu braço e, quase pendurada nele, acompanhava-o até a sala de jantar, mas ele, friamente me beijava a face, e com essa voz distante e clara com que conversamos com as pessoas que não nos interessam, respondia minhas perguntas, tomando cuidado para que fossem precisas, como se se tratasse de um dos tantos informes que redigia no seu escritório. E eu que nunca tinha me pintado, o esperei um dia com os lábios e as faces tingidas e, ao me ver assim, sorrindo ironicamente, disse a título de comentário:

— Que curioso! As prostitutas, quando o "marido" chega, fazem tudo ao contrário das mulheres honestas. Tiram a pintura.

Por que me humilhava assim? Por acaso porque um dia eu tinha lhe pedido que instalasse uma fábrica de ravióli? Respondi:

— E o que você sabe dessas mulheres?

Silenciosamente, inclinei a cabeça sobre o prato e minhas lágrimas se misturaram com o ruge.

Que dias, meu Deus!

Tinha a impressão de que algo horrível estava sendo elaborado nele. Seu silêncio era cada vez mais espesso, envolvia-o como uma neblina que servisse para dissimular seus propósitos. Agora quando entrava em casa não parecia ele e, sim, outro homem; outro homem que, com seu mesmo rosto, havia adquirido sobre mim não sei que direitos, e que se impunha sobre mim com o mistério de sua vida calada, sem explicações, sem rumo.

Algumas vezes quando eu me recostava, de repente, sem que sua atitude se explicasse, sentava-se na beirada da minha cama e, com uma lentidão de estranheza, me acariciava o cabelo sobre a testa, com a ponta dos dedos me alisava as pestanas, as pálpebras, punha a cálida palma de sua mão sobre minha garganta e de repente me beijava na boca com essa frieza brutal dos homens que tratam as mulheres às bofetadas e fazem delas o que querem. Eu tentava resistir a esse selvagem modo de seu ser, mas era impossível. De repente minha alma se enchia de uma enorme misericórdia, ele era quem tanto havia me amado; e então eu levantava a minha mão na direção do seu rosto, meus dedos se detinham em suas ásperas faces frias ou lhe apertava a boca, seus olhos estavam muito próximos aos meus e de repente ocorria algo horrível: ele sorria cinicamente e, dando-me as costas, retirava-se para o seu quartinho onde, estirado na cama, ficava pensando, com as mãos cruzadas atrás da nuca.

Por que não lhe falei do fundo do meu coração? Um falso orgulho me retinha as palavras sinceras que talvez tivessem nos salvado. Eu mesma era a vítima do desespero interposto em nossas vidas, e que se fazia cada dia mais forte. Houve semanas em que não nos dissemos uma palavra. Vivíamos em silêncio, e era inútil que o sol alegrasse as árvores e que as tardes fossem tão delicadas como uma seda turquesa. Um dia, não sei como, ele disse: "Mais tristes não estão os leões entre as montanhas quando morrem de fome". E o sol, que para os outros era sol de festa, brilhava para nós no alto, fúlgido e sinistro. Então, eu fechava os postigos dos quartos e, na escuridão do meu dormitório, ficava pensando naquele rapaz distante, enquanto uma mancha amarela corria lentamente pelas flores do papel de parede.

Um dia recebi uma surpresa estranha, que me deixou muito tempo preocupada. Era domingo. Eu ia pela rua Rivera quando, de repente, me detive, assustada.

Junto ao vidro de um café de cocheiros, um vidro cheio de pó iluminado pelo sol, estava ele, a face tristemente apoiada na palma da mão. Olhava a cornija de uma casa em frente, mas sem vê-la, com a testa enrugada, sabe-se lá pensando em quê. Eu me detive para observá-lo. Era meu esposo. O que fazia ali naquele lugar repugnante, com a face quase apoiada no vidro sujo, e uma faixa de sol iluminando a cartola dos cocheiros que faziam um círculo em torno das mesas? Na porta do café, um japonês conversava com um homem de perna de pau. Minha alma encolheu-se de tristeza. Eu olhava para ele como se fosse outro; outro que fazia muito tempo que tinha se perdido em minha vida, e que de repente o acaso me apresentava despido de qualquer máscara, num antro espantoso.

Via-se que as pessoas que estavam ali faziam um barulho tremendo. Batiam os punhos nas mesas, mas ele, como se estivesse surdo, permanecia em sua desagradável postura, a face na palma da mão, as pupilas fixas num ponto invisível da cornija marrom, os lábios contraídos num esgar de sofrimento e de vontade. Sua xícara de café era uma colmeia de moscas, mas ele não via nada. E, no entanto, era meu esposo, o mesmo que um dia fora tão tímido em gestos doces e que apoiava a cabeça nos meus joelhos. E agora estava ali. Só faltava estar adormecido ou cabecear diante de um copo de vinho para que seu aspecto derrotado fosse mais horrível.

De repente compreendi que se eu ficasse mais um minuto diante daquele lugar começaria a chorar, e fui embora... fui embora sem me atrever a chamá-lo.

Depois houve uma época em que pareceu ter medo, a desconfiar de mim. Lembro que uma manhã, em circunstâncias em que estava colocando o colarinho diante do espelho, de repente, olhando-me de esguelha, disse:

— Você se lembra do Lauro e do Salvatto?

Assustada, perguntei a ele:

— Quem eram esses homens?

— Dois pescadores que usavam um cravo na orelha. A Gillot mandou eles assassinarem seu marido. Você percebe? Você se apaixonaria ao vê-los passar de manhã pela rua, com um cravo atrás da orelha e cantando uma *canzonetta* napolitana.

Agudo como o canto de um galo foi o tom com que soltou uma estrofe napolitana. Em seguida, continuou:

— Veja como seria interessante se você também me fizesse assassinar por um pescador que usasse um cravo na orelha.

Indubitavelmente, estava louco.

— O estranho é que ainda não tenha me enganado, no entanto. Seria interessante. Mas te faltam condições. Você não nasceu para isso. Você é burguesinha demais.

E depois de dar risada sozinho frente a frente com o espelho e de observar o efeito de sua gravata sobre o peitilho de finas listas vermelhas e cinza, continuou:

— Não sou um mau rapaz. O bom é que se você ficar viúva, você se casará com um lojista. O que você gostaria mais?... Um confeiteiro? Você atenderia o caixa e tomaria cuidado para que os garçons não roubassem cinquenta mil pesos do seu marido, nem uma massa de cinco centavos. Em resumo, a vida é divertida, você não acha, meu amor? — E sorrindo cinicamente, aproximou-se para me beijar. Percebe?... Para me beijar! Eu o repeli e então ele me perguntou: — A confeiteira está aborrecida? — E foi embora, cantando.

Ele me ultrajava assim, à toa. Levava no coração uma alegria sinistra, que lhe avivava os olhos. E, coisa que nunca fez, começou a cuidar da sua elegância. De onde tirava dinheiro? Não sei. Possivelmente tivesse ganho na loteria, porque pouco antes da nossa ruína encontrei, numa gaveta, um maço de notas. O caso é que comprava camisas de seda, meias caras, em resumo, até tomava banho todos os dias. Com isso digo tudo.

No entanto, sua sinistra alegria não o distraía. Tinha momentos mais obscuros do que uma fera amestrada.

Fermentava ferocidade. Não buscava nada mais do que pretextos para explodir. Assim, dava uma bronca injustamente na empregada por não cuidar mais dos móveis, e exclamava, com um tom de voz que até os vizinhos podiam escutar:

— Esses móveis custam dois mil pesos. Esse tapete custa quatrocentos pesos... — E como o mais vil rastaquera, enumerava o preço das coisas, enquanto a criada o olhava vermelha de indignação. E eu sabia que todo esse interesse pelas coisas que me pertenciam era falso, que ele estava pouco se lixando para o valor dos móveis e dos tapetes, e que esses furores de arrivista eram a explosão de sentimentos desviados, de ansiedades não satisfeitas e daquele mistério que sua alma escondia com mais pudor do que se fosse um câncer.

E que as nossas coisas não lhe causavam maior interesse, comprovei mais tarde, quando sobreveio nossa ruína. A conselho de um irmão, entrei em negócios com uma empresa comercial; eu queria duplicar nossa fortuna para que ele pudesse se dedicar a seus estudos de eletricidade, a única coisa que lhe interessava e, alguns meses depois de ter aplicado o dinheiro que tinha em ações, a casa foi à falência e ficamos na rua.

Para mim, aquele foi um golpe terrível. Ele, em compensação, permaneceu impassível, como se não tivesse acontecido nada. Eu tentava fazê-lo compreender a importância do que tinha acontecido, mas qual... nunca na minha vida vi maior indiferença do que aquela que ele demonstrava por tudo aquilo que não se referisse a si mesmo. Com ou sem dinheiro, esse homem era sempre o mesmo, indiferente e triste.

Eu chorava desesperada; a tranquilidade para o nosso futuro havia desaparecido. Inclusive se negou a se informar e a fazer os trâmites para recuperar alguma coisa do perdido. Uma vez cheguei a pensar que o Remo se alegrava secretamente da desgraça que nos havia acontecido. Ia e vinha como de costume, observando uma conduta hermética, até que descobri algo repugnante.

Não sei como, eu me pus a revistar os bolsos do seu paletó. De repente me chamou a atenção uma folha dura; enfiei a mão no bolso e tirei uma fotografia.

Era no fundo de um parque. Sentada ao seu lado, com uma pasta de colegial, estava uma criança de treze anos, no máximo, o cabelo cacheado escapando de um bonezinho de palha, e o avental grudado na pasta. Ele, as pernas cruzadas, o chapéu sobre o cocuruto, o sorriso desavergonhado, olhava para a frente, enquanto a criança tinha o semblante virado na direção dele.

Ao meio-dia, enquanto tomava a sopa, disse a ele:

— Quem é essa criança com quem você tirou foto?

Sem se chatear, com um sorriso cândido, ele me respondeu:

— Uma garota que está no terceiro ano e fazemos amor. Nessa manhã ela cabulou aula.

— Quantos anos ela tem?

— Vai fazer doze em agosto.

— E você não sente vergonha? Não percebe que você é um canalha?

— Hum, hum.

Em seguida, levantou-se e saiu.

Um aniquilamento espantoso me esmagava nessa minha casa, mas que já não o era, porque eu me sentia perdida nela. Só agora tinha visto o monstro que existia nele. Quando acordou? Não sei. Mas ele era um monstro, um monstro frio, um polvo. Isso, um polvo embutido no corpo de um homem... um homem que era ele... e que não o foi, porque me lembro quão desengonçados eram seus gestos, e com que sofrimento de amor beijava minhas mãos e segurava meus dedos, e queria inclinar minha cabeça sobre seu peito. Como mudou do menino que era! Sua alma imóvel, tesa ali embaixo, como a de um condenado à morte a quem já rasparam a cabeça, esperava não sei que justiçamento.

Nessa época, viveu mais freneticamente do que nunca.

Uma noite, chegou bem tarde. Deviam ser nove e meia. Tudo nele vibrava, como depois de uma ação heroica. Tinha os olhos brilhantes, as mandíbulas se apertavam, enquanto as fossas nasais aspiravam profundamente o ar. Nem terminou de tirar o colarinho, e já dizia:

— Sabe de uma coisa? Acabo de cuspir na cara de uma costureirinha. Ao estalar os lábios, lançando-lhe a cusparada, foi como se tivesse explodido diante dos meus olhos um petardo de dinamite. Ela se torceu como se lhe tivessem dado uma machadada na cabeça.

E continuou com voz estremecida:

— Ah, se você a tivesse conhecido! É a criatura mais insolente com quem já tratei. E feia, sabe? Uma dessas fealdades que fazem com que um homem se envergonhe de ir pela rua em sua companhia, porque todos o olham com espanto. Imagine você, uma criatura baixinha, de pernas curtas, um vestido mal-ajambrado, as articulações dos dedos com calos; olhando-a de frente parece corcunda, tão levantados tem os ombros; o nariz adunco, e tão comprido que se poderia dizer que entre o queixo e o nariz se poderia quebrar uma noz; e acrescente-se a isso um mau hálito. Ah, se a tivesse conhecido! Não imagina como me tiranizava. Eu a observava curioso. Queria ver até que ponto chegava ou podia chegar o domínio de uma criatura inferior sobre um homem superior. E aguentava tudo, ela a quem o último lojista de bairro teria se envergonhado de acompanhar por uma rua medianamente iluminada.

Eu o escutava, curiosa. Ele continuou:

— Tinha que ouvi-la falar! Não se pode pedir nada mais ridículo. Por exemplo: se sorria e eu lhe perguntava o motivo, me respondia, tivesse ou não a ver: "Sorrio quando me ferem". Você percebe? Outra frasezinha que gostava de soltar era esta: "Tenho frio na alma". Você percebe? Dava vontade de bater nela. Quando viajávamos juntos não falava uma palavra, olhava para a rua; eu me limitava ao estúpido papel de pagar o bilhete. E quando conversava às vezes tinha que fazer um esforço para não virar a cabeça. Seu hálito era nauseabundo. Em resumo, isso beirava o absurdo. Marcava comigo uma hora e chegava quarenta minutos mais tarde e, em vez de se desculpar, dizia: "Por que me esperou? Se tivesse ido...". E eu abaixava a cabeça e, timidamente, dizia-lhe palavras idiotas, porque encontrava um prazer angustioso em tolerar a insolência dessa mulher monstruosamente feia. E se brigávamos, me procurava; então não sossegava até que voltava para o seu lado, e as lágrimas corriam por seu nariz avermelhado, enquanto com suas mãos esfoladas me atraía para seu pescoço. Em resumo, isso era o cúmulo. Eu estava farto; compreendia que desse jeito qualquer dia ia acabar dando-lhe bofetadas num lugar público.

"Devido à chuva, hoje eu não a vi pela manhã. Esta noite fiquei uma hora esperando-a sob a garoa, no lugar onde sabia que descia. Finalmente chegou. Você pensa que se emocionou ao ver que eu a esperava? Limitou-se a dizer: 'O senhor por aqui!'. Ah, se soubesse que curioso! Estava decidido a continuar a farsa, a deixar que me humilhasse até onde sua imaginação conseguisse, mas o caso é que de repente perdi a paciência e, segurando-a por um braço, com tal força que quase se põe a gritar, eu lhe disse:

— Sabe o que você merece? Que eu cuspa na sua cara.

— "Eu não lhe disse que me esperasse" — a viborazinha replicou, furiosa, e foi quando então explodiu a cusparada. Ela se virou; de repente compreendi que tinha que ultrajá-la mais, já que uma cusparada para uma bronca como ela pouco ou nada significava, e então, mantendo-a agarrada pelo braço, para que não escapasse (ela estava a duas quadras da casa dela), me inclinei até o chão, apanhei um punhado de lama imunda, e sem que ela resistisse (estava como que morta) esfreguei na cara dela, mas tão acertadamente que à luz do poste só se via um emplastro de lama verde. Em seguida empurrei-a, bateu contra uma árvore, e fui embora."

— Que idade ela tem?

— Vinte e cinco anos.

— E você gostava dela?

— Gostava das humilhações que me proporcionava.

— Mas não sentia amor por ela?

— Eu nunca sentirei amor.

— E ela?...

— Aí está. Essa mulher gostou de mim. Sabia perfeitamente que eu era casado. Agora suponho isto: chegou o momento em que perdeu a confiança na sua força de vontade, e então todas as insolências que fazia eram para ver se conseguia me perder e assim não se perder, mas se essa era sua finalidade, como pode ver, conseguiu. Não pode se queixar, não.

Via-se que estava contente com sua infâmia. Gozava com ela, espremia-a como uma laranja, saboreando-a ferozmente, com tanta agudeza que de repente escapou-lhe a frase definitiva:

— Agora compreendo por que existem assassinos que dão catorze punhaladas num cadáver. E que se os deixassem, continuariam se enfurecendo.

— Seus olhos tinham se paralisado, enquanto as pálpebras, encobertas, pareciam querer descobrir uma visão longínqua.

E isso não foi a última coisa que me fez, não. Às vezes penso se esse homem não estava louco, porque se não estivesse, como explicar seus atos? Um mês antes que eu ficasse sabendo da sua defraudação na Açucareira, uma noite, mas já bem tarde, os passos de Remo me acordaram, porque passeava nervosamente de um cômodo a outro.

A sala de jantar e o dormitório se comunicavam por uma porta. Para poder passear mais comodamente, Erdosain deixou a porta entreaberta de maneira que ia e vinha de um quarto a outro sem obstáculo algum, dispondo de um espaço suficiente como que para descarregar, caminhando, seu nervosismo.

Indubitavelmente estava sobre-excitado. Ignoro se tinha que buscar os motivos na defraudação da Açucareira, mas naquele momento isso não era o essencial. Preocupava-o um problema grave.

Embora eu tenha acordado, continuei com os olhos fechados. Quando o Erdosain dava as costas para a cama, observava-o entreabrindo as pálpebras. A conduta do meu esposo havia tempos era anormal, mas agora o pressentimento me dizia que "alguma coisa tinha que acontecer". O Erdosain caminhava com passo muito firme. Isso me fez pensar que desejava me acordar, pois, normalmente, Remo evitava me incomodar quando eu estava dormindo. Tinha tirado o colarinho. Assim, ia e vinha, o rosto contraído por uma preocupação que acabou por vencê-lo. Aproximou-se da minha cama e, inclinando-se, puxou o cobertor de maneira que deixou meu ombro descoberto. Feito isso, começou a me sacudir pelo ombro me chamando, devagar:

— Elsa... Elsa...

Entreabri os olhos.

— Ah!... O que você quer?...

— Acorda. Elsa... Acorda, que eu tenho que te dizer uma coisa muito importante... importantíssima...

Para fingir que eu estava acordando nesse momento, esfreguei os olhos. O Remo sentou-se aos pés da minha cama e, olhando-me com ardor, como se estivesse bêbado, me disse:

— Você está bem acordada?

— Estou.

— Deixa eu ver... deixa eu te olhar... Bom... escute bem...

Refletiu um momento, como se o que tivesse que me dizer fosse muito grave e, depois, disse, devagar:

— Elsa, temos que salvar uma alma... Elsa, se você me ama, tem que me ajudar a salvar uma alma...

— A senhora compreende[3] — arguia Elsa mais tarde — que acordá-la à uma ou às duas da madrugada para lhe comunicar "que é preciso salvar uma alma" é de surpreender, inclusive a pessoa mais acordada do mundo. Percebi em seguida que o Remo tinha bebido, mas não em quantidade suficiente para estar ébrio e, sim, excitado. Isso: estava muito excitado. Poucas vezes na minha vida o vi assim.

— O que está acontecendo?... Me conta — disse para ele.

— Você está bem acordada?...

— Estou.

— Bom, escuta... Você tem que me ajudar a salvar uma alma. Que coisa terrível eu vi esta noite, Elsa! Algo que não tem nome. Uma alma se afundando no inferno. Isso... Imagine uma moça rodeada por um círculo de beberrões que a embebedam dando risada... e ela me olhando triste, como se me dissesse: "Está vendo só? É por sua culpa, por culpa de todos os homens que eu estou me perdendo". Te juro que é algo espantoso, Elsa. Se você a conhecesse, teria pena dela. Devia ter vinte e quatro anos. Sim, vinte

[3] NOTA DO COMENTADOR: *Mais tarde, motivado pelos acontecimentos que se desenvolveram e que ocuparam as partes posteriores desta crônica, tive oportunidade de conversar com Elsa, motivo pelo qual adotei nesta parte da crônica o diálogo direto, que pode ilustrar melhor ao leitor, dando-lhe a sensação direta dos acontecimentos, tal qual se desenvolveram.*

e quatro anos, ela me disse outro dia. Trabalha como prostituta... mas não num prostíbulo, não... "Faz a rua", como elas dizem. Isso é mais honorável que passar o dia trancafiada numa casa de tolerância. Fazer a rua é caminhar pela rua procurando homens. Percebe? E é linda. Tem os pés acabados de tanto caminhar. Veja só que escreveu num caderno, não sabendo que eu ia encontrá-la... porque nós nos encontramos uma vez e depois deixamos de nos ver. Olha, escreveu nesse caderno: "Onde você está, Remo, alma nobre? Penso em você dia e noite". Percebe? Uma prostituta? Caminha como se estivesse cega. Tem a vista muito ruim. Deixa eu te contar. Eu estava uma tarde num café, triste como sempre, quando a vi passar. Parecia uma sonâmbula. Isso... Isso mesmo... Uma sonâmbula, pela maneira como caminhava. Ia e vinha. Eu a olhei e me disse: Que mulher mais estranha! Então me aproximei e lhe disse: "Não quer que eu a acompanhe, senhorita?". E ela me disse: "Quero". Surpreso, perguntei-lhe: "Por que a senhora aceita com tanta naturalidade que eu a acompanhe?". E ela me respondeu: "Não percebe que sou uma...". Se você imaginasse a pena que me deu!

Senti uma pena enorme por ela. Eu a vi sozinha, triste, rodando de mão em mão... Te previno que eu tenho o coração duro, mas há momentos em que me deixaria fazer em pedaços pelo primeiro desgraçado que cruzasse meu caminho. Passamos a tarde juntos. Eu a escutava dolorido. Por que a vida tratava assim os pobres seres humanos? Por que os fazia em pedaços? Pensava que algum dia essa mulher havia tido cinco anos... Estaria brincando com outras crianças e ninguém, nesses momentos, imaginava o destino que a esperava. Percebe como é horrível? Quantas vezes eu pensei, olhando as crianças que brincam nas praças! Qual, dentro de alguns anos, será um assassino? Qual dessas, uma prostituta?... Meus Deus!... Tem horas que dá vontade de se matar.

— E essa moça?...

— Depois a perdi de vista... Passaram algo como quinze dias quando, uma manhã que eu andava recebendo, encontro ela. Se visse que alegria; como ficou contente!... Me levou para o seu quarto... Imagine você um quarto pequenininho num hotel de prostitutas e ladrões na rua Libertad. Quando subimos, encontramos com o negro Raúl, que descia uma escada com uma escarradeira na mão. O negro me cumprimentou enfaticamente. Tinha só que ver o Raúl, com sua cara de chocolate, enrolado num asqueroso "robe de chambre"! Subimos uma porção de escadas e chegamos em cima, num quartinho pintado de azul, um azul-claro, sujo. Num canto, ficava sua caminha. O espetáculo me desconcertou. Te previno que não nos deitamos, não. Nossas relações são puríssimas. Não mexa a cabeça incredulamente. São puríssimas. Eu me recostei na cama e ela também. Então me mostrou o caderno. Tinha começado a escrever o diário de sua vida, e você não imagina a impressão que me causou quando li isso: "Onde você está, Remo, alma nobre?". Me contou sua vida. Era filha de bascos. Tinha estado num convento. Veja só como é instruída. Leu o *Quixote*. Desde então, nós nos encontramos todas as tardes. Que vida a sua! Olha, eu a vi acompanhada de homens e nunca me causou maior impressão; mas esta noite, ao vê-la num botequim da rua Esmeralda, rodeada por um círculo de perdulários que a embebedavam, me deu uma pena horrível. Então eu me disse: é preciso salvar esta pobre alma! Porque é boa, Elsa, é boa... Veja só: uma tarde na pensão, eu lhe digo: "Estou com vontade de tomar mate...".

— Como se chama essa mulher?...

— Aurora... Aurora Juanco... Bom; como eu estava te dizendo, digo para ela, "Estou com vontade de tomar mate". "Espera um momento", me diz, e sai. Eu fiquei recostado na cama. Em frente havia um despertador. Eram duas e meia, mais ou menos. Levantava a essa hora todos os dias. Passou um longo tempo e ela não vinha. Me chamou a atenção e, para me entreter, comecei a ler uma revista. Ao mesmo tempo, eu pensava em você. Outra vez voltei a olhar o relógio. Eram três horas. Eu me perguntava que diabos teria acontecido, quando às três e dez ela aparece, mancando, com uns pacotes entre as mãos. Veja bem que tinha os pés machucados de caminhar, com tais chagas, que para poder tirar as meias antes tinha que molhar as meias. Bom; tinha ido comprar, para satisfazer minha vontade de tomar mate, uma chaleira, uma bombilha, erva, pãezinhos, e estava pálida da dor que sentia nos pés. Tudo por mim. Percebe, Elsa? É preciso salvá-la. E você tem que me ajudar.

Com que impressão eu podia escutá-lo? Ele, meu esposo, vinha contar para mim suas relações com uma prostituta. E o mais grave era que estava apaixonado. Prescindo de que essa mulher fosse ou não uma depravada. Enquanto ele falava, eu me dizia: O que será que este homem quer de mim? Não está contente em ter me humilhado, porque me humilhou muitas vezes. Inclusive me contou que tinha tentado corromper uma criança numa estação de trem, e agora trazia essa nova história de "uma alma que é preciso salvar". No entanto, pelo tom com que falava, eu percebia que estava apaixonado. Até que ponto chegava sua paixão por essa mulher eu não podia estabelecer, mas a verdade é que estava apaixonado. De outro modo, teria vindo me contar tudo?

— E o que é que você quer de mim? — disse-lhe. Vacilou um momento e me respondeu:

— Olha, a única forma de salvar essa alma seria tirá-la desse mundo em que se move. Se a deixamos ali, vai se perder. Em compensação, se você me desse permissão, eu a traria aqui, ela te ajudaria a trabalhar, e pouco a pouco... (A esta altura de seu relato a esposa de Erdosain não pôde se conter e exclamou, indignada.):

— Percebe como o meu marido é louco? Ah, meu Deus!... Que homem!... Que monstro! Um monstro, sim, um louco; não posso dizer outra coisa. Se a senhora soubesse tudo o que eu passei depois! E depois se diz que existem mulheres que enganam seus maridos! No entanto, naqueles momentos eu me dominei perfeitamente. Tinha consciência de que as minhas relações com o Erdosain haviam chegado ao limite, que ia jogar minha felicidade de esposa na resposta que tinha que lhe dar, porque ele estava apaixonado com loucura por essa mulher[4] e eu lhe disse:

— O que você quer é trazer aqui, para esta casa, essa mulher. Não é isso?

— Sim.

Dizer-lhe que não teria sido avivar sua paixão. Eu não conhecia essa mulher. Podia ser boa. Era um dever cristão ajudá-lo a "salvar uma alma". Ter ciúmes "dessa aí" era demonstrar a mim que eu me considerava inferior a ela. Pensei por um minuto em todas essas coisas, pensei na minha pouquinha felicidade, na minha casa, e lhe respondi:

— Bom, traga essa moça. Vou tratá-la como se fosse minha irmã.

Só vendo! Me beijava as mãos de agradecimento.

Disse que jamais esqueceria esse meu gesto ajudando-o para "salvar uma alma"; e em seguida ele se deitou, mas eu não pude dormir. Foi uma das noites mais tristes que passei na minha vida. Tínhamos chegado ao limite. Trazer uma prostituta para sua casa! Percebe? Para não perder a cabeça, comecei a rezar fervorosamente. Às vezes tinha vontade de abandoná-lo, deixá-lo sozinho, mas o coração me dizia que se o deixasse sozinho, ele se

[4] O cronista desta história acha absurda a crença de Elsa com relação ao enamoramento de Erdosain pela prostituta. Elsa jamais conheceu seu esposo, Erdosain, e utilizo aqui um de seus termos, "regozijava-se imensamente" quando podia originar situações grotescas que teriam escandalizado a seus próximos, ao conhecê-las. Referindo-se ao episódio da prostituta, Erdosain explicou: "Elsa se enganava redondamente supondo que eu estava apaixonado por essa mulher. Sentia por ela uma pena enorme, que degenerou em desejo quando a nossa situação se transformou em anormal. Com um pouco mais de domínio sobre mim mesmo, esse ato, aparentemente ignóbil, teria sido puramente cristão. Mas é difícil ser puro!".

perderia. Sim, como se perdeu depois... Mas, como resistir?... Veja o que aconteceu depois!...

No dia seguinte Remo saiu cedo. Fiquei inquieta a manhã toda. Ele chegaria às duas da tarde, mais ou menos, porque se entrevistaria com essa mulher para lhe oferecer sua ajuda e, embora eu duvidasse do êxito, chegou às três da tarde na companhia dela.

A moça me impressionou lamentavelmente. Eu estava na porta da minha casa e os vi chegar. Era uma mulher magra, de estatura regular. Mancava um pouco ao caminhar, pois usava sapatos grandes demais para ela. Além disso, tinha os pés machucados. Seu vestido preto estava debruado por uma trancinha violeta; de perto, comprovei que estava manchado e muito usado. À medida que se aproximava, discernia perfeitamente o rosto da mulher. Era um tipo vulgar: o nariz muito comprido e adunco, os olhos como que cobertos por uma neblina e o cabelo extremamente retinto. Sua pele era muito branca. O Erdosain caminhava intimidado perto dela. Eu os esperei serenamente. Quando estavam a poucos metros, saí ao encontro deles e, esticando a mão, cumprimentei a moça. A partir desse momento, deixei de ver nela a prostituta para considerá-la como uma infeliz que precisava da minha ajuda. A moça parecia tímida. De fato, estava muito envergonhada de sua situação anormal e sorriu com certa inquietação quando se sentou na sala de jantar, e eu lhe disse:

— A senhora, senhorita, está com os pés muito doentes, parece, não?

— Sim, senhora — me respondeu.

— Bom, espere um momentinho — e imediatamente fui à cozinha, pus água quente numa bacia, e a levei para a sala de jantar. Embora ela resistisse, eu mesma tirei seus sapatos e pus seus pés de molho, sem tirar as meias, extremamente manchadas nos lugares das chagas.

Esses cuidados a emocionaram; quis me beijar a mão, mas eu não permiti. A moça estava comovida. Omiti qualquer pergunta sobre sua vida anterior e lhe disse:

— O Remo me explicou sua atual situação. Nós somos pobres, mas aqui a senhora vai ficar bem. Muito trabalho não há; vai me ajudar no que puder. A senhora tem roupa de baixo?

— Não, senhora...

— Bom, então vou lhe emprestar roupa minha até que a senhora faça alguma. Eu tenho máquina de costura aqui.

— Como a senhora quiser.

— Quer tomar alguma coisa?

É que eu, na previsão de que, pudesse chegar, havia preparado chocolate. Observando-a, me deu a impressão de estar mal alimentada.

Remo não encontrava palavras para me agradecer as atenções com que eu obsequiava sua protegida. Num momento em que saímos, me abraçou, dizendo-me:

— Você é uma grande mulher, Elsa...

Pois verá como correspondeu mais tarde a meus atos de "grande mulher".

Nessa altura, a moça pôde, por fim, tirar as meias. Eu me horrorizei. Seus calcanhares estavam esfolados, em carne viva. Ficava difícil explicar como, em tais condições, essa mulher podia caminhar e, mais ainda, dedicar-se a esse ofício infame. Depois me explicou que caminhava em média, por dia, de dez a doze horas "procurando homens". Como ela acreditava que para não se cansar era preciso ter sapatos folgados, tinha comprado aquelas botinas, que acabaram por lhe estraçalhar os pés.

Fui ao armazém e lhe comprei uns chinelos, para que pudesse ficar à vontade. Na volta fiz com que tirasse seu vestido e a roupa de baixo que vestia e lhe dei uma camisola e roupa minha, pois isso era tudo o que eu podia fazer por ela nesse momento e estava obrigada a fazê-lo por dever de caridade.

A moça se reanimava à medida que o tempo passava. Meu esposo saiu novamente, e então eu procedi a estudá-la com sumo tato. Tratei de estabelecer se era digna ou não da nossa ajuda, pois eu estava completamente disposta a socorrê-la, ou se se tratava simplesmente de uma aventureira que explorava a fraqueza sentimental do meu marido para se introduzir no nosso lar e provocar uma catástrofe.

Em poucos dias me pôs a par de sua vida. Era filha de um leiteiro. Tinha se criado praticamente num curral. Desde muito jovem tinha mantido relações sexuais com os que se aproximavam e, no seu íntimo, não dava nenhuma importância ao fato de se prostituir. Lembro que uma tarde, dois dias depois de ter chegado, conversando, ela me disse: "As mulheres casadas são iguais a nós". Ela, por sua vez, me observava. Percebi, e então lhe dei a entender, falsamente, claro, pois queria ver até onde chegava, que ela efetivamente tinha razão. Não fazíamos mais que conversar e, pouco a pouco, estabeleci que não tinha nenhum respeito pelo Remo; ao contrário, julgava-o um louco. Mais ainda, comprovei que ela, ao saber que eu, sua esposa, era uma mulher sensata e segura de mim mesma, nunca o acompanhara na aventura de "salvar uma alma". Tratei então de perceber se preferia a atual vida sossegada ao meu lado à da rua, mas logo me convenci de que no seu critério a vida anormal era idêntica ou preferível à honesta. Quando falava do passado o fazia com animação e entusiasmo, quase, contando para mim os costumes íntimos de seus clientes e demais pormenores de sua vida ignóbil. Se essa profissão lhe parecia "incômoda", era pelos riscos que se corriam, nada mais. Quanto à moral, nem remotamente concebia que se pudesse viver de outra maneira. As mulheres casadas eram, para ela, "hipócritas que simulavam gostar de um homem para passar a vida sem fazer nada", embora para ela, na minha casa, constasse todo o contrário.

Cheguei a me perguntar com que interesse então permanecia conosco. Ela não se preocupava em absoluto em se regenerar. Trabalhar honestamente, menos ainda. Quando meu esposo voltava do emprego, eu evitava cuidadosamente deixá-los sozinhos. A Aurora não perdia oportunidade, em nossas conversas (às vezes distraidamente), de sempre se colocar do lado do meu marido. Elogiava-o e o adulava com suma discrição. Não transcorreram muitos dias sem que ocorresse o inevitável. O Remo se encontrava entre a cruz e a caldeirinha. Com quem ficaria? Com ela ou comigo? Eu observava esse problema, porque o Erdosain ao chegar, se a Aurora estivesse presente, evitava me beijar; enfim, me tratava com as considerações que se costuma ter com uma mulher com quem não se tem relações íntimas.

Por esses dias aconteceu um fato curioso. A moça começou a trabalhar a terra. Havia na nossa casa um pedaço de terra que formava os fundos. Pois a Aurora, três dias depois de chegar na minha casa, uma manhã se levantou cedo, pediu uma pá emprestada a um vizinho e, quando eu acordei, uma parte do terreno estava completamente revolvida. Trabalhava com tanto entusiasmo que as mãos ficaram cheias de bolhas pelo roçar da pá. Isso não foi obstáculo para terminar de "pontilhar" os fundos inteiramente, o que me fez pensar que era um pouco insensível à dor física. Dizia que era uma pena não semear de tomates e alface tal extensão. Salvo essa isolada mostra de atividade, era preguiçosa no que se refere à execução de trabalhos domésticos. De sua estadia no convento, tinha lhe restado o gosto por bordar e, apesar de extremamente míope, passava horas tecendo num ponto tão miúdo que não pude a não ser me assombrar com essa mostra de habilidade. No fim, cheguei a suspeitar que bordava com o fim de evitar conversa comigo, pois não lhe agradava que eu me aprofundasse nela.

Sérias preocupações não descobri, a não ser uma: desejava estudar magia negra para dedicar-se à bruxaria. Não sei onde tinha lido algo de espiritismo e, embora fosse reservada, assim que se tocava nesse assunto, seu rosto se transformava de entusiasmo. Falava de um primo sacerdote, que entendia de exorcismo e magia. É possível que fosse assim. O evidente é que a moça era uma endemoniada que acabaria por perder o pouco juízo que lhe restava se entrasse em cheio nessas ciências, incompreensíveis para mim. Mais ainda: lembro que uma tarde eu a surpreendi como que hipnotizada, no dormitório, às escuras, contemplando um copo d'água. Perguntei o que estava fazendo, e me respondeu que, olhando durante longo tempo, fixamente, um copo d'água, apareciam na forma de figuras os acontecimentos de que se comporia o futuro de uma pessoa.

Eu disse a ela que deixasse de bobagens e que fosse para a cozinha preparar o chá. Que dias! Sim, eu estava aparentemente tranquila; por dentro, em compensação, vivia extraordinariamente inquieta. Em que terminaria essa aventura? O Remo pensava em procurar um emprego para ela, mas a moça não era mulher de se resignar a ganhar um salário miserável para viver honradamente. "Com que vantagem?", dizia ela. Eu quase não dormia à noite. Ela preparava uma cama na sala de jantar. Inevitavelmente, nossos quartos se comunicavam. É verdade que eu trancava a porta central com uma volta de chave; mas isso não impedia que estivesse intranquila, enormemente triste quando a noite chegava. Muitas vezes, pouco antes de me deitar, surpreendia sobre mim os olhos dessa moça, que me olhava como se quisesse me fazer mal. Assim que a observava, sorria timidamente com seus lábios finos. Às vezes ficava silenciosa num canto. Com sua cabeleira encrespada, o nariz comprido e os olhos como que cobertos por uma neblina, me dava a impressão de que eu tinha ao lado uma jovem assassina.

Uma semana depois de chegar em casa, ocorreu o fato repugnante. Tínhamos deitado. Era bem passada a meia-noite. Eu acordei bruscamente, como se tivessem me chamado. Só de lembrar, fico gelada. Estiquei o braço e o Remo não estava na cama. No outro quarto se escutavam uns gemidos fracos. Não sei como fiz para me dominar. O coração dava golpes tremendos no meu peito. Passou meia hora. O Remo entrou de novo no quarto, devagar, sem fazer barulho. Eu não disse uma palavra. Não me mexi. Pouco depois, ele dormiu, mas eu vi chegar o amanhecer. Estava mortalmente tranquila, como se tivesse que morrer de um momento para outro. O Remo se levantava cedo; nessa manhã a prostituta também se levantou cedo. Eu percebi que iam se reunir na cozinha; ela com o pretexto de preparar o café para ele, que tinha que sair para trabalhar. A cozinha tinha parede-meia que ainda não estava terminada, de maneira que tudo o que se falava ali podia se escutar lá de fora. Saí descalça, escondendo-me atrás da parede. Tive a sensação de que se abraçavam; depois, falaram e, entre outras palavras, ela disse:

— Você tem que escolher, Remo... Eu não posso viver assim. Tenho o pressentimento de que ela escutou a gente ontem à noite. Essa mulher é muito ladina.

Não quis ouvir mais e voltei para o dormitório. Antes de sair, o Remo veio se despedir de mim com um beijo. Olhei-o perplexa. Esse era o meu marido? O homem que queria "salvar uma alma"? Há circunstâncias na vida em que as palavras mais santas se transformam em tão grotescas que a gente realmente não sabe se chora ou se dá risada.

Momentos depois a prostituta entrou no meu quarto, trazendo uma xícara de café com leite. Observei que não se atrevia a me olhar nos olhos; eu não lhe disse uma só palavra; aproximou-se tremendo, me passou a bandeja e, então, serenamente, peguei a xícara, olhei para ela sorrindo e, sem dizer uma palavra, joguei o leite na cara dela.

Ela recuou surpreendida, me observou, depois inclinou a cabeça e disse:

— A senhora tem razão, senhora. Seu marido é um louco.

Olhei para ela sem dizer uma palavra. Saiu do quarto, percebi como se lavou, se vestiu, depois entrou no meu quarto e disse:

— Me perdoe, senhora; seu marido é um louco. Eu vou embora. Me perdoe.

E foi embora.

Ao meio-dia, Remo chegou. Eu continuava na cama. Estava com febre. Não vendo a prostituta, me perguntou:

— E a Aurora, onde está?

— Foi embora para sempre — respondi.

Nunca me surpreendeu tanto como então. Eu achava que ele se indignaria, que perguntaria alguma coisa; mas não. Começou a rir às gargalhadas, ao mesmo tempo que dizia:

— Isso sim que é notável. Enfim, você agiu muito bem, Elsa. Essa mulher ia acabar por provocar uma desagradável confusão entre nós.

A senhora consegue entender esse homem, que uma noite chega quase chorando, desesperado por "salvar uma alma" e, na semana seguinte, encolhe os ombros com a mais absoluta das indiferenças diante das desgraças que provocou? Eu segurei minha cabeça, pedindo a Deus que me ajudasse.

No entanto, estava curiosa por conhecer os motivos de sua conduta naquela noite, e ele se explicou com tanta clareza que não me restou nenhuma dúvida a respeito da sinceridade do seu relato.

O Remo acordou, noite alta, "bruscamente". O fato de acordar "bruscamente" o impressionou extraordinariamente. Como sempre demorava muito tempo para conciliar o sono, quando dormia podia-se fazer ao redor dele os barulhos mais estrondosos sem que acordasse. "Acordei bruscamente, como se me tivesse acabado o sono e, no entanto, não fazia duas horas que eu tinha dormido, e estava muito cansado."

"Acordei bruscamente, sentando na cama, de um modo automático. Depois, como se tivessem me chamado, sem vacilar, sem temor de ser escutado me levantei, abri a porta de comunicação com o dormitório da Aurora e entrei. Ela, sentada na cabeceira da sua cama, me esperava na escuridão com os braços estendidos, como se tivéssemos combinado um encontro em tal atitude. Sem dizer uma palavra, nós nos abraçamos tão ansiosamente que eu quase desmaiei de felicidade."

Eu mesma fiquei maravilhada com semelhante tripla coincidência, pois se o Remo tinha acordado anormalmente, encontrando a prostituta na mesma atitude, eu também, de minha parte, acordei bruscamente como se tivessem me chamado. Mais tarde lembrei muito dessa mulher, dizendo-me que eu não estive enganada quando ao olhá-la a defini mentalmente como a "jovem assassina". Possivelmente a natureza a havia dotado de um intenso poder magnético que ela conhecia. Três dias depois que ela foi embora da minha casa, reconsiderei: "Com razão que a magia negra e o espiritismo a interessavam tanto!". E embora não seja supersticiosa, tenho certeza de que o Remo disse a verdade e por isso eu o perdoei. Depois desse fato, o Erdosain aparentemente se tranquilizou durante duas ou três semanas. Ia e vinha do trabalho sem me dar motivos de desgosto. No entanto, observava-o às vezes, e perguntando-me: "Que novas barbaridades este monstro vai preparar?".

Elsa Erdosain fecha os olhos e desaba no fúnebre diálogo de uma noite. Quem é o culpado senão ele, Remo, seu esposo?

Ainda entrevê a cônica brasa do cigarro que ilumina, com vermelhos resplendores, o consumido perfil de Erdosain. A mão do demônio corta lentamente as camadas de escuridão com o tição vermelho. As palavras brotam ácidas de sua boca invisível, vacilam um instante na superfície das trevas e, em seguida, submergem como gotas de corrosivo na alma de Elsa:

— É horrível, mas nós nos amamos... E, no entanto, penso que se eu te fiz sofrer era porque eu te amava. Mas se eu te amava era porque sentia necessidade de te humilhar. Quando eu te atormentava, o remorso me aproximava de você...

Elsa tenta dominar o furor subterrâneo que irrita sua alma e, aparentemente fria, responde:

— É inútil... você tem que cair em algum poço. Então vai se lembrar de mim... e de tudo o que você fez... mas eu não estarei do seu lado... não... não estarei...

Comentava mais tarde, Elsa:

— "A senhora acha que a minha resposta o enterneceu? Pelo contrário, refletiu, tranquilo:

— Faz tempo que eu penso a mesma coisa. Tenho que cair em algum poço sem nome. Você pensa que eu não sei disso? Claro que sei. Faz tantos anos que eu sei!

Seu tom ficou confidencial e disse:

— Olha, nunca te contei este sonho que tive antes de me casar com você. Não foi um sonho e sim uma visão em pleno dia, sabe? Eu me via velho, tinha te abandonado para ir com outra; depois, numa noite de tempestade, eu voltava sozinho, estropiado feito um imbecil.... e você estava me esperando... fazia muitos anos que estava me esperando...

— E isso que você está pensando, você vai tentar realizar depois, por todos os meios, Você acha que eu não sei?

O Erdosain se expandia poucas vezes, mas dessa vez descobriu um recanto da sua alma:

— Mas me diz... Por que isso... sempre isso? É uma dor que não se acalma... um sofrimento estranho. Sempre lembrei de você ao lado de qualquer mulher. Olha... Mesmo das que gostei... Me beijavam... e nesse momento em que me beijavam, a sua cara passava pelos meus olhos... Elas olhavam nos meus olhos... Eu não... para o vazio... no vazio olhava a sua cara, como se estivesse mal desenhada numa película de vidro.

— Sim... sim...

— Se alguém me perguntasse por que tenho sido assim tão cruel com você, não saberia o que responder.

E a brasa do seu cigarro descreveu uma curva avermelhada nas trevas. O consumido perfil de Erdosain se iluminou com contornos vermelhos. Continuou:

— Necessito te atormentar. Quando estou a seu lado me é indiferente te ver sofrer; quando te tenho longe, padeço de uma angústia enorme. Penso que você está sozinha, com sua pobre vida destroçada, penso que você não tem esposo, penso que você inveja as mulheres que são felizes, as que passeiam de braço dado com os maridos, as que têm muitos filhos... Uuuuuuh, os pensamentos!... Os pensamentos que ficam dando voltas lá dentro. O que você sabe da minha vida? Nada, nada, nada. O que você pode saber? Você nem imagina o tanto que eu te amo! Quantas vezes te imaginei casada com outro homem! Você seria uma mulher feliz; passaria a meu lado e nem me olharia... teria filhos... receberia suas amigas; assim, em compensação, você está sozinha, como um animal malferido... Ou você pensa que eu não era consciente do quanto te fazia sofrer? Mas eu gostaria de ter te visto sofrer mais, te ver humilhada diante de mim, te arrancar um grito... esse grito que você nunca soltou... Me diz... será que não é esse o segredo da minha conduta? Sua dignidade. O não dizer nada. O calar tudo. Sozinha. Por que você não responde? Por que as outras mulheres não gostam de você? Por que ninguém gosta de você? É que se sentem inferiores a você. É que compreendem que você é diferente. Ao seu lado, eu até experimentei curiosidades infames... Se você tivesse tido um amante, eu não te recriminaria nada... Teria te observado. Cheguei até a desejar que você tivesse...

— Cale-se, monstro...

— Sim, quantas vezes eu pensei nisso! Eu me dizia: talvez fosse mais feliz do que comigo. Mas por que você não fala? As outras mulheres são estúpidas a seu lado. A gente as ofende do jeito que der vontade e em seguida se livra delas... e não fica nenhum remorso por dentro. Em compensação, de você, não se sabe o que se pode esperar. O que é que se pode esperar de você, me diz... pode-se saber?... Eu me pergunto, muitas vezes, se você será capaz de se matar... talvez não o faça... talvez tenha ainda, no íntimo, algum restinho de esperança...

— Algum dia você vai se arrepender. Mas será tarde...

— É possível. Acredito. Você acha que eu não acredito? Sim, Elsa... claro que acredito. E isso me produz uma angústia nova. Se você soubesse o tanto que eu penso em você! Olha... às vezes entro em algum café solitário...

Instantaneamente, Elsa revê Erdosain naquele café de cocheiros, junto ao vidro coberto de pó, a face tristemente apoiada na palma da mão. Ele olhava a cornija da casa da frente... talvez pensasse nela. Pensava nela como estava dizendo agora?

— ... peço um expresso e começo a meditar sobre nós. No nosso futuro. O que eu sou nesse futuro? Não sei. Talvez um vagabundo, talvez um perdido... (baixando a voz). Sabe a pior coisa que pode me acontecer? Cair num poço... conhecer uma mulher terrível que me avilte e me faça arrastar um carrinho que tenha no seu interior uma criança doente...

— Estou com sono... Me deixe dormir...

— Falemos. É tão lindo poder falar com confiança!... (Ironicamente). Parecemos irmãos... Tentei te analisar, inutilmente. Observei até o timbre da sua voz quando você fala dos meus amigos. Sei que você acha alguns simpáticos, porque os chama-as pelo nome... As pessoas que você não acha simpáticas, chama pelos seus sobrenomes... Aqueles que você acha simpáticos... eram, para mim, antes que você os conhecesse, antipáticos... Não é estranho isso de que gostemos de tipos fundamentalmente diferentes?... Eu te digo isso porque quando um homem e uma mulher se amam, gostam de temperamentos iguais... Por isso eu te disse antes que você não conhece a minha vida...

— Te disse que estou com sono... Quer me deixar dormir?

A cônica brasa descreve uma curva no ar. Reaviva-se por um instante, e seu fulgor escarlate olha uma órbita de esguelha, com o olho fixo num ponto das trevas.

— Eu não sei o que você pensa. Eu me engano às vezes, mas não importa. Se por momentos não sou eu e, sim, você. Sei que vida teria desejado. Que carinho. Em compensação, estamos agora aqui, um ao lado do outro, como dois inimigos... espiando-nos...

— E o que você faria se me encontrasse na rua com outro?...

— O que eu faria?... Perguntar se você era feliz.

— Mas você pode achar isso?...

— Não sei. Sei lá! Sei que sempre estive triste ao seu lado. Triste com uma tristeza sem nome. É algo que não se pode definir.

— Não será remorso?...

— Sabe que você está me perguntando uma coisa estranha? Remorso... remorso. Não sei, nem quero saber. Ando esquisito de uns tempos para cá. É algo satânico. Você lembra daquela moça que eu te contei... daquela em quem cuspi na cara porque me faltou com o respeito?... Encontrei ela no bonde outro dia. Só vendo como mudou de cor quando me viu. O bonde estava cheio de gente. Eu me aproximei dela naturalmente, dei a mão, não se atreveu a me negá-la, e então eu disse: "Você se lembra daquela noite em que eu te ofendi? Você se dobrou feito uma vara assim, para um lado... Mas veja... você tem aqui uma oportunidade para se desforrar. Por que não me dá um tabefe diante de toda essa gente? Veja que linda oportunidade. Por que você não aproveita?...".

— Você disse isso para ela?...

— Nesse momento todas as potências do mal explodiram em mim. Parecia ter me elevado a uma altura prodigiosa; a alma voava pela minha garganta, grandes rodas de luz davam voltas diante dos meus olhos. Peguei-a por um braço e apertando-o fortemente, disse-lhe: "Você se dobrou feito uma vara. Por que você não me devolve agora esse tabefe, mulherzinha covarde?" Parecia que o mundo se tornava pequeno para mim. Nunca na vida experimentei uma voluptuosidade tão terrível. As artérias me davam marteladas nas têmporas, dos olhos saíam jorros de luz. E então ela, diante de todos os passageiros, levantando a mão, acariciou docemente a minha face e me disse: "Eu te amo muito".

— E você procura isso em mim... não? Mas está enganado...

— Não... em você não. Gosto muito de você. Se você soubesse o tanto que eu te amo! Possivelmente seja a mulher que eu nunca terei. Eu te amo contra minha vontade. Me diz se isso não é uma coisa terrível. Quantas vezes tratei de escapar de você... inutilmente. Até declarei amor a uma negra...

— A uma negra, embora não acredite. Sim, a uma negra. Ela me olhava estupefata, mas como eu lhe falava seriamente, me disse: "Cavalheiro, dirija-se a meu pai". O pai era carteiro. Eu o conheci. Se soubesse o que eu ri! O negro queria que lhe desse informações da minha posição social. Era coisa para morrer. — E Erdosain solta tais gargalhadas no dormitório às escuras que Elsa, repugnada, adverte-lhe:

— Olha... Se você não calar a boca, eu me visto e vou embora.

Erdosain continua, implacável:

— Veja só. Eu me afundei em todos os poços. Ninguém sabe que longitude tem o caminho da perversidade, mas sempre, ao lado de qualquer monstro, lindo ou feio, lembrei da sua vida infeliz, e quanto mais acreditavam me ter junto a si, mais junto a você eu me sentia...

— Não diga esses disparates.

— Estou te falando de coisas interiores. De angústias e de lágrimas.

Elsa explodiu, indignada:

— Suas lágrimas são água suja. Suas angústias são os prazeres ruins que você procurou. Porque você procurou tudo... inclusive a minha perdição... para sentir uma emoção nova... mas me escuta... eu nunca te darei essa emoção, sabe?... nunca... ainda que eu tenha que morrer de fome. Ainda que eu tenha que ser empregada, nunca me jogarei num poço, sabe, seu canalha?... não por você, que não merece... não... e sim por mim, por respeito a mim mesma...

Erdosain calou.

Passou aquela noite e depois outra. O caráter do Remo se fez mais sombrio que o de um demônio. Um dia, perdi a cabeça quase que involuntariamente. Queria acabar com ele, humilhá-lo, me vingar de todas as indignidades que cometera, e procurei quem tivesse coragem de cobrar por mim o que ele me havia feito sofrer. Não sei se fiz bem ou mal. Que Deus me perdoe.

Assim falou Elsa.

Durante as três horas que durou seu relato a Madre Superiora permaneceu tesa no centro do locutório, como se um arco voltaico a ofuscasse. Nem um só músculo de seu rosto, mais enrugado do que uma passa, estremeceu. Com as mãos cruzadas sobre o crucifixo de bronze pendurado em sua cintura por um rosário e os lábios obstinadamente apertados, manteve imóveis suas pupilas de prata morta, no febril rosto da mulher.

Quando Elsa terminou de falar, ela disse austeramente:

— A senhora não tem para onde ir?

— Não.

— A senhora precisa de solidão, não?

— Sim.

— Então a senhora ficará aqui enquanto precisar. Venha — e levantan-do-se, mostrou reverentemente a Elsa a porta que, do locutório, conduzia ao interior do convento.

Os anarquistas

Erdosain e o Astrólogo cruzam o Dock Sul. As ruas parecem bocas de fornos apagados. De tanto em tanto um bar alemão coloca na escuridão o retângulo vermelho e amarelo de sua vitrine. O coque range sob os pés dos dois homens.

Marcham silenciosos, deixando para trás silos de concreto agrupados como gigantes, oblíquos braços de guindastes ultrapassando as vigas das oficinas, torres de transformadores de alta tensão eriçadas de isolantes e mais gradeadas do que cúpulas de "superdreadnought". Da boca dos altos-

-fornos escapam flechas de gás azul, a curvatura de uma corrente corta o espaço entre duas plataformas de aço, e um céu com lividezes de mostarda se recorta sobre as ruelas que, para além dos empórios, ascendem como se desejassem fundir-se num caminho escoltado de pinheiros.

O Astrólogo comenta a morte do Rufião Melancólico:

— É inútil... já diz o provérbio: Quem anda com porco, farelo come.

Erdosain quase solta a gargalhada. O Astrólogo continua, gravemente:

— O Rufião tinha uma alma encantadora. Eu me lembro: uma vez nós conversávamos sobre a coragem e o Haffner me respondeu: "Sou um civilizado. Não posso acreditar na coragem. Acredito na traição." Que alma encantadora que ele tinha! E como era vingativo! Ninguém batia mais cruelmente numa mulher do que ele. Da primeira pobre diaba que deixou sua casa e a máquina de escrever para segui-lo, fez uma prostituta. Naturalmente, para isso teve que ministrar-lhe uma surra extraordinária.

— A outra não o abandonou?

— Não... nada disso... no entanto, esse fato causou uma profunda impressão no Rufião.

— Mais impressão deve ter produzido nela.

— Não brinque. Quando, pela primeira vez, a datilógrafa saiu para a rua para ganhar a vida, o folgado estava deitado. Eram quatro da tarde. Conheço estes detalhes por ele. A mocinha, o chapéu já vestido, deteve-se no umbral e com uma mão esquecida no batente, olhou-o entristecida, ao mesmo tempo em que dizia:

— Vou?... — e o sinistro folgado, sobrepondo-se à sua emoção, assentiu com um gesto... A menina saiu à procura. Mas no terceiro dia de "exercer", de uma ponte do Riachuelo se jogou no rio, partindo a cabeça nas pedras do fundo. Recolheram-na inchada, entre cachorros afogados que a correnteza arrastava. Esse fato preocupou o Rufião por um tempo. Na verdade, o primeiro olhar que a jovenzinha lhe dirigiu ao sair para a rua, sempre ficou cravado nele, como uma terrível recriminação. Às vezes dizia:

— "Que objetivo tem a vida?". O senhor percebe os problemas do sinistro folgado? Além disso, pensava sempre no olhar que ela lhe lançou, como uma súplica, antes de sair para a rua. Uma tarde, sem dizer palavra, sem tocar um dos três mil pesos que havia na mesa de cabeceira, depois de meditar alguns minutos na verdade que tinha descoberto, "a vida não tem objetivo", disparou um tiro no coração, mas o projétil, ao esbarrar com uma costela, desviou-se. Dois meses depois, ao sair do hospital, seu primeiro ato foi montar um prostíbulo em Mercedes, em sociedade com um rufião napolitano chamado Carmelo.

Erdosain não comenta o fato. O que lhe importa que o Rufião tenha morrido! Ele também tem seus problemas terríveis. Além disso, caminha com estranheza, como através de uma cidade desconhecida. Alguns telhados, pintados de alcatrão, parecem tampas de imensos ataúdes. Em outras paragens, cintilantes lâmpadas elétricas iluminam retangulares janelinhas pintadas de ocre, de verde ou de lilás. Numa passagem de nível, reluz o cúbico farolzinho vermelho que perfura, com broca avermelhada, a noite que vai até os campos.

— Eu lhe disse que era ferozmente vingativo... e é verdade. Vou te contar um fato. Farei um retrato fiel dele. Um cafifa lhe roubou uma mulher, pela qual o Haffner se interessava. Embora ela não tivesse se "apalavrado" com ele, o evidente é que o outro procedeu com mais rapidez, e o Rufião perdeu uma bonita renda. Há coisas que, sem dizer, dois homens entendem. E o senhor compreenderá que essas coisas que precisamente se arquivam no fundo da alma, são as mais intensas. Indiscutivelmente, o Rufião ficou aguardando a oportunidade em silêncio. O outro receava, porque evitou durante um tempo, prudentemente, frequentar os lugares por onde desconfiava que o Haffner podia andar. Um dia se encontraram: o Rufião, aparentando absoluto esquecimento do acontecido, se fez por completo de amigo do outro, embora o outro não ignorasse que essas jogadas jamais se perdoam. Embriagaram-se juntos, mas o Rufião estava, sempre que lhe convinha, ébrio quinze minutos antes de está-lo realmente. E essa conduta é muito útil para guardar os próprios segredos e investigar os alheios.

De repente soa uma chamada de ronda, regulamentar, e na parede de madeira de um casarão move-se a sombra do cavalo de um oficial inspetor que percorria a paragem.

O Astrólogo prossegue:

— Bom, como eu estava lhe contando, dois anos depois desse fato, ambos compareceram... como a chamaríamos... a uma festa campestre que os rufiões e suas mulheres organizaram nos baixios de San Isidro. Nesse lugar marcava encontro *la crème de la crème* do nosso submundo... empresários de boxeadores, treinadores, corredores de automóveis, toda uma nata, amiga particularmente do Haffner. Estava também aquela mulher, a que quase esteve por "apalavrar-se" com o Rufião. Nada fazia presumir o que ia acontecer. Quero lhe antecipar um detalhe. Essa canalha respeita suas mulheres entre si, como nós, os civilizados, costumamos fazer em sociedade.

O Astrólogo e Erdosain param a poucos passos dos trilhos da estrada de ferro. Com lento arquejo um trem passa pelo desvio. As rãs coaxam nos charcos e os elos das correntes do comboio tilintam. Mais adiante, uma grande lancha balança na oleosa superfície das águas. A porta de um bar, incrustado numa ruela paralela à linha do trem, entreabre-se e, pela trilha de carvão, uma mulher gigantesca avança. Enfeita-se com um chapéu de bolo encaixado sobre o topete, e é seguida por um homenzinho magro, de costas encurvadas. O Astrólogo continua:

— Quando a festa estava no seu apogeu, o Haffner desembainhou o revólver, mirou para o outro cafifa, baixou as calças e, descobrindo seus órgãos genitais, disse friamente: — "Diga para sua mulher que o beije... ou estouro os seus miolos".

O senhor compreende que essa atitude não é rigorosamente social. O cafifa sob a mira do Rufião não se moveu. Haffner, tranquilamente, aguardava. Olhou o relógio de pulso e disse: "Você tem meio minuto".

— E o outro?...

— O outro adivinhou que o Rufião ia matá-lo. Que tinha ido ali com esse exclusivo fim: para matá-lo... que só essa espantosa humilhação podia salvá-lo da morte...

— E aí?...

— Antes que se passasse o meio minuto, roncou: "Beije-o, Irene."

— E aí?...

— A mulher obedeceu. Então o Haffner, antes que a mulher se humilhasse diante dele, pegou-a por um braço e disse: "A partir de hoje você é minha".

— E o outro?

— O que é que o outro ia fazer? Ir embora. Nesses assuntos de vida ou morte, amigo, as vinganças são trabalhadas devagar. Não me estranharia se fosse esse o sujeito que "liquidou" o Rufião pelas costas.

— O Rufião não disse o que teria feito se o outro tivesse se negado?

— Ele o matava.... tanto é assim que, prevendo isso, ele tinha, há dez dias, preparado um passaporte com nome falso.

— Sabe que é extraordinário?

— Era um verdadeiro discípulo de Maquiavel. Falando com ele, ele me dizia que o que tornava um homem temível era a memória das ofensas e a paciência em aguardar a revanche. Vivia de sobreaviso, como num campo de batalha. No bonde, no café, na rua, o senhor podia garantir que esse homem estava sempre postado no ponto ou ângulo onde podia oferecer menos alvo ao revólver de um inimigo. Catalogava as pessoas só de olhar. Instintivamente estabelecia o grau de periculosidade de cada indivíduo que se aproximava dele. Era curioso. Desde a periferia das paragens onde se encontrava, disparava na direção dele, raios de ataque e defesa. Semelhante capacidade de traçar o panorama geral, quase instantânea nele, assegurava-lhe um domínio perfeito sobre os demais.

O Astrólogo se cala, investigando na escuridão uma faixa de pampa quase virgem, confinante com sinistros povoados formados por cubos de cortiços mais vastos do que quartéis. Aquela é uma sucessão de quartinhos forrados de chapas de zinco, onde dormem, com modorra de cadáveres, centenas de infelizes, ruas com crateras espantosas, onde se desconjuntaria uma carreta para montanha. O Astrólogo marcha silencioso com as mãos submersas nos bolsos do seu capote. De repente, exclama:

— Então não imagina o que aconteceu comigo ontem à noite?

— Não sei...

— Ora, depois de me esbofetear, cuspiram na minha cara.

— O que é que o senhor está dizendo?

— Sim, assim como o senhor está ouvindo — e imediatamente o Astrólogo narrou para Erdosain a cena ocorrida entre ele e seu visitante, o Advogado.

— E o senhor...? Não consigo compreender sua atitude.

O Astrólogo estala um risinho desagradável:

— Querido amigo: a explicação do acontecido é fácil. O Advogado me escutou com tranquilidade até que um resíduo de sentimentos burgueses, incrustados no fundo da sua consciência, explodiu, superando sua força de controle. Se esse homem tivesse um revólver ali, nesse momento me mata feito um cachorro. Eu, de minha parte, também o teria assassinado... me limitei a pôr um cotovelo diante do seu punho e ele quebrou a mão; então pensei que eu não ganhava nada matando esse moço enérgico. Por princípio, aceito unicamente o assassinato que reporta utilidade social... Quando o braço dele caiu para um lado, eu podia devolver-lhe o golpe... mas, para quê?... se esse homem estava desarmado. Ao compreender-se impotente diante de mim, tratou de me obrigar a executar um ato que depois me envergonharia... e cuspiu na minha cara. Continuei olhando-o, tranquilo, e ele deve estar agora profundamente incomodado com sua atitude. Além disso, cedo ou tarde, esse jovem será dos nossos. É apaixonado e digno. No fundo, um idealista desorientado, consequência da educação capitalista. Quando os homens que a educação capitalista deformou querem se lançar à ação, encontram-se deformados internamente, de maneira que preferem tudo... tudo, menos o comunismo.

— E o senhor sente ódio dele?

O Astrólogo replicou, espantado, a pergunta de Erdosain:

— Ódio! E por quê? Não. Pelo contrário... eu lhe sou grato de que me tenha dado oportunidade de me apresentar diante dele como um homem cujo temperamento está acima das pequenas reações humanas. Além disso, possivelmente eu teria ódio do advogado se me considerasse fisicamente inferior a ele. Não sou, e as nossas contas já estão quitadas.

O caminho que seguem marcha através de campos e está semeado de coque; às vezes o vento traz um cheiro de alfafa úmida; depois o caminho se bifurca e entram novamente na zona dos barracões que esparramam fedores de sangue, lã e óleo; usinas das quais escapam baforadas de ácido sulfúrico e enxofre queimado; ruas onde, entre muros vermelhos, zumbe maravilhoso um equipamento de dínamos e transformadores esfumaçando óleo requentado. Os homens que descarregam carvão e têm o cabelo loiro ou vermelho se calafetam nos bares ortodoxos e falam um impossível idioma da Tchecoslováquia, da Grécia e dos Bálcãs.

O Astrólogo epilogou:

— Indiscutivelmente, o Advogado é um homem bom. Em outros tempos, teria ido longe, mas ainda não digeriu as teorias sociais.

Finalmente, detiveram-se diante de uma chácara. Um cartaz de chapa de zinco, pendurado num poste que sustentava a porta de tábuas, rezava um aviso:

Vendem-se ovus i galinias di raça.

O Astrólogo, sem tocar, entrou. Sob a galeria, à luz de uma lâmpada elétrica, dois homens jogavam cartas. Um era delgado, pálido, de largas maçãs do rosto, de cabelo crespo e olhos negros. O outro, gordo, de queixo reluzente, olhos esverdeados, cabelo loiro, vestia uma roupa azul de mecânico. Os desconhecidos cravaram os olhos em Erdosain e este, sem saber por quê, sentiu-se intimidado. No fundo do pátio uma mulher jovem, com uma criança nos braços, detida na soleira de uma porta, examinou-o também. Erdosain se sentiu incomodado com a persistência dos olhares, e o Astrólogo disse:[5]

---

[5] NOTA DO COMENTADOR: *Erdosain, referindo-se mais tarde a essa visita, cujo objetivo não compreendeu no primeiro momento, manifestou-me que, pensando depois no homem de olhos esverdeados, ocorreu-lhe que podia ser o anarquista Di Giovanni, mas prudentemente absteve-se de fazer qualquer pergunta ao Astrólogo. [Roberto Arlt presenciou a execução desse anarquista e relatou o fato na crônica "He visto morir"*

— Este é um dos "nossos", que acaba de começar... Erdosain...

Os dois homens lhe deram a mão e a mulher com a criancinha nos braços puxou uma cadeira de palhinha. O homem magro entrou no quarto, saindo com outra cadeira, e os quatro homens formaram um círculo em torno da mesa.

— Querem que ceve mate? — disse a mulher.

O homem do queixo reluzente e olhos esverdeados olhou carinhosamente para a mulher e lhe disse:

— Está bem, mas me dá o nenê.

Sentou-o no seu colo e ela se dirigiu para a cozinha.

O homem magro tirou do bolso um pacote de notas e disse:

— Sirva-se, estão contadas. São dez mil pesos justos.

O Astrólogo, sem contá-las, passou-as para Erdosain e disse:

— Guarde-as — e dirigindo-se ao homem magro, perguntou: — Imprimiram os panfletos?

O homem loiro que embalava a criança nos braços, respondeu:

— Já foram mandados.

O Astrólogo continuou:

— É preciso preparar mais. Recebi esta carta de Assunção.

— Do Paraguai?

— Sim.

O homem da roupa de mecânico leu a carta, depois a entregou para o seu sócio; este se inclinou sobre a mesa, leu-a atentamente e, devolvendo-a ao Astrólogo, disse:

— Era de esperar. E o senhor continua com a sua ideia?...

— Continuo.

— É absurda...

— Mais absurdo é falsificar dinheiro...

Os dois homens olharam para Erdosain.

— O senhor se prestaria a fazer circular notas falsas?

Surpreendido, Erdosain examinou o homem de roupa azul. Refletiu um instante e, olhando as junções das lajotas do chão, respondeu:

— Não.

— Por quê?

— Simplesmente... porque me parece absurdo fazer circular moeda falsa.

(2 fev. 1931). In: Daniel C. Scroggins, Las aguafuertes porteñas de Roberto Arlt. Buenos Aires: Ediciones Culturales Argentinas, 1981, pp. 193-6. (N. T.)]

— Não é um motivo...

— Claro que é. Tanto prendem um sujeito por limpar os caixas de um banco como por falsificar moeda. A me deterem por andar com papel impresso prefiro que seja por ter subtraído legítimo...

— O que o senhor quer fazer por ora?

— Nada...

— O senhor sabe que nós estamos?...

— Não me diga nada. Eu não quero saber o que os senhores fazem ou deixam de fazer. Se vocês têm que conversar coisas reservadas, eu me retiro...

— E não lhe interessaria aprender o trabalho de imprensa?

— Para?

— Para colaborar na preparação da Revolução Social... Nós precisamos de homens que levem a revolução a todos os lugares. Uns o fazem com a ação às claras, para o qual o senhor não serve; outros, subterraneamente, astutamente. É preciso fazer manifestos para os trabalhadores do campo. Dividi-los sub-repticiamente. Se o senhor aprendesse o trabalho da imprensa poderia se encarregar de uma imprensa rural. Uma imprensa clandestina, entenda-se. Quer entrar para ver a nossa?

— Quero, isso me interessa.

— Venha.

Erdosain seguiu o homem magro. Entraram num quarto. Um guarda-roupa ocupava um canto, e uma cama de casal, o centro do aposento.

— Me dá uma ajuda? — disse Severo, e começou a empurrar a cama para um lado. Ficou à vista a porta de um porão. Severo inclinou-se e, levantando-a, desceu por uma escadinha. Girou a chave a acendeu uma lâmpada. Não faltavam motivos a Erdosain para se admirar. No porão de paredes caiadas haviam instalado uma oficina de imprensa completa. Junto às paredes, viam-se caixas de tipos e matrizes, cilindros de borracha e uma mesa triangular chamada "burro". De um lado da escadinha de madeira, sobre uma base de alvenaria, uma minerva a pedal e, do outro lado, uma pequena guilhotina. Caixotes com resmas de papel completavam a clandestina oficininha. Erdosain se admirou de repente, ao olhar um fuzil cujo canhão terminava num tubo de três diâmetros, do calibre da arma, e longitude de quinze centímetros. Perguntou:

— E este fuzil tão estranho?

— Um fuzil com silenciador...

— De onde o tiraram?

— Entrou contrabandeado.

— E não se escuta nada da explosão?

— É amortecida consideravelmente. O que lhe parece, no total, este conjunto?

— Muito bem.

— Este também é um campo de batalha. Uma trincheira de emboscados. Percebe?

— Sim...

— O companheiro é quem redige os manifestos.

— Mas aqui não podem falsificar dinheiro...

— E como sabe disso?

— Se vê só de olhar.

— Não, mas esperamos a chegada de um perito... Nós falsificaremos dinheiro paraguaio e chileno, e outro companheiro nosso, de fora, vai nos trazer dinheiro argentino. É conveniente que o lugar de circulação esteja muito distante do local de produção.

— Me parece muito bem.

— Que tipo de ideias políticas o senhor tem?

— Sou comunista.

— Depois virá o anarquismo... não importa.. no momento tudo isso é bobagem que não convém discutir. A propósito: o Astrólogo nos disse que o senhor era perito em explosivos; veja isto: o que lhe parece?

Severo havia aberto uma gaveta e extraiu um tubo de latão revestido de cimento... O trabalho era tosco, disforme. Uma cápsula de cobre fundia seu tubo vermelho no cilindro cinza.

— Uma bomba...

— Isso...

— Pessimamente construída.

— Por quê?

— É pesada. Irregular. O cimento se fragmenta sempre irregularmente. Pouco prática para levá-la... e pouca potência. Que carga tem?

— Gelignite...

— O explosivo é bom... mas isso não é tudo em material destrutivo.

— Como o senhor construiria bombas?

— Eu não sou partidário das bombas... prefiro os gases. Vocês, terroristas, sempre estão atrasados em material destrutivo. Por que não se dedicam a estudar química? Por que não fabricam gases? O cloro combinado com o óxido de carbono forma o fosgênio. Insistem nas bombas. As bombas estavam muito bem em 1850...; hoje devemos marchar com o progresso. Que desastre o senhor pode provocar com o petardo que tem entre as mãos? Nada ou muito pouco. Em compensação, com o fosgênio... O fosgênio não faz barulho. Não se vê nada mais do que uma cortininha amarelo-esverdeada. Um pequeno cheiro de madeira podre. Ao respirá-lo, os homens caem feito moscas. Num tubo de aço, que pode ter a forma de uma caixa de violino, de um piano... enfim... do que o senhor quiser, pode levar tal quantidade de gás como para desinfetar de homens muitos hectares.

— De modo, por exemplo, que se o senhor tivesse que assaltar um banco?...

— O gás é a arma ideal. O ruim é que aqui ainda vivemos num país de gente muito rude e atrasada. Preste atenção como nos Estados Unidos os seguranças dos furgões blindados que geralmente levam tesouros estão equipados com máscaras contra gases. Bom, também lá, os que trabalham como assaltantes não procedem com contemplações.

— E a tática?

— Simplesmente, descarregar por qualquer claraboia, mediante um tubo de borracha, alguns litros de fosgênio. Quando vocês se dispusessem a "trabalhar", teriam que levar máscaras. Não há necessidade de matar ninguém, porque até as pulgas dos ratos ficam intoxicadas.

— O problema é conseguir fosgênio...

— Eu estou projetando uma fábrica caseira. É um tipo de usina doméstica ou experimental para produzir mil quilos de gás por dia.

— Mil quilos... e uma fábrica assim pode ser instalada numa casa?

— Num salão de quatro por oito... com toda comodidade.

— Sabe que é interessante?

— Ora, se é... Penso fazer o teste no Sul. Tenho vontade de instalar uma pequena usina química. Fabricar gases. Preparar técnicos exclusivamente em fabricação de gases. Nada mais. Prepará-los em série, como se preparam subtenentes ou sargentos. As bombas constituem um procedimento antigo. Outra coisa são granadas de mão, mas é preciso ter máquinas especiais para fabricá-las e em quantidade. Uma bomba construída individualmente não serve senão para fazer um pouco de estrondo. As bombas devem ser fabricadas em série. Um operário carrega as espoletas, outro as prepara. Máquina para as espoletas. Máquina para as embalagens. O senhor compreende... tudo isso custa dinheiro. É preciso se preparar. Aqui não se encontra nem tratados técnicos.

Calaram, e o homem delgado fez um sinal para que saíssem. Quando subiram ao dormitório, o Astrólogo conversava animadamente com a mulher delgada e o homem da roupa azul.

Erdosain supôs que continuariam papeando, mas o Astrólogo terminou com estas palavras o objetivo de sua visita:

— Combinado, então? Não é assim?

O homem da roupa azul sorriu ligeiramente, e o cabeludo respondeu:

— Enfim... veremos!...

Os três homens não falaram mais. Olharam-se mutuamente, e a mulher, que com a criança nos braços assistia à conversa, retrucou:

— São diferenças insignificantes.

— É preciso estudá-las — retrucou o Astrólogo, e estendendo a mão aos três anarquistas, despediu-se.

Silenciosamente, atrás dele, marchou Erdosain. Uma angústia profunda apertava-lhe o coração. Experimentou algum alívio quando pensou:

— De qualquer modo, eu me matarei.

O projeto de Eustaquio Espila

Apesar de Ramos Mejía encontrar-se a trinta minutos da Avenida de Mayo e a casa dos Espila a sete quadras da Rivadavia, o surdo Eustaquio e Emilio, não comiam fazia dois dias. Comer significa jogar alguma coisa no estômago. Devorar uma casca de pão seco, é comer. Bom, Eustaquio e Emilio estavam há dois dias sem jogar nem uma só casca de pão seco no estômago.

Luciana, Elena e sua mãe, sitiadas pela fome, haviam se refugiado na casa de uns parentes até que a tempestade amainasse. Tomando conta dos restos dos móveis, Emilio e Eustaquio ficaram no reduto. Isso sim, tinham tabaco em abundância e Emilio, a cada cinco minutos, acendia um cigarro; depois, girando sobre o colchão, virava-se para o lado da parede "para não olhar para esse velhaco de surdo". Este, com as pernas suspensas no ar, permanecia sentado na beira do catre, o gorro enfiado até as orelhas e olhando carrancudamente a porta do quartinho como se esperasse ver entrar por ali a deusa Providência carregada com um cesto repleto de costeletas de novilho, maços de aspargos e cachos de bananas ou de abacaxi. Tinha a mesma quantidade de fome que um tigre em jejum.

Uma lâmpada de acetileno iluminava, com sua fúlgida chama, os dois irmãos silenciosos naquele reduto de muralhas de zinco, que constituía o dormitório comum.

O Surdo, fazendo valer seus direitos de sabedoria em matemática e química, ocupava o catre. Emilio meditava tristemente, num colchonete estendido no chão, nos trinta anos que contava de vida, e com as mãos sob a nuca, olhando o teto, perguntava-se se em Ramos Mejía podia se encontrar um desgraçado mais famélico do que ele...

Ao mesmo tempo, olhava de esguelha para o Surdo, com certo furor, como se o responsabilizasse por suas desgraças. O Surdo, impassível, enfadonho como um trapaceiro, escarrava cusparadas que projetava com menosprezo atrás do espaldar do seu catre. Em seguida, com a manga do paletó, esfregava o ranho preso por entre a barba, e continuava examinando, reflexivo, a entrada do reduto.

Emilio sentia seu desprezo crescer contra o Surdo. Soliloquiava:

— ...Penssar que esste porco ssabe cálculo infinitesimal, e paresse um patife fugido da Corte dos Milagres! Para que lhe sservirá o cálculo infinitesimal? — uma rajada de ar o estremeceu de frio.

O vento entrava abundantemente por ali, movendo a fúlgida chama da lâmpada de acetileno. A sombra do Surdo, sobre o plano ondulado das chapas, balançava fantasticamente como a de um Bubu de Montparnasse.

Fazia muito tempo que Eustaquio e Emilio haviam brigado, e já passava de dois anos o tempo em que não se dirigiam a palavra. Juntos nas cavernas mais absurdas que lhes serviam de refúgio, um jogado num catre e o outro estirado em seu colchonete, guardavam silêncio de surdos-mudos.

O singular de suas condutas é que, tacitamente, sem se dizer uma palavra, saíam pela noite para procurar na rua bitucas de cigarros. Silenciosamente, o Surdo pulava do catre, ajeitava o gorro, apertava as pontas de um arruinado capote sobre seu peito e, seguido por Emilio, ia coletar tabaco. Um irmão por uma calçada e o outro pela oposta. Regressavam, sentavam-se no chão, pondo um jornal no meio e rasgavam o invólucro das bitucas, preparando uma porção de tabaco que no dia seguinte colocavam no sol para que a umidade se evaporasse. Dividiam equitativamente o monte em duas partes, e montavam cigarros que fumavam com lentidão. "Fumando não sse ssente fome", dizia Emilio.

Quando havia algo para cozinhar, cozinhavam por turnos. Eustaquio era glutão. Emilio, comedido. Eustaquio comia com voracidade de animal.

Emilio, revestindo-se da dignidade de fidalgo que se sente menosprezado em sua honradez, se revelasse sentimentos baixos. Mas ambos devastavam quantidades prodigiosas de provisões quando as havia, proporcionadas pelas diligências de Elena ou Luciana.

Às vezes Eustaquio visitava um pintor surdo como ele, e o pintor e Eustaquio cevavam mate durante longas horas sem trocar palavra.

Emilio resmungava silenciosamente ao ver o Surdo aparecer no reduto. Desejava ficar sozinho, mas o Surdo, sem olhá-lo, deixava-se cair no seu catre, permanecendo imóvel como um faquir. Emilio se desesperava diante de sua conduta estática e indiferente.

De noite, dormiam irregularmente. Eustaquio, antes de fechar os olhos, suspirava profundamente. Emilio o escutava arfar nas trevas e sentia vontade de gritar: "Por que você está suspirando, seu velhaco?", mas não dizia nada, e o outro continuava se revirando sob as cobertas como se estivesse doente. Às vezes acendia a luz e, sem objetivo algum, porque não existia nenhum motivo para se apressar, fazia a barba entre galos e meia-noite. Emilio, fingindo que dormia, espiava-o, e seu mal-estar aumentava, enquanto o Surdo piscava na frente do espelho ou, com meia cara barbada, afastava-se rindo sarcasticamente com certa alegria bestial "igual à que manifestava quando comia sozinho duas dúzias de laranjas".

Emilio, em tais circunstâncias, gostaria de estar longe; a dor de viver dejetava nele círculos de sofrimento, como uma glândula doente. Pensava, sem saber por quê, na alegria de fazer contabilidade numa madeireira na beira do rio, e em visitar uma noiva de quem tiraria suas crenças religiosas fazendo-a ler livros de Haeckel e Büchner. Depois se enroscava entre as colchas e tratava de dormir, enquanto o Surdo lançava estalidos de alegria com uma face barbeada e a outra empapada de espuma.

Os dois irmãos abrigavam ideais diferentes. Emilio aspirava ser linotipista e ganhar a vida tranquilamente no interior, em algum vilarejo onde se cicatrizassem as esfoladuras que, na alma, a miséria exasperava cada vez mais.

Em compensação, Eustaquio, se tivesse seguido seus impulsos, teria sido vagabundo. Pura e simplesmente, um vagabundo. Isso não o impedia de dar algumas aulas de álgebra superior a alunos extraviados que certas amizades lhe recomendavam. Eustaquio também aceitaria uma cadeira de geometria se a tivessem oferecido, mas o maravilhoso monstro que lhe traria numa bandeja de prata tal conezia jamais aparecia e, espichado em seu catre, elaborava projetos, que sempre tinham relação com a matemática. Por exemplo, calculava quanto podia ganhar instalando uma fábrica de linguiças. Nem remotamente passava pela sua imaginação a ideia de onde se conseguiria o capital necessário para instalar a linguiçaria.

Ambos os infelizes passavam as horas de tal maneira.

Quando Emilio sentia que o desespero o pressionava no reduto de zinco, se mandava para a rua para "estudar a Vida". Ele chamava "estudar a Vida" o ato de ficar três horas com a boca aberta, observando um trapaceiro que vendia mercadorias milagrosas ou remédios específicos infalíveis.

Mas agora que a fome o acossa como a uma fera em sua caverna, Emilio observa furiosamente o Surdo.

Este, como se adivinhasse os malévolos pensamentos que seu irmão incuba, coça dissimuladamente a ríspida barba de sete dias. Além disso, sabe que Emilio detesta que ele cuspa tão abundantemente e, por isso, escarra cada vez fortemente, projetando as cusparadas com tamanha violência contra as chapas do reduto que estas ressoam como se recebessem pedradas.

Emilio, enojado, gira sobre seu colchonete, dando as costas para o Surdo.

O Surdo contempla os pés calçados em uns sapatos amarelos, com evidente satisfação. Ao mesmo tempo, arfa como um baleote. O catre range lamentavelmente, e Emilio se diz:

— Era ssó o que faltava. Que esste animal quebre o catre, para que depois eu tenha que escutá-lo roncando do meu lado. — Sua indignação e tristeza crescem simultaneamente. Na base do estômago, sente a cálida pressão de uma iniciação do vômito... Pensa: "Esstou acabando com meu esstômago com a nicotina". Agora, as pernas cruzadas e os braços cruzados com as mãos sob a nuca, conta o número de ondulações que há nas chapas do teto, estranhando de perder a conta ao chegar na canaleta número trinta e sete. Instantaneamente, ao perder a conta, revisa o Surdo de um só olhar oblíquo, e se diz: "O que sserá que esste tratante esstá tramando?". — Em seguida, recomeça novamente: 1, 2, 3, 4, 5, 6, 7 e os módulos do teto passam diante de seus olhos com a velocidade dos postes telegráficos quando se viaja de trem.

De repente, a voz do Surdo explode no reduto:

— Emilio, meu chapa, eu tenho um grande projeto.

Emilio vira a cabeça. Faz dois anos que não se falam. Nesse ínterim, o Surdo teve muitos projetos, mas em vez de comunicá-los a ele, explicava-os às irmãs, de maneira que esse atual projeto tem que ser realmente importante para que, infringindo o silêncio que mantinha tacitamente, o comunicasse.

O Surdo insiste:

— É um grande projeto, porque não requer capital e seus resultados são matemáticos. Infalíveis. Pediremos esmola.

— Essmola?

— Eu me disfarçarei de cego... mas de cego de grand guignol. E colocarei uma plaquinha que diga:

> Estou cego pelos efeitos do ácido clorídrico.
> Comprai balas do inutilizado no serviço
> da Ciência.

Você vai perceber que essa cegueira científica vai, no mínimo, impressionar o público.

— E ass balass?...

— Aí está... As balas são para disfarçar. As leis proíbem a mendicância. Nós seremos baleiros... oficialmente baleiros e, por debaixo do pano, esmolaremos.

— E como você vai se disfarçar de ssego?

— Colocarei uns óculos escuros, que não deixem ver nada, e você será o meu guia. Tenho que arranjar bengala, óculos, e é preciso melhorar essa maleta. Aí levaremos as balas. É preciso comprar também umas doze dúzias de papel de seda para colocar as balas. Faremos pacotes de dez e vinte centavos. Será melhor colocar na placa: Cego por servir à Ciência. O que você acha? Não é melhor? E debaixo de "Cego por servir à Ciência", colocamos: "Vapores de ácido nítrico queimaram seu nervo óptico". O que você acha? Não te convence?

— Ssim... me convensse um pouco... Mas de onde tiramoss o dinheiro para oss óculoss, a bengala, ass balass?... Essa maleta é indessente. Além do maiss, sseria pressiso fazer cartõess impressoss.

— Isso quando o negócio prosperar. Agora vou ver o pintor.

— E a rossa de cobre?...

— Que rosa... nem meia rosa!... Fica para depois. Agora temos que comer. Além do mais, sabe-se lá o que está acontecendo com o Erdosain, que não aparece.

— Não vamoss contar para a Lussiana?

— O quê?

— Ssi não vamos contar para a Lussiana.

— Vai ver ela outro dia. Agora engraxa a maleta.

Assim terminou a primeira conversa que Emilio e o Surdo mantiveram depois de dois anos de silêncio e dois dias de jejum.

O Surdo dirigiu-se ao espelho, contemplou sua fuça barbuda; em seguida, com quatro gestos, colocou o colarinho, investiu mais três movimentos de mão em fazer o nó da gravata e, apertando sobre o peito as pontas das lapelas do capote, lançou-se ao vão da escada, olhando o céu carregado de grossas nuvens.

Uma vez que o Surdo saiu, Emilio apoiou o cotovelo no travesseiro, e uma face na palma da mão. Uma mecha de cabelo retinto caía-lhe sobre a testa sardenta e, com olhar displicente, começou a examinar a maleta. Estava coberta por uma camada de pó, e da beirada do catre caía um ângulo marrom, a ponta de uma manta.

Emilio enrolou pensativamente um cigarro, cobriu os pés com um remanso de cobertor e, contemplando pensativamente o céu, balançou a cabeça com tristeza. O projeto de ser guarda-livros numa serraria na beira do rio se distanciava.

Sob a cúpula de cimento

Erdosain para diante da casa de apartamentos ao mesmo tempo que, a poucos passos, um homem abre a porta de sua casa. Junto ao desconhecido parou um gato branco e preto. O homem entra, mas o gato não o segue. O desconhecido fecha a porta intencionalmente. O gato raspa com uma pata no rodapé e, então, o homem que aguardava abre a porta, inclina-se, passa uma mão pelo lombo do gato. Este retesa a cauda, o desconhecido pega o animal pelo ventre e a porta se fecha.

Erdosain, dolorido, permanece na beira da calçada. Pensa:

"Esse homem está satisfeito. Acariciou o gato que o esperava no dintel. O gato tinha vontade de passear, saiu, sabe-se lá onde andou metido. Para isso é gato. E ao voltar, como encontrou a porta fechada, esperou seu dono. O gato tem ao homem... mas quem abrirá a porta misteriosa para o homem?"

Em sua mente levanta-se uma fachada infinita. Os muros ondulam como uma cortina de fumaça. Descarta o espetáculo. A fachada se afasta como um eco de trompa. Inclusive, persiste em sua carne um ritmo de galope. Depois, mais distante, a muralha de fumaça. Regressa à beira da calçada. Dá um passo. Outro. Um. Dois. Um. Dois.

— Quem é o homem? Eu. — Um, dois. — Eu sou o homem. — Um, dois. — Eu? S.O.S. É notável. — Um, dois. — O gato lançou seu S.O.S. e o homem esperou atrás da porta. Realizou vários atos. Um, inclinar-se. Dois, acariciá-lo nas costas. Três, passar a mão sob seu ventre. Quatro, levantá-lo. Mas, a mim? A eles? A nós? Sim, a nós, Deus canalha. A Nós. Nós te chamamos e você não veio.

Para e pensa: "Que palavra doce!".

— Nós o chamamos e não veio. Nós o cha... ma... mos... e não... vei...o. Doçura única. O chamamos e não veio. Poderemos responder assim, algum dia: "Nós o chamamos e ele não veio". — Erdosain fecha os olhos. Deixa que um intervalo de escuridão penetre por sua boca e por seus olhos. O intervalo de escuridão se fende. Deixa passar uma réplica.

— Somos culpados. Nós o chamamos e Ele não veio. Hum!... Isso é grave. Calcularam quantos homens chamam Deus durante a noite? Não importa que o chamem para resolver seus problemas pessoais. E quantas almas estão gritando devagar, devagarinho: "Deus, não me abandone, por favor"! Calcularam quantas crianças, antes de dormir, rezam às escondidas do pai oblíquo na cama ou da mãe parada na frente de um guarda-roupa entreaberto: "Não me deixes, Deus, por favor"?

Erdosain para, aterrorizado. É como se lhe engatassem o pensamento numa elíptica metálica. Cada vez se afastará mais do centro. Cada vez mais existências, mais edifícios, mais dor. Prisões, hospitais, arranha-céus, arranha estrelas, subterrâneos, minas, arsenais, turbinas, dínamos, crateras de terra, trilhos; lá embaixo, vidas, somatória de vidas.

— À margem de Deus, realizou-se tudo isto. E este Deus, me diz, o que você fez por nós?

A boca de Erdosain se enche com um palavrão. O palavrão lhe deforma as faces, deixa-lhe os dentes porosos, acidulados...

O insulto explode:

— Canalha!

Fecha os olhos. Caminha com os olhos fechados. Sabe que se desvia, embica novamente no centro da calçada. As costas ardem. Repete:

— Tudo é inútil. Se se fizesse um buraco que pudesse chegar do outro lado da terra, também ali se encontraria sofrimento. Turbinas, prisões, super arranha-céus. Dínamos que zunem, minas, arsenais. Portas de casas. Homens que seguram seus gatos amorosamente pelo ventre.

Bate com o punho na fachada de uma casa. Ali há um mural cor de fígado, certamente a persiana de um armazém, onde, entre velas de sebo, encontram-se sacos de arroz, pedaços de sabão e uma réstia de cebolas pendendo do teto caiado. Bate com o punho:

— Se eu pusesse smoking e cartola de feltro sofreria do mesmo jeito. Se pudesse voar a trezentos mil quilômetros por hora... cifras... cifras... Então... E daí?... — enruga a testa, aperta os dedos fazendo estalar os ossos dos dedos. Toca a escuridão da noite alta sobre a cidade como um oceano sobre um mundo submerso. Poderia vir uma mulher e me beijar... seria mais feliz se uma mulher viesse e me beijasse até a medula? Ouro. Suponhamos, por exemplo, que esta rua se enchesse de ouro. Tem cem metros de comprimento. Vinte e cinco de largura. Cinco de altura. Cinco por cem, quinhentos, por vinte, dez mil... mais cinco... bom, que seja... Ouro maciço, cúbico, pesado. Eu estaria sentado em cima, de cócoras, segurando o dedão do pé. Junto à minha cabeça, soltaria fumaça a boca de uma metralhadora. Eu olharia tristemente para o mundo. Viriam homens, mulheres, anciãos, corcundas em muletas, se aproximariam dificultosamente da vertical amarela. Acima, o cano da metralhadora solta fumaça. Inventores, datilógrafas, olhando-me famintamente, diriam:

— Dá um pedacinho para a gente.

Mas eu estaria surdo, segurando o dedão do pé, enquanto o cano da metralhadora soltava fumaça. Talvez olhasse tristemente, os confins do mundo num entardecer laranja.

— Dá um pedacinho para a gente, miserável, canalha.

— Homem encantador, dá um pedacinho para a gente. Filho de entranhas podres. Canalha.

Mas eu estaria surdo, segurando o dedão do pé, enquanto o cano da metralhadora soltava fumaça à esquerda da minha cabeça.

Todos quebrariam as unhas arranhando o duríssimo bloco, como uma onda cinza os vermes humanos avançariam: mulheres com martelos de pedreiros e homens com navalhas afiadíssimas. Alguns, de tanto arranhar a base do cubo de ouro, só teriam cotos, outros abriam cavernas ao pé do bloco e, mostrando seus órgãos genitais, como animais, andam de quatro, enquanto lançam mordidelas na superfície do ouro.

Mas eu não seria mais feliz. Percebe, Deus? Nem eu nem ninguém. Até esse homem que vende arroz podre e açúcar adulterado com pó de mármore choraria de angústia. Até esse traficante canalha que dorme enquanto eu estou aqui a dez metros da sua cabeça. Se eu me introduzisse no dormitório onde dorme esse comerciante, vil como todos os comerciantes, e me inclinasse sobre sua cama e lhe abrisse o peito, deixando a nu o coração desse dono de armazém, gritaria apenas, expulsando jatos de sangue.

E se eu me inclinasse sobre a Elsa e lhe arrancasse o coração, ou sobre o Capitão, também esse coração uivaria devagar para que seu tenente-coronel não o escutasse. "Sofro." Se eu me inclinasse sobre o peito do juiz que vai me condenar, esse coração diria, talvez suando:

— Apesar de minha jurisprudência, sofro.

Você percebe, Deus canalha? Não há boca torta que não revolva um ácido de maldição. Uh...uh...uh...! que grito não combinará a boca suja do homem. Diga. E o outro grito mais agudo, como de gato recém-nascido ih... ih...ih...! E o outro que se lança com o estômago. E o outro que se ensurdece no tímpano, deixando a cara retorcida de medo durante um minuto. Ei! O que você diz disso? E o outro grito do corpo todo, da grande dor de toda a superfície, que é como uma chapa arqueada sobre a medula espinhal, enganchada pelos dois extremos humanos, uma borda nas vértebras da nuca e a outra nos calcanhares.

E o grito do ventre, da largura total do ventre quando o coração aumenta de dor e faz trepidar a pleura? E o pobre grito lento da garganta quando a cabeça se dobra? Ah... ah...! Todos esses rangidos da carne, dos músculos dos ossos, dos nervos, explodem no silêncio da noite. Basta inclinar a cabeça até o chão. Você não quer fazer isso, mas fecha os olhos e se inclina devagar. Todos os seus nervos se travam, o corpo fica rijo, flutua na dor. Você junta as mãos; é inútil que você aperte os ossos, embora quebre os dedos; é inútil, você está na dor... Hein? O que você diz? Você inclina a cabeça sobre o piso da rua, junto às soleiras das casas, ao lado da boca quadrada dos porões, mijada pelos cachorros e, de repente, você fecha os olhos. Compreende que a vida aperfeiçoou a angústia, como um fabricante aperfeiçoa seu motor a explosão.

Um vigilante para diante de Erdosain e o examina detidamente. Percebe que o indivíduo é um visionário à beira de um beco mental, e segue, dando de ombros.

Remo entra na casa de cômodos. Espera encontrar a Vesga no seu quarto, mas a moça não está. Possivelmente ficou dormindo.

Agora, trancado no seu quarto, parece-lhe distinguir um rato que surge num canto. Atrás desse rato, outro e outro. Erdosain olha de esguelha para as alimárias cinza e sorri, soturno.

— Assim as pessoas vão correr se lhes falarmos dos homens chapados de luz que têm a testa apertada por um ramo de louro. E os olhos que ao se mover deixam cair raios como punhados de flores. E os torsos que se dobram e arqueiam como galhos de chorão. E as mulheres estiradas que recebem, por entre os lábios entreabertos, as pétalas que caem. Por que ninguém fala dessas coisas? Eu me pergunto tristemente: estou no planeta que me corresponde ou vim à Terra por engano? Porque seria engraçado que a gente se enganasse de planeta.

O solilóquio se aplaina repentinamente. Erdosain olha para um lado e vê numerosos ratos cinza que, com o rabo ao rés do chão, correm para se esconder sob sua pele. E não aumentam. Não tocam sua sensibilidade.

— Ou é a morte, que vem devagar, apazigua a alma e a esmaga devagar sobre a terra, para que vá se acostumando a uma definitiva horizontalidade?

Tem a sensação de que um fantasma lhe aperta os braços, rodeando-os de saiotes de aço. Sacode-se bruscamente, como se quisesse se desamarrar da invisível ligadura, e murmura entre dentes:

— Me solta, demônio.

O rancor se avoluma em seus músculos. Ele gostaria de ser enorme para esmagar o inimigo invisível que o esmaga cada vez mais contra o chão. Franze o cenho e pensa, como se tivesse que repelir um ataque imediato:

— Ninguém pode nos defender da Vida nem da Morte. Pobre do nosso corpo e das nossas mãos que só podem tocar duas dimensões das coisas! Porque se pudéssemos tocar as três dimensões, atravessaríamos as montanhas e os veios de ferro e os cúbicos blocos de alvenaria onde trepidam os "blues" de jazz-bands amarelas, e os dínamos reaquecidos de histereses... Oh! Oh!...

E cada vez que solta um oh, oh! permanece estático. Caminha pelo quarto com a sensação de que junto da têmpora, ao redor de sua cabeça, tremem e ondulam franjas de papel. Um vento ascendente levanta franjas de papel e, psiquicamente, se sente enlouquecido. Correntes elétricas escapam pelas pontas de seus cabelos, eriçando-os.

Olha longe. Seu olhar passa por cima dos telhados, das cordas com roupas, das chaminés, dos jardins e dos planos horizontais apertados de maciços de orégano e alface. Olha, deixa de olhar, e se diz com toda seriedade, como se considerasse um postulante que solicita emprego:

— É preciso ser sincero. O que é que você quer?

Involuntariamente, move a cabeça como os boxeadores quando estão grogues. Alguém descarrega pancadas que tocam as orelhas com zumbido de vento.

— É preciso ser sincero. O que é que você quer?

Esquiva com dificuldade, perde a sensação da distância e da luz; tudo fica nebuloso ao redor:

— E você gozará por ser espantosamente humilhado (peço segredo, segredo, grita a alma de Erdosain) e por caminhar encurvado em direção à cozinha onde você lavará os pratos, pensativamente.

Erdosain sente que várias molas de sua sensibilidade escapam dos gatilhos e estremecem os ossos dos dentes. (Peço segredo, segredo.)

— Você se agachará cada vez mais, de maneira que as pessoas poderão caminhar por cima de você, e você será invisível para eles, quase como um tapete.

Se Erdosain puxasse a ponta de seu ódio é quase certo que o carretel se desenrolaria definitivamente; mas ele não se atreve, e as pontas de seu ódio pendem ali dentro da caixa de seu peito enquanto ele não sabe o que fazer.

Lembra-se dos cornos felizes e lustrosos que conheceu e reitera a pergunta:

— Será que me enganei de planeta?

Não quer confessar a si próprio que sente uma terrível nostalgia de planícies com colinas em miniaturas, que sente a nostalgia de um país onde em meio a montes se fala um idioma diferente e se veste uma roupa diferente. Ele vestiria então uma grosseira túnica de lã e, com uma tigela de madeira na mão, pediria esmola entre bois enfaixados com mantas e mulheres que manejem rastelos.

Sua amargura cresce. Está sozinho, sozinho, num século de máquinas de extrair raízes cúbicas e cinema falante. A distância se cobre de multidão de cangotes robustos, boinas achatadas como pratos e fuças com largas maçãs. E Erdosain pensa:

— Toda essa corja poderia ser liquidada com um fuzil-metralhadora e gases lacrimogêneos. Não se pode apoiar na pessoa. — E de repente apresenta-se a ele um horror imenso:

— A Terra está cheia de homens. De cidades de homens. De casa para homens. De coisas para homens. Onde quer que se vá se encontrarão homens e mulheres. Homens que caminham seguidos por mulheres que também caminham. É indiferente que a paisagem seja de pedra vermelha e bananeiras verdes, ou de gelo azul e confins brancos. Ou que a água corra fazendo glu-glu por entre cantos de prata e seixos de mica. O homem e sua cidade se infiltraram em todos os lugares. Pensa que há muralhas infinitas. Edifícios que têm elevadores rápidos e elevadores mistos: tanta é a altura a percorrer. Pensa que há trens triplamente subterrâneos, um metrô, outro, outro, e turbinas que aspiram vertiginosamente o ar carregado de ozônio e pó eletrolítico. O homem... Oh!... Oh!...

— E para que tudo isso? Para que os submarinos e os altos-fornos e as máquinas? Em cada metro cúbico há um símio branco meditando com olho triste na fragilidade de sua pele macia. A sífilis vive no salgado sêmen onde flutuam os vibriões. E de repente o símio branco se espreguiça, seu olho triste se inflama e, de quatro, com os testículos pendurados como os de um leão, arrasta-se em direção à fêmea, que espera triste e metida entre as colunas de aço de uma máquina elevada. Pesadamente, uma gota de óleo cai no chão e um sol esbranquiçado filtra através dos altos vidros das claraboias sua sinistra claridade de consumação planetária.

Erdosain fareja sua pequena alegria. Algum dia assim será. E em seguida vê o símio branco que se retira novamente para seu metro cúbico de alvenaria e fica sentado, com o cotovelo de um braço apoiado no joelho e o queixo na palma da mão, enquanto a enrugada pele se move sobre a testa, inquirindo a origem da goteira de óleo. Esses pensamentos surpreendem Erdosain. Segura, surpreendido, a cabeça. Sua dor é mais monótona que o estúpido marulho do mar cinza sobre cinza, preto sobre preto. Por momentos se surpreende, diz para si mesmo que essa dor não estava nele alguns anos atrás, seu sofrimento se multiplicou em castigo e seu desespero aumentado renova seu movimento, da hora que se levanta à hora que dorme.

Materialmente, não há descanso para ele. Inclusive, parece ver diante de seus olhos, para o lado que se vire, escrito este letreiro:

Tem que sofrer.

Move a cabeça em negativa infantil:

Tem que sofrer.

Seu olhar adquire, às vezes, a vítrea transparência dos que têm febre. A loucura de padecer o incita. Sua dor não acabará nunca. Mesmo dormindo, sofre.

Seus sonhos são turvos, desolados como os quartos de altos tetos algodoados de sombra. Ele caminha sem despertar um eco e troca palavras esquecediças com fantasmas que ainda lhe pedem satisfação de seus atos terrestres.

Tem a sensação de estar na ponta dos pés sobre a última polegada de um trampolim que o lançará ao vazio.

Em seguida, regressa à consciência de si mesmo e a dor abandonada permanece ali mais abrasadora, queimando-lhe as faces, tornando pesadas suas pálpebras, chumbando-lhe as mãos.

Quer se rebelar contra esse fedor de suas entranhas que lhe infecta a mente, escapar de sua periferia humana. Sabe que lhe está negado até o regaço onde poder chorar desmesuradamente.

Até quando? Não sabe. Cada dia que nasce e o desperta é brutal e feroz como o anterior: cada dia que nasce e o desperta, se desenha a muralha de uma prisão que é sempre a mesma muralha para os olhos do preso, que a esqueceram enquanto dormia. Toca seu rosto com piedade de si mesmo, acaricia as mãos, segura a testa, resguarda os olhos. Sua piedade é insuficiente para esgotar o sofrimento de viver, que para ele já é um castigo sem definição.

Fogo consumidor, queima-se devagar em si mesmo.

Às vezes lembra de anos que se passaram e então se diz que foi infinitamente feliz. Agora, Satã o possui e o tosta lentamente. Quando alguma palavra que lhe parece excessiva brotou dele, retifica-se, como se estivesse enganando o destino e, então, cai em si que é verdade, que a dor, como um carvão debilmente aceso, o tosta e o seca, sem que esse morrer seja morrer, sendo uma morte pior do que a outra que sobrevém definitivamente.

Lembra-se da Cega. Sofreriam, os cegos? E os surdos? E os que não podem falar? O que terá sido feito da criança pálida, que tinha olhos esverdeados e cachos negros, no vagão do trem?

Suas entranhas entornam palavras infantis. Já há palavras que o obrigam a fechar os olhos instintivamente. Por exemplo:

Terra. Homens. Solidão. Amor.

Aguça o olhar e diz para si mesmo:

— É possível que se tema tanto a morte? Que a morte preocupe tanto os homens, se é seu descanso?

Mas assim que pensou dessa maneira, diz para si mesmo:

— A realidade mecânica ensurdece a noite dos homens com tal montoeira de mecanismos que o homem se transformou num símio triste. Às vezes os corpos, a três passos das máquinas, refugiados numa mansarda, inclinam-se;

as mãos despojam os pés das botas, em seguida caem as roupas, depois os corpos aproximam-se dos espelhos, olham-se um instante, depois levantam um tecido, cobrem-se, fecham os olhos e dormem. Às vezes um membro entra num orifício, despeja seu esperma, os dois corpos se separam saciados, e cada um por seu lado dorme suado. E devagar o ventre crescerá... e isso é tudo. Erdosain se sente pego por uma engrenagem apocalíptica. A metade do céu, até o zênite, está ocupada perpendicularmente por uma curva dentada que gira devagar e recolhe entre seus dentes, largos como as fachadas dos edifícios, os corpos que imediatamente desaparecem entre a conjunção.

Quantas coisas involuntárias ele sabe! E a principal: que ao longo de todos os caminhos do mundo existem casinhas, térreas ou com tetos em declive, ou com telhados de duas águas, com paliçadas, e que nessas casas o verme humano nasce, lança pequenos gritinhos, é amamentado por um monstro pálido e hediondo, cresce, aprende um idioma que os outros tantos milhões de vermes ignoram, finalmente é oprimido por seu próximo ou escraviza os outros.

Erdosain aguça o olhar nas trevas. A pressão que o sufoca torna-se sinistra e jovial. Sente vontade de rir. Aguça mais o olhar. Tem a sensação do movimento do mar, da frieza de uma cúpula de aço sob seus pés...

A força... O ódio...

A verdade tampouco está nos canhões...

Regressa à profundidade cristã. Pronuncia o nome:

— Jesus...

A verdade tampouco está ali.

Desce mais. Parece-lhe que tateia a abóboda de uma fábrica subterrânea. É imenso. Homens com escafandros de mergulho, com roupas impermeáveis empapadas de óleo, movem-se em neblinas de gases esverdeados. Grandes compressores entubam gás venenoso em cilindros de aço laminado. Manômetros como que pratos brancos marcam pressão de atmosferas. Os elevadores vão e vem. Quando a nuvem verde se dissipou, a usina fica amarelada. Cortinas de gás amarelo, através dos quais os monstros escafandrados se movem como viscosos peixes cinza.

A verdade tampouco está ali.

Raivosamente, afunda mais. Atravessa camadas geológicas. Emparedado, grita no fim:

— Não posso mais.

Cai sobre sua cama e permanece inerte como um imbecil.

DOMINGO

O enigmático visitante

Poucas vezes Erdosain voltava aos tempos de sua infância. Isso talvez se devesse ao fato de que sua infância havia transcorrido sem as brincadeiras que lhe são próprias, junto a um pai cruel e despótico que o castigava duramente pela falta mais insignificante.

Remo vivera uma infância quase isolada. Começou a ficar triste (a criança nesses tempos não podia definir como tristeza aquele sentimento que o acuava, solitário, em algum canto da casa) aos sete anos. Devido ao seu caráter irascível não podia manter relações com outros garotos da sua idade. Essas relações rapidamente degeneravam em brigas. Seu excesso de sensibilidade não tolerava brincadeiras. Qualquer palavra um pouco dissonante fazia essa criança taciturna sofrer de uma maneira indescritível. Erdosain lembrava de si mesmo como um garotinho carrancudo, enfezado, que pensa com terror na hora de ir para a escola. Ali tudo lhe era odioso. Na escola havia garotos brutais com os quais tinha que se esmurrar de vez em quando. Por outro lado, os meninos bem-educados evitavam seu trato silvestre e se espantavam com certas ideias precoces suas, observando-o com certo desprezo mal disfarçado. Esse desdém dos fracos acabava sendo mais doloroso do que os socos trocados com outros garotos mais fortes do que ele. O menino, insensivelmente, foi se acostumando à solidão, até que a solidão se tornou querida. Ali não podia entrar para encontrá-lo o desprezo dos garotos educados, nem a odiosa querela dos fortes.

Na solidão, recorda Erdosain que o garoto Remo movia-se com agilidade feliz. Tudo lhe pertencia: glória, honras, triunfos. Por outro lado, sua solidão era sagrada, não percebia isso conscientemente, mas já observava que na solidão nem mesmo seu pai podia privá-lo dos prazeres da imaginação.

No entanto, essa manhã de domingo, enquanto os sinos da igreja da Piedade chamavam os paroquianos, Erdosain, vestido, ficou recostado em seu leito, fixando seu trabalho mental numa lembrança de sua infância. Sem explicação aparente, essa lembrança enitidece[1] em sua memória à medida que os minutos passam.

Uma criança com calças curtas, em mangas de camiseta, a cabeça empinada e loira, abre com precaução a porta do galinheiro.

O garoto, durante cinco minutos, observa com curiosidade as galinhas, que ciscam os restos de comida da noite, esparramados pela terra. De repente, o menino sorri. Pega uma lata vazia, e a enche de água. Em seguida, dirige-se a um canto do galinheiro, escava a terra com um pau pontudo e amassa barro para "fabricar a fortaleza". Os braços da criança se mancham de lama até os cotovelos.

O menino trabalhou feliz, sorridente. Esqueceu que à tarde tem que ir para a aula, esqueceu o horror que lhe causam aquelas paredes nuas da classe, aviltantes, com esqueletos de tule amarelo; esquece do temor ao "insuficiente" do fim do mês no boletim, e trabalha com barro, levantando muralhinhas.

A fortaleza é (geralmente a fabrica dessa forma) um polígono de cinquenta centímetros de diâmetro e vinte centímetros de altura. A muralha dentada com troneiras e seteiras encerra em seu interior mirantes, torres, pontes de estilhas, calabouços e, quase sempre, um subterrâneo, que o menino escava pacientemente, com o braço sob a muralha de lama. Assim os sitiados poderiam fugir dos sitiadores.

Defendem as esquinas da fortaleza torres triangulares, de maneira que apresentem com o vértice "pouco alvo aos projéteis das bombardas". O pequeno Erdosain observou que as pedras resvalam no canto dos muros e causam menos efeito "destruidor" do que nas superfícies planas.

As galinhas, que conhecem o menino, deixam de ciscar o chão para olhá-lo atentamente. Às vezes o galo esmaga o lombo de uma ave. Erdosain não concede maior importância a esse ato, embora essa falta de curiosidade não o impeça de se perguntar de vez em quando, com certa indecisão abstraída: "Por que será que o galo faz isso?".

[1] Neologismo Arltiano (N. T.).

Erdosain, aos sete anos, é absolutamente puro. Abomina, instintivamente, os garotos que dizem obscenidades. Gostaria de não se envergonhar ao escutá-las, mas o sangue sobe para suas faces quando se pronuncia um palavrão.

Agora, o que absorve sua atenção é a fortaleza secando ao sol. Contempla-a com orgulho de arquiteto. Em seguida, reflete um instante. Que herói pode ser transformado em habitante da fortaleza? Um pirata ou um general? Se for general, tem que viver na costa da África. Mas o general não pode ser uma boa pessoa, porque senão ele não o sitiaria na fortaleza, que vai destruir a canhonaços.

E isso que, uma vez construída a fortaleza, Erdosain se diverte em destruí-la.[2]

De uma distância de vinte metros, "bombardeia, a pedradas, o castelo sitiado". Depois de uma descarga de dez ou quinze pedras, o pequeno Remo, com a cabeça empinada, aproxima-se do forte. Com olhos brilhantes de entusiasmo, estuda o efeito das tijoladas sobre as torres de lama. Calcula conscienciosamente a resistência que as paredes oferecem à outra descarga, a direção das fendas, acompanhado de que acidentes uma ponte afundou, como o mirante desmoronou.

A brincadeira encerra prodígios de felicidade solitária para o pequeno Remo.

Como sempre construía a fortaleza no ângulo formado por dois muros de tijolos, as pedras que não tocavam o "castelo" ricocheteavam na parede, arrancando nuvens vermelhas de pó que cobriam a fortaleza com um pozinho achocolatado. O menino, ao ver o pó vermelho flutuar no ar, imaginava que a nuvenzinha estava formada pela fumaça da pólvora de uma "bombarda" invisível, e intensificava de tal maneira o "canhoneio", que as galinhas, assustadas, batiam as asas, dando grandes pulos ao rés do chão.

Lentamente, a fortaleza se desmoronava sob os projéteis. As torres caíam, descobrindo alicerces circulares, as pontes de madeira se incrustavam nos calabouços, os minaretes, às vezes, por um prodígio de resistência, permaneciam eretos na desolação achatada das troneiras e baluartes, empoeirados de pó vermelho. Quando a destruição havia sido total, até afundar o teto do subterrâneo que servia para "escapar do inimigo", o menino Erdosain, suado, sorridente, o rosto salpicado de gotas de barro, os braços achocolatados até o cotovelo, sentava-se à beira da fortaleza. Seus olhos cravavam-se no céu da manhã e seguia com o olhar as nuvens que resvalavam na limpidez celeste da

---

[2] NOTA DO COMENTADOR: *Podemos, nesse ato de Erdosain menino, encontrar uma semelhança com a conduta que observa, destruindo quase que sistematicamente aquilo que mais ama, quando já adulto?*

abóbada. As galinhas, sossegadas novamente, aproximavam-se dele. A mais atrevida, espiando com um olho o garotinho e com o outro os escombros, esticava o pescoço e bicava as ruínas da fortaleza. Remo, impassível como um Deus, com plena consciência de sua superioridade sobre as galinhas, deixava-as fazer, contemplando o espaço. É que o pequeno Erdosain havia descoberto que o céu, junto à beira das nuvens, engalanava-se com uma franja ligeiramente esverdeada. Era-lhe extremamente fácil imaginar que essa cor verde provinha de canaviais silvestres à beira de um rio onde ele corria aventuras, sem obrigações escolares. Ah! Se se pudesse viver nas nuvens — pensava o pequeno Remo — não teria necessidade de ir à escola, de entrar na horrível classe, pintada de marrom e branco de cal, de escutar um professor grosseiro e irritável que apontava as rótulas do "cadáver" com uma varinha escura de tão manuseada.

De repente, uma voz áspera ressoava em seus ouvidos:

— Você fez os deveres, imbecil?

Uma angústia dilacerante surpreendia e fazia tremer a alma do menino. Quem lhe falava assim era seu pai.

Subitamente apequenado, humilhado até o indizível, ia lavar as mãos. Sentia-se caído, sozinho, desconsolado, como se lhe tivessem quebrado a coluna vertebral com um pontapé. Se o seu pai o insultava, como os outros não teriam direito de insultá-lo? Então, baixava a cabeça passando diante do pai, cujo olhar iracundo sentia que cravava na sua nuca, renovando o ultraje do insulto.

Outras vezes, o pai o arrancava de suas brincadeiras para fazê-lo lavar o chão da cozinha. O pequeno Remo, frágil diante do homem imenso, desafiava-o com os olhos trêmulos de indignação, e o pai, glacial, escrutava com tanta firmeza suas pupilas que o menino, encurvado, ia à pia para procurar o "pano de chão", uma grande travessa que enchia de água e uma escova de rígidas cerdas limadas.

Enquanto esfregava o piso de lajota da cozinha, pensava nas gargalhadas que seus companheiros de classe soltariam se soubessem que ele, igual a eles na aparência da roupa, lavava o chão da cozinha da sua casa.[3]

O garotinho não podia senão comparar sua vida com a de outros companheiros. Esses meninos tinham pais que vinham buscá-los na saída da escola,

---

[3] NOTA DO COMENTADOR: *Nesses acontecimentos, poderíamos encontrar as raízes subconscientes desse desejo de Erdosain homem de contrair matrimônio com uma mulher que lhe impusesse tarefas humilhantíssimas para sua dignidade. A sensação de dor, única "alegria" que o menino recebeu, procuraria mais tarde no homem o equivalente doloroso, por nostalgia de um tempo de pureza como foi o da infância da criança.*

que os beijavam. Seu pai não o beijava nunca. Por quê? Em compensação, humilhava-o continuamente. Para insultá-lo, remexia a boca, como se mastigasse veneno, e cuspia a injúria atroz:

— Cachorro, por que não fez isto? Cachorro, por que não fez aquilo? — Sempre o qualificativo cachorro anteposto à pergunta. Os olhos lustrosos de emoção, o pequeno Erdosain se inclinava sobre a grande travessa, submergia os braços até os cotovelos na água e retorcia com suas mãos avermelhadas o rústico pano, que lhe deixava estrias vermelhas na pele.

Lágrimas candentes corriam por suas faces rosadas, mas o rolar dessas lágrimas infiltrava um dulcíssimo consolo em seu pequeno coração. "Aprendi, assim, a encontrar felicidade nas lágrimas", me diria mais tarde.

Lentas badaladas chegam agora da igreja da Piedade até o quarto de Erdosain, que permanece recostado em sua cama. Seus olhos ficaram umedecidos, evocando sua meninice destroçada. Murmura:

— Que vida horrível! — Sua testa se enruga em estrias poderosas. Continua soliloquiando: — Não tive infância, não tive companheiros, nem tive pai, esposa, nem amigos. Isso não é espantoso?

O coração bate com uma delicadeza de órgão que por si próprio tem medo de arrebentar. Deixa de evocar desastres, ficando submerso, não pode precisar por quanto tempo, numa espécie de sonolência mais densa do que uma sesta.

De repente recobra a consciência da realidade. Alguém que entrou sub-repticiamente no seu quarto toca com suavidade seu ombro. No entanto, Erdosain ainda não se resolve a acordar. Trata de localizar, com os olhos fechados, de onde provém o inesperado fedor de óleo de rícino que agora enche seu quarto.

A pessoa que o chama insiste em seu propósito de querer acordá-lo mediante suaves toques nas costas. Erdosain entreabre, muito lentamente, as pálpebras. Dessa maneira, pode espiar sem demonstrar que se encontra acordado.

Permanece imóvel, embora não possa senão se surpreender. Seu visitante parou na beira da cama, e dali o contempla, tesos os braços cruzados sobre a tripla correagem que cruza seu capote. O extraordinário do caso é que o desconhecido veste a roupa das trincheiras. Cobre-se com um capacete de aço e tem o rosto protegido por uma máscara contra gases. Erdosain não pode estabelecer a que modelo de guerra corresponde a máscara. Esta consiste num funil negro com dois discos de vidro diante dos olhos. O vértice do funil termina num pequeno cilindro horizontal, de alumínio, com parafusos laterais. Dali partem dois tubos de borracha, anelados, que penetram numa bolsa suspensa sobre o peito por uma tríplice correagem que, passando pelas costas, fica empertigada nas axilas. A máscara dá ao desconhecido a singular aparência de um homem com cabeça de urso. Agora Erdosain levanta a cabeça e, o corpo apoiado sobre os dois cotovelos, examina o capote em que seu visitante se calafeta, impermeabilizado aos gases por um banho de óleo. O capotão é tão imenso que sua barra roça os saltos de umas botinas incrivelmente deformadas e cobertas de lama endurecida.

Remo balança a cabeça, não de todo convencido, e murmura:

— Por que não tira a máscara? Aqui não há gases.

O desconhecido se livra do capacete, descobrindo o crânio tomado pelas três correias da máscara; solta as fivelas e, delicadamente, afasta o aparelho aderido a seu nariz por umas pinças. Absorve ar, profundamente.

Erdosain examina o fino rosto do soldado, que, com seus olhos amarelos e os finos lábios apertados, reflete um "espírito com avidez de crueldade" (uso estritamente os termos de Erdosain). No entanto, o desconhecido deve estar gravemente doente, pois seus lábios e os lóbulos das orelhas aparecem ligeiramente tingidos por um halo violáceo.

— Também pode tirar as luvas — insiste Erdosain. — Aqui não há gases.

O homem extrai penosamente suas mãos consumidas, cor de mostarda, das luvas impregnadas de óleo, como o resto de sua roupa.

Mas, na verdade, a única preocupação do desconhecido parece ser seu aparelho antigás. Procura, com os olhos, um lugar onde colocá-lo, e por fim parece encontrar. Dobra os tubos de borracha com extrema precaução, ajusta os parafusos do oxigênio solidificado e, conduzindo a máquina com a mesma delicadeza como se fosse de cristal, acomoda-a sobre a mesa. Erdosain, ao olhar pelas costas do desconhecido, que está inclinado sobre a mesa, percebe que tem pendurada na cintura uma volumosa pistola Mannlicher.

Não ocorre a Erdosain indicar ao enigmático visitante que seu uniforme é extemporâneo, pois se passaram os tempos de guerra. Pelo contrário, parece-lhe natural que o homem se uniformize do mesmo modo que os poilus[4] das trincheiras.

O desconhecido, com o capacete de aço novamente enfiado na cabeça, vira-se para Erdosain, com passo preguiçoso e elástico de tigre. Erdosain compreende que tem que fazer alguma coisa em obséquio de seu desco-

---

[4] Termo popular utilizado para indicar os membros da infantaria francesa da Primeira Guerra Mundial (1914-8). (N. T.)

nhecido, mas nem em sonho lhe ocorre deixar a cama. Com as mãos sob a nuca, observa-o de esguelha e, por fim, não encontra uma acolhida mais amável do que lhe dizer estas palavras com voz suave:

— Parece que o senhor está bastante doente, hein?

O outro, a cabeça inclinada, esfrega o chão com o salto da botina como os boxeadores, que, num canto do ringue, espalham a resina com a sola enquanto esperam o toque do gongo. A viseira do seu capacete de aço projeta um semicírculo de sombra até os lábios.

— Sim, estou mal. Não sei se conseguirei passar desta noite. Jogaram gás em mim.

— Eu estou estudando gases, precisamente.

— Quer começar o combate?

— Temos que terminar. O senhor não acha que chegou a hora? Viu em que estado se encontra o mundo? A humanidade jamais passou por uma crise de ódio como agora. Seria possível dizer que estes últimos anos do planeta são como a agonia de um libidinoso, que se aferra a todos os prazeres que passam ao alcance de suas mãos.

— Que gás o senhor estuda, para acabar com tudo isso?

— O fosgênio.

O enigmático visitante sorri prudentemente com leve retraimento dos lábios, enquanto seus olhos amarelos lançam brilhos de pupila de tigre:

— Seria preferível a "lewisita". O fosgênio não é ruim, mas é instável.

— Veja que o indicador de Haber marca 450 de toxicidade...

— Não importa. Nós usamos o fosgênio, a princípio. Depois o deixamos pelo sulfureto de etilo biclorato. Poucos dias depois de transcorrido o combate, as carnes dos gaseados rachavam como as dos leprosos. Também empregávamos o clorosulfonato de etilo, mais cáustico do que o fogo. Os homens atingidos pelo gás pareciam ter bebido ácido nítrico. A língua ficava grossa como a de um elefante, as entranhas se consumiam como se estivessem se dissecando bicloreto de mercúrio. Para variar a brincadeira, os outros introduziram a cloroacetona. Eu me lembro de um dos nossos que teve os vidros da máscara quebrados. Em vinte e quatro horas, tinha os olhos mais vermelhos do que fígados. Era, na verdade, um espetáculo triste e estranho, o semblante amarelo daquele homem com dois fígados vermelhos fora de órbita, que emanavam intermináveis torrentes de lágrimas. Era inútil pôr compressas de gema de ovo sobre os olhos. Suas desaparecidas pupilas choravam rios de lágrimas. Quando chegou ao leprosário da retaguarda, estava completamente cego.

Erdosain sorri imperceptivelmente.

— O notável do caso é que todos esses gases infernais foram descobertos por honrados pais de família.

O gaseado, tiritando de frio sob seu impermeável empapado de óleo, retruca:

— Certamente, quase todos os químicos contraem matrimônio muito jovens, como se a química influísse na tendência a constituir família.

Erdosain experimenta incríveis desejos de caçoar daquele homem:

— Que verdade notável o senhor disse! Constituem família... Se casam com senhoritas sérias que em geral dão à luz três filhos.

O gaseado retruca, grave:

— Eu conheci um químico que colocou estes nomes em seus filhos: Hélio, Tungstênio e Rutênio.

Erdosain argui, pensativo:

— Será que passa pela cabeça desses químicos que, com os gases que eles inventaram, podem queimar, no futuro, os pulmões de seus filhos, abrir buracos nas suas carnes, esvaziar suas órbitas?

Repentinamente, o enigmático visitante pergunta, sério:

— E o senhor tem coragem de entregar ao Astrólogo as plantas de uma fábrica de fosgênio?

Erdosain poderia lhe responder: "O que o senhor tem com isso?"; mas retém a grosseria, fugindo pela tangente:

— Em toda a química se encontra dados a respeito dos gases.

— É... é verdade....

— Na Alemanha há armazéns de máscara antigases como aqui bares automáticos.[5]

— E vocês levariam o ataque adiante?...

— O plano consiste em atacar bases aéreas e arsenais. Apoderar-se dos arsenais...

— Inocentes cairiam...

— E vocês nas trincheiras, eram culpados por algum crime?

— Sim...

— Ei... ei... O que o senhor está dizendo?

— Claro. Todos os que estivemos nas trincheiras somos culpados de crimes. Por que atiramos? Por que não deixamos que eles atirassem, os ge-

---

[5] Muito comum na Buenos Aires das décadas de 1920-30, tratava-se de uma vitrine com sanduíches; bastava inserir uma moeda e então pegá-lo. (N. T.)

nerais? Ou o senhor acha que a responsabilidade pode ser transferida para outro, como um cheque? Não. O soldado que matou nas trincheiras é tão criminoso quanto o homem que mata seu próximo na rua e a sangue-frio. Agora, se os generais fossem em maior quantidade que os soldados, não haveria nada a objetar.

Erdosain reflete por uns instantes e diz:

— O senhor sabe que essa brincadeira atroz deve ser divertida?

O gaseado esfrega nervosamente as mãos azuladas:

— Não; não era divertido. A gente não podia a não ser se assustar às vezes... Lembro que uma noite uma granada de fósforo estourou do meu lado. A explosão me jogou a alguns metros; quando virei a cabeça descobri um espetáculo estranho. Um pedaço de fósforo branco tinha se incrustado no ventre de um soldado e ardia lançando labaredas brancas, enquanto o outro dava gigantescos pulos no ar, tentando arrancar os intestinos, que queimavam lentamente nesse buraco luminoso que tinha sob o estômago.

— Devem ter visto muitas coisas, "lá" — argui Erdosain, pensativo.

O gaseado aperta cada vez mais frequentemente as lapelas do capote oleoso sobre o peito. Diz:

— O instinto de guerra está até nos meninos.

Erdosain dá uma palmada na testa. Lembra das fortalezas de barro que derrubava com canhonaços de pedradas. Reflexivo, comenta:

— O senhor tem razão. Mas o menino é atraído pela poesia da guerra.

O gaseado ajusta o cinturão que sustenta a pistola Mannlicher. Tosse um pouco, agora. Evidentemente, o homem não se sente bem. Os lábios se tingem de violeta. As maçãs de seu rosto parecem esvaziadas em cera. Olha com ansiedade seu aparelho antigás.

"Não seria correto perguntar-lhe", disse para si mesmo Erdosain; mas o desejo de averiguar pulsa nele. Por fim, se resolve e diz:

— Gasearam o senhor com o quê?

— Com Cruz Azul.

Erdosain murmura para si:

"Cruz Verde!... Cruz Amarela!... Cruz Azul!... Oh, a poesia dos nomes infernais! Jesus está atrás de cada cruz: a Cruz Verde, a Cruz Amarela, a Cruz Azul... Compostos cianuretados, arsenicais... os químicos são homens sérios que contraem enlace muito jovens e têm filhos a quem ensinam a adorar a pátria homicida."

O gaseado treme na beirada de sua poltrona, como se estivesse num quarto frigidíssimo. Os sinos da Piedade chamam os fiéis para a missa. Erdosain examina entristecido seu visitante, que se apoia contra o espaldar do assento apertando fortemente as lapelas do seu capote, empapado de óleo, contra o peito. O rosto deste está completamente azulado.

Sua compaixão se mistura a uma curiosidade intensa. Como quem não quer perguntar nada, insinua:

— Então foi com Cruz Azul?

O outro, com o salto de sua grosseira botina esfrega o chão, como os boxeadores num canto do ringue, a resina da lona. Esfrega as mãos. E com calafrio de alucinado, fala devagar:

— Foi em tiro de contrabateria. Fazia duas noites, as bombas de fósforo branco riscavam de magníficas cascatas a noite de Satã. A terra estava impregnada de gás. A água impregnada de gás. As roupas impregnadas de gás. A água impregnada de gás. As roupas impregnadas de gás. Os metais não resistiam mais. Até os fuzis se enferrujavam. Os lubrificantes perdiam sedosidade. Trabalhávamos em ataque de contrabateria. 70 por cento de Cruz Azul; 10 por cento de Cruz Verde. Os filtros das máscaras tinham acabado. Começamos a cair no barro dos redutos enquanto em cima abriam-se, como prodigiosos miraflores, cascatas de fósforo, e os homens, jogados nas cristas de barro, com as pernas cruzadas e os capotes endurecidos, não pareciam mortos e, sim, adormecidos. Oh, a poesia dos gases de guerra!

Erdosain estranha ao ouvir-se repetir para o outro seu pensamento oculto.

De repente, o gaseado se põe de pé. Aparece tão prodigiosamente alto que Erdosain estremece como se contemplasse um deus. A correagem cruza o peito do desconhecido como uma ameaça. Caminha, lançando um olhar cruel, que tem os amarelos reflexos da pupila do tigre, sob a viseira de seu capacete...

Soliloquia como se tivesse enlouquecido:

— Cruz Amarela!... Cruz Azul!... Iperita... Gás Mustard... Instruções de baterias em contra-ataques... 60 por cento de Cruz Azul... 10 por cento de Cruz Verde... Ao amanhecer, o sol vermelho se punha sobre os alambrados de postes retorcidos. O vento levantava nuvens de pó venenoso que tornavam oblíqua, durante quilômetros e quilômetros, a retorcida rota das trincheiras. Os torrões de terra cobriam-se de óxidos amarelos. O sol vermelho subia devagar, transpassava as nuvens de poeira e os postes retorcidos dos alambrados mandavam ao fundo das escavações taciturnas sombras escalonadas. Vira-se para Erdosain e insiste:

— O senhor vai entregar para o Astrólogo a planta da fábrica?

Erdosain se defende:

— Esses dados se encontram em toda a química de guerra.

O gaseado tosse convulsivamente. Deve sofrer de certa ansiedade, porque aperta as costelas com os cotovelos, ao mesmo tempo que, encolhendo o corpo, apoia as mandíbulas nos punhos. O semblante, que havia se descolorido, tinge-se novamente de azul até os lóbulos das orelhas. Olha ansiosamente seu aparelho antigás com os anelados tubos de borracha e a cabeça de urso. Põe as luvas, lentamente. Ajusta seu cinturão. Uma calma sobre-humana aparece nele. Erdosain olha para ele com olhos transtornados de admiração. Gostaria de se ajoelhar diante desse homem maravilhoso.

Ele mantém os lábios austeramente apertados e permanece teso, olhando sob a viseira de seu capacete, com os olhos abaulados de claridade sobre--humana, um sinistro panorama de trincheiras. Fala devagar, enquanto Erdosain chora em silêncio seu desconsolo infinito:

— Meus companheiros! Onde estão os meus companheiros?

— Despedaçados, ficaram por todos os caminhos, queimados nos fossos, arrebentados nos alambrados, gaseados no fundo dos funis. Meus companheiros!... Deuses maiores que minha dor!...

Erdosain chora silenciosamente, a cabeça apoiada no braço. Lágrimas ardentes descem por suas faces.

O gaseado se inclina sobre Erdosain:

— Chora, meu menino. Você tem que chorar muito ainda. Até que seu coração se arrebente e você ame os homens como a sua própria dor.

— Nunca — contava-me mais tarde Erdosain — experimentei um consolo mais extraordinário do que naquele momento. Peguei as mãos do gaseado e as beijei, caindo de joelhos diante dele. Ele não me olhava, tinha os olhos cravados em sua distância terrível. Apoiou uma mão na minha cabeça e disse:

— Quando você era menino, brincava do inocente jogo feroz de bombardear fortalezas. Você se tornou homem e quer trocar a brincadeira das fortalezas que você bombardeava na solidão pela brincadeira das fábricas de gás. Até quando você vai continuar brincando, criatura?

— Eu lhe beijava as mãos. Uma angústia atroz me retorcia a alma. Me separei dele e beijei-lhe as botinas escalavradas. Ele, imóvel, com a correagem cruzada sobre o peito, os olhos abaulados de uma claridade sobre-humana, olhava ao longe. Eu lhe disse:

— Pai, meu pai: estou sozinho. Sempre estive sozinho. Sofrendo. O que eu tenho que fazer? Me arrebentaram desde pequeno, pai. Desde que comecei a viver. Sempre me arrebentaram. Com socos, com humilhações, com insultos. Sofri, pai.

As palavras escapavam de Erdosain entre soluços afogados. Estava afogado pelo pranto.

— Não posso mais, agora. Estou magoado por dentro, arrebentado, pai. Me destroçaram como a uma rês. Como no matadouro.

As lágrimas caíam do rosto de Erdosain sobre o piso como as gotas de uma chuva.

Subitamente, amanheceu em Erdosain uma paz sobre-humana. Quando levantou a cabeça, o gaseado já não estava mais ali.

Nunca pôde saber quem era o enigmático visitante.

O pecado que não se pode nomear

A empregada cor de chocolate, coxeando, entrou no quarto de Erdosain. Erdosain examinou o rosto da mulata, impregnado de resignada doçura, perguntando-se nesse ínterim:

— O que será que passa pela alma desta pobre bestalhona?

— Uma senhorita o procura — anunciou a coxa. — Uma senhorita loira e alta.

— Diga-lhe que entre. — E Remo pulou da cama.

Luciana Espila entra no quarto e para diante de Erdosain. Ele lhe estende a mão, mas ela não corresponde a seu cumprimento. Remo fica com o braço esticado no ar, e Luciana, examinando-o, com serena compaixão, diz-lhe:

— Por que você me humilhou assim outra noite? Quer me dizer que mal que eu te fiz?... Gostar de você, porque era bom com a gente...

Erdosain, de pé, cara amarrada, não pronuncia uma palavra. Olha insistentemente o chão, com as mãos nos bolsos.

— Por que você não fala? O que é que você tem, Remo? Me diz. Faz tempo que eu tenho te notado estranho. Parece que esteve doente por alguma coisa. No entanto, você não diz nada. Está mais gordo do que antes, e, no entanto, você olha para as pessoas e parece que caçoava delas. Eu te observei, embora te pareça que não. Você tem um segredo triste.

Remo entrechoca um risinho seco. Seu orgulho se debate contra a doçura que as palavras da moça suscitam nele. Luciana entrecerra lentamente as pálpebras, senta-se na beira do sofá e diz:

— Não te digo que goste de mim. Não. No gostar e no não gostar não se manda. Pobre dos nossos corações se for assim!

Erdosain a olha, surpreendido.

— Repete outra vez essas palavras.

— Que palavras?

— Estas últimas que você disse.

— É assim: no gostar e no não gostar não se manda... Veja como seriam pobres os nossos corações!

— É verdade...

— Me diz, por que você mudou tanto com a gente?

— Quero ficar sozinho.

— Por que você quer ficar sozinho?

— Porque tenho vontade... Quero ficar sozinho...

— Você é cabeça-dura feito uma criança. Por que você quer ficar sozinho? Me diz...

— Uff, com essa mulher... Quero ficar sozinho... Me diz, não tenho o direito de ficar sozinho?

— Para que? Para se atormentar, como tem feito?

— O que você tem com isso?...

— Me preocupa, porque você está triste.

— Não tenho ilusões. Isso não é o pior. Nunca poderei ter ilusões, tampouco.

— Fala, que eu estou te escutando.

Insensivelmente, Luciana se ajoelhou junto ao sofá, apoiando os cotovelos nos joelhos de Erdosain. Remo a observa e se lembra, como um trecho de panorama visitado, da serraria na beira d'água.[6] Ele se encarregaria da contabilidade e sorriria olhando monstruosos ratos-d'água assomando o pontiagudo focinho entre os montões de ripas da margem.

---

[6] O comentador desta história chamou a atenção de Erdosain sobre a analogia que seu sonho de "trabalhar numa serraria na beira d'água" tinha com o desejo de Emilio Espila, que também desejava encontrar-se em situação análoga e, então, Erdosain respondeu-lhe que era bem possível que, em alguma circunstância, Emilio lhe tivesse narrado esse sonho, que ele, involuntariamente, assimilou.

— Você quer que eu fale? Pois tenho pouco a te dizer. Não tenho ilusões. Não poderei ter mais ilusões. Os outros homens são movidos por alguma ilusão. Uns acreditam que ter dinheiro os fará felizes, e trabalham feito bestas para acumular ouro. E assim a Morte os surpreende. Outros acham que com o Poder serão felizes. E quando o poder chega, a sensibilidade para saboreá-lo se fez em pedaços em meio a todas as patifarias que executaram para conseguir o poder.

Uns poucos acreditam na Glória e, como escravos, trabalham sua inútil obra de arte, que o cataclismo final sepultará no nada. E eles, como os outros que se atormentam pelo Ouro ou pelo Poder, apertam os dentes e mastigam blasfêmias. Mas o que importa? Trabalhando para conseguir o dinheiro ou o poder ou a glória, não se apercebem que a morte vai se aproximando. Mas eu, em que você quer que eu ponha as minhas ilusões? Me diz. Cuspi na cara de uma moça. Essa moça, algum tempo depois, voltou para mim. Perguntei-lhe então: você está disposta a se jogar na rua para me sustentar? E me respondeu que sim. Larguei dela porque me dava pena. Corrompi uma criança de oito anos. Me deixei esbofetear. Roubei. Nada me distraiu. Permaneci sempre triste...

Luciana se ergue, sentando-se junto a Erdosain. Acaricia-lhe a testa, devagar.

— Por que você fez tudo isso? Você não sabe que no mal não se encontra a felicidade?

— E por acaso você sabe se eu busco a felicidade? Não; eu não busco a felicidade. Busco mais dor. Mais sofrimento...

— Para que?...

— Não sei... Às vezes imagino que a alma não pode resistir ao máximo de dor que ainda não conheço e, então, estoura como uma caldeira. Veja... Fiquei noivo de uma menina, nesta casa. Tem quatorze anos. Eu a comprei... Não é outro o termo. Por quinhentos pesos. Me meti numa confusão repugnante. A mãe vai tentar me dominar. Eu me divirto em lutar contra esse monstro fêmea... Me distraio. Penso no dia em que entrarei na cozinha e lhe direi: "Dona Ignacia, a sua filha está grávida". Então a terrível velha me dirá: "O senhor tem que se casar". E eu me casarei... Percebe? Não me negarei a me casar.

Luciana ergue-se violentamente:

— Você esta louco?

Erdosain acendeu lentamente um cigarro:

— Mais ou menos, você tem razão. Não estou louco, mas estou angustiado, que dá na mesma.

E de repente começou a rir com fortes gargalhadas.

— Você percebe, Luciana? Vejo o quadro. A velha, de pé na cozinha, vigia com cara de divindade ofendida um bife à milanesa que se requenta, enquanto *in mente* providencia o aborto da menor. Por outro lado, a menina, estupefata, faz estranhas considerações sobre aquilo que leva embaulado no ventre.

E Erdosain segura o estômago com as mãos ao mesmo tempo em que solta gargalhadas detonantes.

Luciana não pode senão olhá-lo surpreendida.

— Remo, não ria... Saia já daqui.

Encurvando as costas, para diante de Luciana.

— Ir para onde? Você quer me dizer?

— Para qualquer lugar... Para a América do Norte...

— E você, pedaço de ingênua, acha que na América do Norte não existem donas Ignacias que providenciam um aborto enquanto requentam uns bifes à milanesa. Você é cândida, querida. Aonde você for encontrará a peste-homem e a peste-mulher.

Agora passeia com as mãos nos bolsos.

— Ir embora! Com que facilidade você diz isso! Ir para onde? Quando eu era menor, pensava nas terras estranhas onde os homens têm cor de terra e usam colares de dentes de jacaré. Essas terras já não existem. Todas as costas do mundo estão ocupadas por homens ferozes que com auxílio de canhões e metralhadoras instalam feitorias e queimam vivos pobres indígenas que resistem aos seus latrocínios. Ir embora! Você sabe o que é preciso fazer para ir embora?... Se matar.[7]

Um suspiro escapa do peito de Luciana.

— Você suspira porque eu te digo a verdade. Olha, outro homem teria te possuído. Não me diga que não. Você está num momento ardente da sua vida. É assim. Eu ultrapassei essa linha. Deliberadamente, entenda bem, deli-

---

[7] NOTA DO COMENTADOR: *Erdosain tinha razão ao afirmar semelhantes monstruosidades. Na hora de fechar a edição deste livro, os jornais franceses traziam estas notícias da China: Si-Wei-Sen, escritor comunista, secretário do Shangai Times, foi detido pelos ingleses em 17 de janeiro de 1931 e entregue ao governo de Nanquim, que o queimou vivo em companhia de cinco camaradas. Era autor de uma* Vida de Dostoiévski. *Fen-Keng, escritor detido pelos ingleses na concessão internacional, entregue por estes ao Kuomintang, fuzilado na noite em 17 de fevereiro. Autor de um romance intitulado* Ressurreição. *Havia se convertido ao comunismo desde que em 30 de maio assistiu a um massacre de estudantes efetuado por soldados ingleses. You-Shih. Escritor. Detido pelos ingleses, entregue ao Kuomintang e executado na noite de 17 de fevereiro.*

beradamente, vou em direção ao aperfeiçoamento do mal, ou seja, da minha desgraça. Aquele que prejudica os demais, na realidade, fabrica monstros que cedo ou tarde o devorarão. Eu vivo acossado pelos remorsos. Me escuta... Me deixa falar. Eu tenho medo da noite. A noite, para mim, é um castigo de Deus. Cometi pecados atrozes. Será preciso pagá-los. Acho que ainda conseguirei cometer mais dois ou três crimes. O último, possivelmente seja espantoso. Como você pode ver, eu falo com tranquilidade com você, não? Com bom senso, não é mesmo?

— Ouvindo-o falar, eu sentia uma pena infinita por ele — diria mais tarde Luciana. — Tive a impressão de que estava diante do homem mais desgraçado da Terra.

— Bom. Ninguém pode me desviar do caminho de perdição que tracei para mim. O fim, meu fim, acho que está próximo. Não se assuste. Ainda não vou me matar... Tenho os olhos secos de lágrimas. Eu me diverti, não é outro o termo, em fazer sofrer até a agonia pobres seres que, na verdade, o único pecado que tinham cometido era serem inferiores a mim.

Luciana contemplava Erdosain, hipnotizada. Este continuou:

— Não sei de quem escutei dizer que nas Sagradas Escrituras se fala de um pecado que não se pode nomear. O termo teológico é este: "O pecado não se pode nomear". Eu já o cometi. Os teólogos ainda não entraram num acordo sobre em que consiste o "pecado que não se pode nomear". Só a alma é capaz, com sua extraordinária sensibilidade, de classificá-lo... Mas não pode nomeá-lo, me entende? Desde então, vivo acossado. É como se me tivessem expulsado da Existência. Ninguém, além do mais, veja só que castigo terrível, pode me compreender. Se neste instante me prendessem, de mim os juízes veriam unicamente um semblante comum, definhado. Se me aproximasse de uma mulher e não lhe confessasse nem uma palavra de tudo que estou te falando, ela me veria unicamente como um homem com quem pode "contrair enlace". Diga se não é espantosamente ridículo carregar sobre as costas uma tragédia que não se pode nomear... que não interessa a ninguém... nem mesmo à mulher que pode exclamar num momento de loucura: "Te amarei para sempre".

Luciana escuta Erdosain atentissimamente. Este passeia pelo quarto e fala:

— A alma de nossos semelhantes é mais dura do que uma placa de aço endurecido. Quando alguém te disser: entendi o que a senhora me disse, não te entendeu. Essa pessoa confunde o que na superfície de sua alma se reflete com a penetração da imagem na alma. É a mesma coisa que uma placa de aço endurecida. Espelha em sua superfície polida as coisas que a rodeiam, mas a substância das coisas não penetra nela... E nós, que estamos de fora, vemos. Mas por que você está me olhando assim?

A donzela ruborizou até a raiz dos cabelos. Levanta-se lentamente, caminha até a porta, fecha a folha e gira a chave. O vazio do quarto se acinzenta. Erdosain se apoia no canto da mesa. Luciana levanta os braços, juntando os dedos sobre a nuca. Seu olhar fica perdido no vazio; em seguida volta-o para Erdosain e lhe diz:

— Quero que você me veja... Olha. — E de um puxão que dá em sua bata descobre a branca curvatura dos seios.

Erdosain a contempla, imóvel.

O vestido faz um rodamoinho e cai ao redor das pernas da donzela. Sua camisa, sustentada por um braço, traça um triângulo oblíquo sobre sua cabeça. A brancura leitosa de seus amplos quadris enche o quarto de uma grandeza titânica. Erdosain olha seus redondos seios, de mamilos rodeados por um halo violeta, e uma mecha loira de pelos, que escapa de seu sexo, entre as rígidas pernas apertadas, e pensa:

— Só um gigante poderia fecundá-la.

Luciana se recosta no sofá, mantendo as pernas unidas, e um pé sobre outro. A redondez lateral de um seio se esmaga no braço encolhido, em cuja mão apoia meio rosto. A vermelhitude de seu rosto degrada sucessivamente numa palidez que transforma em mais roxos seus lábios frouxos. Entreabre os olhos em direção ao cacho bronzeado que escapa de seu baixo-ventre e diz:

— Olha para mim. Sabe quantos anos faz que todos os olhos dos homens que passam me desejam? Quinze anos, Remo. Olha para mim. Faz quinze anos que todos os olhos dos homens me desejam. E você é o primeiro que me vê nua. Eu também estou tranquila para você.

Erdosain permanece de pé, apoiado no canto da mesa, com os braços cruzados sobre o peito.

— Me despi para te presentear com o meu corpo. Não quero que você continue sofrendo.

O olhar de Erdosain faz-se cada vez mais penetrante e frio. Por seus olhos resvalam uns filetes dourados de sol, um pedaço de planície verde e o vento que envolve na garganta de uma criancinha uns mornos cachos negros. Remo sorri e diz infantilmente:

— Efetivamente... Você é linda, Luciana.

Aproxima-se tranquilamente da donzela, passa a mão pelo seu cabelo e remurmura:

— Você é linda... Por que você não se casa?

Um golpe de pudor devolve à Luciana a consciência da realidade. Pula do sofá e se enrola precipitadamente em sua roupa. Erdosain se apoia novamente no canto da mesa, observa-a e repete, quase sarcástico:

— Você é linda. Devia se casar...

E tem que morder os lábios para não soltar uma gargalhada. Acaba de lhe ocorrer a seguinte pergunta: "O que diria dona Ignacia se entrasse neste momento e visse Luciana nua? Poria a boca no mundo. Exclamaria: E o senhor, seu sem-vergonha, era quem se indignava de que essa inocente estivesse com a mão na braguilha de um homem? O senhor, que recebe mulheres nuas em seu quarto? Ainda bem que foi à missa, para encomendar sua alma ao diabo".

Com vergonha urgente, Luciana se veste. Evita o olhar de Erdosain. Os lábios tremem de indignação.

Erdosain continua:

— Me perdoe, mas não te desejo. O que você devia fazer é se casar com um homem respeitável.

O demônio da Crueldade se apodera vertiginosamente da alma de Remo. Erdosain tem que morder os lábios e fazer um tremendo esforço de vontade para não dizer à donzela: — "Verdade... Você devia se casar com um homem respeitável que usasse cuecas de flanela e que antes de dormir, para evitar resfriados, fizesse inalações".

No entanto, consegue se dominar, tratando de fingir uma moderação grave, mas a ironia escapa alegremente por seus olhos.

Luciana se veste em silêncio. Em seu rosto, branco como sua camisa, os olhos relampejam. Erdosain compreende a tempestade que se desencadeia no silêncio dela e, finalmente, fazendo um esforço tremendo, domina seu demônio interior. E se desculpa:

— Querida Luciana, me perdoe, mas eu não te desejo.

A donzela, ruborizada, termina de se vestir. Antes de sair, para um instante diante de Erdosain, olha-o de tal maneira que parece que seus olhos vão explodir de luz; em seguida, estremecida por um soluço que retém entre os dentes, abre a porta e se vai.

As fórmulas diabólicas

São quatro da tarde. Erdosain permanece teso, sentado diante da mesa. Se fosse possível fotografá-lo, teríamos uma chapa com um rosto sério. É a definição. Erdosain permanece sentado diante da mesa, no quarto vazio, com a lâmpada elétrica acesa sobre aa cabeça.

Lá fora, brilha o sol de domingo, mas Erdosain fechou o quarto hermeticamente, e trabalha à luz artificial.

As mãos estão apoiadas na tábua. Mas ele não olha para as mãos. Olha para a frente. Para a parede. No entanto, num dado momento, retira da mesa a mão direita. Retira-a com a mesma lentidão que empregaria um enxadrista que aproximou a mão de um peão e não se atreve a movê-lo. Na realidade, Erdosain não tenta mover nada, inclusive a mão. Daí essa delicadeza de movimento. Suas pálpebras baixam e suas pupilas se detêm na mão que se moveu. Olha-a com estranheza. Parece-lhe tão frágil nesse momento que estranha que não a tenha machucado.

Outras sensações enxertam-se nos entremeios de seus músculos. Há momentos em que a expressão de sua seriedade se intensifica de tal maneira que Erdosain tem a sensação de que sua carne enegrece à luz da lâmpada. Esta tinge de amarelo os papéis esparramados sobre a mesa.

Erdosain deixa as mãos apoiadas na tábua branca, dá uma olhada no punhado de anotações, e escreve depois num caderninho de páginas quadriculadas:

"Chamando P o peso em quilogramas do animal submetido à experimentação e p a quantidade mínima de gás destinado a produzir a morte, temos que P sobre p é igual..." Remo risca nervosamente o escrito e redige novamente:

"Chamando Q a quantidade de gás em miligramas dissolvidos em um metro cúbico de ar, A ao número de metros cúbicos respirados por minuto e T ao número de minutos transcorridos entre a respiração e a morte do sujeito, teremos:

"Com A multiplicado por T o número de metros cúbicos de tóxico respirado, ou seja:

$$p = Q \times T \times A$$

"Então o grau de toxidade específica de um gás de guerra é igual a:

$$\frac{Q \times A \times T}{P}"$$

A Vesga grita lá de fora:

— Remo, você quer vir tomar mate?

Erdosain se levanta pensativamente e entreabre a porta. Diante dele, está a garota. Desde aquela tarde em que entregou uma soma de dinheiro para dona Ignacia, a moça virou sua amante. Esse fato coincidiu com seu isolamento quase completo. Entrevistava-se escassas vezes com o Astrólogo. Para evitar perguntas indiscretas na pensão deu, em todo caso, o pretexto de que "meditava outro invento". Na realidade estudava a instalação da fábrica de gases de guerra. Desejava entregar seu projeto ao Astrólogo. Depois "iria" para a colônia da cordilheira. Pensava isso, de vez em quando. Semelhante conduta atraiu a admiração dos outros pensionistas, que o estimulavam incondicionalmente desde que souberam por dona Ignacia que Remo tinha vendido "seu invento" da Rosa de Cobre para uma companhia eletrotécnica.

Como essas pessoas além de broncas eram ingênuas, não sabendo ao certo em que consistia a meditação, mas impressionadas pela escuridão do quarto no qual Erdosain se recluía, quando passavam diante do aposento o faziam com tanto recolhimento como se ali estivesse hospedado um doente. Erdosain fomentava esse respeito, almoçando e jantando em seu quarto, e quando no refeitório os pensionistas perguntavam para dona Ignacia o que é que Erdosain fazia, esta respondia com gesto cheio de mistério, baixando a voz:

— Medita outro invento.... Mas não digam nada, porque podem roubar dele.

— Esse moço devia ir para a América do Norte — comentava um velhote castelhano, guarda-livros de uma serralheria. — Ganharia milhões lá...

— O que é o talento! — arguia um garçom de café. — Ele enriquecerá em dois tempos , enquanto nós, só dando duro, só dando duro...

O guarda-livros olhava de esguelha com um olhinho voluptuoso o traseiro de dona Ignacia, e submergia novamente, depois de suspirar, na notícia dos festejos de Sua Majestade o Rei[8] em seu passeio pela Catalunha.[9]

— Sim, para tomar mate, Remo.

Erdosain saiu do quarto.

A Vesga estava, como de costume, de alpargatas, o sorriso obsceno atrás das lentes de seus grossos óculos. Assim que via Erdosain ampliava o decote

---

[8] Refere-se a Alfonso XIII, que reinou de 1902 a 1931, ano em que abdicou e foi proclamada a República. (N. T.)

[9] NOTA DO COMENTADOR: *Observe-se que este romance transcorre em meados de 1929.*

e, trêmulos os seios, ia se esfregar nele, entreabertos os lábios, remelentos os olhos.

Silenciosamente, Erdsoian sentou-se num banquinho da cozinha. As paredes ali estavam impregnadas de gordura, as panelas escorriam a água da esfregação no escuro reboco e dona Ignacia, com seu negro cabelo encaracolado, as despedaçadas pantufas e a fita de veludo preto cingida ao musculoso pescoço, sorria com a possível amabilidade de suas caretas, sem desunir os lábios.

A Vesga mimava Erdosain.

Este sorriu incoerentemente, e enquanto dona Ignacia renovava a erva no mate, jogando a borra numa lata de lixo, Remo continuou, ausente de tudo, o solilóquio mental.

"Fórmula Mayer... Fórmula Haber... (Q-E) por T igual a I. Verdade que o experimento de laboratório difere do que se executa ao ar livre... mas que diabo, peguemos o fosgênio: 450 miligramas por metro cúbico. Difosgênio, 500 miligramas por metro cúbico. Sulfureto de etilo biclorado, 1.500, soma e continua. Como o homem respira num minuto cerca de oito litros de ar... fórmula de intoxicação seria... seria... 450 por 8, dividido por 1.000."

Erdosain fica feito um bobo, contemplando o espaço, enquanto seus lábios se movem no cálculo de divisão.

"Exato. Com cerca de 4 miligramas por unidade de peso... produz-se a intoxicação mortal. Que filhos da puta esses sábios! Deixaram o diabo no chinelo. E apostaria a minha cabeça como esses químicos, depois de deixar suas provetas e máscaras, regressariam para suas casas e abraçariam seus filhos. Na hora de se deitar, enquanto a mulher, despindo-se, mostra o traseiro no espelho, lhe dirão: 'Você tem que ver como progride a arquitetura atômica desse gás'. Que filhos da puta! Nada mais que quatro miligramas por metro cúbico. E o homem desmorona como uma mosca. Se isso não é economia satânica, que Deus o diga. Ideal. Maior toxidade em menor quantidade. 'Descubra para mim, senhor, cavalheiro, um veneno que possa intoxicar cem mil metros cúbicos de ar com um miligrama de gás, e lhe ergueremos uma estátua', dizem os chefes de Estados-Maiores a seus químicos. E o homem, que à noite acariciou docemente as nádegas de sua mulher, ao amanhecer se enfia no laboratório para buscar a nova construção atômica que extermine o máximo de homens com o mínimo de gasto. Que canalhas!"

Os símbolos revoam na imaginação de Erdosain, enquanto dona Ignacia passa um pano no mate, emporcalhado com resíduos anteriores.

"CH3, CO, CH2. Derivados da Cloroacetona. Derivados da série aromática. Filhos da ... A série aromática. Cloreto de benzil, brometo de benzil, bromocianureto de benzil, arsinas aromáticas..."

Dona Ignacia, que o observa preocupado, pergunta:

— O que é que você tem, Erdosain? Hoje está falando sozinho.

— Hein? Ah... é, tem razão, estou preocupado...

— O que é que você tem, querido?

— Estou estudando os gases de guerra, sabe? Os gases de guerra. Não há nada mais terrível do que os gases de guerra, sabe, senhora, que os gases de guerra... Com licença, querida.

Erdosain caminha de um ponto a outro da cozinha hedionda. Na parede, se reflete seu perfil cabeludo. Dona Ignacia e a Vesga o escutam assombradas.

— São terríveis. Parece que foram inventados pelo diabo. Sim, senhora, pelo diabo, mas um diabo que tivesse se especializado em odiar essa pobre humanidade. Vejam só: há gases lacrimogêneos que corroem a conjuntiva, queimam a pupila, perfuram a córnea, provocando úlceras incuráveis. E, no entanto, têm a deliciosa fragrância do gerânio. Outros, em compensação, espalham o perfume do cravo, da madeira ou da grama.

— Que horror!

Remo vai e vem impassível entre as panelas de fundo negrusco e enferrujado. Aparentemente, fala para dona Ignacia e a Vesga; na realidade, fala para si mesmo, dando vazão ao horrível conhecimento que acumulou dia após dia para colocar-se a serviço do Astrólogo:

— Há os lacrimogêneos simples, os lacrimogêneos tóxicos; depois vem a série dos vesicatórios ou cáusticos, aqueles que estriam e queimam o epitélio, levantam bolhas, soltam a epiderme em fatias. Depois os sufocantes e nauseabundos, irritantes, que fazem espirrar, asfixiantes e tóxicos, de todas as cores, verdes, ferrugem, azulado, amarelo, lilás, esbranquiçado como o leite, verdolengos como secreções de animais marinhos. Alguns atravessam as máscaras mais compactas, atacam simultaneamente os olhos, as vias respiratórias, a pele, o sangue. Os atacados vomitam pedaços de pulmão, ficam cegos, cobrem-se de úlceras feito leprosos, perdem os órgãos genitais aos pedaços...

— Cala a boca, pelo amor de Deus, querido.

— Sim, perdem os órgãos genitais aos pedaços. Esses são os efeitos do gás mostarda — e continua soliloquiando impassível, com os olhos dilatados, fixos no vazio: — "Fórmula Mayer... fórmula Haber, líquidos, sólidos, gasosos, fugazes, semifugazes, permanentes, semipermanentes, penetrantes... fórmula Haber, fórmula Mayer..." O Demônio da Química saiu do inferno, anda solto entre os homens, sussurra-lhes, tentador, seu segredo nos ouvidos e eles, gozosos, à noite, enquanto a mulher, despindo-se, mostra o traseiro no espelho do guarda-roupa, dizem:

"Estamos contentes; só vendo como progride a arquitetura atômica desse gás."

— Diga-me, senhora, se não dá vontade de fazer o planeta ir pelos ares. Sabe o que um químico escreveu? Parece mentira. Só Satã poderia escrever algo semelhante. Ouça bem, senhora. Escreveu esse senhor, que é um sábio: "Do ponto de vista químico e fisiológico o mecanismo da ação do cloro é digno do maior elogio, pois subtrai dos tecidos das substâncias orgânicas o hidrogênio, gerando compostos nocivos". Percebe, senhora? Diga-me se esse homem não merecia que o enforcassem; pois não, está a serviço da Bayer...

De repente Erdosain olha ao redor e se sente esmagado pelo ridículo da comédia humana. Está dissertando sobre gases com uma marafona e sua filha. Sente desejos de soltar uma gargalhada e, aproximando-se bruscamente da Vesga, pega seu lábio inferior entre os dedos, entreabre-o, como faria com o beiço de uma égua e, examinando-lhe a boca, resmunga, mal-humorado:

— Você tem que lavar os dentes.

A zarolha protesta:

— Não gosto... machuca a gengiva.

— Você deve obedecer a seu noivo — ordena, seca, dona Ignacia.

O mate passa de uma mão a outra. Dona Ignacia, aboletada em sua cadeirinha, arranca os ensebados fiapos das sapatilhas com os mesmos dedos com que forçava os torrões de açúcar para entrar no mate.

Remo coça a testa, onde há um âmago de nevralgia. Diz:

— Vá se vestir que vamos sair. A minha cabeça está pesada feito chumbo.

Dona Ignacia replicou:

— Acho ótimo, porque se o senhor continuar assim, vai ficar doente.

Erdosain olha surpreendido para a mulher. Descobriu uma inflexão de carinho em sua voz, e seu coração bate, durante um minuto, mais apressado.

— Vão tomar a fresca. Que história é essa de passar o dia trancado feito um preso? Não tem que estudar tanto, para quê? O mundo continuará sempre o mesmo, meu filho. Mexa-se, filha... acompanhe o seu noivo.

— Você está com pressa, querido?... porque se não, vou lavar a cara.

— Dá na mesma... ponha um pouco de pó. Já está escurecendo.

O passeio

Agora caminham.

A Vesga, tão justa a blusa e o sutiã que seus mamilos ficam marcados na seda vermelha de sua bata. Erdosain marcha a seu lado, com uma mão apoiada frouxamente em seu braço.

Atravessam ruas, vão à ventura, sem rumo. Silenciosos. Pensa devagar, enquanto a Vesga faz observações pueris em relação ao tráfego, que Erdosain não escuta nem vê. Caminha ensurdecido pela barafunda de seus pensamentos. Diz para si mesmo:

— Por que, vivendo, realizamos tantos atos inúteis, covardes ou monstruosos?

As fachadas das casas passam diante dos seus olhos, imprecisas como figuras de um filme. Ouve-se, ao longe, um rouco assobio de sirene. É algum barco que entra no porto. Erdosain fecha os olhos. Uma voz interior lhe diz:

— Neste instante, mais de uma barca se separa de um cais de tábuas, na margem de um rio. A barca coberta de escuridão tem a cozinha acesa e homens silenciosos que, em círculo, escutam a outro que toca um acordeão.

Erdosain caminha, automaticamente, de braços dados com a Vesga. Soliloquia:

— Não é possível continuar assim, não é possível.

A moça, segurando seu cotovelo observa, curiosa, casais de namorados conversando em outros terraços. E diz a si mesma:

— Por que será que o Remo não é amável como os outros namorados? A mamãe deve ter razão, mas eu preferiria outro homem.

Erdosain marcha cavilosamente.

Tem a sensação de que "há algo nele" que se aproxima insensivelmente do drama final. Erdosain sabe que contém a "necessidade do drama". Um drama definido, teimoso, preciso, material. Sabe que afrouxando sua força de vontade numa quantidade mínima (como a que equivalesse ao tênue esforço de respirar), toda sua vida se derramaria no drama. Desvia o pensamento:

— Há rios em todas as zonas do mundo. E barcas com homens silenciosos. — Quer fixar sua atenção no rio. Um rio cuja larga lâmina de prata pode lamber confins com cabanas, píeres, depósitos de automóveis.

Afasta-se cautelosamente de seu drama, pronunciando novamente estas palavras mentais:

— Há rios com barcas silenciosas.

Consegue assim postergar a explosão que tem que advir nele.

— Rios em cujas margens correm ratos grandes como cães.

A alma lhe dói como uma torção de pé. Agora moveu a pele de sua testa; aperta as pálpebras e enquadra seu semblante entre os dez dedos de suas mãos.

— O que você tem, querido? — murmura a moça.

— Minha cabeça está doendo. É a nevralgia.

Duvida ou não em se aproximar da lembrança de Elsa. Assim que pronunciou mentalmente a palavra "lembrança de Elsa" o conteúdo cúbico de seu drama se aproxima, como se uma raposa se aproximasse por um desvio de trilhos da carga de um caixote monstruoso. Erdosain sabe perfeitamente o que há dentro do caixote. Pode espiar por qualquer fresta dele. Recua e se nega a olhar. Move os pés com precaução. Fecha os olhos e chama piedosamente até o circular horizonte do mundo. O circular horizonte do mundo se aproxima e, então, rechaça-o. Não, tampouco é isso.

Esfrega, devagar, com precaução, as mãos.

— Há rios e barcas com homens silenciosos.

E, durante um instante, pensa em fugir. Se fosse viver bem longe, para viver ignorado, perto de um rio em cuja margem tivesse uma serraria onde corressem ratos grandes como cães. Estiraria-se junto da Vesga, purificada pelo cheiro da madeira, apoiaria a cabeça na pontuda altura de seus seios redondos. Ela faria sua fadiga dormir. Desfilariam, tarde após tarde, barcas silenciosas com homens adormecidos entre as estivas de tábuas.

— Então ela teria que estar sempre acordada — pensa Erdosain.

Erdosain aperta, estremecido de emoção, o braço da Vesga, e lhe pergunta:

— Você não gostaria de viver comigo numa serraria à margem de um rio? Eu faria a contabilidade e você penduraria a roupa nos galhos das árvores...

— Meu querido... você sabe que com você eu gosto de tudo. Por quê?... Te ofereceram algum emprego?

— Não, eu estava pensando...

— Por que não procura um trabalho assim? Eu gostaria.

Erdosain submerge de novo em si mesmo.

— Onde eu estou? Onde eu gostaria de estar? Sou eu que estou assim ou é o mundo, a dor do mundo que por um prodígio maravilhoso me foi dado a escutar a toda hora? E se existisse a dor do mundo? Se realmente o mundo estivesse se queixando e sofrendo a toda hora? Se fosse verdade a possibilidade de escutar a dor do mundo? Rios com cargas de homens silenciosos. Pores do sol. Corpos cansados. Homens que desnudam seus órgãos genitais em quartos escuros e chamam a mulher que passa em direção à cozinha com uma frigideira. Por que isso... isso?... (a palavra "isso" ressoa nos ouvidos de Erdosain como o logaritmo de uma cifra terrível, incalculável). O órgão genital se congestiona e inflama, e cresce; a mulher deixa sua frigideira no chão e se estende na cama, com um sorriso desgarrado, enquanto entreabre os pelos pubianos que lhe enegrecem o sexo. O homem derrama seu sêmen na escuridão cingida e ardente. Em seguida, cai desvanecido e a mulher entra tranquilamente na cozinha para fritar em sua frigideira umas fatias de fígado.

Essa é a vida. Mas é possível que essa seja a vida? E, no entanto, essa é a vida. A vida. A vviiddaaa...

De que modo dar o grande salto?

Com um encontrão, Erdosain mandou um transeunte contra a fachada de uma casa. O outro olha para ele, consternado, e a pequena ri às gargalhadas:

— Querido, você está cego. Olha só o que você está fazendo. Abre os olhos, querido.

O fulano vai embora, resmungando palavrões, e Erdosain balança a cabeça, dizendo-se:

— Rege na existência dos homens um poder misterioso, sobre-humano, esmagador e indigno.

Repara num mequetrefe que o vem seguindo, e continua: — Será que é preciso se humilhar, fazer uma comédia hipócrita para enganar esse poder desumano e, dessa maneira, arrancar dele o segredo?

De repente, Erdosain observa que o mequetrefe continua a segui-lo. Seu olhar se encontrou com ele em três esquinas, durante o passeio noturno, sob os focos elétricos. Erdosain solta novamente o braço da Vesga, enfrenta-se com o sujeito, e lança o ex-abrupto:

— Se não parar de me seguir, arrebento sua alma.

O desconhecido olha assustado para Erdosain; balbucia um "desculpe", e desaparece na primeira esquina que encontra. Remo resmunga:

— Você sempre vai pelas ruas excitando os homens.

A Vesga olha para ele, estranhada. Ela não havia dado maior importância ao fato de ser seguida. Em substância, não era nem mais nem menos bronca do que as moças de família, as quais Erdosain podia aspirar para desgraçar-se por completo.

Agora marchava mal-humorada junto a Erdosain. Não o amava. Apenas o estimava, mas os longos considerandos de sua mãe, que não pensava em absoluto nela, persuadiram-na de tal maneira que, se Erdosain a tivesse abandonado, a moça teria sofrido o indizível. Erdosain constituía para ela o imediato, isto é, o eterno marido.

Por sua vez, ele, que tinha a sensação desse panorama geral da moça, tratava-a com rancor surdo, como a uma bronca que só merecesse pontapés. Além disso, Remo ia secretamente indignado. Ela inchava de luxúria, com o descaramento de seus seios pontiagudos e a saia que, à menor pressão do vento, deixava as rendadas ligas à mostra para os lojistas. Estes, parados nas portas entreabertas de seus comércios às escuras, olhavam avidamente para a moça, que, sem pudor nenhum, cravava-lhes a vista até que tivesse passado.

Erdosain submerge as mãos nos bolsos ao mesmo tempo que diz à Vesga:

— Olha, ou você caminha corretamente ao meu lado ou esta noite a gente vai acabar mal.

— Querido... mas o que é que eu estou fazendo? Tenho culpa de que me olhem?

— Realmente — se diz Erdosain — ela não tem culpa de que a olhem — E responde: — Você os incita a te olhrarem... mas, olha... é melhor a gente não discutir.

Caminham em silêncio, como um casal antigo, e Erdosain sorri malignamente:

Imagina-se casado com a Vesga. Ele a revê numa casa de inquilinato, barriguda e gorda, lendo entre flato e flato, algum romance que a carvoeira da esquina lhe emprestou. Folgada como sempre, se antes era largada, agora descuida por completo de sua higiene pessoal, emporcalhando com suas menstruações lençóis que nunca decide lavar. Teriam algum filho, isso era o mais provável e, à mesa, enquanto a criança, com o traseirinho cheio de merda, berrava tremendamente, ela lhe contaria alguma briga com a vizinha, reproduzindo todas suas frases atrozes e injúrias impossíveis. E o pueril motivo da briga teria sido o roubo de um punhadinho de sal ou a utilização indevida de uma corda de pendurar roupa.

Erdosain ri sozinho na escuridão, enquanto a Vesga marcha carrancuda a seu lado.

E então a revê, eriçada como um porco-espinho, com as faces avermelhadas e os seios dançando dentro do sutiã, historiando-lhe o caso do punhadinho de sal, ou da corda de pendurar roupa.

E pensar — continua ele — que esse é o prato de todos os dias, a amarga sobremesa dos empregados da cidade, dos cobradores das companhias de gás, das sociedades de ajuda mútua, dos vendedores de lojas. Um panorama empalidecido pelos fluxos brancos de todas essas filhas de operários, anêmicas e tuberculosas, cuja juventude despenca como um enfeite sob a chuva aos três meses de casadas. Um panorama de prenhezes que espantam o danificado; a visita, depois de acenar para o farmacêutico da esquina pedindo-lhe confidencialmente um abortivo, a esterilidade dos banhos de mostarda e água quente e, depois, a inevitável visita à parteira, a essa parteira "diplomada na Universidade de Buenos Aires" e que entre sorrisos agridoces se decide a "colocar a sonda", "mas como um favor", falando entre parêntesis da parteira da outra quadra, "que deixou morrer, por falta de escrúpulos, uma moça que estava muito bem".

Aniquilado, Erdosain amontoa, diante de seus olhos, com o espanto de um condenado à morte, a imundície cotidiana que envenena os empregados da cidade, imaginando a porca da Vesga fofocando com a vizinha da frente, criando-lhe espantosos embaraços com mulherzinhas que tremendo de cólera, iriam injuriá-lo para lhr pedir explicação das fofocas de sua mulher e a intervenção dos outros maridos, essas algazarras de tumultos conjugais que na porta do cortiço incitam a "autoridade a intervir".

Erdosain solta uma gargalhada e, sacudindo carinhosamente a moça, diz para ela:

— Você ainda está chateada?

— Me deixa. Enquanto você não consegue me deixar chateada, você não fica contente.

Remo submerge na cena do aborto, numa noite terrível, que transcorreria na companhia da Vesga. Ela agita suas pernas de presunto de Westfalia, e as dores cruentas desfiguram o semblante da moça que, de cócoras sobre uma "comadre", espera expulsar o maldito feto. A parteira, acabada como uma prostituta de *bas-fond*, expõe preocupações técnicas:

"Será que a placenta vai sair inteira ou não?" Erdosain tirita, com febre diante da perspectiva de uma raspagem no útero, tudo isso alternado com alaridos da moça e o barulho de um irrigador que está sendo preparado e cujas cânulas agora não aparecem.

Pergunta à parteira pela terceira vez:

— Será que a placenta vai sair inteira? — pois, entre suores mortais, pensa que se é preciso efetuar uma raspagem, terá que se endividar com um agiota que lhe cobrará vinte por cento ao mês.

Mais vivos do que os relevos de uma pirogravura saltavam os espantosos detalhes diante dos seus olhos.

Depois do "pronto" da parteira, o golpe de pena ao contemplar um feto cor de lousa e sangue, o afã de corvo da comadre conferindo a placenta, introduzindo o braço até o cotovelo na vagina da paciente, extirpada como uma rês e, à meia-noite, essa terrível noite em que soam os apitos de todos os vigilantes enquanto a parteira examina pedacinhos de tecido parecidos com fígado podre e deixa correr a água do irrigador, que arrasta até a bacia um lodo de sangue negrusco, de filamentos de tecidos e teias de glóbulos vermelhos.

Suava como se uma força misteriosa o tivesse centralizado no trópico.

Passada a borrasca, Erdosain imaginava as relações sexuais com a Vesga depois do aborto, a malevolência da mulher para se entregar, temerosa de que aconteça "isso" outra vez, as fornicações incompletas, como as que falam as Escrituras, referindo-se a Onã, a impaciência quase frenética ao fim do mês para saber se a menstruação "veio" ou não, e toda a realidade imunda dos milhares de empregados da cidade, dos homens que vivem de seu salário e que têm um chefe.

Quando amontoa o desastre cotidiano de um milhão e oitocentos mil habitantes que a cidade tem, Erdosain se diz, como o homem que sai de uma clínica e acaba de constatar o sucesso de uma inovação cirúrgica:

— O Astrólogo tem razão. É preciso varrer isso com cortinas de gás, embora seja inútil, ainda que nos despedacem a "cacetadas" na Delegacia.

Seu coração se dilata como um coco no coração da selva. Pensa que os profetas tinham razão, quando faziam cair sobre as cidades esgotadas pela imundície, suas hipotéticas chuvas de fogo entre fedores de ácido sulfúrico.

Agora estão próximos da pensão, Erdosain, quase de bom humor, segura a Vesga por um braço e lança, pela terceira vez, a pergunta:

— Ainda não passou a sua chateaçãozinha?

A moça, incomodada internamente, insiste:

— Me diz, por que você se chateia comigo se os outros me olham?

— E você ainda está pensando nisso?

— Claro, que culpa eu tenho que me olhem?

— Bom, querida, olhe e deixe que te olhem todos os que você gostar e que gostem de você. O que é que se vai fazer!

E dando os dedos como dois colegiais, entram no abobadado corredor da casa de cômodos.

Onde se comprova que o Homem que viu
a Parteira não era flor que se cheirasse

De costas para a estreita janela protegida pelo nodoso gradil, esta noite, em Temperley, conversam Hipólita, o Astrólogo e Barsut. A luz da lâmpada bisela com simétricas ondulações o ocre chapeado do armário antigo. O Astrólogo, embutido em sua poltrona forrada de puído veludo verde, disserta com as pernas cruzadas, enquanto Barsut, com traje de rua, se obstina em tratar de conservar, sem que se fragmente, o longo cilindro de cinza em que se converte seu cigarro. Hipólita, sem chapéu, permanece recostada na cadeira de balanço. Seu olhar esverdeado está fixo na arrepolhada orelha do Astrólogo e no seu mongólico semblante... Barsut, de vez em quando, detém os olhos no penteado vermelho da jovem que, em duas lindas partes, lhe cobre a ponta das orelhas.

O Astrólogo embaralha pensamentos:

— Eu me perguntei muitas vezes de que forma se podia alcançar a felicidade. Com isso quero lhes dizer que teria aceito qualquer situação, por absurda que fosse, desde que tivesse tido a certeza de que, aceitando-a, encontrava a felicidade. Mas vocês podem me dizer o que é que fizeram para obter a felicidade?... Nada. Essa é a verdade.

O Astrólogo inclina a cabeça um momento e engrossa a voz como se falasse profeticamente à distância.

— Descobri um segredo. O Erdosain também, sem saber que descobriu, encontrou-o instintivamente. (Olhando para Hipólita.) Lembra que eu lhe disse que o Erdosain era um grande instintivo? O segredo consiste em humilhar-se fervorosamente. Inclusive os antigos suspeitaram disso. Quase não há santo que não tenha beijado as chagas de um leproso. É claro que a finalidade hoje é outra. Mas para eles também era outra. Ainda não se investigou o interior de muitas almas interessantes. Às vezes me ocorre que alguns santos eram tremendamente ateus. Tanto não acreditavam em Deus que, quanto mais furiosa era sua descrença, mais furiosamente se flagelavam. Depois diziam que tinham sido tentados pelo demônio. He..he!...

O Astrólogo ri aos pouquinhos, esfregando as mãos como se prometesse um espetáculo divertidíssimo, e prossegue:

— Qual é a finalidade do que eu lhes dizia? Ah! Eu queria chegar a isto. Primeiro, que vocês eram uns covardes; segundo, que para ser felizes é preciso humilhar-se... E claro... depois... Eu me pergunto quem, neste século, terá a coragem de se transformar num santo ostensivo, de sair na rua vestido conscientemente com farrapos. Veja, por exemplo, o Barsut. O senhor é de Flores. Ali todo mundo o conhece. Bom, digamos por exemplo que o senhor, em Flores, onde todo mundo o conhece, saia na rua vestido de farrapos, descalço, com uma latinha na mão. O senhor tem noiva? Digamos que tivesse. Bom, que passasse diante da casa da sua noiva, descalço, pedindo esmola. E que fosse ao café... Em que café de Flores seus amigos se reúnem?

— Às vezes no Paulista; às vezes no A Brasileira...

— E que o senhor, descalço e com sua latinha na mão, entrasse no Paulista ou no A Brasileira e dissesse para seus amigos: "Eu não venho para discutir com vocês, mas sim para lhes dizer que aquele que quiser ser humilhado e encontrar a paz que os santos encontraram deve me imitar e vestir este trapo e comer esta gororoba que eu tirei dos latões de lixo".

Barsut ri alegremente:

— Ainda não fiquei louco...

Convencido, o Astrólogo o olha de esguelha:

— Querido adolescente, por acaso o senhor se acha mais sensato do que São Francisco de Assis? O senhor desfruta da posição econômica de que ele gozava na cidade florentina? Filho de um opulento mercador de tecidos, Francisco, amigo Barsut, constituía a inveja até dos jovens nobres da cidade, por sua elegância e pompa. E, no entanto, um dia se vestiu com trapos e saiu na rua para pregar a pobreza. Não tinha muito mais idade do que o senhor, naquela época.

E como eles o olhassem espantados, o Astrólogo ergueu as sobrancelhas, observando-os, gozador. Ao mesmo tempo, com as mãos nos quadris, requebrava-se como se fosse ele quem não conseguisse entender algo que arrancava risinhos compassivos na direção de seus interlocutores, e segurando Barsut pelo queixo, disse, olhando-o profundamente no fundo dos olhos:

— Queridinho, para triunfar na vida é às vezes preciso se resignar a vestir a roupa de mendigo.

"Eu não renunciei aos meus bens, por acaso?", pensou Barsut.

Hipólita, imóveis os olhos verdes, as mãos apoiadas num joelho de suas pernas cruzadas, observava a cena, perfeitamente dona de si mesma. Uma ideia cruzava por ela, persistente:

"Este homem conversa e conversa. O que é que ele se propõe? Será que não está pretendendo ganhar tempo? Mas para que quer ganhar tempo?"

Bruscamente, o Astrólogo se volta para ela.

— O que a senhora está pensando em silêncio? Sabe que eu não gosto nada das pessoas silenciosas.

Hipólita sorri amabilissimamente:

— Por que não gosta das pessoas silenciosas?

— A senhora, que é inteligente, sabe muito bem por que eu não gosto.

Hipólita, agora, aferra-se à sua ideia primária:

"Trata de ganhar tempo. Mas para que? Que sujeito!"

O Astrólogo continua:

— É preciso que venha o santo maravilhoso. Será tão grande que sempre terá os olhos vermelhos de chorar... Mas... para quê dizer essas coisas a vocês?

Hipólita bate nervosamente com os dedos no braço da cadeira de balanço. "Este homem não faz nada mais do que papear e papear. Parece uma mutuca sob um sino de vidro." Levanta, séria, a cabeça e, olhando enviesadamente para o Astrólogo, diz-lhe:

— O senhor está gozando de todos nós. Por que o senhor não veste uns trapos e sai na rua para pedir esmola com a latinha?

O Astrólogo não pode evitar umas alegres gargalhadas. Já mais sereno, objetou:

— Não ficaria bem que o fizesse, porque eu sou um incrédulo que caçoaria desse procedimento, útil para outros temperamentos. Quero dizer que com trapos ou de fraque, minha personalidade permanece inalterável. Possivelmente, eu seja o homem da transição, o que não está perfeitamente no ontem nem no amanhã. Como podem então me pedir impulsos absurdos, se não entram no meu mecanismo psicológico? Eu unicamente entrevejo caminhos. Caminhos... Sou diferente dos jovens.

E o Astrólogo, de repente, segurou a testa, como se tivesse recebido um golpe. Com a palma das mãos, apertava as têmporas. A luz batia no movediço perfil de sua pupila, como se ele, dali, estivesse bloqueando a forma de uma imagem distante e, com alegria, exclamou:

— A verdade é esta: eu não levo em mim a estranheza de viver. Todos nós, homens velhos, temos andado na vida sem a estranheza de viver, isto é, como se estivéssemos acostumados, desde há muitos séculos, às atuais maneiras de vida planetária.

Os jovens, em compensação: o senhor e o Erdosain; a Hipólita não conta, porque é uma alma velha; o senhor, Erdosain e outros não se habituam às coisas e ao modo como estão dispostas. Querem romper os modelos de vida, vivem angustiados, como se fosse ontem o dia em que os expulsaram do

Paraíso. Hã hã!... O que vocês me dizem do Paraíso? Não importa que eles pensem barbaridades. Há uma verdade, a verdade deles, e a sua verdade é um sofrimento que reclama uma terra nova, uma lei nova, uma felicidade nova. Sem uma terra nova, que os velhos não tenham infestado, esta humanidade jovem que está se formando não poderá viver.

Hipólita e Barsut estavam admirados com o que o Astrólogo dizia, porque este não os olhava e, sim, falava com lentidão, como se escutasse os ditames de um fantasma parado junto à sua orelha direita. Inclusive seguia um ritmo, e com uma atenção determinada. Às vezes seu semblante se iluminava, como se no fundo de seu espírito explodissem fogos de artifício.

Assim, quando disse: "Oh, oh, os jovens!", seus olhos se inflamaram de sincero entusiasmo, em seguida, com uma careta dura, desviou seu entusiasmo e, parando diante deles, cortou secamente a conversa:

— Pouco importa se acreditam em mim ou não. Isso terá que acontecer. Será imposto por milhões de jovens.

Com aspecto de homem fatigado, deixou-se cair na poltrona forrada de veludo. Calou, repousando, com expressão abstraída de sua excitação anterior. Parecia um boxeador num intervalo do combate. As mãos abandonadas sobre as pernas, as mandíbulas ligeiramente penduradas, os olhos enevoados. Permaneceu assim por alguns minutos. Uma voz sem som murmurava em seus ouvidos: "Não se pode negar que você é um hábil comediante". Mas como o Astrólogo sabia que suas manifestações eram sinceras, descartou as palavras da voz, e disse:

— Ainda que tudo em nós estivesse contra a sociedade secreta, devemos organizá-la. Eu não insisto em que deva ser desta ou daquela forma, mas é preciso infiltrá-la na humanidade, a qualquer custo. Percebem como a gente é hipócrita? Digo infiltrá-la quando deveria dizer: "Devemos fazer com que resplandeça novamente uma sociedade ou uma ordem cujo único e raivoso fim seja a busca da felicidade".

Hipólita levanta a cabeça, deixa de mover com os dedos uma borla de seu vestido e lança uma pergunta extemporânea:

— Diga-me... Pode-se saber de onde tirou esse homem?...

— Que homem?...

— Esse cabeludo de olhos como se fossem ovos...

O Astrólogo sorri:

— Por que está me perguntando isso? O que tem a ver com o que conversamos?

— Esse sujeito me interessa.

— Bromberg?... A história do Bromberg é interessante. Um tipo de delinquente simulador, um pouco louco, nada mais.

— Conte... Por que vocês o chamam de "O Homem que viu a Parteira"?

O Astrólogo consulta seu relógio.

— Estou olhando, para que não perca o último trem... Mas dá tempo ainda... — E começa: — Bromberg, desde pequeno, tinha uma extraordinária aversão às parteiras. Por quê? Ele próprio não poderia justificar essa repulsão. Possivelmente algum detalhe esquecido, a função misteriosa que essas mulheres desempenham para a imaginação do menino, a atmosfera de brutalidade que as rodeia invisivelmente, o caso é que, bastava pronunciar na sua presença a palavra "parteira" para provocar na criança um estremecimento de medo e repugnância.

O azar que perseguiu esse homem desde pequeno fez com que sua família se mudasse para a casa ao lado de onde vivia uma parteira; ali ocorreu a coisa grave. Uma noite, o menino estava sentado na soleira da porta de sua casa. De repente, um fantasma branco se solta da porta da casa da parteira e corre ao seu encontro, abrindo os braços. O menino soltou um grito tremendo. Era a empregada da parteira, uma mulatinha que quis se divertir com seu espanto. Bromberg desmaiou: ficou doente durante muito tempo. Mesmo agora, se a senhora o observar, dorme com a lâmpada acesa, e isso que já se passaram quase vinte anos do caso. Ao chegar aos dezesseis anos, em companhia de outros rapazes da sua idade, mais românticos do que malvados, e mais estúpidos do que inteligentes, influenciados pelo espetáculo de fitas policiais, dedicaram-se a roubar, organizando um pequeno bando de malfeitores de bairro. Bromberg era o organizador da gangue. Não trabalhava nem queria trabalhar. Era um preguiçoso esgotado pela masturbação, mentalmente incapaz do menor esforço. Mais tarde me confessou que se masturbava até sete vezes por dia. Estamos nisso quando é detido na execução de um roubo... e se se quiser, por culpa da parteira. É notável. Vai ver. Uma noite a gangue assaltou a casa de uma família que estava veraneando. A propriedade estava aos cuidados de um casal espanhol que costumava ir ao cinema. Bromberg, em companhia de seus amigos, estuda os costumes do casal e, uma noite, pulam a cerca da casa por um terreno baldio. Já no interior, começaram a violentar os móveis, mas sem precauções, aos pontapés e marteladas. Só faltava levarem banda de música para festejar o arrombamento e o quebra-quebra. No vaivém do roubo, Bromberg não prestou atenção que um de seus companheiros, possivelmente para fazer uma piada, tinha se recostado numa cama da casa onde tinham ido roubar. Nem é preciso dizer que esses atos insólitos são frequentes nos delinquentes principiantes: deitar na cama do dono da casa, fazer barulho, comer os restos de comida que ficaram numa travessa, todas elas constituem atitudes nervosas que os noviços assumem instintivamente. Há um afã de demonstrar sangue-frio, desprezo ao perigo e necessidade de satisfazer um misterioso desejo mórbido.

O ladrão, mesmo o mais calejado na profissão, falará sempre com entusiasmo desses momentos terríveis em que, com os nervos à flor da pele, provoca malsanamente um perigo que lhe interessa esquivar. Lembro de um que me dizia pensativamente, deslizando quase grudado nas fachadas escuras:

"Veja, quando eu tinha dezoito anos e não saía para roubar, nesse dia eu ficava doente, inquieto." Bom, voltando ao Bromberg, sabe-se lá o que pensava naquelas circunstâncias! À procura de um pano em que enrolar os objetos roubados, entrou no dormitório. Momentos antes, havia lhe ocorrido que a fronha do travesseiro era uma excelente sacola para carregar seu butim. Inclinou-se sobre a cama e, de repente, o outro companheiro que estava recostado o segurou silenciosamente pelos braços.

O golpe de espanto que sacudiu Bromberg foi semelhante ao produzido pelo fantasma saído da casa da parteira. Instantaneamente, reproduziu-se a crise infantil. Gritos agudíssimos e convulsões epilépticas. Vizinhos que passavam por ali escutaram os alaridos do rapaz e, imediatamente, chamaram o guarda da esquina.

Vocês vão se dar conta do corre-corre que se armou lá dentro. Os gatuninhos não se atreviam a abandonar o Bromberg. Sabiam perfeitamente que este se veria obrigado a denunciá-los. Por fim, o vigilante, acompanhado por vários transeuntes heroicos, entrou na casa pulando também a cerca, pois eles não se atreviam a forçar a porta de entrada. Imagine que pesca! Cinco rapazes desesperados tentando fazer voltar a si um energúmeno que se revira como uma fera em cima de grandes pacotes de roupa: a mercadoria que eles tinham preparado para levar. É desnecessário dizer: rapazes, objetos empacotados e ferramentas empregadas no quebra-quebra, tudo foi parar na delegacia. Como se tratava de filhos de famílias modestíssimas, o delegado procedeu sem contemplações, e da delegacia seccional passaram para o Departamento de Polícia. Assustados, declararam os roubos que tinham cometido anteriormente e, inclusive, foi detido um honrado senhor que tinha casa de compra e venda. Ali os rapazes vendiam os artigos roubados e, por disposição do Juizado de Menores, passaram para o Reformatório de Menores Delinquentes.

Com um ano de Reformatório, Bromberg, que tinha acabado de se depravar, fugiu em companhia de dois ladrões mais tarimbados. No caminho de Mercedes, tentaram assaltar um vendedor ambulante. Aqui, como de costume, fica evidente a falta de sorte do Bromberg. O desconhecido repeliu a agressão a tiros, e o único que ficou ferido foi "O Homem que viu a Parteira". Uma bala atravessou sua coxa e ele caiu, sendo, como é natural, abandonado por seus camaradas. Decididamente, não tinha sorte. Novamente Bromberg dá com seus ossos no Departamento. Quando sai da enfermaria do Reformatório tem uma briga com um delinquente, que o fere num flanco com uma punhalada, e ei-lo aqui outra vez hospitalizado. A ferida não era grave, mas Bromberg, disposto a se vingar, esperou alguns meses. Por fim, surpreendeu seu inimigo num banheiro e o estrangulou sobre seus próprios excrementos. Novo processo: Bromberg passa do Reformatório para a prisão; o juiz de primeira instância o condena à reclusão perpétua.

Na cadeia, um preso, conhecendo os antecedentes de Bromberg, aconselhou-o que simulasse os ataques de loucura que provocaram sua primeira detenção. Bromberg não pôde simular a loucura e, sim, reproduzir nervosamente tal estado de espanto. Nosso infeliz deu início à comédia. Possivelmente, mais peritos do que os médicos em julgar se a loucura é ou não simulada, são os carcereiros e os guardas das prisões, mas o Bromberg reproduzia suas crises de espanto acompanhadas de convulsões nervosas tão perfeitamente que acabou por convencê-los. É um comediante perfeito; quero dizer, é um homem que armazena intensamente a lembrança que desata seu medo. Baixa a guarda e deixa instantaneamente de ser o homem para transformar-se na criança espantada a qual o terror retorce como um rodamoinho, precipitando o corpo contra as paredes ou escada abaixo. Uma noite, a crise de espanto foi tão violenta que o medo do Bromberg contagiou outros dois encarcerados epilépticos. Estes, por sua vez, começaram a uivar. Como aquela seção da prisão ameaçava se transformar num manicômio, o médico da prisão deliberou a transferência de Bromberg para o Hospício das Mercedes. No Hospício, a Suprema Corte ainda não havia ajuizado sobre a sentença de primeira instância, continuou simulando a persecução do fantasma, até que uma noite conseguiu fugir. As andanças do Bromberg fugitivo são incríveis. Trabalhou em todos os ofícios; inclusive chegou a ser lavador de chão num centro espírita, onde eu o conheci. Sua natureza, desequilibrada por tantos percalços, mas conservando uma primitiva ingenuidade, se dedicou com tudo para secundar os meus projetos... mas caramba... minha amiga! A senhora perdeu o trem. Quer ficar para dormir aqui?

Hipólita compreendeu. Disse para si mesma: "Eu não estava enganada. Este demônio queria ganhar tempo".

Envolveu o Astrólogo num olhar de esguelha e, sorrindo com solapada doçura, retrucou:

— Eu previa que ia perder o trem. Como não! Ficarei para dormir.

Barsut se levantou, preguiçoso. Sua testa estava mais enrugada do que de costume. Disse:

— Estou com sono. Até amanhã.

E saiu.

Silenciosamente, perdido entre as árvores do jardim, seguia-o, descalço, o Homem que viu a Parteira.

Quando ficaram sozinhos, o Astrólogo, repentinamente sério, resmungou:

— Quanto tempo este imbecil nos fez perder! Venha amiga, nós temos que conversar.

E se encaminhou para o quarto dos títeres.

Sorrindo displicentemente, Hipólita o seguiu.

Se ao amanhecer da segunda-feira um espião tivesse sido colocado na porta da chácara, às cinco e meia da madrugada teria visto sair uma mulher, o rosto coberto por um tule bronzeado, abrigada num casaco cor de madeira. Um homem a acompanhava.

Ela se deteve um instante diante da portinhola de madeira, iluminada pela claridade azul do amanhecer. O Astrólogo a contemplava com imenso amor. Hipólita avançou na direção dele e, segurando-o pelos braços com suas mãozinhas enluvadas, disse-lhe:

— Até amanhã, querido super-homem — e aproximou a cabeça. Ele a beijou com doçura, sobre o véu, nos lábios, e a mulher começou a caminhar rapidamente pela calçada de lajotas, umedecida pelo sereno noturno.

Trabalhando no projeto

Erdosain voltou da rua com frio no corpo e palpitações nas têmporas. Deixa-se cair aniquilado na cama, e fecha os olhos. Sua alma tem sono. Quase sempre é o corpo que tem sono, mas sua alma também gostaria de dormir agora. Perde a sensação do limite de seus membros, e lhe parece que se dissolve numa neblina cujo centro sensível é seu cérebro. A neblina avança escura sobre o mundo como uma nuvem de fuligem e Erdosain acaricia a testa ardente com uma mão fria. Mais piedade não poderia sentir por uma criança estranha e desmantelada.

Dissolveu-se no mundo. Atravessa muralhas, cobre extensões de campo ermo, penetra em subúrbios de casas de madeira forradas de lata, salta sobre os trilhos e as passagens de nível, dissolve-se longe; às vezes um poste de querosene ilumina um trecho de caminho pavimentado de tijolos, resvala como uma nuvem, corta perpendiculares friezas de arvoredos, deixa atrás de si as pontes pintadas de zarcão e alcatrão, as fachadas iluminadas nas noites por refletores baixos, os letreiros de gás de ar líquido e, cada vez que se detém, uma mão misteriosa bate-lhe na testa, um calafrio pinça-lhe o coração.

Retorna a seu invisível martírio. O que importa que esteja estirado numa cama e que suas pálpebras ocultem seus olhos? Sem querer, dissolveu-se no mundo; cada partícula de ser vivo, cada telhado, despeja em sua sensibilidade a multiplicidade do mistério. Diz para si mesmo que se o oceano tivesse coração, não poderia sofrer mais do que ele. Também disse: "Se eu tivesse sido condenado a caminhar dia e noite entre cidades escuras, em ruas desconhecidas, escutando injúrias de gente com quem nunca tivera contato, não poderia sofrer mais".

Também disse:

"Vivi como se alguém me chamasse a cada momento desde diferentes cantos. Dia e noite; dia e noite. Oh! Meu Deus, que importam o dia e o sol oblíquo. As minhas faces ardiam como se eu tivesse uma febre muito alta."

Erdosain aperta a cara com as mãos. De tal maneira como se quisesse espremer de sua carne um grito que sua garganta não pode articular.

A angústia paira sobre ele semelhante às densas nuvens das grandes chaminés nos céus dos povoados industriais. Quando pensa que seu coração pode explodir em pedaços, um sentimento de consolo alivia seu martírio. A morte não é terrível. É um descanso amoroso, terno, macio.

Agora sabe o que é a morte. Descansará sempre e sua carne se volatizará no silêncio da vermineira...

— E o sol? — implora sua alma. — O sol da noite?

Erdosain espreita no mistério. Sabe perfeitamente que existe uma festa. A festa desenvolve-se silenciosamente na superfície do sol da noite. O que é o sol da noite? Não sabe, mas encontra-se em algum recanto de trajetória gelada, para além dos planetas coloridos e das vegetações retorcidas, das árvores com desejo.

Cristas pontiagudas de cidades modernas, cimento, ferro, vidro, turvam por um momento a quietude de Erdosian. É a lembrança terrestre. Mas ele quer fugir das prisões de cimento, ferro e vidro, mais carregadas do que condensadores de cargas elétricas. As jazz-bands gritam e serram o ar de ozônio das grandes cidades. São concertos de monos humanos que queimam o traseiro. Erdosain pensa com terror nas "cocottes" que ganham cinco mil dólares semanais, e nos homens que têm os maxilares atravessados por dores tetânicas. Erdosain quer escapar da civilização; dormir no sol da noite que gira sinistro e silencioso ao final de uma viagem, cujos bilhetes são vendidos pela morte.

Imagina com avidez um frescor noturno, talvez carregado de orvalho. Ele poderia avançar chorando sua terrível dor, pedir clemência. Talvez alguém nos confins do mundo o recebesse, fazendo-o recostar numa alcova escura. Dormitaria até que o veneno da loucura tivesse evaporado das suas veias. Seria uma casa grande, aquela, uma única casa nos confins do mundo. Diante da porta, uma mulher alta e fina, sem dizer palavra, com um gesto o convidaria a entrar. Ninguém lhe perguntaria nada. Ele se estenderia na cama para chorar, sem vergonha alguma. Então poderia chorar dois dias e duas noites. Primeiro seriam lágrimas lentas; cobriria a cabeça com o travesseiro e soluçaria fortemente e, quando tivesse no peito a sensação de que seus pulmões o tivessem esvaziado de soluços, novamente choraria. A mulher alta e fina permaneceria de pé junto à cama, mas não lhe diria uma palavra.

Uma escuridão altíssima guilhotina o sono de Erdosain. É inútil. As casas são terrestres, as mulheres altas e finas são terrestres, lâmpadas de cinquenta velas iluminam todos os semblantes e ainda não foi fabricado o leito da compaixão.

Como um porco que fuça a paliçada de sua pocilga para escapar do matadouro, Erdosain bate mentalmente em cada lenha da espantosa paliçada do mundo que, embora tenha léguas de circunferência, é mais estreita do que o chiqueiro bestial.

Não pode escapar. De um lado está a prisão. Do outro, o manicômio.

Há momentos em que tem vontade de prensá-la a marteladas com a parede de cimento de seu quarto. Às vezes range os dentes, gostaria de estar encolhido junto à trava de uma metralhadora. Varreria a cidade de uma sentada. Cairiam homens, mulheres, crianças. Ele, na culatra da metralhadora, sustentaria suavemente o cinturão dos projéteis.

Erdosain recua. Como um homem que esgotou sua fortuna numa roleta que gira. Girará sempre... mas ele não poderá colocar ali, no quadro verde, um só centavo. Todos poderiam jogar para ganhar ou perder... ele nunca mais poderá jogar. Está esgotado.

Por outros homens, as mulheres se despirão devagar em seus quartos, avançando um sorriso avermelhado; por outros homens... Erdosain rechaça o pensamento. Repentinamente, envelheceu; tem mil anos. Inclusive as prostitutas mais hediondas piscarão um olho para ele, com gozação, como que lhe dizendo: "Pode se enterrar, demônio".

Erdosain pula da cama, acende a luz, aproxima-se da mesa, dizendo em voz alta:

— É melhor trabalhar nos gases.

Rapidamente, percorre com o olhar as anotações feitas em bibliotecas e escreve:

"Diz o marechal Foch: a guerra química se caracteriza por produzir os efeitos mais terríveis nos espaços mais extensos."

Remo saboreia o conceito:

"... os efeitos mais terríveis nos espaços mais extensos..."

Folheia *L'énigme du Rhin*; em seguida, vai e vem em seu quarto. Repete lentamente: Em ataque de contrabateria, 60 por cento de Cruz Azul, 20 por cento de Cruz Verde. Sorri lentamente. Vê-se situado numa paragem industrial. Junto aos montes de carvão e aos tanques negros de petróleo, os trilhos descrevem arcos. Locomotivas com ferragens de bronze e chaminés cônicas manobram nas entrevias, homens nus, com os braços lubrificados de óleo mineral, empurram vagonetes entupidos de cargas de pedra. As pontes rangem ferreamente sob a velocidade dos expressos que passam, e os escravos entram e saem dos galpões enegrecidos de fuligem. O espaço está reticulado de cruzes tríplices com anéis e redes de cabos que partem de todos os lados rumo à distância. Erdosain observa. Prepara sua surpresa. De repente, na plataforma de uma torre, junto a ele, ilumina-se esverdeadamente, como uma ampola de Crookes, um torpedo de vidro. A atmosfera se carrega de estáticos e, de repente, retilínea, uma descarga cônica de luz verde faz estourar os anéis de porcelana. Uma locomotiva levanta-se sobre suas rodas dianteiras, vacila um milésimo de segundo, e explode em três diferentes alturas de metal liquefeito. Erdosain, em sua cabine de vidro chumbo, gira suavemente o torpedo de vidro. Os raios batem nas pedras e os alicerces das casas estouram. Até chega a observar o seguinte detalhe: na proximidade dos raios, os cabelos de uma mulher ficam na vertical, enquanto o corpo se desmorona em cinzas.

— Mais alto — murmura Erdosain. — Deixe cair os raios...

O torpedo de vidro remexe, com seus raios, nos pulmões da cidade. Erdosain olha ao longe com um binóculo. Em direção aos confins, verticais como muralhas, onduladas como lenços, avançam nuvens de gás. Apitam os cilindros de aço postos em fileira e, a cada três minutos, uma cortina mais espessa de gás esverdeado se levanta em tromba em direção à altura, dobra-se sobre si mesma e, como que engatinhando nos obstáculos do chão, aproxima-se com densa lentidão.

Erdosain escreve:

"Mortandade em tropas não preparadas para o ataque do gás, 90 por cento..."

Uma frase explode em seu cérebro: Bairro Norte. A frase se completa: ataque ao Bairro Norte. Prolonga-se: ataque de gás ao Bairro Norte.

Olha para um canto de seu quarto. Repete: Bairro Norte. Tornam-se visíveis os criados nas portas das garagens conversando sobre a grandeza de seus patrões. Um vento verde, amarelo, aparece na entrada da rua. A cortina ultrapassa as cornijas dos edifícios. O ar se impregna de cheiro de erva podre. Os fâmulos de gravata-borboleta abrem ansiosamente as bocas. Subitamente, um dá uns pinotes no ar e, caindo, encolhe-se mais bruscamente do que se tivesse recebido um soco no estômago. A nuvem de gás verdolengo está sobre os criados. Outro, segura o ventre com as mãos crispadas em violeta. Os corpos rodam pelo piso da calçada. Com os rostos achatados nas lajotas, deslocam o queixo em aspiração de ar, que já não existe. Fios de sangue resvalam em direção ao meio-fio de granito da rua. A nuvem de gás se expande nos jardins semeados de granza vermelha e palmeiras africanas. Erdosain coloca uma mão na orelha.

Em seus ouvidos, ressoam lentos assobios de dínamos; são zumbidos de usinas proletárias, elaborando toneladas de gás. Homens enfiados em roupas de borracha, com capacete de látex e vidro, vigiam o manômetro dos compressores e os pirômetros dos catalisadores. As tubulações das refrigeradoras cobrem-se lentamente de um algodoado pozinho glacial.

A fábrica de fosgênio é visível nos olhos de Erdosain. Tem que concentrar-se fortemente para se afastar dessa imagem e continuar redigindo num estilo que lhe pareça enfático:

"... A disciplina do gás tende a considerar todo gaseado como um ferido grave..."

Escreve energicamente, acentuando com inconsciente excesso de tinta as curvas perpendiculares das letras:

"Tão importante é o emprego de gás que sessenta por cento dos projéteis que se fabricavam ao final da guerra estavam carregados de tóxico..."

De vez em quando deixa de redigir para segurar a testa com a palma da mão. Sente-se com febre. Escrúpulos tardios revolvem-lhe a consciência. O segredo do gás. Os mortos. Os homens cairão pelas ruas feito moscas. Quem pode deter o avanço da cortina de gás? Fosgênio. Nomes fulgurantes. Difenilcloroarsina. Oh! Os demônios, os demônios. Afasta-se da mesa cambaleando, apaga a lâmpada e se joga, com náuseas, sobre o sofá. O móvel parece mover-se lentamente como uma cadeira de balanço.

Passam as horas da noite. A noite, seu "castigo de Deus", não o deixa dormir. Erdosain permanece com os olhos transtornados na escuridão. Perguntas e respostas entrecruzam-se nele. Deixa-se estar como uma misteriosa esponja balançada pelo vaivém dessa misteriosa água escura que, de noite, pode denominar-se a vida centuplicada dos sentidos atentos.

Percorreu a gama de possibilidades humanas e sabe, textualmente sabe, que não lhe resta nada a fazer. A vida é um bloco que tem a consistência do aço, apesar de sua mobilidade. Ele quer perfurar o cubo com uma broquinha de serralheiro. Não é possível.

Erdosain deixa-se balançar com a pálpebras bem abertas. Às vezes mete a cabeça sob a manta, e fica encolhido como um feto em sua bolsa placentária. A essa mesma hora, milhões de homens como ele estão com os joelhos se tocando e as pernas encolhidas e as mãos recolhidas sobre o peito, semelhantes a fetos em suas bolsas placentárias. Quando o sol, deixando sombras azuis nas calçadas, projetar seu resplendor dourado sobre as altas cornijas, esses fetos abandonarão suas bolsas placentárias, abrirão uma torneira, com um pedaço de sabão desengordurarão o rosto, beberão um copo de leite, sairão na porta, subirão num trem amarelo ou num ônibus verde... e assim todos os dias...

Erdosain deixa-se balançar nas trevas pelo vaivém dessa misteriosa água escura que, de noite, pode denominar-se vida centuplicada dos sentidos atentos. Erdosain continua seu solilóquio. Em todas as cidades ocorre esse fenômeno. Não importa que tenham nomes encantadores ou ásperos. Que estejam nas margens da Austrália, no norte da África, no sul da Índia, no oeste da Califórnia. Em todas as cidades do mundo os colchoeiros, inclinados sobre suas máquinas de cardar lã, calculam lucros com os olhos, enquanto os brancos flocos de lã lhes cobrem os pés. Em todas as cidades do mundo os fabricantes de camas olham com olhos de peixe, por sobre seus óculos, para os carregadores que carregam camas portáteis nos caminhões.

E, de repente, um grito explode involuntariamente em Erdosain:

— Mas eu te amo, Vida. Te amo apesar de tudo o que os homens te enfeiaram.

Sorri na escuridão e adormece.

SEXTA-FEIRA

Os dois patifes

São dez da manhã.

Os dois homens, vistos à distância de vinte metros, parecem fugidos de um hospital. Caminham quase ombro a ombro. Um tateia com seu bastão os rodapés das casas, porque uns sinistros óculos tapados lhe cobrem a vista, com vidros que de frente parecem pretos e, obliquamente, violetas. Um boné de chofer, com viseira de lona, alonga ainda mais sua cara magra e esquálida, com pontos cinza de barba. Além disso, parece doente, pois, embora a temperatura esteja amena, cobre-se com um capote impossível, de um xadrez marrom e vermelho, cujas pontas quase tocam seus pés. Sobre o peito tem um papelão onde se pode ler:

CEGO POR EFEITO DOS VAPORES DO ÁCIDO NÍTRICO.
SOCORREI UMA VÍTIMA DA CIÊNCIA.

O guia do cego se enfeita com um guarda-pó cinza. Pendurada num canto que atravessa seu peito obliquamente, tem uma mala de viajante, entreaberta. Distinguem-se, no interior, pacotes alaranjados, violeta e ocres.

São Emilio e o surdo Eustaquio.

— Que rua é esta? — murmura o Surdo.

— Larrazábal...

— Está no itinerário de hoje?

— Ufa, como vossê é chato... Claro que esstá no itinerário de hoje. Claro... Ufa.[1]

A avenida de calçadas amarelas e via cinza estende-se silenciosa sob o céu azul de louça da morna manhã. Acácias copadas reverdecem intensamente.

Emilio olha pensativamente as casas, das quais quase todas têm um jardim na frente. O guia imagina nelas oásis de gente feliz. Tão feliz que não persegue a prodigiosa vegetação de bichos-de-cesto que tranquilamente se deixam cair dos galhos em direção às calçadas por seu prateado fio de seda.

Um piano soa à pouca distância, com o eterno "do, ré, mi, fá" que umas mãos sem experiência arrancam do teclado. No entanto, os sons tardios infiltram na atmosfera azul da manhã certa doçura meditativa.

Uma garota de quinze anos, saia rosa e sem meias, de chinelos, está na porta de sua casa. Olha ao longe, carrancuda.

Os dois perdulários aproximam-se lentamente. Quando já estão próximos, Emilio tira o chapéu, e o Surdo para, esquivo como uma mula, junto ao pilar da porta. Os sinistros óculos do homem alto intimidam um instante a mocinha, e Emilio diz:

— Ssenhorita... não quer comprar um pacote de balass para auxiliar o pobre ssego?

A menina examina os dois patifes, com atenção de estranheza. Lê a pequeno cartaz.

— Então seu pai é cego? — diz a garota.

— Não senhorita... ssego de todo não... mas quasse completamente ssego.

— E como foi? — interessa-se.

— Esstava fassendo uma reassão com ássido nítrico e o tubo de enssaio quebrou e, com a explosão, gotass e vaporess pularam nos seuss olhoss.

— Coitadinho — murmura a garota. — E não tem família?

— Eu ssou ssseu único filho. O sseguro não quiss pagar porque disse que ninguém lhe mandava ter amor à ssiência. Nóss, oss pobress ssomoss ass vítimass, ssenhorita.

Falando dessa maneira, Emilio esboça uma cara compungida como quem está ausente das malícias do mundo. O Surdo, esquivo como uma mula,

---

[1] NOTA DO COMENTADOR: *O surdo Eustaquio preparava todos os dias um roteiro a seguir, para evitar pedir esmola nas mesmas ruas, argumentando que sem princípios científicos as profissões mais produtivas não davam certo.*

permanece teso, oblíquo ao pilar de alvenaria onde se apoia a jovenzinha perguntadeira.

A garota move compreensivamente a cabeça. Esta última cláusula, pateticamente recitada pelo tratante, convenceu-a. Diz:

— Espere um momentinho — e a saia esvoaça em volta de suas pernas enquanto vai correndo pela galeria. Emilio a contempla avidamente e pensa:

"Como parece ingênua". E, internamente agradecido pelas palavras da garota, rebusca em sua maletona o pacote de balas menos manuseado para oferecê-lo. O Surdo permanece silencioso, esquivo como uma mula, o nariz contra o pilar.

Aparece a garota, as faces ligeiramente coradas. Os cabelos abrem-se nos dois lados de suas têmporas. Traz uma nota de um peso na mão.

— Sirva-se, e que Deus o ajude.

Emilio lhe passa o pacote de balas.

— Que Deuss lhe pague, ssenhorita — e pegando o peso, joga-o no bolso.

— Guarde as balas, obrigada.

— Que Deuss e a Virgem lhe paguem, ssenhorita — e Emilio, pegando o Cego pelo braço com o mesmo gesto que se pega um asno pelo cabresto, afasta-o da pilastra. Quando se afastaram uns passos, Eustaquio pergunta:

— Quanto te deu?

— Vinte ssentavoss.

Eustaquio balança a cabeça, inconformado.

— Tantas perguntas por essa miséria.

Emilio sente-se irritado:

— Vossê é um mal-agradessido. Não tem nem um pingo de agradessimento pelass pessoas que te benefissiam.

O Surdo, que não o escuta porque Emilio vomita seu mau humor para si mesmo, pula para outra pergunta:

— Que horas são?

— Devem sser dez, maiss ou menoss.

— Parece que vai chover.

Emilio explode, indignado, e vocifera-lhe numa orelha:

— Como vossê quer que chova, grandíssimo tratante, sse o sséu esstá maiss limpo do que os seuss olhoss?

O Surdo protesta:

— Se se vê tudo escuro.

— Vossê tem merda na cabeça? Quer ver tudo da cor do leite com esses fundoss de garrafa que arrranjou? Que surdo mais espertalhão, este! Ufa, maldito o dia em que te acompanhei. Nunca vi homem maiss indisscreto que vossê.

Param diante das portas das casas que presumem habitadas por gente simples.

Num cortiço, recebem um pacote de comida. Afastam-se e Emilio explode:

— O que é que esses porcariass terão penssado? Que a gente esstá morto de fome ou que tem criação de porcoss?

Erguido e rígido, o Surdo caminha como um autêntico cego. A verdade é que quase o é, pois seus óculos forrados internamente com papel violeta não deixam passar a claridade da manhã e sim uma espessa penumbra que tem a densidade da noite. E insiste, aturdido por aquela negrura que se enfia em seus miolos:

— Deve estar para chover. Não se vê nada. E faz um calor bárbaro.

— Como é que não vai ssentir calor, seu tratante, ssi você esstá ssintindo o calor doss tições do inferno onde oss diaboss vão te tosstar por ser um sujeito ruim?

—Meus miolos estão torrando.

— Dane-se. Por que vossê passou a vida toda fazendo maquinaçõess para ganhar ass corridass? Para que te sserviu seu cálculo infinitesimal? Para me atrelar por esstass ruass como um pobrezinho de Deuss.

— Quanto será que a gente juntou até agora?

— Sseiss pessoss, maiss ou menoss.

— Eu não sei o que está acontecendo agora. Antes, ao meio-dia, quase sempre a gente tinha algo como dez ou quinze pesos juntados; agora, de quatro se tirar a metade a metade. E as pessoas dão... eu sinto que te dão...

— Olha... sse você me disser outra vez a messma coissa, eu te deixo plantado no meio da rua, chamo um guarda, e digo: "Veja... este ssurdo tratante esstá enganando ass pessoass". O que vossê penssou? Que esstou te roubando? Você me traz como um pobrezinho por esstass ruass de Deuss e ainda me quesstiona. Você não tem vergonha? Tudo o que a gente conssegue vossê joga nass corridass. E ass meninass em cassa, passando misséria. Vossê é um filho ruim e homem pior. A única coissa que você ssabe é imaginar trapaçass. Você é um matreiro, isso é o que vossê é.

Ruge irônico o Surdo:

— *Tachi, tachi, svergoñato.*

— E de quebra, vossê é um ssínico. Imita o italiano doente. Mass sseu ssangue também vai sse transsformar em ssacarosse. Vai rindo... vossê vai ver... ri melhor quem riu por último.

Rígido, o Surdo caminha em silêncio, com ares de mulo. Esgotado, triste, Emilio:

— Está indo pela rua do itinerário?

— Bendito sseja Deuss... você paresse um general de brigada. Esstou por aqui com o seu plano. Claro que vamoss...

— É que no itinerário tem uma praça. A gente ainda não chegou.

— Que culpa tenho eu? Quer que te insstale a praça aqui, no meio da rua?

Uma senhora vem da feira com uma grande cesta entre cujas tampas pende a cabeça de um pato degolado. Detém os dois, curiosa:

— Tão jovem e cego. Vocês pedem esmola?

— Não, ssenhora. Vendemoss balass para ass pessoass de boa vontade que queiram noss ajudar...

— E como lhe aconteceu isso?

— Esstava fassendo uma reassão com ácido nítrico, e o tubo de enssaio quebrou e, com a explosão, gotass e vaporess pularam nos sseuss olhoss.

— E não fala? — continua a mulher, examinando Eustaquio que permanece parado, esquivo como um mulo, cuja venda tramita um cigano.

— É que ainda por cima é ssurdo, ssnhora, ssurdo feito uma porta.

— Que desgraça!... E o que vocês vendem?

— Balass, ssenhora... pacotess de dez e vinte ssentavoss.

— Não tem pacotinhos de cinco?

— Não, ssenhora...

— Então fica para outra vez.

E a velha tagarela, ajeitando sua grande cesta de provisões, retirou-se, compadecida.

Emilio ficou ruminando infâmias.

— Viu só, ssurdo perversso? Vossê e esstess bairross.

O outro, que não ouve, que não ouve se não se fala com ele bem forte-mente na orelha, marcha imperturbável e retesado.

Emilio inclina-se sobre ele e vocifera, quase grudando os lábios na sua orelha:

— Quanto te deu?

— Não me deu nem ssinco.

Eustaquio retruca:

— Não importa. Por cada pobre vivo que não dá, existem dez imbecis que dão. Não se dirija às senhoras de idade. As senhoras de idade são muquiranas e duras de coração. A estupidez humana é infinita. Dirija-se às mulheres humildes, não às burguesas. As burguesas! As burguesas são avaras. Peça às pobres mulheres. As pobres mulheres têm um coração acessível aos sentimentos ternos. As mulheres que vão à feira e compram patos descabeçados não acreditam em Deus nem no Diabo. Peça às meninas. As meninas se enternecem. Ainda não têm experiência. Não fale muito. Um guia que fala muito, convence pouco. Está me ouvindo?

— Claro que esstou te escutando, sseu tratante.

— Você lhe disse que estava cego por meu amor à ciência?

— Não — uiva Emilio.

— Diga sempre por amor à ciência. É uma frase que convence. Comece assim: cego por seu fervoroso amor à ciência. Acrescente a coisa do fervoroso. Depois coloque a cláusula do ácido nítrico. Agora sim me parece que o céu está nublado.

— Vossê tem ass nuvenss é na cabeça, sseu trapasseiro.

Na calçada da frente aparece um fruteiro vociferando sua mercadoria. O Surdo o ouve, poder-se-ia dizer, por intuição. Grita para Emilio:

— Chama o fruteiro, meu chapa.

— Aí esstá, glutão. Vossê não penssa em outra coisa a não sser em sse dar a vida de um pároco.

O fruteiro aproxima-se, descadeirado por duas grandes cestas que jungem seu cangote com uma correia de couro. Tem cara de picardia, e examina os dois perdulários com gestos de quem descobre o segredo da trapaça. Os três proletários da rua disputam por uns minutos e, finalmente, o Surdo embolsa duas dúzias de bananas.

Agora os dois irmãos chegam à praça do itinerário. Procuram um banco à sombra de uma árvore e se jogam ali. Emilio tem os pés doloridos. O Surdo bufa, aturdido por sua cegueira artificial. Murmura:

— Posso tirar os óculos, meu chapa?

— Não, tem gente por aí.

O Surdo retorce o rosto, e começa a comer bananas. Arranca as cascas em três tiras e as atira sobre suas costas no canteiro verde, em cuja beirada está o banco.

Come avidamente, enchendo a boca de modo que a saliva corre entre os pontos cinza da barba que lhe sombreia os lábios.

Emilio o observa desgostoso, e come pudicamente, dando mordidas mais rápidas e profundas do que ele.

O Surdo começa a filosofar.

— Diga se uma vida assim não é linda, Emilio. Seja sincero. Não se tem preocupações, horário, chefes que gritem com você. A liberdade absoluta. Você quer pedir, pede; não quer pedir, não pede. Você viu outro dia, aqueles campos por onde a gente estava andando? Olha, me deu uma vontade de fazer uma choça de lata por ali e viver como um abade, barriga ao sol. Levaria o *Quixote* e uma vara de pescar. Para que trabalhar e quebrar a cabeça?

— Vossê é um folgado. E quem ajuda ass meninass? O papa? E a mamãe? O Juan tem razão quando diz que vossê é um mau filho e um mau irmão. Sse as pessoass fossem como vossê, os piolhoss andariam por cima a galope.

O Surdo se cala, ruminando internamente seu ideal de vadiagem. Uma choça à beira de um rio, campo verde e esperar que a vida passe, como aguarda um doente na sala de espera de um dentista que chegue sua vez para que lhe extraiam o dente que o faz sofrer.

Esgrimindo seu garrote, enfático de autoridade, aproxima-se, o olhar aguçado sobre os dois homens, o guardião da praça:

— Vocês jogaram essas cascas de bananas ali? — e aponta o canteiro.

Não podem negar, porque o Surdo esta se atracando com a banana número dezenove.

— Vamos ver se juntam essas cascas e se mandem daqui. O que é que pensaram? Que isto é um chiqueiro?

O comprido Emilio balança a cabeça com resignação de mártir. Sobe no canteiro e junta, inclinado, as cascas que o Surdo, despreocupadamente, jogou por cima das suas costas. Eustaquio adivinha o resmungo de Emilio e sorri sardonicamente, descascando a banana número vinte.

Emilio pensa:

— E depoiss sse queixa sse eu guardo uma parte da essmola! Ele sozinho dá maiss trabalho do que um regimento de criançass.

Ergueta em Temperley

A ingênua alegria que Ergueta desfrutava no Hospício das Mercedes, divagando a seu bel-prazer entre dementes muito perspicazes, desapareceu ao ser retirado do hospício pelos trâmites que Hipólita efetuou, secundada pelo Astrólogo.[2] Este o conduziu à sua chácara em Temperley.

Ergueta ocupava, em companhia de Barsut e Bromberg, um quarto sobre a cocheira. Para dedicar-se com maior eficácia às suas especulações de caráter religioso, dormia durante o dia. À noite, estudava a Bíblia, fortalecendo-se nos salmos dos profetas contra as tentações do mundo e as covardias de sua carne. Sabia que em breve teria que encarar trabalhos de pregação, pois estes entravam em seu plano, depois da visita com que o agraciara Jesus Cristo.

Ao voltar seu pensamento aos tempos que "havia vivido pecando", tinha a sensação de que lhe haviam ocorrido acontecimentos anormais, mas a sensação se debilitava comparada agora com o desapego instantâneo que o assustava quando pensava que estava obrigado a se colocar novamente em contato com os homens.

Não é demais dizer: Ergueta não experimentava nenhuma necessidade de abandonar a solidão da chácara, que com sua espessa folhagem lhe parecia fazer parte de uma costa latina, onde tantos trabalhos havia padecido o apóstolo Paulo.

Barsut contava mais tarde que o "iluminado" não demonstrou nenhum interesse por inteirar-se de que maneira, em tão pouco tempo, haviam acontecido em sua vida mudanças tão bruscas. Sua atenção vital estava colocada em outro lugar: no peso que a Divindade havia descarregado sobre seus ombros na noite da revelação de Jesus e no extraordinário da obra que agora tinha que empreender para levar ao conhecimento dos homens a "verdade revelada".

Lia continuamente Os Feitos, deleitando-se nos trabalhos de Paulo, e indignando-se contra as ciladas de que o faziam vítima os judeus, sírios e macedônios, e a atenção que lhe prestavam os cidadãos gregos. Os naufrágios em terras bárbaras e a pregação do antigo gentil eram como um espelho onde ele via se refletir seus trabalhos futuros.

Nessa época não demonstrou desejo algum de ver Hipólita. Referia-se a ela como uma desconhecida. Alternava seu tempo estudando a Bíblia e meditando entre os selvagens canteiros da chácara. Na quinta-feira à tarde, disse ao Homem que viu a Parteira:

— Tenho que sair para pregar. Várias noites atrás, tive uma visão singular pelo que tinha de simbólica e profética. Eu me encontrava no terraço da casa

---

[2] NOTA DO COMENTADOR: *Comprovou-se que a rapidez dos trâmites que permitiram a Hipólita retirar Ergueta do Hospício, sendo simultaneamente nomeada sua curadora, foram favorecidos pelo dr. N..., médico de prestígio, de cujo nome posteriormente se fez segredo no sumário. O dr. N... ignorava completamente quais seriam as consequências de sua complacência para com sua ex-amiga Hipólita.*

de governo em companhia de um anjo amarelo. Esse detalhe é importante, porque o amarelo é manifestação de peste, guerra, desolação e fome. No entanto, apesar de eu me encontrar no terraço de um edifício tão alto, os telhados das casas não eram visíveis. A cidade inteira estava coberta de água azul. A água não se movia, estava quieta até o horizonte. De repente, começaram a saltar do rio grandes pedregulhos no ar, e o anjo, olhando para mim, disse:

— Está vendo?... Vai aparecer um novo continente.

Bromberg esbugalhou os olhos e disse:

— É possível que o senhor tenha visto isso. Eu estudei as Escrituras e tenho uma nova interpretação da Nova Igreja de Jesus.

O farmacêutico girou torvamente seu perfil de gavião e respondeu, quase invejoso:

—Tudo isso são baboseiras. O que o senhor sabe da Nova Igreja?

O outro se afastou.

Irritava-lhe ceder aos impulsos de sua vaidade, confiando a estranhos suas verdades tão caras. Por que comunicava aos outros seus segredos? Aquela não era uma vaidade de falso profeta que buscava admiradores de sua sabedoria? Além disso, à medida que estudava a vida de Paulo, descobria curiosas singularidades entre sua existência e a de Saulo. Reproduzia as peripécias que o apóstolo tinha passado no mar ao dirigir-se à Creta na companhia do centurião Julio, seu vigilante, como era dele, o judeu Bromberg. E dizia para si mesmo:

— O que é que me falta para parecer com Paulo? Ele foi iluminado no caminho de Damasco, eu no Hospício das Mercedes. Ele esteve prisioneiro em Cesárea, eu estou aqui, em Temperley. Ele foi interrogado por Agripa, rodeado de sutis rabinos, e a mim, o diretor de um manicômio, rodeado de médicos iletrados e soberbos que não conhecem uma palavra das Sagradas Escrituras.

Não podia a não ser sentir-se edificado e agradecido à Providência, que de tal maneira o singularizava entre seus semelhantes.

A leitura dos naufrágios do apóstolo, em costas ásperas e duras, povoadas de homens barbudos e idólatras, avivava seu recolhimento. Depois de meditar o capítulo Os Feitos, as noites silenciosas e imensas da antiguidade romana entravam em seus olhos. Compreendia a secura dos desertos judaicos onde outros profetas sujos como guardadores de porcos realizavam trabalhos de profecia, e nada se assemelhava ao gozo que experimentava àquele quando se contemplava num areal, pregando a homens e mulheres vestidos com traje de rua, na proximidade de um cataclismo que escurecia os confins do mundo e o advento do dia do juízo final.

Inclusive, gozava, em andar de alpargatas, pois pensava que era mais lícito a um predestinado à profecia usar alpargatas que calçar botinas. Constava-lhe que os homens do Velho e do Novo Testamento alimentavam-se de lagostas ressecadas e andavam descalços, de maneira que seu sacrifício atual era insignificante. Pequeno prazer que se somava a indulgência e felicidade que lhe proporcionavam o segredo de sua atividade.

Dormia pouco. De noite descia ao jardim e, arrastando suas sapatilhas nos caminhos úmidos de orvalho, pensava longamente. Os canteiros e a folhagem animavam com manchas de betume a escuridão menos densa, semelhantes ao gado adormecido. Para Ergueta, parecia que se abria espaço entre cortinas de silêncio; mais atrás, dormiam os homens sacudidos por paixões terrestres, e ele, ao pensar em sua fortaleza e nas palavras que Jesus lhe havia comunicado, levantava lentamente os olhos para as estrelas, impregnado de agradecimento.

Às vezes despertava de um devaneio, rodeado de um círculo de sapos. Os astros, em sua altura cavernosa, moviam as pálpebras de prata. O vertiginoso petardear de um automóvel cruzava o caminho; em seguida o silêncio tornava-se mais profundo, e ele tornava a evocar a figura de Paulo pregando em Éfeso, rodeado de anciãos de crânio amarelo e barba comprida. Os sapos se afastavam com pesados saltos ao seu redor; e Ergueta, caindo de joelhos, juntava as mãos sobre o peito e rezava silenciosamente.

— O que é que eu tenho que fazer, Senhor? Como pode ver, renunciei à minha mulher e aos meus bens, a tudo. O que é que eu devo fazer? Não chegou ainda minha hora de pregar?

Outras vezes pensava que sua missão devia começar comentando a palavra divina nas paragens de perdição. Entraria em qualquer cabaré da rua Corrientes e, como aquelas eram pessoas pouco familiarizadas com a linguagem das Escrituras, lhes diria assim:

— Sabem o que Jesus veio fazer na Terra? Salvar os safados, as putas, os larápios, os cafiolas. Ele veio porque teve pena de toda essa "cambada" que perdia a alma entre um trago e outro. Vocês sabem quem era o profeta Paulo? Um tira, um cachorro, como são os da Ordem Social. Se eu falo a vocês nesse idioma safo é porque eu gosto... Gosto de como os pobres batem um papo, os humildes, os que dão duro. Jesus também tinha pena das vagabundas. Quem era Madalena? Uma mulher que rodava bolsinha. Nada mais. Que importância têm as palavras? O que interessa é o conteúdo. A alma triste das palavras, isso é o que interessa, seus vagabundos.

O Homem que viu a Parteira buscava tenazmente a companhia de Ergueta. Gozava dele, porque invejava sua sabedoria dos textos sagrados. Mas, de repente, à admiração sucedia a inveja, e a atmosfera acre que subsistia entre os dois homens se evaporava por um instante.

Na sexta-feira à noite, entabulou-se entre eles o seguinte diálogo. Foi escutado por Barsut, que, sentado no tronco de uma árvore, matutava seus problemas.

Disse Ergueta:

— Irei para a montanha para meditar trinta dias, como Jesus. É certo que o Demônio virá me tentar como foi tentar o Filho do Homem, mas eu resistirei... Sim, resistirei, porque renunciei a tudo. Em seguida, pregarei trinta dias e, depois, morrerei apedrejado.

— Mas... como vai tratar na montanha dessa velha blenorragia que você tem?

— Que Deus me cure!... Minha doença já é tão velha, que só Deus pode me curar. Nele confio. E se não me curar, será uma prova de que devo continuar sofrendo para purgar todos meus pecados.

Bromberg olhou sobressaltado ao redor; em seguida, engolindo saliva, retrucou debilmente, quase com ansiedade:

— Nesse caso, eu também poderia acompanhá-lo à montanha. Teríamos cabras e galinhas; eu cuidaria da horta enquanto o senhor estudava a Bíblia.

Disse e ficou olhando o azul-negro do céu, suavizado repentinamente em azul de água. A cúpula de um eucalipto se tingia de acerada fosforescência violeta. Ergueta objetou:

— A Bíblia não se estuda. Se interpreta por graça divina. E o senhor entende de criar galinhas?

— Entendo.

— E de quantas nós precisaríamos para viver?

— Mais ou menos duzentas galinhas. Além disso, levaríamos dois porcos e uma vaca; assim teríamos carne, leite e ovos. Se nos instalássemos perto de um rio, poderíamos pescar.

Ergueta piscou uma pálpebra e objetou:

— Sim, mas dessa maneira não se vai à montanha nem ao deserto para fazer penitência. Os profetas viviam na solidão de ervas, gafanhotos e raízes, e não na opulência.

Bromberg passou ávidamente a língua pelos lábios ressecados; em seguida, ansiosamente, retrucou:

— Isso acontecia nos tempos de Carlos Magno. Hoje, um profeta pode se alimentar bem até que chegue o momento em que deve pregar. Além disso, Jesus não disse ao senhor que não se alimente decentemente.

— Sim, mas tampouco me mandou que me trate feito um nababo. Por outro lado, esse assunto carece de importância. Os fariseus é que se detinham em tais detalhes de prática, que Jesus desprezava. Nós meditaremos as Escrituras. Eu farei penitência em alguma caverna.

As rãs de um charco próximo coaxavam docemente, mas Ergueta não as escutou, movendo os braços na escuridão.

Bromberg afastou-se dois passos dele; em seguida, como se comunicasse um segredo, refletiu:

— De quebra, poderíamos levar uma escopeta, um galgo e um aparelho de rádio. A música distrai muito na solidão da montanhas.

Ergueta virou-se, indignado:

— Seu cachorro asqueroso... de quem você está gozando? Eu irei para as montanhas, mas não para conviver com um farsante. Não vamos levar nada mais do que galinhas, e o único porco que vai fuçar ali será você.

Bromberg respirou aliviado. Depois de observar uma noz de prata flutuando na forquilha de uma árvore, umideceu os lábios com a ponta da língua:

— Certo... Estou gozando de sua conduta santa. E sabe por que faço isso? Porque tenho um coração vil. E quero constatar se o senhor não é um simples embusteiro.

— Minha conduta não é santa nem nada parecido. Quem te disse que sou um santo? Pequei abundantemente, nada mais. Depois, Deus me chamou para o seu caminho e pensaram que eu estava louco. É verdade que meu comportamento parecia o de um demente... mas como não se assombrar diante dos prodígios de que fui testemunha? Você acha que eu estou louco porque dei meus bens para a minha esposa, que pode estar a dez passos daqui, dormindo com outro homem? Não, imbecil. Ela é a Rameira bíblica, a Coxa que aparece nos tempos de tribulação. Dei minha fortuna para ela para que se afundasse ou para que se salvasse. Que me importa? Sou um discípulo de Cristo crucificado. Amanhã ou depois de amanhã sairei para pedir esmola por aí, como saiu o Buda, que era filho de reis, e Jesus, que foi filho de artesãos. Percebe? Vestirei uma bata e alpargatas e irei pelos caminhos para pregar a proximidade dos dias de sangue. Porque vêm aí tempos terríveis, seu judeu cínico. Pode passar avidamente a língua pelos seus lábios, para saborear o veneno que a inveja de Satanás engendra em seu estômago. Os bens, o ouro, a prata! Que me importam os bens?, grotesco arremedo do centurião Júlio. Meu coração transborda de piedade pelos homens. Me resta, é verdade, este perfil de fera; mas Jesus, que remexe dentro das almas, sabe que as almas não consistem num perfil. Chegaram os tempos cruentos. Escuta estas terríveis palavras de Jeremias, profecia de hoje e para hoje: "Vejo um caldeirão que ferve e sua alça está voltada para o norte. Do norte se soltará o mal sobre todos os moradores da terra. Porque eis aqui que eu convoco todas as famílias do reino do norte...". O que você retruca, centurião Júlio? O norte já se desatou sobre a terra. Escuta o que disse Ezequiel: "Destruição vem, e buscarão a paz e não haverá". E mais isso: "É chegado o tempo, aproximou-se o dia, que aquele que compra não se alente e o que venda não chore, porque a ira vai descarregar sobre toda a multidão". Isto também é do profeta Ezequiel. Você pode fazer gozação, mas a hora do seu fim está próxima; o coração está me dizendo. — O negro entre as árvores crepitava de estalidos noturnos. Resvalando em curva vertiginosa, submergiu-se, atrás de um maciço de sombras de alcatrão, um ponto alaranjado.

— Eu não estou fazendo gozação...

— Me importa um caralho que você faça gozação ou não. Eu falo de Jesus que limpava toda alma impura. Quando Ele olhava para os homens, eles percebiam que Ele estava parado com seus olhos no fundo plano de seus espíritos. E como o pedreiro que raspa uma parede e esfarela o cimento entre os dedos para saber que proporção de cal e areia há na mistura, ele esfarelava entre os dedos o segredo dos homens e lhes dizia em que proporção estavam misturadas em suas almas as areias do desejo com a cal do pecado. Jesus era assim. Não deixou dito tudo o que pensava, porque os homens não estavam preparados para isso. Você sabe que pouco ou nada se sabe sobre sua vida. Andou errante pelos caminhos. Ali conheceu ladrões de cabras e mulheres que se deitavam com escravos fugitivos. Nessa época havia escravos. Você pensou na dor que sofreria seu pobre coração ao se ver tão só entre pessoas que a cada momento esperava o suplício, a forca, a cruz, o chicote, o ferro candente? Me diz francamente, você alguma vez pensou em Jesus, no Jesus ambulante, no Jesus vagabundo?

— Não.

— Está vendo só?... Acontece a mesma coisa com todos vocês. Os padres falam de um Jesus que está longe do coração humano e, insensivelmente, as pessoas se afastam de Jesus. Mas Jesus era um homem... Falava como eu falo com você. Ia pelas ruas das aldeias e, das portas entreabertas, chegava o cheiro dos guisados, e via as mulheres que, com braços nus, ordenhavam suas cabras. Ele estava simultaneamente dentro de todas as coisas do mundo. E ninguém percebia a imensa misericórdia que o fazia parar ao anoitecer nos campos, junto às fogueiras dos pastores e bandidos. Porque você também é um bandido.

Bromberg se lambeu avidamente:

— Não tenho nenhum inconveniente em aceitar que sou um bandido, mas o problema não se resolve me faltando com o respeito e, sim, dizendo-se: E se Deus não existir?

E Bromberg fixou novamente o olhar numa altura que observara antes.

O violáceo que tingia a cúpula de eucaliptos foi degradando em esmalte de prata azulada. A altura assemelhava-se a uma cúpula de alumínio. Rapidamente, Ergueta retrucou:

— Eu também pensei isso em outra época. Eu me dizia: se Deus não existir, é preciso guardar o segredo. O que seria da terra se os homens soubessem que Deus não existe? Nós não temos o direito de pensar nisso. Quantas vezes Jesus deve se ter dito, enquanto comia um pedaço de pão à beira de uma fogueira, entre pastores silenciosos: e se Deus não existir? Ele deve ter pensado a mesma coisa que nós, mas ouvindo as conversas das pessoas, contemplando a infinitude da dor humana, como quem se joga num poço sem fundo, Jesus se jogou de cabeça na ideia de Deus!

— E o senhor vai falar assim pelas ruas?

— Não, não é nas ruas que estão as forças do mundo; é nos campos.

— Mas o senhor acredita Nele?

— A partir do momento em que se pensa Nele com deleite, Ele existe.

— De que maneira o senhor percebe sua existência?

— Minhas forças crescem, minha vida adquire um sentido amplo, a morte me parece pueril; a dor, irrisória; a pobreza, presente...

— Bromberg — gritou uma voz na escuridão.

Ergueta fez uma careta, desdenhosamente:

— É o Astrólogo? Não?...

— Sim, é ele.

E o Homem que viu a Parteira respondeu, ao mesmo tempo que se afastava:

— Já vai.

Ergueta ficou sozinho sob a cúpula de uma figueira. Então se aproximou dele Barsut, que ouvira todo o diálogo, e disse:

— O que vocês estavam falando é interessante.

O outro encolheu os ombros e retrucou:

— O Bromberg é um endemoniado. Atrás dele anda um diabo pequeno e fedorendo, sugerindo-lhe ironias. O pequeno diabo balança a cauda, e a alma do Bromberg se enche de ardor doloroso, tão doloroso que tem que lamber os lábios como um cachorro para não se queimar em seu veneno.

— É possível...

E começaram a caminhar juntos, pelo caminho da chácara...

Uma alma a nu

Agora iam e vinham indiferentes à escuridão lá de baixo e às estrelas altas. Uma fragrância gordurenta brotava da vegetação umedecida pelo sereno da noite e parecia ascender até acima para velar o zênite de uma tênue vaporização de cinza. Barsut disse:

— Voltando à conversa de ontem, como eu estava lhe dizendo, eu me acho extraordinariamente encantador.

Afastando pela décima vez o galho de um salgueiro que lhe cruzava o peito ao chegar à curva do caminho, insistiu:

— No mínimo, fotogênico. Isto, na boca de outro seria uma estupidez; em compensação, eu tenho direito de pensar nisso. Além disso, tal crença modificou profundamente a minha vida. Sei que com o senhor eu posso falar, porque acham que o senhor é louco...

Ergueta acendeu, pensativamente, um cigarro; a labareda de fósforo descobriu seu fosco perfil amarelado; a sombra de Barsut pulou até o tronco de um álamo; apagou o palito, a brasa do cigarro resplandeceu. Sem tentar se defender, argumentou:

— Quando conhecerem a minha obra, não vão achar que estou louco.

Barsut encolheu os ombros.

— A mim não me interessa que o senhor seja louco ou não. O Astrólogo, nesse momento, possivelmente estuda o projeto de Erdosain para fabricar gases. O Astrólogo é menos louco que o senhor? Não, e então?... No entanto...; mas voltando ao meu caso, a crença de que sou extraordinariamente encantador modificou a minha vida substancialmente.

Afastou o galho do salgueiro com um safanão e continuou:

— Modificou a minha vida, porque fez com que eu me coloque frente aos demais na atitude de um comediante. Muitas vezes fingi estar bêbado entre meus amigos e não o estava; exagerava os efeitos do vinho para observar o efeito da minha suposta embriaguez sobre eles. Não lhe parece que posso ser ator de cinema?

Ergueta não respondeu.

Barsut segurou as mãos nas costas e continuou:

— Sempre estou como comediante. Indiferentemente dos acontecimentos que me ocorrem. Como eu lhe dizia ontem: castiguei o Erdosain a frio para ver se eu podia fazer a parte do amante enganado. Em seguida, me ajoelhei diante dele, pensando: "Que efeito magnífico em cinema fincar-se diante do homem em quem batemos!". Inclusive fiz ele acreditar que a angústia me desesperava. Que me importa a verdade? Para que serve a verdade? Estou me lixando para a verdade. Eu me analisei o suficiente para compreender que sou uma natureza grosseira e cínica. A única coisa que me interessa são as comédias. Sou capaz de representar o papel do homem mais desesperado. Os meus olhos se enchem de lágrimas, as faces ficam avermelhadas, os olhos faíscam e por dentro estou gozando daquele que me contempla, emocionado. Visitava Erdosain e, enquanto estava diante dele, representava como homem taciturno, acossado por um destino sinistro. E o infeliz acreditava! É verdade que experimentava certa voluptuosidade... Há em mim algo que eu não entendo com clareza, e é a malignidade que se apodera de meus sentidos quando faço uma comédia.

Parece então que a alma anda pela crista de uma nuvem. Meus nervos ficam retesados. Eu me encontro na mesma situação de um indivíduo que atravessa um abismo por uma ponte de arame. Observei a mesma sensação, porque um artista tem que se observar... quando estou me divertindo às custas de alguém. Juro, Ergueta, que representei as comédias mais absurdas. Há momentos em que me parece impossível discernir na minha vida a parte de a comédia da que não o é. Tudo isso não seria nada se os meus sentimentos fossem bons, honestos... mas não... o grave é que junto ao farsante encontra-se a personalidade do homem maligno. Veja: eu tinha dois amigos que se detestavam mutuamente. Pois a um falava bem do outro e vice-versa. Se escuto que dois estão discutindo, atiço a discussão. Não me importa quem tenha razão, o que me interessa é mobilizar paixões. Quanto mais baixas, melhor. Muitos padecem porque dizem que buscam a verdade. Diante desses cretinos me coloco em seu lugar. O senhor acredita que é verdade aquilo da filha da espírita? Não. E aquilo do fantasma da vassoura? Não; são todas histórias que conto para os outros para representar o papel do homem à beira da loucura. Não imagina o que eu me diverti com certas pessoas que me recomendavam procedimentos higiênicos para evitar a neurose! Que opinião o senhor tem de tudo isso?

Entre a ríspida forquilha de um pessegueiro tremem as cinco pontas de uma estrela.

Ergueta lembra-se involuntariamente de um cavalo cego, que numa chácara fazia girar uma nora entre soledades de orégano e alface, e responde à pergunta de Barsut:

— Há um versículo no Deuteronômio, capítulo 13, que diz: "Não darás ouvido às palavras de tal sonhador de sonhos". E mais adiante, o profeta escreveu: "E o tal sonhador de sonhos há de ser morto".[3]

Barsut retruca:

— São frases. Em mim se encontra também a alma do sonhador capaz de se vestir com o traje de pedinte e passear com uma latinha na mão para pedir esmola por Flores, como me recomendava o Astrólogo. O senhor não me acha capaz?

— Sim.

— E isso não constitui originalidade?

— Não.

— Por quê?

— Há em São Lucas uma parábola de Jesus dirigida a escribas e fariseus, que diz: "Ninguém coloca remendo de tecido novo em vestido velho". E também: "Ninguém coloca vinho novo em odre velho". O que faria uma alma empedernida na abominação, metida num grosseiro hábito? Ironizar a graça que Deus concede aos santos e aos inocentes.

— É possível... No entanto, veja, para o senhor posso contar tudo. O senhor é um desses sujeitos com quem a gente vomita tudo. É verdade. Pode-se lhes dizer tudo. Acho que vou me confessar. Sou invejoso. Não se assuste. Gosto de mentir. Quando tenho um amigo, ajudo-o a ser vicioso. Todos meus poucos amigos são viciosos. Gosto de perseguir a vida e martirizá-la. Encontrei homens a quem uma palavra afetuosa minha os teria ajudado extraordinariamente. Pois, aleivosamente, guardei a palavra afetuosa. Uma palavra afetuosa não custa nada, não? Pois não a disse. Eu tinha um amigo

[3] NOTA DO COMENTADOR: *Ergueta modifica maliciosamente os versículos ao pregá-los a Barsut, porque ambos os versículos se referem a um poeta e sonhador, e não só ao sonhador.*

que, de boa-fé, achava-se um gênio. Devagar, destruí a fé que tinha em si mesmo. Tropecei, raramente, em indivíduos de olhar penetrante que localizavam em mim os vícios que escondia e, não sei por quê, animados por uma estúpida piedade, tratavam de me aconselhar. O senhor não imagina o que eu me diverti subterraneamente escutando-os, fazendo-os falar horas e horas, até fingir que me emocionava com suas observações! Eles dissertavam ao estilo de pedantes da moral, e eu inclinava o rosto, e os meus olhos se enchiam de lágrimas. Acredita que um desses imbecis chegou a me beijar as mãos? Seu orgulho necessitava dessa expansão diante do meu remorso. Interiormente, eu gozava dele. Minha conduta era deixar as coisas chegarem até certo ponto e depois, um dia, bruscamente, cortava todo conselho com uma grosseria irônica, inesperada e ofensiva.

Inclinou-se para arrancar do chão um punhado de caules verdes com os quais bateu nas panturrilhas; em seguida, apertando com os dedos o cotovelo do braço direito de Ergueta, que adivinhava, virava o rosto em direção a ele na escuridão. Insistiu, quase agressivo:

— Só vendo como os que eram gozados ficavam! E não pense que isto é de ontem ou anteontem. Há muitos anos que eu levo uma vida igual. Agora tenho vinte e cinco... pois, desde os dezessete anos que represento comédias. Às vezes, na minha casa, fazia coisas como esta: subia na mesa e ficava sentado como um Buda, de cócoras, duas ou três horas. Um dia a dona da pensão se assustou. Me disse que teria que pedir o quarto se me ocorresse continuar substituindo a mesa pelo sofá. Eu podia fazer outra coisa a não ser rir? Mais que comediante, sou um canalha, é verdade, um canalha e um bufão; mas os outros são melhores do que eu? Meu Deus! Não é que eu me compadeça de mim, não... mas veja: um dia fiz a gracinha de me apaixonar. Por mais cínico que seja, aqui está o erro das pessoas em achar que um cínico não pode se apaixonar; eu me apaixonei. Eu me apaixonei a sério por uma garotinha. Ela tinha catorze anos ... não ria...

— Eu não estou rindo...

Barsut afastou novamente o galho de salgueiro que lhe cortava o peito ao chegar à curva do caminho.

Um segmento de alumínio bronzeado despontava sobre a cúpula dos eucaliptos. Barsut contemplou as alturas, pensativo. Entre a Via Láctea mediavam becos tão profundos como os que desmoronavam ante os escalonamentos perpendiculares dos arranha-céus vistos em voo de aeroplano.

Continuou grave, confidencial:

— Pensava em me casar com ela. Dei-lhe o melhor de mim mesmo, se algo de bom levava em mim mesmo. É difícil dar o melhor de si mesmo. E com generosidade. Bom, eu dei. Pureza, ilusão, paixão. Não pense que estou lhe falando como personagem cinematográfico. Não. Se houvesse luz e o senhor pudesse ver minha cara, efetuaria a comédia. Na escuridão não há motivo. À luz sim, porque não poderia resistir ao impulso de me achar diante da máquina fotográfica. Assim, não. Estamos na escuridão, e mal vemos o brilho de nossos olhos. Bom, o senhor sabe o que a garotinha de quatorze anos saiu dizendo, depois de ter relações comigo durante dois anos?... Então não imagina? — Deteve-se, segurou o braço de Ergueta, e insistiu: — Pode imaginar o que me disse a garotinha de quatorze anos?... Pois me disse que tinha se entregado a outro. Não é horrível isso? Eu achei que estava ficando louco. Assim como está ouvindo. Durante um mês a bílis se derramou no meu sangue. Fiquei amarelo como se tivesse me banhado em açafrão. Pois bem, agora eu quero triunfar, sabe? Eu a vi uma vez de braços dados com outro. Quero humilhá-la profundamente. Não descansarei até alcançar o máximo de altura. É preciso que essa cadela se encontre com meu nome em todas as esquinas. Que a acosse como um remorso. Passarei, lembre-se, algum dia na frente da casa dela levantando terra com meu Rolls-Royce: impassível como um Deus. As pessoas me apontarão com a mão, dizendo: Esse é o Barsut, o artista Barsut; vem de Hollywood, é o amante da Greta Garbo!

Irônico, retruca Ergueta:

— Quando uma mulher quer fazer um sinal com a mão, não falta um homem que lhe ofereça seu Rolls-Royce. É muito duro, meu amigo, dar murro em ponta de faca. O senhor é um empedernido pecador. E está escrito: "Por seu próprio furor são consumidos". Para eles, dos quais o senhor é um, o profeta escreveu: "De dia topam com as trevas e, na metade do dia, andam tateando como de noite".

— *Je m'en fiche*. Além disso, se há uma escuridão que já não tenha sujado tudo em mim, é ela.

Ergueta pisca a pálpebra e começa a rir:

— Que lindas mentiras o senhor inventa! Ninguém suja ninguém. Além disso, para que o senhor queria se casar com uma criança de catorze anos? Para limpá-la de qualquer pecado ou para acabar de sujá-la? Cuidado, companheiro. Eu leio a Bíblia, mas não sou nenhum otário. O senhor era casto quando estava interessado nela?

— Não...

— E então, a troco do que faz tanto espalhafato?

De longe, chega o apagado grasnido de uma klaxon. O ladrar dos cães amortiza-se. A lua filtra, através das árvores, cinzentas barras de prata.

Barsut dá um passo atrás e, vacilante, retruca:

— Sabe que tem razão?... Possivelmente... Deixa eu pensar... Vamos ver? Possivelmente eu a odiasse pelo poder que ela exercia sobre mim. Veja, quer que eu seja sincero, mas sincero de verdade? Quando ela me confessou que tinha se entregado a outro, eu a escutei sorrindo. Senti no meu íntimo que não me importava nada o que tinha acontecido. Mas quando analisei o que significava essa indiferença em relação ao seu pecado... só então comecei a odiá-la. Se tivesse podido queimá-la viva a teria queimado.

Ergueta ri silenciosamente.

— O senhor não a teria queimado, não, ela viva, nem muito menos seu retrato. O que acontece é que o senhor gosta das palavras de efeito. O senhor fez o que fazem todas as almas comuns. Amando-a muito, começou a odiá-la.

— E uma alma superior, o que teria feito?

— A teria apagado imediatamente de seu interior. A alma superior tem essa característica. Além disso... para que queria se casar? O Buda disse uma palavra muito sábia: "Todo lar é um recanto de lixo". E o Príncipe não se referia à casa de um pobrezinho como o senhor ou eu, não, o Príncipe se referia a lares de gente de estatura, como ele.

— Ergueta, não me venha com isso do Buda. Eu sou um homem que come, vive e dorme. O Buda podia dizer o que queria. Ninguém o proibia. Eu sou um homem de carne e osso. Tenho coração, tenho rins, pulmões. Todo meu corpo pede felicidade. Não se pode ajeitar os acontecimentos humanos com frases. Não são como os filmes, que um técnico revisa e deixa deles o que está estritamente bem. Eu sou um homem de carne e osso. Com necessidades e princípios. Meu drama, estou lhe falando do meu drama. O que importa que eu seja um cínico ou um malvado? O Astrólogo insiste em que devo transformar a minha vida. Suponhamos, por exemplo, que eu escute os conselhos do Astrólogo. Que com minhas próprias mãos confeccione um traje de pedinte e que com uma latinha vá pela praça de Flores e peça esmola e junte minha comida nas latas de lixo. E que me ajoelhe na esquina do café Paulista e bata no peito com as mãos.

— O Astrólogo disse isso?

— Disse.

Ergueta refletiu um instante:

— Fico feliz que o Astrólogo tenha lhe dito isso. O Astrólogo tem uma intuição da Verdade. Ainda não está bem encaminhado, mas vislumbra. Chegaram os tempos, mas o Astrólogo deve ter tirado do livro de Jeremias a história da roupa de pedinte. Claro. No livro de Jeremias está escrito: "Por estas vestes de saco, pranteia e uiva, porque a ira de Jeová não se afastou de vós". Então o Astrólogo lhe disse isso?

— Disse. Ele acredita que com essa conduta posso transformar a minha vida. O que é absurdo.

Meu sofrimento provém de ser como os outros. Ou o senhor acredita que eu sou o único simulador que anda por aí? Não, homem. Bufões, comediantes, invejosos como eu há aos milhares nesta cidade. Não sei se as cidades do mundo se parecem com Buenos Aires. Falo do que conheço. Suponha-se que eu me ajoelhasse na esquina do café Paulista. O que aconteceria? Me prenderiam.

— Ou o levariam para o manicômio, como fizeram comigo — resmungou Ergueta.

Barsut prosseguiu:

— Se eu soubesse que as mulheres se impressionariam com a minha conduta!... Mas qual, as mulheres! Aparências, aparências. Vestidos que se movem. O que faço eu então? Entregar-se às mulheres não se pode. Por esse lado o problema não se resolve. Que caminho seguir? O que me resta fazer? Ir para a América do Norte. Me ligar ao cinema. Tenho certeza de que faria sucesso no cinema falado; porque a minha voz está bem timbrada. Na realidade, quando comunico minhas ilusões aos outros, é para fazê-los sofrer. Há pessoas que sofrem quando descobrem possibilidades de sucesso em seus próximos. Há outros que de tão invejosos não perdoam a gente, nem que sonhe disparates. Eu vi amigos meus que ficavam pálidos quando eu falava do cinema. Dizia-lhes que um drama parlante viria a calhar para mim. Teria o título de "O barqueiro de Veneza". Eu iria numa gôndola, remando por um canal, os braços descobertos e coroado de flores. Uma lua de prata cobriria de lantejoulas alaranjadas a água negra dos canais. Sob um balcão da Ponte dos Suspiros, cantaria uma barcarola. Claro que para isso estudaria canto. Ao cantar sob a ponte, uma janela se abriria, uma marquezinha pularia para minha gôndola e, arrancando as rosas que me cobriam o peito, cravaria um estilete no meu coração. Teve um que perdeu a vontade de dormir no dia que eu lhe contei esse sonho. O senhor percebe, Ergueta, como a perversidade humana é profunda? Repudia até as quimeras que distraem um infeliz. O que aconteceria se esses sonhos se realizassem? Não sei. Possivelmente, se pudessem matar alguém, matariam.

Pode-se viver assim? Diga-me, sinceramente: pode-se viver dessa maneira? Não é possível. Veja, Ergueta: o senhor, não sei que vida teve. O senhor é bom e mau, mas no fundo é um macho. E um macho está bem colocado em qualquer lugar. Mas não conhece as pessoas que conheço eu. Os perversos e endemoniados de café. Veja: quando o Astrólogo me despojou do meu dinheiro, senti uma grande alegria. Sabe por quê? Ora, porque eu me disse:

— Agora fiquei na miséria. Agora terei que trabalhar para triunfar. Lutarei como uma fera, mas me darei bem. Todos, antes do triunfo, têm características de loucos, como todas as mulheres antes de parir têm o ventre deformado. Agora, o que acontece é que meu sonho de grandeza não me dá alegria. Sou um gênio triste. Às vezes observo meu tédio com tanta meticulosidade como um homem que, com pele de vidro, pudesse ver o interior do seu ventre.

Ergueta contempla uma estrela, gorda, nas alturas, como a um nardo de ouro.

— É que está escrito: "O caminho dos ímpios é como a escuridão; não sabem em que tropeçam". Está escrito: "Eu também rirei em vossa calamidade, e gozarei quando vier o que temeis". É preciso procurar Deus, amigo Barsut. Diz um homem que...

Barsut, surdo para o que não fosse seu pensamento, continua:

— Se os outros forem melhores que a gente? Então o problema se resolveria facilmente. Alguém me disse para me casar. Sim, penso em me casar, mas será com a Greta Garbo. Gosto dessa mulher. Para isso, tenho que ir para os Estados Unidos, triunfar ali... Veja, até tenho o cálculo feito. Um ano para triunfar, outro ano para conquistá-la... Dentro de dois anos, prezado Ergueta, o senhor profetizará pelas esquinas vestido de pedinte, com uma latinha na mão. As pessoas, ao seu redor, abrirão a boca diante dos textos que citar das Escrituras; de repente, eu me detenho num Rolls-Royce, o lacaio abre a porta, e desce Greta Garbo, de braços dados comigo. E eu lhe digo:

"— Está vendo?... Esse é meu amigo Ergueta, com quem conversei uma noite quando estava sequestrado". E levamos o senhor para os Estados Unidos... Uma voz rouca chamou:

— Barsut.

Uma sombra avançou pelo caminho. Da terra, desprendeu-se um acolchoado som de passos. Barsut distinguiu o Astrólogo e, segurando Ergueta pelo braço, disse-lhe, temeroso:

— Por favor, nenhuma palavra com ele.

No fundo de um canteiro vegetal, acinzentado pela lua, recortou-se, imensa, a estatura do Astrólogo. Pressentindo Ergueta, cumprimentou na escuridão:

— Boa noite, Ergueta. Desculpe que o interrompa. Me permite falar um momento com o amigo Barsut?

— O senhor precisa de mim?

— Sim, Barsut, venha. Tenho que lhe dar uma boa notícia.

Ergueta ficou novamente sozinho sob a figueira. Observou os dois homens, que fundiam-se entre as árvores, e murmurou:

— Senhor, quanta verdade há em tuas palavras: "O caminho do homem perverso é torto e estranho"!... Torto e estranho! Parece que terias previsto todos os movimentos da alma na noite dos séculos, Senhor!

E Ergueta se ajoelhou sobre a grama. Juntou as mãos sobre o peito e começou a orar.

A lua caía em barras de prata sobre suas costas encurvadas.

"A boa notícia"

A luminária da escrivaninha estava acesa quando entraram. O Astrólogo apontou a Barsut a poltrona forrada de veludo verde, e este, sentando-se, aguardou em atitude de expectativa, enquanto o outro se dirigia ao armário. Dali, o Astrólogo tirou um pacote cujo invólucro de jornal jogou no chão. Barsut observou que eram maços de dinheiro. Simultaneamente, o Astrólogo enfiou a mão no bolso traseiro da calça, extraiu uma grossa pistola calibre 40 e, pacote e pistola, colocou-os sobre a escrivaninha diante de Barsut, que o olhava assombrado, e disse:

— Sirva-se. Aqui estão seus dezoito mil pesos. O senhor fica livre para me ajudar ou ir embora por sua própria vontade. Tem cinco minutos para pensar. O revólver é para que o senhor veja que não armei nenhuma cilada. Vou lá para cima. Dentro de cinco minutos descerei para receber sua resposta. Se antes dos cinco minutos resolver ir embora, pode sair.

E, sem olhar para Barsut, deu-lhe as costas, saiu para o corredor e Barsut escutou seus pesados passos nos lances da escada que conduziam ao sótão dos fantoches.

Barsut ficou sozinho. Dez mil vozes interiores gritavam nele:

— Mas será possível isso? Será possível?... América do Norte!...

Inclinou-se avidamente sobre o pacote. Deixou o dinheiro e, segurando a pistola, fez correr a trava da culatra do cabo. Arrancou o carregador pela metade. Pelos buracos da bainha distinguiu a redondeza de bronze das cápsulas. Fechou a culatra e, depositando a arma sobre a mesa, pegou com as duas mãos as extremidades do pacote. Dois pequenos maços estavam compostos de notas de dez pesos; outro, com cinquenta cédulas de cinquenta e o resto da quantia completada por notas de cem pesos. Sem olhar ao redor, começou a contar as pontas das cédulas de cem pesos. Uma ideia passou, vertiginosa, por sua mente:

Será que isso aqui não é "nota fajuta"? Rasgou os maços. Espalhou o dinheiro. Não!... Como estava enganado! Aquilo não era "nota fajuta". A luz cintilava diante dos seus olhos como um Niágara incandescente. A voz interior repetia:

— Hollywood!... Hollywood!...

Rapidamente, deduziu:

— Esse bandido vendeu a farmácia do Ergueta, para que não o denuncie... Agora entendo as vindas da Hipólita. O adiamento da reunião de quarta-feira. Vinte e três, vinte e quatro, vinte e cinco. Hollywood!... vinte e seis... A Hipólita depenou o marido!... Vinte e sete...

Subitamente, Barsut estremece. Uma corrente de frio nervoso lhe eriça o pelo das costas, descarregando como um jato de água fria pela pele de sua cabeça. Inexplicavelmente, o medo o ataca. Lentíssimamente, levanta as pálpebras. Na fenda negra que deixa a porta que dá para o vestíbulo por onde saiu o Astrólogo, distingue um nariz amarelo e o abrilhantado vértice de um olho.

A porta se abre insensivelmente, descobrindo cada vez mais na franja perpendicular de fundo negro o relevo amarelo de uma testa avultada. Os olhos demarcados pela linha negra das sobrancelhas olham fixamente, enquanto os lábios contraídos como os de um cachorro que ameaça uma dentada deixam ver a fileira dos dentes brilhantes.

É o Homem que viu a Parteira. Sua cabeça se encolhe entre a defesa dos ombros levantados. O punho direito de Bromberg esgrime em ângulo reto uma faca de folha larga, horizontal à sua mão.

O Homem que viu a Parteira. Sua cabeça se esconde por entre a defesa dos ombros levantados. O punho direito de Bromberg esgrime, em ângulo reto, uma faca de folha larga, horizontal à sua mão.

O Homem que viu a Parteira o está espreitando. Mas se o Astrólogo lhe armou uma emboscada, por que lhe deixou a pistola? Barsut observa semi-hipnotizado.

Bromberg não olha o dinheiro. Suas pupilas brilhantes cravam-se obliquamente num ponto da parede. No entanto, na altura de sua virilha, a faca se põe cada vez mais horizontal.

Barsut olha.

Do corpo que resvala insensivelmente em direção a ele, só lhe são visíveis umas sobrancelhas avultadas sobre dois olhos incoerentes. À medida que o rosto achatado se aproxima mais no vazio, uma fraqueza terrível se apodera de seus braços. Sabe que vai morrer. Não pode se mover. Esqueceu-se totalmente da força que armazena a estatura de seu corpo... Sua vontade só subsiste para olhar o rosto amarelo e achatado, embutido na gorda garganta venosa. O assassino, de camiseta e descalço, empurra a porta, lentissimamente. Seus pés ainda estão no corredor, enquanto seu busto parece se alongar elasticamente para o interior do quarto.

— Passaram três minutos — grita, estentóreo, o Astrólogo.

A chamada do Astrólogo resvala sobre a impassibilidade de Bromberg. Este avança sem separar a planta dos pés do chão. Sob a pele de Barsut, os músculos se contraem tão bruscamente que uma dor candente, como uma chicotada de fogo, relampeja através de seus braços.

Vertiginosamente estica uma mão, sem se levantar do assento, tremendo, esgrime a pistola diante do peito e, apertando fortemente as pálpebras, cego, aperta o gatilho, uma, duas, três, quatro, cinco, seis vezes... As explosões se sucedem com monorrítmo mecânico. Aperta novamente o gatilho e o percussor bate no vazio. Entre cada estampido Barsut esperava sentir entrar em seu ventre a fria folha da faca. Um cheiro nauseabundo o envolve numa neblina branca; alguém grita em seus ouvidos "oh! oh!", e ele desmorona sobre um braço da poltrona forrada de veludo verde. Novamente alguém grita em seus ouvidos palavras distantes, sacodem-no pelos braços, não compreende nada nem quer abrir os olhos. Por fim, vencendo seu peso de chumbo, desgruda as pálpebras. De costas, teso, o Astrólogo com a ponta do sapato empurra a cintura de Bromberg sobre os rins. Este, desfalecido sobre uma poça de sangue, estremece com as pernas encolhidas e a cabeça derrubada sobre uma face, no chão.

Barsut respira com dificuldade. A atmosfera do quarto está quente como a de um forno, e impregnada pela deflagração da pólvora de um intenso cheiro de peido seco.

O Astrólogo vira a cabeça e, olhando para Barsut, diz:

— Nos livramos de boa. Você me salvou a vida, amigo Barsut.

Barsut levanta-se pesadamente, turvos os olhos verdes. Esfrega os braços e, olhando a parte alta do rosto do Astrólogo, diz com tom de semiadormecido:

— Parece que está ferido. — Ao mesmo tempo, evita olhar para o caído.

O Astrólogo, enviseirando-se a testa com os dedos para olhar melhor para Bromberg, solta uma gargalhada.

— Parece?... Mas ele recebeu todas no corpo!... Não vê que está morrendo?

— Vamos lá para fora... Estou sufocando...

— Vamos... Um pouco de ar fresco não lhe fará mal.

O Astrólogo gira a chave da lâmpada e o quarto fica às escuras. Barsut, cambaleando, chega até o patamar da escadaria rodeada de palmeiras e se senta no primeiro degrau. A testa apoiada numa mão e o cotovelo do braço no joelho.

Alegremente, loquaz, comenta o Astrólogo:

— Dessa vez Deus levou em conta minha boa-fé. Eu lhe deixei o revólver para que o senhor se sentisse mais forte. Queria que tomasse a resolução que mais conviesse aos seus interesses.

Senta-se no degrau junto a Barsut e continua:

— Desde esta manhã, resolvi deixar o senhor em liberdade para seguir o caminho que seus sentimentos lhe inspirassem. O demônio, só o demônio pode sugerir a uma pessoa semelhantes ideias. Durante um minuto me tentou com este projeto: tirar a pólvora das balas. Por que me ocorreu essa ideia? Não sei. Mas tive que fazer um grande esforço para resistir à semelhante tentação. Deve ter sido o amor-próprio... Sei lá!... O certo é que se salvei sua vida ao gritar: "Passaram três minutos", o senhor salvou a minha e a sua.

Barsut sua copiosamente, imperturbável.

— Coisa ruim é brigar com um homem armado de revólver, mas muito pior que essa coisa ruim é ter que fazer frente a uma fera armada de faca. Suponhamos que eu descesse quando o senhor gritava ao ser ferido. O que eu, que estava desarmado, podia fazer? Realmente, o senhor evitou a carnificina.

— Atirei sem olhar.

— Muito melhor. É a única forma de acertar o alvo, para aquele que não maneja armas de fogo. O que nunca falha é o instinto.

— E agora, o que famos fazer?

— Como o que vamos fazer? Enterrá-lo. Suponho que o senhor não pensará em embalsamar esse cachorro.

Elevando-se pelo espaço, a lua iluminava agora a escadaria onde conversavam os dois homens. Dali, o cristado horizonte de árvores era um barroco relevo de negra fumaça sobre a lousa azul do firmamento.

Barsut disse:

— Bom... acho que com o que aconteceu o senhor tem o suficiente, não? Quero ir embora.

— Em que está pensando investir esse dinheiro?

— Não sei... Irei para os Estados Unidos.

— A ideia não é má. O senhor me odeia?

— Desejo ir embora daqui o quanto antes.

— Perfeitamente. Vá buscar seu dinheiro.

Barsut entrou e o Astrólogo ficou sozinho no patamar da escadaria. Uma expressão enigmática desenhava-se em seu rosto, acizentado à claridade lunar como uma mongólica máscara de chumbo.

Barsut saiu. O dinheiro numa mão e a pistola em outra.

— Minha carteira de identidade está na cocheira.

O Astrólogo sorriu:

— O senhor fala comigo, Barsut, como se temesse que eu me opusesse à sua partida. Não, vá tranquilo. Tenho muito dinheiro a estas horas. Mais do que imagina.

Barsut não respondeu uma palavra. Desceu a escadaria num pulo e se enfiou entre as árvores. Não havia avançado muitos passos, quando teve que parar e apoiar o braço num tronco. Um suor frio brotava de seu corpo, contraiu-se sobre si mesmo e vomitou. Já mais aliviado, dirigiu-se à cocheira. Não havia ninguém ali. Entrou no quarto onde tinha vivido dias tão singulares, acendeu a vela, inclinou-se sobre seu baú e, de entre as dobras de uma camisa suja, retirou sua carteira de identidade. Em seguida, saiu.

Caminhava devagar por entre as árvores, cujos galhos afastava com o canto das mãos. Ao passar obliquamente pelo caminho que fazia uma curva junto a uma figueira, distinguiu, ajoelhado sobre um tapete de folhas secas, o farmacêutico Ergueta.

Este, cabeça inclinada, as mãos recolhidas sobre o peito, rezava em silêncio, com as costas prateadas pela luz da lua.

Um desalento infinito passou por sua vida. Durante um instante, invejou a loucura do iluminado; apertou o passo e, quando chegou diante da casa, o Astrólogo já não estava na escadaria.

Vacilou se iria cumprimentá-lo ou não; depois encolheu os ombros e continuou caminhando. A portinhola da chácara estava aberta. Respirou profundamente e saiu para a rua. A vida lhe pareceu uma graça nova.

A fábrica de fosgênio

Barsut, duas quadras antes de chegar à estação de Temperley, viu Erdosain, que atravessava a faixa branca que a vitrine de um café lançava na calçada.

Deteve-se um instante. Erdosain caminhava com as mãos nos bolsos, pela beirada da calçada, bastante angustiado.

Ficou tentado a chamá-lo. Disse para si mesmo que não havia motivo para falar e, observando como o outro se afastava, entrando sucessivamente em planos de luz e de sombra ao passar pelos postes de luz, encolheu os ombros, pensando:

"Ele que ajude o Astrólogo a enterrar o morto."

Olhou pela vitrine do café o relógio de parede. Eram nove e meia. Alguns homens jogavam cartas num amplo salão de piso coberto de serragem. Ia entrar para tomar um café, lembrou que não precisava trocar notas de cem pesos porque tinha algumas de dez, e se dirigiu resolutamente à estação, dizendo-se:

— Farei a barba e depois irei ao cabaré.

Por outro lado, Erdosain, ao chegar na chácara, foi recebido pelo Astrólogo na porta da casa. Remo experimentou certa estranheza ao ver que aquele não o fazia passar para o escritório, como de costume e, sim, para o cômodo contíguo, um quarto sinistro, comprido como um corredor e debilmente iluminado por uma lâmpada de pouca voltagem. Era incrível a quantidade de pó que havia acumulado ali, em todos os cantos. A mobília do cômodo-corredor consistia num mancebo de mogno em duas cadeiras de madeira, daquelas que se usam nas cozinhas, também excessivamente cobertas de terra. Num vértice, estava a escada que permitia subir ao quarto dos títeres.

Remo, fatigado, deixou-se cair pesadamente no incômodo assento. O Astrólogo o olhava com certa expressão de homem interrompido em seus afazeres por uma visita inoportuna.

— Recebi hoje seu telegrama — disse Erdosain. — Trago aqui o projeto da fábrica de gases.

— Ah, sim! Vamos ver?...

Remo entregou-lhe um caderninho que havia confeccionado, e o Astrólogo pôs-se a ler em voz baixa.

Erdosain cruzou os braços e fechou os olhos. Tinha sono. Além disso, não lhe interessava de modo algum ver a cara do outro enquanto murmurava como uma reza o que segue:

Escolhi o gás fosgênio não arbitrariamente e, sim, depois de estudar as vantagens industriais, facilidade de fabricação, economia e toxicidade que oferece sobre outros gases de guerra.

As experiências que essa nova arma deixou para os diretores de combates da última guerra podem concretizar-se nestas palavras de Foch: "A guerra química se caracteriza por produzir os efeitos mais terríveis nos espaços mais extensos".

Em 1915 entra em ação o fosgênio; no outono de 1917 recrudece a guerra química, pois em fins de 1916 o Estado-Maior alemão põe em prática o plano de Hindenburg. A guerra de gases se intensifica de tal maneira que Schwarte dá o dado que num só bombardeio de Verdun utilizaram-se cem mil obuses carregados de Cruz Verde, ou seja, fosgênio e formiato de etilo.

Nas instruções de bateria para os ataques que se realizaram em Aisne, encontramos este boletim de gás:

Em bombardeio de contrabateria, peças de 77, peças de 100 e obuses de 150.

Cruz Azul, 70 por cento; Cruz Verde, 10 por cento; obuses explosivos, 20 por cento.

Em bombardeio de posição de infantaria, peças de campanha de 77, obuses de 105 a 150.

Cruz Azul, 30 por cento; Cruz Verde, 10 por cento; obuses explosivos, 50 por cento.

Em ataque de entrincheiramento: peças de campanha de 77; obuses de 100 a 105.

Cruz Azul, 60 por cento; Cruz Verde, 10 por cento; obuses explosivos, 30 por cento.

Em geral, a porcentagem de projéteis de gases a usar em quase todas as tabelas dos beligerantes ocupa a elevada porcentagem de 70 por cento sobre os projéteis explosivos.

Efeitos do gás

Ordinariamente, produz um edema pulmonar, cuja secreção de líquido determina a asfixia do gaseado. Além disso, seus efeitos são retardados e singulares em atmosferas onde se encontra extremamente diluído. Interrogaram-se soldados que se encontravam sem nenhuma lesão de gás e que, vinte e quatro horas depois do ataque com fosgênio, morreram instantaneamente. Em geral, a Disciplina do Gás tende a considerar todo lesionado leve como um ferido grave, pois os efeitos retardados do tóxico são surpreendentes.

Composição

Sua composição é simples: um volume de óxido de carbono e três de cloro. A combinação de ambos os gases forma um produto líquido que se denomina fosgênio. O fosgênio ferve ou, melhor dizendo, evapora-se em contato com o ar, quando a temperatura ambiente é superior a oito graus centígrados. Sua densidade é 1,452.

Conserva-se engarrafado em ampolas de vidro ou depósitos de chumbo ou de ferro galvanoplasticamente chumbados. É preferível garrafões de vidro.

Extremamente econômico. Seus efeitos tóxicos são instantâneos quando se encontra dissolvido no ar numa porcentagem de 1 por 800; isto é, cada 800 metros cúbicos de ar requerem 1 metro cúbico de fosgênio.

Fabricação

A fabricação de fosgênio é simples. Os dois gases, cloro e óxido de carbono, combinam-se na base de uma torre de dez metros de altura, carregada de carvão vegetal, constantemente umedecido por uma chuva de água. Um detalhe importante consiste em que o carvão deve estar granulado em pedaços perfeitamente homogêneos, de um diâmetro de seis a dez milímetros por pedaço. O carvão desse catalizador, antes de ser enviado à torre, é cuidadosamente lavado com ácido clorídrico, em seguida com água e, finalmente, secado no vácuo, para despojá-lo de cinzas e todo resto orgânico.

Ao se combinarem, os dois gases produzem, por reação, uma temperatura de quatrocentos e cinquenta graus. À medida que o gás, por pressão, se eleva na torre de carvão que estará dividida por três grades horizontais de chumbo, a temperatura diminui, de maneira que, ao terminar seu percurso de dez metros através do carvão, o fosgênio tem uma temperatura de cento e cinquenta graus. Passa-se para um cilindro submerso em gelo, e o gás se liquefaz. Sua densidade é de 1,455. O carvão dessa torre deve ser renovado

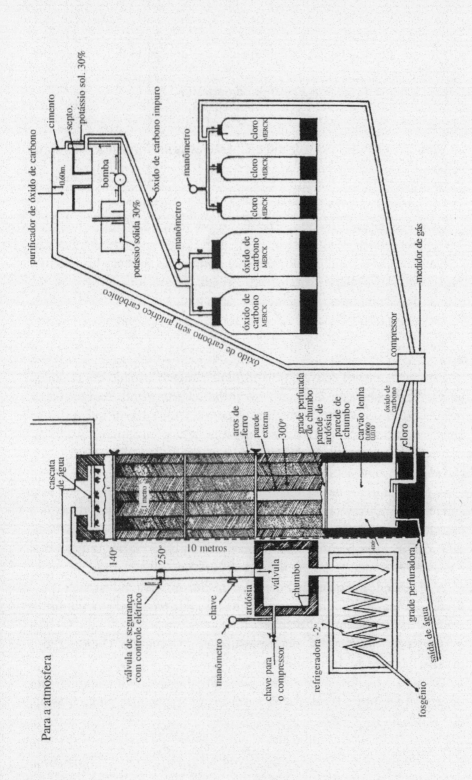

sempre que a porcentagem de combinação dos dois gases diminua em noventa por cento.

Esse sistema de fabricação é anglo-americano.

O aparelho

Uma usina de fabricação de mil quilogramas de gás fosgênio custa, aproximadamente, seis mil pesos.

Consta:

De um lavador de potássio onde se desidrata o óxido de carbono.

De dois compressores de sete cavalos e meio de potência.

Contadores de gás que controlam em metros cúbicos a passagem de gás, de maneira que a combinação se efetue sempre nas mesmas proporções. Para evitar-se um operário neste controle, utiliza-se um dispositivo elétrico para os dois contadores. A operação se simplifica.

O cloro e o carbono são enviados à pressão para a torre, onde se combinam.

A torre

Para usina estável convém uma torre de cimento armado ou, também, uma torre de tijolos de dez metros de altura. Interiormente, essa torre está forrada por uma camisa de chumbo. É conveniente advertir que todos os objetos metálicos que intervém na operação, tais como cilindros, válvulas, chaves, que geralmente são de bronze, devem ser recobertos por um banho galvanoplástico de chumbo.

A parte superior da torre consiste numa cúpula de chumbo. Sob essa cúpula encontra-se uma tubulação que deixa cair um chuvisco de água a pressão. A água, ao chegar ao pé da torre, que é o ponto de entrada dos gases, sai para o exterior por um sifão. O sifão permite a passagem da água, mas não a dos gases que puderam infiltrar-se por ali.

A torre pode ser quadrada ou redonda. Sua forma é indiferente. A espessura da muralha de cimento ou tijolo será a indispensável ao equilíbrio e estabilidade do conjunto. O diâmetro interno da câmara de chumbo vertical é de sessenta centímetros. Sua espessura, um centímetro. Diâmetro dos buracos das grades, cinco milímetros.

Quando o gás fosgênio chega à parte alta da torre, tem a temperatura de cento e cinquenta graus. Faz-se passá-lo por serpentinas congeladas, até que se liquefaça.

Pressão do gás

O óxido de carbono e o cloro são introduzidos por tubos na torre de combinação, a uma pressão idêntica de seis atmosferas. Para isso, o depósito de cloro, como o de óxido de carbono, devem estar cada um em conexão com um compressor. A potência dos compressores será de sete cavalos, e ambos estarão acionados por um motor elétrico comum aos dois eixos, de maneira que a quantidade de volumes de gás introduzidos na torre, seja sempre a marcada proporção de 3-1, à mesma pressão.

Os tubos que conduzem o gás para a torre catalizadora, assim como os compressores de cloro e óxido de carbono, terão o mesmo diâmetro. Além disso, as partes que entram em contato com o gás não serão lubrificadas, porém, os aparelhos trabalharão a seco, pois o cloro tira as propriedades lubrificantes do óleo.

Controles

Os controles serão elétricos. Termômetros ligados em diferentes alturas da torre proporcionam as temperaturas do gás em seu percurso ascensional, permitindo, assim, levar com exatidão o controle da operação.

Precauções

O aparelho, antes de ser posto em funcionamento, será testado com ar comprimido. O pessoal trabalhará munido de máscaras contra fosgênio. Os equipamentos berlinenses, que se encontram à venda para o público, são os mais perfeitos e os mais baratos que se conhecem.

A fábrica estará situada, se possível, em lugar montanhoso, alto, percorrido continuamente por ventos de direção diferente. Os pisos e as paredes serão construídos de cimento, e as ferragens e todo objeto metálico, chumbados galvanoplasticamente, para evitar o ataque do gás.

Tática do gás

Os gases tóxicos rendem o máximo de seu rendimento nos dias ligeiramente úmidos e pouco ventosos, com uma temperatura superior a oito graus. Para trabalhar com o gás, serão escolhidas as primeiras horas entre o anoitecer e a meia-noite.

Tratar-se-á de não lançar o gás se houver uma velocidade de vento superior a cinco metros por minuto. A velocidade mais prática de corrente de vento é aquela de três e quatro metros por minuto.

Para fixar velocidade e direção do vento usar-se-á um aparelho meteo-rológico, denominado anemômetro.

Evitar-se-á, cuidadosamente, lançar uma cortina de gás enquanto a terra permanece aquecida pelo sol, pois são geradas então correntes de ar, verticais e ascendentes, que dispersam o gás. Por outro lado, tratar-se-á de trabalhar com terra resfriada, já que se produzem correntes de ar descendentes que evitam a dispersão do gás.

Podem ser utilizadas correntes de ar que se afastem do ponto do ataque até quarenta graus. Os terrenos baixos, planos, com pastagens, com vegetação que alcance a altura de um homem, são ideais para o ataque com cortina de gás. Serão evitados, em compensação, os lugares montanhosos, onde as diferenças de altura e velocidades do vento anulam a cortina quase por completo.

Linha de ataque do fosgênio

Teoricamente, em local fechado precisamos de meio grama de fosgênio para transformar em mortífero um metro cúbico de ar.

Serão empregados 40 litros de fosgênio líquido por metro linear (tática alemã). Quando se tratar de frentes estreitas de ataque, de escassa profundidade, pode-se reduzir a 20 litros.

Em pontos de ataque que estejam a 400 ou 500 metros do lugar de emissão do gás, a cortina de fosgênio e cloro (9 volumes por 1 de fosgênio) chega em 3 ou 4 minutos.

Quase sempre, a nuvem de gás, com um vento de 3 metros de velocidade por segundo, percorre 200 metros no mesmo espaço de tempo.

O intervalo entre a primeira e a segunda emissão deve ser igual ao espaço de tempo que a nuvem de gás demorou em chegar ao ponto de ataque. Forma-se uma cortina tóxica de cinco metros de altura que se dilata em largura à medida que se afasta do ponto de emissão. Os efeitos são fulmíneos.

O coronel Block calculou que 500 quilogramas de fosgênio produzem um volume teórico de 100.000 metros cúbicos, originando uma nuvem que tem 35 metros de altura, 30 metros de largura e 100 de profundidade. Esta nuvem de gás produziria efeitos tóxicos perigosos, ainda que arrastada pelo vento à distância de um quilômetro do lugar de emissão.

Em geral, os atacados perecem quase instantaneamente por efeitos da asfixia quando o gás fosgênio está diluído na proporção de 1 volume por cada 800 de ar.

Transporte de fosgênio

Num ataque revolucionário que é de surpresa e minoria, o melhor sistema para transportar fosgênio é o carro-pipa. Cada carro-pipa pode transportar dois mil quilogramas de fosgênio líquido. Um dispositivo simples permitirá regar a frente de combate na porcentagem de 20 a 40 litros por metro linear.

Como o fosgênio se dilata à medida que a temperatura aumenta, os tanques de fosgênio estarão calculados para suportar pressões de 80 libras por polegada quadrada.

A cabine do condutor do carro-pipa estará absolutamente isolada da atmosfera externa. O ar para sua respiração penetrará através de respiradouros químicos que neutralizam o fosgênio, e cuja substância é idêntica à que se utiliza nas máscaras contra gases.

Assim, dez carros-pipas com capacidade para três mil litros de fosgênio cada um podem atender uma frente de combate que se dilataria pelas rabeiras da nuvem a 5 quilômetros de extensão.

Tática de ataque

Visto que a aviação de guerra, por reduzido que seja seu contingente em aparelhos de combate, pode destruir um exército excelentemente equipado, todo ataque revolucionário com gás deve ser dirigido simultaneamente aos arsenais, aeródromos militares etc.

Em geral, a mortandade para tropa ou população não preparada para o combate de gases eleva-se a 90 por cento.

A desorganização que se precede a um ataque com gás é tão extraordinariamente intensa, que é praticamente impossível qualquer tentativa de resistência.

Pode-se assegurar que cem técnicos em gás destruiriam em ataques-surpresa o grosso de qualquer exército sul-americano.

Enquanto o Astrólogo lia, Erdosain aspirava ansiosamente o ar. Ao virar a cabeça, um reflexo vermelho feriu obliquamente sua pupila. Sob a porta fechada, que separava o escritório do vestíbulo, pelo piso de madeira, avançava como uma cobra uma comprida mancha de sangue.

O pensamento de Erdosain voou instantaneamente em direção à Vesga. Extremamente pálido, tocou um braço do Astrólogo. Este levantou a cabeça, e Erdosain disse:

— Tem um morto aí do lado?

— Sim, tem um morto... mas seu memorial está muito bom. Pena que não lhe tenha agregado as plantas e instruções para instalar simultaneamente junto a ela uma fábrica de cloro e outra de óxido de carbono.

— Quem é o morto?

— Bromberg... Mas é notável! Eu ignorava que se utilizaram os gases em tão alta porcentagem na guerra. Setenta por cento de Cruz Azul num ataque de contrabateria. É uma enormidade. O explosivo fica reduzido a nada.

— E o senhor, o que vai fazer?

— Ir embora.

— Para onde?

— O senhor me acompanharia?

— Não; estou pensando em ficar.

— Eu vou para bem longe. Decida-se.

— Está decidido. Fico.

O Astrólogo envolveu-o num olhar sereno:

— Tem alguma barbaridade planejada?

— Não sei...

— Bom — e o castrado pôs-se de pé —, Erdosain, vá embora. Agora preciso ficar sozinho... Mais uma vez: quer me acompanhar?

O pensamento de Erdosain voou em direção à Vesga.

— Fico... Adeus.

Olharam-se nos olhos, apertando fortemente as mãos. O Astrólogo compreendeu que Erdosain já havia traçado seu destino, e não insistiu. Em Remo, em compensação, sobreveio, naquele instante, uma curiosidade inesperada. Disse:

— O senhor vai ver o Buscador de Ouro?

— Por alguns meses não.

— Bom, quando o encontrar, diga-lhe que sempre lembrei dele com carinho.

— Muito bem.

Olharam-se outra vez nos olhos, como se tivessem que se dizer algo; os lábios de Erdosain entreabriram-se ligeiramente, sorriu vagamente, girou sobre si mesmo, e saiu.

"Perece a casa da iniquidade"

Quando o Astrólogo escutou o brônzeo tilintar do sino na porta, o que indicava que Erdosain havia saído para a rua, abriu a porta do escritório e acendeu a luz.

Deteve-se ali, apoiando pesadamente uma mão no batente, com o cenho avultado de preocupação. Uma mecha de cabelo grudava na sua testa suada. O cadáver de Bromberg, com os pés descalços no centro da poça de sangue, era um vulto repugnante.

Inconscientemente, o Astrólogo amarrotou o caderninho dos Gases que mantinha na mão e o jogou no bolso. Com as costas da mão, enxugou o suor da testa. Sua sombra, projetada pela luz do quarto, dividia em dois o mapa dos Estados Unidos com bandeirinhas pretas cravadas nos territórios onde a Ku Klux Klan dominava.

O homem pensou alguma coisa e deu um grande pulo por cima do cadáver estancado no charco vermelho. Evidentemente, estava preocupado. Movia-se com urgência. Abriu o armário antigo que estava ocupado por fileiras de livros e, de um canto, extraiu uma caixinha de ferro com cadeado de combinação. Fez girar o disco da chave e, levantando a tampa, colocou a caixa sobre a mesa. Em seguida, acendeu um fósforo e jogou-o em seu interior. Uma chaminha azul fumegou, e as chamas alaranjadas que devoravam os papéis refletiam-se no fundo de suas pupilas imóveis...

Devia estar fatigado. Embora o tempo urgisse, deixou-se cair pesadamente na poltrona forrada de veludo verde, diante do armário antigo chapeado. O vento que entrava pela porta entreaberta fazia oscilar as teias de aranhas suspensas entre o teto e a estreita janela protegida pelo nodoso gradeado.

Permaneceu assim alguns minutos, submerso nas meditações que precedem a fuga.

— Boa noite.

Levantou a cabeça, e encontrou a figura de Hipólita, parada no centro do outro quarto, inclinada na ponta dos pés e enrolada em seu casaco cor de pele de bezerro. Ela permanecia imóvel, fina, delicada, enquanto sob a viseira verde de seu chapéu o olhar desbotado e receoso ia sucessivamente do cadáver para o Astrólogo.

— Boa noite — eu disse. — Temos carnificina? Bonita maneira de receber uma pessoa.

O Astrólogo, carrancudo, não respondeu. Com meia cara apoiada na palma da mão, olhava-a sem mover as pálpebras. Hipólita continuou:

— Você sempre vai ser o mesmo mal-educado. Você ainda não me ofereceu assento.

Falava assim, sorrindo, mas seu olhar desbotado e receoso ia do cadáver para o Astrólogo.

Sob a lâmpada incandescente, o morto, descalço e encolhido, era um vulto sujo. O Astrólogo sussurrou:

— Não fui eu que matei ele.

Hipólita, que fora se aproximando da porta, segurando sua bolsa com ambas as mãos na altura da cintura, requebrou-a ao mesmo tempo em que sorria:

— Acredito em você! Acredito em você! Você é suficientemente inteligente para fazer com que sejam os outros que te livrem de uma fria. Além disso, não vamos ficar discutindo ninharias agora.

O Astrólogo contemplou-a entre regozijado e surpreendido.

— Você me acompanharia?

Hipólita olhou-o de esguelha, também surpreendida pela pergunta:

— E você ainda duvida?

— Teremos que ir para bem longe.

— Quanto mais longe, melhor.

O Astrólogo pôs-se de pé. Separava-os a poça vermelha, com o cabeludo cadáver encolhido. O Astrólogo se inclinou, pegou um impulso e, de um salto sobre o cadáver, passou para junto de Hipólita. Segurando-a pela cintura, ele era demasiado alto perto dela, encurvou as costas e murmurou em seu ouvido:

— Você está disposta a tudo?

— A tudo. Além disso, tenho dinheiro, para te ajudar. Vendi a farmácia.

O Astrólogo, afastando o braço de sua cintura, disse:

— Querida... você é uma mulher extraordinária... mas eu também tenho dinheiro.

— O do Barsut?

— Querida... Eu sempre pago minhas dívidas. O Barsut foi embora daqui com dezoito mil pesos no bolso.

— Você devolveu?

— Devolvi... mas em notas falsas.

— Você é um homem magnífico, Alberto! O dia que te fuzilarem, irei à capela para me despedir de você com um grande beijo. E te direi: "Tenha coragem, meu homem".

— E terei, querida... terei... mas chega de perder tempo...vamos.

— Não vai levar bagagem?

— Que melhor bagagem que o dinheiro?... Me espera um momento lá fora.

Hipólita saiu para o patamar da escada e, em três passos, o Astrólogo subiu a escada que conduzia ao quarto dos títeres. Permaneceu ali escassamente o tempo de um minuto, desceu esfregando as mãos, fechou a porta da entrada do vestíbulo com duas voltas de chave e disse:

— Querida, vamos sair.

Mais tarde, um vizinho que o viu se afastar de braços dados com Hipólita disse que o tinha confundido com o pastor metodista da localidade. Efetivamente, o Astrólogo, visto de costas, com seu chapéu achatado, parecia um professo do rito protestante.

O iluminado ficou sozinho na cocheira da chácara. Não havia escutado os tiros, porque numerosas inspirações ocupavam sua imaginação.

Sentado na beira do catre, a Bíblia aberta sobre os joelhos, lia o Livro de Daniel. O vento oscilava a flecha amarela de uma vela enfiada no gargalo de uma garrafa, sobre um latão de querosene, mas Ergueta, sem reparar em tais minúcias, inclinada a cabeça sobre as páginas, lia atentamente. De vez em quando a sombra de sua cabeça se movia na parede branca, como a de um rinoceronte que sorve água submerso num charco.

O iluminado leu, pela décima vez, os versículos 44 e 45 do capítulo 11:

> *Mas notícias do oriente e do norte o espantarão e sairá com grande ira para destruir e matar a muitos.*
>
> *E fincará as tendas de seu palácio entre os mares e no monte desejável do santuário, e virá até seu fim e não terá quem lhe ajude.*

O farmacêutico entrefecha o livro e diz em voz alta, terminantemente convencido:

— Bendito seja Deus. Esta é profecia para o aniquilamento do império britânico. Não resta nenhuma dúvida. Terei que me entrevistar com o embaixador inglês. — Apalpa o queixo com a ponta dos dedos e remurmura:

> *E fincará as tendas de seu palácio nos Mares e no monte desejável do santuário...*

— Mas é claro! A Inglaterra tem o protetorado da Palestina... ou seja, "as tendas no monte desejável do Santuário". "Mas notícias do oriente e do norte o espantarão." A quem podem espantar, senão ao Rei? E as "notícias do oriente e do norte", o que podem ser, senão a Índia rebelando-se com Gandhi? O norte... o norte é a Rússia... a ameaça do comunismo. "Virá até seu fim e não terá quem o ajude." Não se pode pedir nada mais claro. Realmente, acaba sendo absurdo pensar que ainda existem incrédulos que duvidam das profecias. "E fincará as tendas de seus palácios nos mares"...

Enquadrado pela janelinha do sótão, um retângulo vermelho refletiu-se na parede. Ergueta assomou-se ao buraco, e sua boca entreabriu-se num gesto de assombro.

Do andar de cima da casa que ocupava o Astrólogo, pelas claraboias dos sótãos, escapavam longas línguas de fogo cor de laranja. Os galhos das árvores moviam suas sombras nas paredes, iluminadas no fundo de trevas por um resplendor rosado.

Ergueta colocou as mãos na cintura, piscou longamente uma pálpebra, e moveu a cabeça ao mesmo tempo em que dizia:

— Perece a casa da iniquidade!

Seu sobretudo estava pendurado num prego. Foi e o jogou nas costas, apanhou a Bíblia e, descendo a escada, epilogou:

— É inútil. Onde jaz a Rameira, nada de bom pode ocorrer. É melhor que abandone este lugar de iniquidade. Deus, que provê de alimentos aos pássaros e aos peixes, não os negará a mim.

E sem chapéu e de alpargatas, se mandou pelas ruas de Temperley. A Bíblia debaixo do braço testemunhava o ardor de sua fé.

O homicídio

À uma da madrugada, Edosain entrou em seu quarto. Acendeu o abajur que estava na cabeceira da sua cama e a luz azul que filtrava a cúpula do candelabro descobriu adormecida, dando-lhe as costas, a Vesga. A dobra do lençol encaixava-se no seu sovaco, e o braço da moça encolhia-se sobre o peito. Seu cabelo, prensado pelas faces, castigava a fronha com pinceladas negras.

Erdosain extraiu a pistola do bolso e a colocou delicadamente sob o travesseiro. Não pensava em nada. Barsut, o Astrólogo, a mancha de sangue infiltrando-se sob a porta, todos esses detalhes apagaram-se simultaneamente de sua memória. Talvez o excesso de acontecimentos esvaziasse sua vida interior dessa maneira. Ou uma ideia subterrânea mais densa, que não tardaria em despertar.

Despiu-se lentamente, embora a cada instante se detivesse nesse trabalho para olhar ao pé da cama os vestidos da moça esparramados, em completa desordem. A renda de uma combinação preta cortava com bissetriz dentada a seda vermelha de sua saia. Uma meia pendia da beirada do leito em queda rumo ao chão.

Murmurou, displicentemente:

— Sempre será a mesma descuidada.

Meteu-se devagar debaixo dos lençóis, evitando tocar com os pés o corpo da jovenzinha. Apagou a luz e, durante alguns minutos, permaneceu olhando a escuridão incoerentemente. Depois, dando as costas para a Vesga, apoiou a face no travesseiro, encolheu as pernas e ficou subitamente adormecido, com as mãos enganchadas junto ao peito. Dormiu duas horas. É provável que não tivesse acordado durante a noite toda, mas uma mão queimante bifurcava os dedos em seu baixo-

ventre. Virou-se ao mesmo tempo em que a Vesga o atraía para seus seios, e como seu braço estava debaixo do travesseiro, ao fazer o movimento de retirá-lo para abraçá-la, involuntariamente tocou a pistola. Um antigo pensamento se renovou nele.

— Assim devia estar aquele fraudulento que matou a mocinha. — Instantaneamente, sua atenção se desdobrou para atender dois trabalhos diferentes.[4]

A boca da Vesga havia aumentado e era uma fenda convulsa que grudava como uma ventosa em sua boca resignada. Erdosain, involuntariamente, tateava debaixo do travesseiro o cabo do revólver. E a frieza da arma lhe devolvia uma consciência gelada que tornava independente sua sensualidade daquele outro horrível propósito paralelo.

Reteve um homicida ranger de dentes e, dos maxilares, a vibração óssea desceu pelos tendões dos braços até a raiz das unhas. Rebateu a vibração, batendo nas articulações dos seus dedos, à semelhança da água que, não tendo saída numa cisterna, reflui sobre si mesma.

Nas trevas, a boca da moça prensou furiosamente seus lábios. Erdosain permanecia inerte. A Vesga, como se estivesse encarapitada num banquinho, efetuava um estranho trabalho de paixão, utilizando unicamente os lábios.

[4] NOTA DO COMENTADOR: *Veja-se "O suicida" (capítulo III de* Os sete loucos).

Erdsosain a deixava fazer. Uma tristeza imensa despertava nele. Diante de seus olhos havia se cravado certo antigo crepúsculo de mostarda: a janela de uma sala de jantar estava aberta, e ele, com olhos distraídos, olhava avançar uma faixa amarela de sol, que dourava as mãos extremamente pálidas de Elsa.

Novamente apertou o cabo da pistola. Sentia-se como um morto entre os braços da jovenzinha. Com a sovela de sua língua, ela se aprofundava nas dobras de suas axilas, e Erdosain sentia a cálida baforada de seu hálito quando apertava a boca para lhe beijar um diferente pedaço de pele.

Tudo aquilo era inútil!

Mas a jovenzinha não parecia compreender o singular estado de Erdosain. Seu corpo pesado e quente lidava na escuridão, e Remo tinha a sensação de estar enquistado na polpa ardente de um monstro gigantesco.

Ela mordia os braços dele feito um filhote em suas brincadeiras. Erdosain sabia onde estava seu rosto pelos sopros de ventos que escapavam daquelas fossas nasais.

Tristemente, deixava-a fazer. Compreendeu-se mais órfão do que nunca na terrível solidão da casa de todos e fechou os olhos com piedade por si mesmo. A vida lhe escapava pelos dedos, como a eletricidade pelas pontas. Nesse dessangramento, Remo renunciou a tudo. Apareceu nele a aceitação de uma morte construída com a vida mais espantosa do que o verídico morrer físico.

A mocinha, horizontal, grudada nele, suspirou, dengosa:

— O que é que você tem, amor?

Ferozmente, Erdosain atraiu a cabeça dela em direção a ele e a beijou longamente. Estava emocionado. Por duas ou três vezes olhou para um canto de trevas, como se temesse que ali houvesse alguém espiando. Seu coração batia fortemente. Do fundo de suas entranhas brotava um vento tão impetuoso que, ao sair pela boca, arrastava-lhe a alma.

Outra vez olhou de esguelha, na escuridão, o canto invisível. Foi um minuto.

Encarapitou-se suavemente sobre ela, que, com as duas mãos, o envolveu pela cintura, acreditando que ia possuí-la. A jovenzinha beijava-lhe o peito e Erdosain apertou vigorosamente a cabeça da criança sobre o travesseiro. Seus movimentos eram excessivamente torpes. A moça ia gritar; ele lhe tampou a boca com um beijo que sacudiu seus dentes, enquanto sua mão se aproximava do revólver por debaixo do travesseiro. Ela quis escapar dessa estranha pressão:

— O que é que você está fazendo, meu pequeno? — gemeu.

Era tarde. Ersdosain, precipitando-se no movimento, afundou o cano da pistola na suave cavidade da orelha, ao mesmo tempo que apertava o gatilho. O estampido o fez desfalecer. O corpo da jovenzinha se dilatou sob seus membros com a violência de um arco de aço. Durante vários minutos, Erdosain permaneceu imóvel, estirado obliquamente sobre ela, a carga do corpo suportada por um braço.

Quando o silêncio externo revelou que o crime não havia sido descoberto, desceu da cama, dizendo-se, com estranhamento: "Como a explosão fez pouco barulho!".

Acendeu o abajur e ficou surpreso diante do estranho espetáculo que se oferecia a seus olhos.

No travesseiro vermelho, a jovenzinha apoiava a cabeça com a mesma serenidade como que se estivesse adormecida. Inclusive, em dado momento, com a mão direita, coçou ligeiramente uma fossa nasal, como se sentisse ali alguma comichão. Depois deixou cair o braço ao longo do corpo e virou a cara para a luz.

Uma paz extraordinária aquietava as linhas de seu semblante. Erdosain, para que ela não esfriasse, cobriu-lhe as costas com uma colcha.

A moribunda respirava com dificuldade. De um vértice dos lábios, soltava-se um fio de sangue. No chão, sentia-se o surdo esmagamento do gotejar de uma torneira.

Erdosain, seminu, vestiu precipitadamente as calças; depois moveu a cabeça, desolado.

— Que coisa estranha! Ainda há pouco estava viva e agora não está mais.
— Terminava de coloca as meias quando, de repente, aconteceu algo horrível. A mocinha, com brusco movimento, encolheu as pernas, tirando-as de debaixo dos lençóis e, com o busto muito erguido, sentou-se na beira da cama. Erdosain recuou, espantado. Um seio da jovenzinha estava totalmente tingido de vermelho, enquanto o outro azulejava de tão marmóreo.

Acreditou, por um instante, que ela ia cair; mas não, a moribunda se mantinha em equilíbrio, e extraordinariamente rija. Seus olhos abertos contemplavam a cúpula azul do abajur. Fios de sangue se soltavam de sua cabeleira vermelha, escorrendo pelas costas.

Erdosain se apoiou na parede para não cair, e ela girou desconsoladamente a cabeça da direita para a esquerda, como se dissesse:

— Não, não, não.

Tremendo, Ersosain se aproximou, e acreditando que Maria podia escutá-lo, falou:

— Deita, pequenina, deita.

Ele a tinha segurado suavissimamente pelos ombros, mas ela, obstinadamente, girava a cabeça da direita para a esquerda com uma dor inenarrável.

O assassino sentiu nesse momento, em seu íntimo, que a mocinha lhe perguntava:

— Por que você fez isso? Que mal que eu te fiz?

Em silêncio, a jovenzinha, com os lábios entreabertos, correndo-lhe sanguinolentas lágrimas pelas faces, dizia um "não" tão infinitamente triste com seu movimento obstinado que Erdosain caiu de joelhos e lhe beijou os pés. De repente ela se dobrou e, arrastando o fio do abajur, desmoronou num lado. Sua cabeça bateu surdamente contra o tapete, o abajur se apagou e já não respirou mais. Erdosain, engatinhando, arrastou-se até um canto.

O assassino permaneceu um tempo incontrolável encolhido no seu canto. Se algo pensou, jamais pôde lembrar. De repente, um detalhe irrisório se fez visível em sua memória e, pondo-se de pé, exclamou, irritado:

— Você viu só?... Viu o que te aconteceu por andar com a mão na braguilha dos homens? Essas são as consequências da má conduta. Você perdeu a virgindade para sempre. Você percebe? Você perdeu a virgindade! Não sente vergonha? E agora Deus te castigou. Sim, Deus, por não prestar atenção nos conselhos que as suas professoras te davam.

Novamente Erdosain fica encolhido em seu canto. Há momentos em que lhe parece que vai botar a alma pela boca.

Uma franja de sol e de manhã clareia um instante sua escuridão demencial e as trevas do quarto.

Lembra-se de uma viscacha prenha cuja toca inundada e vigiada pelos cães estava defendida, em sua única saída, por homens armados de paus. No fundo escuro e rugoso, percebe um focinhão de foca com feixes de bigodes, um ventre enorme de pelugem lustrosa e, em seguida, a angústia humana de dois olhos aterrorizados, enquanto os cães espreitam ardentes por ofegar e descobertos os molares.

Um terror gritante dá um nó em seus nervos, trombas de ar escapam de sua laringe seca como o crisol de um forno, o corpo se enrosca sobre si mesmo em duas direções contrárias, seu cérebro deixa escapar pelas fossas nasais um fedor de água com a qual se lavou carne.

O silêncio guilhotina as paredes, as alvenarias e ele, prostrado, com as córneas voltadas para o alto das pálpebras, sente-se morrer num esgotamento de clorofórmio. A viscacha prenhe surge na manhã de sol que, transversalmente, infiltrou-se na noite daquela casa de perdição. E o bastão dos homens, os pelos erguidos e os esmaltados molares dos cães com o beiço arreganhado num frenesi de apetite!

Quatro espaçados toques de bronze dilatam-se na noite, concentricamente, desde a torre da igreja da Piedade. Erdosain treme de frio. Na ponta dos pés, aproxima-se da cama e pega um lençol que joga sobre o cadáver estirado no chão. Veste-se no escuro. Rapidamente. Com as botinas nas mãos, atravessa o corredor, onde uma nesga de claridade lunar revela portas fechadas e persianas entreabertas. A frieza do piso de lajotas atravessa suas meias.

Entra no banheiro e acende a luz. Diante da pia há um espelho. O assassino, fechando os olhos, retira-o do prego. Não quer se ver em nenhum espelho. Tem horror de si mesmo. Lava cuidadosamente as mãos. A bacia de louça fica avermelhada. Seca-se pela metade e rapidamente coloca o colarinho e a gravata, tateando. Termina de se calçar e, com infinitas precauções, depois de apagar a luz do banheiro, dirige-se ao dormitório. Acende um fósforo, porque não lembra onde colocou o chapéu; o pega e sai deixando a porta semiaberta. São quatro e meia da manhã. Vacilando, para na esquina da Talcahuano com a Corrientes. As luzes das esquinas resvalam pela superfície de seus olhos, com imagens de um filme acelerado.

Caminha apressadamente rumo ao Oeste, pela rua Cangallo. Às seis e meia da manhã, chegou a Flores. Entrou numa leiteria. Sentou-se sobre uma cadeira, sem fazer um movimento até às oito da manhã.

Quando a faixa amarela de sol, que deslizava pelo piso, chegou até seu pé, aquecendo o couro do seu sapato, saiu da leiteria, dirigindo-se a minha casa. Permaneceu ali três dias e duas noites. Nesse intervalo, confessou-me tudo.

Lembro que nos reuníamos num quarto enorme e sem móveis. A minha família estava no interior e eu tinha ficado sozinho, cuidando da casa. Além disso, como aquele quarto era sombrio, a minha mãe o havia trancado. Ali chegava muito pouca luz. Na realidade, aquilo parecia um calabouço gigantesco.

Erdosain ficava sentado na beirada de uma cadeira, as costas arqueadas, os cotovelos apoiados nas pernas, os dedos cruzados nas faces, o olhar fixo no pavimento.

Falava surdamente, sem interrupções, como se recitasse uma lição gravada a frio por infinitas atmosferas de pressão no plano de sua consciência escura. O tom de sua voz, quaisquer que fossem os acontecimentos, era uniforme, isócrono, metódico, como o da engrenagem de um relógio.

Se era interrompido, não se irritava e, sim, recomeçava o relato, agregando os detalhes pedidos, sempre com a cabeça inclinada, os olhos fixos no chão, os cotovelos apoiados nos joelhos. Narrava com lentidão derivada de um excesso de atenção, para não originar confusões.

Impassivelmente, amontoava iniquidade sobre iniquidade. Sabia que ia morrer, que a justiça dos homens o procurava encarniçadamente, mas ele, com seu revólver no bolso, os cotovelos apoiados nos joelhos, os dedos cruzados no rosto, o olhar fixo no pó do enorme aposento vazio, falava impassivelmente.

Havia emagrecido extraordinariamente em poucos dias. A pele amarela, grudada nos ossos planos do rosto, dava-lhe a aparência de um tísico.

Detalhe estranho, nessa última etapa de sua vida: Erdosain negou-se terminantemente a ler as manchetes sensacionalistas e as notícias que, profusamente ilustradas, ocupavam as segundas e terceiras páginas de quase todos os jornais da manhã e da tarde.

Barsut havia sido preso num cabaré da rua Corrientes ao pretender pagar a consumação que havia efetuado com uma nota falsa de cinquenta pesos. Simultaneamente com a prisão de Barsut, o cadáver carbonizado de Bromberg havia sido descoberto entre as ruínas da chácara de Temperley. Barsut denunciou imediatamente o Astrólogo, Hipólita, Erdosain e Ergueta. A prisão de Ergueta não ofereceu nenhuma dificuldade. Foi encontrado sem chapéu, calçando alpargatas e embrulhado em seu sobretudo, com a Bíblia debaixo do braço, no caminho rumo a Lanús. Ao amanhecer de sábado, a descoberta do cadáver da Vesga transformou os acontecimentos que narramos no panorama mais sangrento do final do ano de 1929. A polícia procurava encarniçadamente por Erdosain. Brigadas de meganhas haviam sido destacadas em todas as direções da cidade.

Não restava dúvida alguma de que se estava na presença de um bando perfeitamente organizado e com ramificações insuspeitadas. O assassinato de Haffner, que o cronista desta história acredita ser independente dos outros acontecimentos delituosos, foi atrelado à tragédia de Temperley. As declarações de Barsut ocupavam séries de colunas. Não restava dúvida sobre sua inocência.

As manchetes das notícias abrangiam uma e duas páginas.

Da manhã à noite, os cronistas policiais trabalhavam amarrados à máquina de escrever. No sábado, quase todos os jornais da tarde se transformaram em álbuns de fotografias macabras. Os repórteres jantaram refeições frias, escrevendo, entre um bocado e outro, novos pormenores da tragédia. A fotografia de Erdosain campeava em todas as páginas com as legendas mais retumbantes que a imaginação humana poderia inventar.

Erdosain se negava terminantemente não só a ler como a olhar essas folhas de escândalo.

Se se pudesse remarcar nele uma singularidade durante esses dias, era sua seriedade. Quando se cansava de conversar sentado, caminhava de um ponto a outro do quarto, falava como se ditasse. Era, na realidade, um espetáculo estranho o do assassino indo e vindo pelo quarto, com passos lentos, conversando sem virar a cabeça, como que diante de um ditafone.

Durante os três dias em que permaneceu na minha casa não tocou em comida. Tinha muita sede e bebia água continuamente. Uma vez, como extrema graça, ele me pediu que lhe desse um limão. Possivelmente estivesse febril.

Sua resistência resultava espantosa. Conversava até dezoito horas por dia. Eu tomava notas urgentemente. Meu trabalho era penoso, porque tinha que trabalhar na semiescuridão. Erdosain não podia tolerar a luz. Era-lhe insuportável.

Na segunda-feira à noite, vestiu-se esmeradamente, e me pediu que o acompanhasse até a estação de Flores. Aquilo era perigosíssimo, mas não me neguei. Lembro que antes de sair, deixou comigo uma carta para a Elsa, a quem vi algum tempo depois.

Às nove e meia, saímos para a rua. Caminhávamos em silêncio por calçadas arborizadas. Observei que acendia um cigarro atrás do outro e, além disso, caminhava extremamente erguido. Pisava fortemente no chão. Num trecho do caminho, disse:

— Sinto a proximidade da sepultura negra e úmida, mas não tenho medo.

Chegamos à estação de trem pela rua Bolívia. Pegamos o caminho de pedra que, atrás do edifício, utiliza-se para o trânsito de carros. Através das árvores do parque brilhavam pedaços de vitrines de dois cafés de esquina. O alto-falante de uma rádio grasnava, agudo:

— A melhor cera perfumada para encerar pisos. Compre seus móveis na casa Sánchez e Companhia. Gómez e Gómez são bons alfaiates. Bons alfaiates são Gómez e Gómez.

Paramos junto à saliência que naquela direção do edifício forma uma espécie de torreão com teto de ardósia de duas águas, e no primeiro andar, uma série de varandas caiadas. Sob os triangulares suportes das varandas, fulgiam tristemente, em cada vértice do torreão, como num estabelecimento carcerário, duas lâmpadas elétricas. De uma porta aberta de desbotadas folhas verdes, escapava um fedor de creolina.

— Me espere um momentinho — disse Erdosain. Só então observei que desde a sua chegada a minha casa, Remo havia deixado de me tratar por você.

Entrou na bilheteria e saiu imediatamente. Disse:

— Faltam três minutos para a chegada do trem. — Ficou novamente em silêncio.

Não me ocorria dizer-lhe nada. Ele olhava com extrema fixação ao redor, mas ausente de tudo. Abriu os lábios como quem vai dizer alguma coisa; depois os entrefechou, movendo lentamente a cabeça. Nesses momentos, tinha a sensação da inutilidade de qualquer palavra terrestre.

Estava extremamente pálido. Emagrecia em minutos. Para quebrar esse silêncio angustioso, perguntei-lhe:

— Comprou passagem?

— Comprei... até Moreno.

Calamos novamente. As luzes dançavam diante dos meus olhos. De repente, Erdosain disse:

— Vá embora, por favor. Sua companhia me é insuportável. Preciso andar sozinho. Desculpe-me. Quando vir a Elsa, diga-lhe que eu gostei muito dela. Muito obrigado por todas as suas gentilezas.

Apertei fortemente sua mão e fui embora.

Ele ficou imóvel na beirada de granito do caminho de pedra.

Uma hora e meia depois

Simultaneamente, nos subsolos de quase todos os jornais da cidade:

Os crisóis de chumbo deslocam, na atmosfera nublada que clareia junto às lâmpadas do teto, curvas de ar aquecido a cinquenta graus. Silvam as mechas verticais das fresadoras mordendo páginas de chumbo. Uma chuva de asteriscos de prata bate nos óculos dos operários. Homens suados giram pranchas semicirculares, colocam-nas sobre cavaletes metálicos e rebaixam as rebarbas com buris. Altas como máquinas de transatlânticos, as rotativas põem na oficina o surdo barulho do mar batendo num quebra-mar. Vertiginosos deslizamentos de lençóis de papel entre rolos pretos. Cheiro de tinta e graxa. Passam homens com fedor de ácido sulfúrico. A porta da oficina do fotolito ficou aberta. Dali, escapam vergões de luz violácea.

A edição da meia-noite está sendo fechada. O Secretário, em mangas de camisa e um cigarro apagado pendendo do vértice dos lábios, de pé junto a uma mesa de ferro, mostra a um operário de blusa azul em que ponto da rama deve colocar a composição. Apitam, velados por nuvens de vapor branco, os equipamentos de prensas, ao estampar os cartões das matrizes. O Secretário vai e vem pelo passadiço que deixam as mesas carregadas de prateadas colunas de chumbo.

Num canto, repica, fracamente, a campainha do telefone.

— Para o senhor, Secretário — grita um homem.

Rapidamente, o Secretário se aproxima. Gruda no telefone.

— Sim, com o Secretário. Estou ouvindo... Fale... Mais alto, que não se ouve nada... Hein?... Hein?... O Erdosain se matou?... Diga... Estou ouvindo... Sim... Sim... Sim... Estou ouvindo... Um momento... Antes de Moreno?... Trem... Trem número... Um momento. — O Secretário anota na parede o número 119. — Continue... Estou ouvindo... Um momento... Diga... Pare a máquina... Diga... Sim... Sim... Vá logo.

O capataz faz um sinal para o Chefe de Máquinas. Este aperta um botão marrom. O barulho do marulho diminui na oficina. O lençol de papel resvala devagar. A rotativa para. Silêncio mecânico.

O secretário se aproxima rapidamente da escrivaninha da oficina e escreve num pedaço de papel qualquer:

No trem das nove e quarenta e cinco,
suicidou-se o feroz assassino Erdosain.

Passa a manchete para um garoto, dizendo:

— Na primeira página, com todo destaque. — Escreve rapidamente em outro pedaço de papel sujo:

"No momento de fechar esta edição, nosso correspondente em Moreno nos informa telefonicamente — o Secretário para, acende a bituca e continua, — que o feroz assassino da menina Maria Pintos e cúmplice do agitador e falsificador Alberto Lezin, cuja prisão se espera a qualquer momento, suicidou-se com um tiro no coração no trem elétrico número 119, pouco antes de chegar a Moreno. Não se tem detalhe algum. Os empregados superiores de investigações da capital e da província dirigiram-se ao local do fato, assim como o juiz criminal de La Plata. Em nossa edição de amanhã daremos amplos detalhes do fim desse trágico criminoso, cuja prisão não podia demorar..."

O Secretário risca as palavras "cuja prisão não podia demorar" e ponto, e na outra linha, acrescenta:

"Espera-se com esse fato que a investigação para esclarecer os bastidores da terrível gangue de Temperley entrará num franco caminho de sucesso. Em nossa edição de amanhã daremos amplos detalhes."

Entrega o papel para o homem vestido de azul, dizendo:

— Preta, corpo doze, sangrado.

O Secretário pega o telefone interno:

— Alô?... Quem é?... É o senhor?... Veja: pegue imediatamente um fotógrafo e vá para Moreno. O Erdosain se suicidou. Leve o Walter. Façam reportagens com os guardas e o maquinista do trem, com os passageiros que viajavam nesse carro. Ah! Escuta... Escuta... Tirem fotografias do vagão, do maquinista, do guarda. Imediatamente... Sim, peguem um carro se for necessário... E muitas fotografias.

Coloca o fone no gancho e acende a bituca que pende do vértice dos seus lábios.

O chapéu caído nas sobrancelhas e um lenço amarrado sobre o nervudo pescoço, aproxima-se indolente, arrastando os pés e cuspindo pelos caninos, o Chefe de Revendedores. Com os três únicos dedos de sua mão esquerda coça a barba que lhe flanqueia a cicatriz de uma tremenda facada na face direita. Depois, masca saliva, e ao mesmo tempo que apoia os cotovelos sobre uma mesa metálica, assim como o faria no balcão de uma cantina, pergunta com voz enrouquecida:

— O Erdosain se matou?

O Secretário o envolve num rápido sorriso.

— Sim.

O outro açoita um instante larvas de ideias e termina seu ruminar com estas palavras:

— Bacana. Amanhã tiramos mais cinquenta mil exemplares...

Epílogo

Depois de analisar as crônicas e os relatos de testemunhas que viajaram no mesmo carro com Erdosain, assim como os dossiês sumariais, pude reconstruir com certa exatidão a cena do suicídio.

O assassino ocupou o assento sete do primeiro carro do comboio, onde se encontra a cabine do motorista. Apoiou a cabeça no vidro da janelinha, e permaneceu nessa atitude até a estação de Villa Luro, onde o acordou o inspetor para lhe pedir a passagem.

Dali até o momento em que se matou, permaneceu acordado.

O frescor da noite não foi obstáculo para que abrisse a janelinha e ficasse estirado, recebendo no rosto o vento com pressão que entrava pela abertura.

Uma senhora que viajava com seu esposo reparou nesta prolongada atitude de Erdosain, e disse àquele:

— Olha, parece que este jovem está doente. Como está pálido!

Em Haedo, duas senhoritas se sentaram diante dele. Ele não olhou para elas. Elas, mortificadas em sua vaidade, lembraram mais tarde, por esse detalhe, do indiferente passageiro. Erdosain mantinha os olhos imóveis, na escuridão permanentemente oblíqua à velocidade do trem. As duas viajantes desceram em Merlo e, no carro, Erdosain ficou sozinho com o casal.

De repente, o assassino, separando as costas do assento, sem afastar os olhos das trevas, levou a mão ao bolso. Em seu rosto se desenhava uma contração muscular de vontade feroz. A senhora, do outro assento, olhou-o espantada. Seu esposo, com a cara coberta pelo jornal que lia, não viu nada. A cena foi rapidíssima.

Erdosain levou o revólver ao peito e apertou o gatilho, inclinando-se com o estampido, simultaneamente, para a esquerda. Sua cabeça bateu no braço do assento. A senhora desmaiou.

O homem deixou cair o jornal e saiu correndo pelo corredor do vagão. Quando encontrou o cobrador, ainda tiritava de espanto. Dois passageiros do outro carro se somaram aos homens pálidos e, em grupo, dirigiram-se rumo ao vagão onde estava o suicida.

Erdosain parece ter conservado intacto seu discernimento e vontade, até o momento derradeiro. De outro modo não se explica que tenha encontrado em si a força prodigiosa para erguer-se sobre o assento, como se quisesse morrer em posição decorosa. Ao entrar, o grupo de homens pálidos o encontrou com a cabeça apoiada no contraforte da janelinha, respirando profundamente, as pálpebras fechadas e um punho violentamente contraído. Antes que o comboio chegasse a Moreno, Erdosain havia expirado.

Encontrou-se em seu bolso um cartão com seu nome e uma quantia insignificante de dinheiro.

A surpresa da polícia, assim como dos viajantes, ao constatar que aquele jovem delicado e pálido era "o feroz assassino Erdosain", não dá para ser descrita. Foi fotografado cento e cinquenta e três vezes no espaço de seis horas.

O número de curiosos aumentava constantemente. Todos paravam diante do cadáver, e a primeira palavra que pronunciavam era:

— Mas será possível que este seja Erdosain? — Involuntariamente, as pessoas têm um conceito lombrosiano de um criminoso.

Uma serenidade infinita aquietava definitivamente as linhas do rosto desse homem que havia se debatido tão desesperadamente entre a loucura e a angústia.

Produziu-se, no entanto, um incidente curioso. Quando o cadáver foi introduzido na delegacia, um respeitável ancião, corretamente vestido — mais tarde me informaram que era pai do Chefe Político do distrito —, aproximou-se da padiola onde repousava o morto e, cuspindo-lhe no semblante, exclamou:

— Anarquista, filho da puta. Tanta coragem mal empregada.

O espetáculo era indigno, e os curiosos sem importância foram afastados, ao mesmo tempo em que o cadáver era conduzido a um calabouço.

Elsa sobreviveu pouco tempo a Erdosain. Presa para esclarecer sua possível intervenção no bando, foi posta em liberdade imediatamente, pois sua inocência foi amplamente comprovada. Eu a visitei para lhe entregar o dinheiro e a carta que Erdosain havia deixado comigo para ela. Dessa mulher que eu um dia conheci enérgica e segura de si mesma só restava um espectro triste. Falamos muito, considerava-se responsável pela morte de Erdosain e, alguns meses depois, faleceu em consequência de um ataque cardíaco.

Barsut, cujo nome em poucos dias havia alcançado o máximo de popularidade, foi contratado por uma empresa cinematográfica que ia filmar o drama de Temperley. Na última vez em que o vi, ele me falou maravilhado e extremamente contente de sua sorte:

— Agora sim que verão o meu nome em todas as esquinas. Hollywood, Hollywood. Com este filme, eu me consagrarei. O caminho está aberto.

Hipólita e o Astrólogo não foram encontrados pela polícia. Numerosas vezes se antecipou a notícia de que seriam presos "a qualquer momento". Já se passou mais de um ano e não se encontrou o menor indício que permita suspeitar onde possam ter se refugiado.

De dona Ignacia, a dona da pensão onde viveu Erdosain, subsiste uma pobre velha que, enquanto vigia as panelas no fogo, enxuga candentes lágrimas que lhe correm pelo nariz com a ponta do avental.

NOTA: Dada a pressa com que este romance foi terminado, pois quatro mil linhas foram escritas entre fins de setembro e 22 de outubro (e o romance consta de 10.300 linhas), o autor se esqueceu de consignar no prólogo que o título desta segunda parte de *Os sete loucos*, que primitivamente era *Os monstros*, foi substituído por *Os lança-chamas* por sugestão do romancista Carlos Alberto Leumann, que, uma noite, conversando com o autor, insinuou-lhe como mais sugestivo o título que o autor aceitou. Esta obra foi terminada com tanta pressa que a editora imprimia os primeiros cadernos enquanto o autor estava redigia os últimos capítulos.

***

Este romance começou a ser escrito em 1930. Foi terminado em 22 de outubro de 1931.

Posfácio

O DEUS VIVO

Luis Gusmán

Para introduzir o leitor de língua portuguesa que se encontra com os personagens de Roberto Arlt pela primeira vez e que topa com o sofrimento de Erdosain, seria preciso reconstruir um mecanismo delicado que provém de um homem que decidiu dialogar e manter uma interlocução dramática e frontal com um deus vivo, que o torna um personagem universal.

Toda literatura tem seu Raskólnikov. Isto é, quando um homem, depois de cometer um ato que o situa num limite, é arrasado pelas cavilações de sua consciência. O herói criado por Dostoiévski vaga por São Petersburgo, o herói de Arlt perambula pelas ruas de Buenos Aires tomado pelas pregas de sua consciência. É como se diante de determinados atos, o crime de Raskólnikov, o roubo de Erdosain, o personagem ficasse lançado a um vagar perpétuo. Como em Os caprichos, de Goya, uma pessoa poderia imaginar como os raciocínios da consciência — com o peso de uma materialidade alegórica — engendram monstros que revoam ao redor da cabeça do doente atormentado e que não consegue o alívio de que lhe extraiam a pedra da loucura. Esses homens, detidos por seu pensamento e fascinados pela ação, puseram-se em movimento por alguma coisa que os excede.

Depois de sua pequena fraude, para Erdosain se constrói uma zona de angústia, uma cidade ao rés do chão que este representa graficamente como a salina ou o deserto. Isso quer dizer que em Arlt, segundo o título de sua peça teatral, o deserto entra na cidade. Isto é, a angústia. Seria possível estabelecer uma diferença com os personagens dostoieskianos: ainda que ambos sejam desesperados, os loucos bíblicos de Arlt estão, em compensação, mais imersos no delírio.

Mas nesse perambular, Erdosain não está sozinho. Faz a viagem acompanhado por um duplo, produto dos desdobramentos de sua consciência. Um duplo físico, não um duplo da alma. Como Rimbaud, Erdosain faz sua a seguinte frase: "Eu sou outro". A partir desse desdobramento, Erdosain se encontrará em atribulações com diferentes personagens que funcionam como alter ego.

"É como se não fosse seu "eu" aquele que pensa um assassinato ou um roubo e sim, outro. Outro que seria como ele: uma sombra de homem. Está

descentrado, ao contrário do deus do Antigo Testamento, inverte a fórmula, diz: Não sou aquele que sou. Mas, então, quando propõe ao Astrólogo — outro personagem central destes dois romances, ao que supõe igual a ele — um assassinato, a lógica de eu sou o outro faz com que a sociedade secreta — que o Astrólogo pretende fundar para destruir a sociedade capitalista na qual vivem no ano de 1929 — funcione como tal. É que Erdosain diz ser igual aos outros personagens que vão surgindo na trama, seja o Rufião Melancólico e, depois, Barsut e, mais tarde, o Astrólogo ou o farmacêutico Ergueta. Todos são iguais; igualdade da alma que supera a barreira da diferença dos sexos e inclui Hipólita, a coxa. Fantasmas que têm uma sombra carnal, sombras de sombras. Mas se Ergueta delira como mito do regresso de Cristo à Terra, tanto o Astrólogo como Erdosain pensam que os deuses existem. Mas como passar desse plural cósmico — quando formula a ideia dos deuses há uma referência explícita aos planetas e à Terra — a um deus pessoal e, para cúmulo, a um deus vivo?

É verdade que os planos da sociedade secreta, seus métodos, são às vezes fantásticos, inclusive antecipatórios, como a transmissão de um flagelo universal por meio da guerra bacteriológica, mas esses desesperados se parecem com esses fanáticos que o leitor pode encontrar em Os demônios, de Dostoiévski; o anarquista solitário de O olhar do ocidente, de Conrad, absolutamente diferentes da posição racional e conscientizada dos revolucionários descritos por Malraux em A condição humana, embora todos esses romances não descuidem dos fatores psicológicos ou humanos dos personagens, independentemente da coisa política.

Tanto em Os sete loucos como em Os lança-chamas, há um fanatismo que se costuma chamar religioso: trata-se de indivíduos atravessados por teorias mais ou menos espúrias, desde o super-homem nietzschiano a Krishnamurti. Essas épocas bíblicas da cultura que, como bem as define Ergueta em seu delírio místico: "E salvarei a Coxa e recolherei a desgarrada e as porei em louvor e por renome em todo o país de confusão", todos os discursos residuais convivem entre si.

Se há algo de duplo discurso ou de discurso do duplo, se poderia pensar num fenômeno ainda mais mimético do que o plágio ou a falsificação, e que pura e simplesmente está dito ao longo do romance mais de uma vez, e é a cópia e a imitação. O Astrólogo o declara abertamente quando define que os estatutos de sua sociedade secreta estão inspirados em outra fundada por um bandido chamado Abdala-Aben-Maimun — acrescenta o aspecto industrial da sua — que quis fundir livres-pensadores, aristocratas e crentes de todas as raças. Tratava-se de um movimento em que seus fundadores eram uns cínicos estupendos e aos quais a sociedade criada pelo Astrólogo imitará. "Seremos bolcheviques, católicos, fascistas, ateus, militaristas em diversos graus de iniciação."

Mas essa imitação tem uma fonte principal: as Sagradas Escrituras. De tal maneira que "nós daremos a todos os sedentos de maravilhas, um deus magnífico adornado de relatos que podemos copiar da Bíblia".

Bromberg, o Homem que viu a Parteira, o Astrólogo, Ergueta, Erdosain, são homens que se tornaram loucos por causa da leitura da Bíblia. São os que a interpretam. Bromberg dará aos homens sua interpretação do Apocalipse e, em seguida, irá para a montanha para realizar penitência e para rogar por eles. É aqui que se produz o segundo movimento com relação à comparação com o deserto, já não é este que entra na cidade mediante a angústia e, sim, os cristãos que, em legião, marcham da cidade ao deserto para livrar-se do pecado. Mas os personagens dos dois romances poderiam ser divididos entre os que interpretam as Sagradas Escrituras e os que são personagens bíblicos como a Coxa, Hipólita, arremedo da rameira bíblica, e Barsut, um símil de Judas. Mas todos os personagens tem um delírio criacionista sobre como foi inventado o mundo ou seu futuro. Admitindo, como faz Bromberg, que todas as palavras da Bíblia são de mistério, porque, se não fosse assim, o livro seria absurdo.

A religião e a ciência são os tópicos desses personagens que, como os loucos, sempre têm alguma teoria sobre o Universo. Até se poderia dizer que os diálogos dramáticos entre os personagens são fictícios ou quase de comédia, já que, na verdade, vivem isolados e se reúnem na sociedade secreta porque não conversam entre si e, sim, fazem intercâmbio de teorias. Falam com comparações, parábolas, versículos da Bíblia. São intérpretes, hermeneutas, falam uma linguagem cifrada. Como se a única linguagem verdadeira fosse a da angústia física de Erdosain, como se a angústia não fosse traduzível para todos os dialetos que o romance impõe. Chegaram os tempos... em que todos decifrem os mistérios da Bíblia.

O Buscador de Ouro, Bromberg, acreditam-se iluminados. De alguma maneira todos eles necessitam expedir-se sobre a vinda do Messias, ou da presença de Deus entre os homens, e apelando a Swedenborg e uma crítica explícita sobre a instituição da Igreja: "Posto que o Senhor não pode manifestar-se em pessoa e tendo anunciado que virá e estabelecerá uma nova Igreja, segue que o fará por meio de um homem, que não só possa receber a doutrina desta Igreja, como também publicá-la por meio da imprensa".

Todos se situam em relação a Deus e ao pecado. Erdosain vai, desde sentir-se um Deus, até romper o laço com Deus por ser um pecador. Por sua vez, sonha o tempo todo em ser Deus, mas as pessoas o confundem com Cristo, como na cerimônia íntima com Hipólita, onde à moda de uma Madalena, esta lhe beija os pés.

Cada um estabelece seu conato pessoal com Deus. A Ergueta, na revelação, aparece o filho do Homem que lhe permite o acesso ao conhecimento divino. São os milagres que produz Ergueta por levar em seu corpo, o corpo de Deus.

O discurso do Astrólogo aparece como mais eclético. Sua argumentação torna-se cínica e oportunista graças a uma dialética dos opostos. A multidão assassinou os deuses descrente deles, e um dia clamará por um Deus. Em sua fé e em seu nietzschietismo de divulgação convivem a teoria do super-homem e certa fascinação pelos deuses. Balança entre um Deus e os Deuses. Só pretende inventar um mito que substitua a outro. Na realidade, para o Astrólogo, trata-se de um discurso quase científico em que se elogia a técnica, os avanços da ciência que cresceram desmesuradamente em relação à moral. A técnica, o belicismo, a máquina e, finalmente, Deus, não são mais que pretextos, já que os comerciantes, os militares, os políticos esmagam a Verdade, ou seja, o Corpo. A partir do qual elabora um discurso antintelectual, já que esses, ao esquecerem-se do corpo, esqueceram-se da dor. O corpo se transformou em um fim e a dor do corpo se traduz nesse spleen *chamado tédio. Nesse ponto, o Astrólogo torna-se quase esteticista ou existencialista, a dor no corpo e o desânimo, isto é, o vazio.*

No discurso e no extenso parlatório do Astrólogo nos reencontramos de novo com a imagem do deus vivo: "Ele encerra também um Deus. É possível? Toca o nariz, dolorido pelas pancadas que recebeu de Barsut, e a força implacável consiste nesta afirmação: ele leva um deus escondido sob sua pele dolorida. Mas o Código Penal previu que castigo se pode aplicar a um deus homicida? Que diria o juiz de instrução se ele respondesse: 'Peco porque tenho um deus em mim?'". É evidente que não se trata de Cristo e, sim, de um deus vivo. Podemos dizer que se o assemelhássemos às figuras da humilhação, a dor, a vergonha e o escárnio, isto é, as atribulações de Erdosain, seria mais fácil assemelhá-lo à pessoa de Cristo.

É difícil assemelhar a angústia à ideia do Deus vivo, já que cada vez que ela aparece, Erdosain a assimila à figura da morte. Uma morte espacial, o mundo se fecha de um só golpe e ele experimenta um silêncio de morte e se sente dentro de um féretro ou de um sepulcro. Antes, a angustia é a figura da dor, do sofrimento em estado puro. Quando Erdosain entra nessas cavilações, quer escapar da terra, porque o mundo torna-se um ataúde. A angústia é física, uma dor que lhe produz a sensação de que a massa encefálica vai se desprender do crânio. O corpo se desprende da alma: "A alma está como se tivesse saído meio metro do corpo". Por alguma coisa, Erdosain fala do misticismo, mas aqui a fórmula torna a se inverter, ou é até possível dizer, que Erdosain é um místico angustiado a quem falta a crença em Deus para que a operação mística tenha êxito. Por isso, talvez, esteja o tempo todo reclamando da falta de Deus, daí sua sociedade com o Astrólogo, para o qual um novo mito exige a invenção de um Deus. Mas é no estranhamento que produz o silêncio de Deus que surge a ideia do duplo, seu corpo é um estranho para ele, e só se torna familiar por via da dor: "Erdosain se sentia entristecido para com seu duplo físico, do qual era quase um estranho".

O Deus vivo adquire a forma de um monstro, elástico, indecifrável. A consciência de Erdosain? Mas na boca do Astrólogo, o Deus se transforma em Deus do dinheiro e, em seu discurso, retoma a figura do Deus vivo, homologando-a ao dinheiro e ao poder. Mas na realidade pareceria que o Deus vivo é o mito a se inventar numa época em que os mitos escasseiam, não a mistificação. Aí onde a religião parece ter fracassado pela falta da crença em um Deus vivo. Um jovem efebo, um Messias que represente a comédia e a humanidade, adorará o Deus vivo inventado pelo Astrólogo. Em *Os sete loucos* todos são inventores. O Astrólogo tem a lucidez de que é preciso inventar um mito. E necessário, então, para inventar um mito, partir de uma lógica universal; talvez por isso parte de um silogismo: "O dinheiro converte o homem num deus. Logo, Ford é um Deus. Se é um Deus, pode destruir a Lua". Faz do capitalismo a nova religião. Como o futurismo fez do capitalismo tecnológico uma estética, nesse caso se trata de reinstalar novamente uma religião: a do capital. Os únicos que podem devolver o paraiso à humanidade são deuses de carne e osso: Rockefeller, Morgan, Ford e, em seu poder, recria-se a ideia de um deus criador.

A utopia revolucionária a que se propõe a sociedade secreta é clara quanto às suas premissas: "Já sei que o senhor vai me dizer que existiram numerosas sociedades secretas... e é verdade..., todas desapareceram porque careciam de bases sólidas, isto é, que se apoiavam num sentimento ou numa realidade política ou religiosa, com exclusão de toda realidade imediata. Em compensação, nossa sociedade se baseará num princípio mais sólido e moderno: o industrialismo, isto é, a loja terá um elemento de fantasia, se assim se quiser *chamar a tudo o que eu disse, e outro elemento positivo: a indústria, que dará como consequência o ouro".*

Por via das ciências ocultas de Buenos Aires, a sociedade secreta vem a ser uma loja medieval, alquimista. Trata-se de criar o ouro como reserva e o dinheiro "será a solda e o lastro que concederá às ideias o peso e a violência necessários para arrastar as homens".

O Deus vivo inventado é o capital, já que o homem necessita adorar ou acreditar num deus vivo. Isto é, que esteja presente. Ou que se espere por ele, porque possivelmente a morte de Cristo tenha arrastado ou ensombrecido a necessidade de um Deus vivo, magnífico, adornado de relatos que foram copiados da Bíblia, porque as gerações têm a absoluta necessidade de acreditar em alguma coisa.

Finalmente, Hipólita formula a pergunta que obsessiona a todos os personagens de Os sete loucos e Os lança-chamas: "Mas o senhor acredita em alguma coisa... tem algum Deus". E outra vez a figura de Cristo se superpõe à de Deus: os homens se martirizam entre eles, se Jesus não voltar outra vez ao seio dos homens.

Nessa hierarquia divina, para que essa economia da salvação funcione, é necessário introduzir uma nova figura: a do santo. O dever do Astrólogo é destruir a sociedade baseada no regime capitalista que converteu o homem num monstro.

No capítulo "O sentido religioso da vida", o espírito de célula não funciona e a sociedade secreta fracassa porque seus membros são todos iguais entre si. Como o próprio Astrólogo declara, e também num dos diálogos entre Erdosain e Haffner — o sobrenome do Rufião Melancólico — em que se acusam mútua e alternadamente, de estarem loucos. O capítulo torna-se psicológico graças às anotações do comentador ao pé da página, onde se descreve que a "ânsia interior de humilhação" se deve a um sentimento de culpabilidade por um crime cometido ou não, e que leva Erdosain a semelhantes graus de degradação.

E se Bromberg, como bom místico, pode falar dos céus de Deus, Erdosain, em compensação, nem sequer possui um. É por isso que exclama desesperado: "É necessário que nos seja dado o céu concedido para sempre. É preciso agarrar o terrível céu". É que o eu de Erdosain que inclui sua carne masturbada está além da terra. Não encontra representação que o inclua na cena do mundo. Por isso se aferra desesperadamente ao céu. É que ao homem, transformado nesse miserável eu cósmico — que como disse, no princípio, é outro só lhe resta o remorso de carregar sobre suas costas o grande bosque, a selva, a montanha, deus e os homens. Mas igualmente não basta para que não escape pelo bueiro: "Esta vida não pode ser assim. Gostaria de ser lançado ao espaço, pulverizar o crânio contra um muro para deixar de pensar. A vida tem uma ferida, um vazio que não se pode vendar com palavras". Essa é a verdade, por isso discursa. Embora os remorsos o matem, também o atam à terra, graças à culpa quando a angústia ameaça levá-lo deste mundo. E por isso que Erdosain exclama: "Ir embora, mas para onde?... não há mais longe na terra, nem nos céus, mas é inútil; é sua carne que clama, devagar: mais longe ainda".

Como numa verdadeira diplopia como no início do romance, suas fantasias de humilhação desdobram-se com as de poderio: Erdosain ou é um humilhado, ou é um imperador. Nenhum homem poderia, nem sequer na maior tortura introspectiva, referir-se a si mesmo desta maneira: "Você está tão triste, grande canalha. E tão triste que nem sua carne se salva". A voz da consciência se desdobra na consciência que procura Deus. O Deus de Erdosain não responde: é um Deus que se ausenta do mundo. Corpo e alma se desdobram também, é necessário que se mate para fazer um favor à alma, mas o fantasma da catalepsia retorna do além para lhe dizer que o corpo não gostaria de estar enterrado num ataúde.

Ante o silêncio de Deus, pede-lhe, quase à maneira de um conjuro, e sua rogativa muda violentamente de sentido: "Deus devia ser torturado. Estou morto e quero viver". Essa é a verdade de Erdosain. Porque nessa comédia humana em que até no diálogo entre o Astrólogo e Barsut, quando este lhe formula que até para as execuções futuras é necessário criar regras cênicas, a resposta do Astrólogo não se faz esperar: "Sim, é necessário um cerimonial estético". Então podemos dizer que embora todos estejam loucos, se poderia afirmar que o único sofrimento verdadeiro é o de Erdosain, porque nenhuma teoria que elabora lhe é suficiente para alcançar o Deus que busca. Como se fosse a figura invertida de Godot — que espera inutilmente —, ele, ao contrário, está o tempo todo buscando-o.

Mas se o Rufião Melancólico acerta à respeito da intuição de que Erdosain cometeu um crime, este tampouco mente quando diz desconhecê-lo. Crime que se desenvolverá no capítulo "O pecado que não se pode nomear". Frase que Erdosain diz ter lido nas Sagradas Escrituras e que, com relação à sua significação, os teólogos não entraram num acordo: só a alma pode decifrá-la com a dor da carne, a angústia.

Esse pecado que não se pode nomear expulsou-o da existência e o obriga a perambular.

Esse pecado que não se pode nomear traduz-se, no romance, no ponto de vista da narração. Em "O poder das trevas", o leitor acede às confissões de Elsa Erdosain e à transcrição do diálogo com seu marido, em que se leem todas as iniquidades às que a alma negra de Erdosain a submete, mas falta a Erdosain esse gancho, porque nessa cena, seu eu é outro.

A cidade adquire a forma da angústia de Erdosain, isto é, se comprime e se expande segundo a angústia que tome seu coração. No capítulo "A cúpula de cimento", encontramos Erdosain como Cristo na cruz, quando, atormentado pela dúvida, exclama: "Pai, por que me abandonaste?". E ante o silêncio de Deus, chega à injúria: "Deus canalha. Te chamamos e você não veio". Nesse capítulo, Erdosain mantém um solilóquio com Deus sob a forma de imprecações e rogativas: "Percebe Deus?". O solilóquio articula a passagem do que poderíamos definir como o dialeto da obsessão, em que a religião universal se torna uma religião pessoal. No diálogo entre Ergueta e Bromberg, o farmacêutico lhe esclarece que as Sagradas Escrituras não se estudam e, sim, se interpretam. Esses personagens acedem a Deus pelo delírio. Todos o encontram, menos Erdosain.

O diálogo prossegue com uma disquisição sobre a existência de Deus. E se não existisse? Se não existisse seria preciso guardar o segredo? Pergunta que Jesus se teria feito e que remete por sua vez à posição de Erdosain: Deus se afastou do mundo. Então é aí onde se faz mais evidente a falta de um deus vivo.

Sobre o final do romance, este recupera seu nível mais farsesco. Barsut, fundamentalmente, declara-se um ator de comédia. Como numa peça teatral, é interessante ver como os personagens vão se retirando de cena. Bromberg morre nela. Barsut vai embora, enganado pelo Astrólogo, cheio de notas falsas. Ergueta, depois de ler a profecia de Daniel — em que, de maneira violenta, se conjugam a religião com a política, a profecia bíblica não faz outra coisa senão antecipar o aniquilamento do império britinico —, afasta-se da casa de Temperley com a Bíblia na mão. Quando Barsut é detido por portar dinheiro falso, denuncia o Astrólogo, que, junto com Hipólita, nunca chega a ser capturado. Com a tragédia de Temperley, Barsut se transforma num ator famoso. Tudo adquire um clima grotesco.

Finalmente Erdosain é através de um crime. Cometeu o seu matando uma adolescente vesga e deformada. O pecado que não se podia nomear encontrou nome. Erdosain se afasta da comédia humana. Para ele, nunca se tratou do Deus vivo, e, sim, do Deus escuro da angústia. Suicida-se com um tiro no peito. Pela primeira vez não fracassou.

CRONOLOGIA

1900   Roberto Godofredo Christophersen Arlt, filho de Karl Arlt ((nascido em Posen, hoje Polônia) e Ekatherine Iobstraibitzer (de Trieste), nasce em Buenos Aires, em 26 de abril (em algumas autobiografias ele diz ter nascido no dia 7 de abril). É o caçula de três filhos: a mais velha chama-se Luisa e a segunda morre com um ano e meio de idade.

1905   A família instala-se no bairro de Flores, onde transcorre a infância e a adolescência de Arlt.

1908   Vender, por cinco pesos, seu primeiro conto a don Joaquín Costa, "um distinto morador de Flores".1909 — Cursa a escola primária só até o terceiro ano.

1912   Ingressa na Escola de Mecânica da Armada, onde sópermanece apenas alguns meses.

1912-5   Colabora em jornais de Flores e exerce diversos tipos de trabalho: balconista de livraria, aprendiz de relojoeiro, mecânico, entre outros.

1916   Deixa a casa paterna.

1917   A *Revista Popular*, dirigida por Juan José de Soiza Reilly, publica o primeiro conto de Arlt, "Jehová".

1920   Aparece em *Tribuna Livre* — folhetim semanal — "Las ciencias ocultas en la ciudad de Buenos Aires".

1921   Cumpre serviço militar em Córdoba. Provável aparecimento em uma revista cordobesa de um pequeno romance intitulado *Diario de un morfinómano* (há referências a essa obra, mas ainda não se encontrou um exemplar.)

1922   Casa-se com Carmen Antinucci.

1923   Nasce sua filha, Mirta.

1924   Volta para Buenos Aires com a mulher e a filha. Termina de escrever *La vida puerca*, título inicial de *El juguete rabioso*. Primeiras tentativas de edição do romance.

1925   A revista *Proa* publica dois fragmentos de *El juguete rabioso*: "El Rengo" e "El poeta parroquial". Torna-se amigo de escritores dos grupos literários

Boedo e Florida. Os de Boedo consideram que a arte e a cultura têm uma função social e adotam a narrativa como gênero, enquanto os de Florida as encaram do ponto de vista estético e adotam a poesia como gênero.

1926   A Editora Latina publica *El juguete rabioso* (*O brinquedo raivoso*). Arlt começa a colaborar na revista humorística *Don Goyo*, dirigida por Conrado Nalé Roxlo. Publica ainda o conto "El gato cocido" na revista *Mundo Argentino*. Torna-se secretário do escritor Ricardo Güiraldes (autor de *Don Segundo Sombra*) por algum tempo.

1927   Trabalha no jornal *Crítica* como cronista policial.

1928   Começa a trabalhar no jornal *El Mundo*, onde aparecem alguns de seus contos, como "El insolente jorobadito" e "Pequenos proprietários", e a série de crônicas sobre a cidade de Buenos Aires e seus personagens, intituladas "Aguafuertes porteñas". A revista *Pulso* publica "La sociedad secreta", um fragmento de *Los siete locos*, seu segundo romance.

1929   Publicação de *Los siete locos* pela Editora Claridad.

1930   *Los siete locos* recebe o Terceiro Prêmio Municipal de Literatura. Viaja ao Uruguai e ao Brasil. A revista *Argentina* publica "S.O.S", um fragmento de *Los monstruos* (título original de *Los lanzallamas*).

1931   O romance *Los lanzallamas* é publicado pela Editora Claridad.

1932   Em junho estreia sua peça *300 millones*, no Teatro del Pueblo. Publica seu último romance, *El amor brujo* (Editora Victoria, Colección Actualidad). É convidado a participar de um programa de rádio. Pouco tempo depois abandona a nova atividade por não se interessar por seu público.

1933   Aparece a primeira compilação de *Aguafuertes porteñas* (Editora Victoria) e a seleção de contos *El jorobadito* (Editora Anaconda). Em *Mundo Argentino* publica os relatos "Estoy cargada de muerte" e "El gran Guillermito".

1934 — O jornal *La Nación* publica duas *burlerias* de Arlt: "La juerga de los polichinelas" e "Un hombre sensible". A *Gaceta de Buenos Aires* publica um esboço de sua peça *Saverio el cruel*.

1935   Viaja para Espanha e para o norte da África como correspondente do *El Mundo*. Escreve as *Aguafuertes españolas*.

1936   Estreiam suas peças teatrais *Saverio el cruel* (4 set., no Teatro del Pueblo) e *El fabricante de fantasmas* (8 out., pela Cia. Perelli de la Vega).

1937   Estreia sua *burleria La isla desierta* (30 dez., no Teatro del Pueblo). A revista *El Hogar* publica o conto "S.O.S! Longitud 145° 30' Latitud 29° 15'" (22 jan.).

1938   Estreia, em março, também no Teatro del Pueblo, a peça *Africa*. Publicação de sua peça teatral *Separación feroz* (El Litoral).

1939   Estreia da peça *La fiesta del hierro* (teatro). Viaja para o Chile. Morre sua esposa Carmen Antinucci. Continua a escrever no jornal *El Mundo* as famosas *Aguafuertes porteñas*. Publica na revista *Mundo Argentino* o conto "Prohibido ser adivino en ese barco" (27 set.).

1941   Casa-se com Elisabeth Shine. *Un viaje terrible* aparece na revista *Nuestra Novela* (11 jul.), e a editora chilena Zig Zag inclui na sua Coleção Aventuras *El criador de gorilas*, conjunto de contos com temas africanos.

1942   Continua publicando contos nas revistas *El Hogar* e *Mundo Argentino*. Obtém a patente do sistema de meias emborrachadas e indestrutíveis, segundo ele. Termina de escrever a farsa *El desierto entra a la ciudad*. Morre em 26 de julho, vítima de infarte múltiplo, sem conhecer seu segundo filho, Roberto, que nasceria três meses depois. É cremado — estava ligado à Asociación Crematoria — e suas cinzas são espalhadas na região do Tigre, delta do rio Paraná.

CADASTRO
ILUMI//URAS

Para receber informações sobre
nossos lançamentos e promoções,
envie e-mail para:

cadastro@iluminuras.com.br

Este livro foi composto em Times e Gotham pela *Iluminuras* e
terminou de ser impresso em 2020 nas oficinas da *Meta Brasil
Gráfica*, em São Paulo, SP, em papel off-white 80 gramas.